KB129526

전파와 수용

韓國文學과 中國文學

전파와 수용

韓國文學과 中國文學

琴知雅 著

學古房

　"중국 문학을 실제로 체험하지 않고 결코 한국 한문학의 벽을 넘을 수 없다." 은사님의 말씀이 귀에 맴돈다. 실로 '뿌리 찾기'의 중요성을 강조하셨는데, 상대 국가의 문학(중국 문학)을 읽는 다는 것은, 자국 문학(한국 한문학)의 정체성을 더 깊이 점검해보는 길과도 통한다. 이렇게 한국인의 열린 시야로 중국 문학의 풍부한 자산을 우선적으로 이해할 필요가 있다. 그래서 필자는 한국 문학과 중국 문학의 자율적 가치를 탐색함과 동시에, 관계론적 인식을 늘 염두에 두고 있었다. 한국 한문학은 그 종주국이라 할 수 있는 중국 문학과 부단히 교섭하면서 발전해 왔기 때문이다. 문제는 관심의 비중을 어디에 두느냐에 있는데, 영향 관계가 분명히 존재한다면 고대 중국은 전파자의 입장일 것이고, 그것을 취한 고대 한국은 수용자의 입장이 될 수밖에 없다. 그러나 수용자라는 다소 수동적인 입장보다는 중국적인 전통의 뿌리 위에 한문학의 어떤 내용이 중국의 것을 접하여 다양성을 창출해왔는지를 이해해야 한다. 이들 내용은 같은 동아시아 전통을 기반으로 형성된 문학이면서도 양국의 개별 지성사와의 연관 속에서 보여주는 차이들에 대한 해석이라고 볼 수 있다.

　이 책에는 고대 한중 관계 속에서 생성된 책과 그림, 사람들의 이야기가 담겨 있다. 이 책을 통해 필자는 유입과 편찬, 전파와 수용, 교류와 인식의 과정에서 드러나는 '화이부동和而不同'한 특징, 즉 중국 문학과 조화를 이루면서도 중국 문학과 다른 한국 한문학이 지닌 특징을 가능한 한 찾아보려고 노력했다. 제1부에서는 집구시集句詩의 전통과 임유정林惟正의 『백가의집百家衣集』 창작, 조선의 자찬 당시선집에 반영된 조선 문인의 다양한 지적 사유, 중인 출신 문인의 중국 시선집에 반영된 창작 정신 등을 다루었다. 제2부에서는 시 학습 참고서인 시구도詩句圖의 전통과 적구摘句 비평의 유행, 조선 후기 『당시시의도唐詩詩意圖』를 통해 본 조선풍 남종 문인화의 실천과 변용 양상, 『당시화의唐詩畫意』 속 '두시杜詩'에 반영된 사의성寫意性의 문제, 시의도를 통해 본 한시 교육론 등을 다루었다. 제3부에서는 『이십사시품二十四詩品』에 반영된 문예론이 조선 문단에 정착하게 된 특징, 신위申緯의 연행과 '학소學蘇'의 배경, 신위의 중국 회화 수집과 창작 활동, 한국 고전 문학에서 '중국'이라는 타자를 형상화하는 방법 등을 다루었다.

 "조금만 더 가면 정상이다!" 산길에서 가장 반가운 말이다. 그 정상이 선뜻 필자 앞에 다가서기를 기대하며 밤낮으로 퍼 담았다. 한중 양국의 고전을 동시에 공부해야 하는데, 부족한 재능을 타고난 탓에 남들보다 배나 더 노력해야 했다. 박사 학위를 받은 이후 20여 년의 세월 동안 중국을 다니며, 또 중국에 머물며 연구한 성과들을 이 책에 함께 엮었다. 여기에는 참으로 많은 세월이 필요했다. 이 책이 비록 한중 비교 문학의 극히 일부분을 다루어 비교 연구의 시작에 불과하지만, 하나의 디딤돌로 생각하는 의미에서 '전파와 수용: 한국 문학과 중국 문학'이라는 제목으로 출간을 결심하게 되었다. 중국 성어에 "벽돌을 던져서 옥을 얻는다抛磚引玉"라는 말이 있듯이, 필자의 미숙한 성과로 다른 석학들의 고견을 이끌어낼 수 있기를 바란다.

이 책이 나오기까지 실로 많은 분들의 도움을 받았다. 무엇보다 필자의 학문적 성장을 지켜봐 주시는 전인초 은사님께 깊은 감사를 드린다. 은사님은 필자에게 비교 문학 연구 방법과 시각을 바로 잡아주셨고, 부분과 전체를 함께 볼 수 있는 시야를 키워 주셨다. 그 은혜는 필자가 학문을 하는 동안 영원히 기억할 것이고, 더욱더 많은 배움으로 보답드릴 것이다. 그리고 출간을 앞두고 연구와 강의를 병행할 수 있게 배려를 아끼지 않으신 북경대 한국언어문화학부 왕단 교수님과 학과 교수님들께 감사드린다. 어려운 여건에도 불구하고 보잘 것 없는 원고를 출판해 주신 학고방의 하운근 사장님과 꼼꼼한 손길로 예쁘게 다듬어 주신 명지현 팀장님을 비롯한 편집진 여러분께도 진심으로 감사드린다. 언제 어디서나 고개만 돌리면 그 자리에서 바라봐주시는 든든한 부모님이 계셔서 이 책이 무난히 나올 수 있었다. 도움과 사랑만을 주시는 형제들에게도 작은 기쁨이 되었으면 한다.

2023년 10월
금지아

제2부
시구도詩句圖와 시의도詩意圖의 전파와 수용

제3부
중국 문단과의 교류와 인식

제1부

중국 시선집詩選集의 유입과 편찬

제1장

임유정林惟正의 『임좨주백가의시집林祭酒百家衣詩集』

1. 머리말

집구시集句詩는 전인前人의 시에서 한 구句씩 모아 한 편의 시詩를 이루어 놓은 것이다. 중국의 집구시集句詩는 진晉 부함傅咸이 경전經典에서 한 구씩 모아 시를 지은 집경시集經詩가 효시이다. 송대宋代에 이르러 석연년石延年(994-1041)의 집구시와 왕안석王安石(1021-1086)의 집구시, 문천상文天祥(1236-1282)의 집두시集杜詩, 명대明代 이정李楨[1]과 동호童號[2]의 집구시 등이 있다. 우리나라의 집구시는 고려高麗 임유정林惟正과 최집균崔執均, 조선朝鮮 김시습金時習(1435-1493)과 김육金堉(1580-1685), 전극항全克恒(1591-1636), 문성준文聲駿(1858-1930)의 집구시가 있다.

한국 한문학은 중국 글자로 표기된 것이나, 중국 문학의 아류가 아닌 독립된 우리 문학이다. 비록 집구시의 전통이 중국에서 비롯되었다

---

1) 서하국의 왕족으로, 金代 말엽 원나라에 인질로 잡혀갔는데, 뛰어난 학문 때문에 원나라 태종의 총애를 받았다.
2) 명나라 홍치 연간에 工部侍郎을 지냈으며, 『古梅花詩集』이 있다.

고 해도, 이 글의 고찰 대상인 임유정의 집구시 대부분이 중국 시인들의 시에서 집구한 것이라고 해도, 결국 고려 문인인 저자의 사상과 정서가 내재되어 있기 때문에 결국 독자적인 우리 문학인 것이다. 그동안 학계에서는 임유정의 작품은 모두 일실된 것으로 전해져 왔고, 오로지 『동문선東文選』소재(권9, 권13, 권18, 권20) 임유정 집구시 46수만이 현전하는 작품으로 알려져 왔다. 그러던 중, 1994년 허흥식 교수의 성암誠庵 고서박물관 소장본(이하 '성암본'이라 칭함)『임좨주백가의시집林祭酒百家衣詩集』의 텍스트와 내용이 학계에 공개되면서 비로소 임유정 집구시의 존재와 그 서지 현황을 파악할 수 있었고, 동시에 필자도 2006년 연세대 소장 귀중본 고서해제 사업의 일환으로 연세대에 소장중인 이본異本(이하 '연대본'이라 칭함)을 학계에 소개한 바 있다.[3] 연대본은 앞서 공개된 성암본 보다 더 이전의 인본印本으로 추정된다. 그동안 가려져 있던 이 두 이본의 공개를 통해 책의 전승 경위와 그 체계 및 내용을 파악할 수 있었다.

임유정 자신이 지은 시가 전하는 것은 한 수도 없다. 중국 고대의 유명 시인들의 시구를 운용하고 있고 심지어 불교서佛敎書·제자백가諸子百家에 이르기까지 폭넓게 집구하여 구성되었다. 시구 가운데 특히 백거이白居易의 시구가 220구句로 가장 많다. 모두 남의 시구를 가져다 엮어서 시로 만들었는데도 마치 한 사람의 작품처럼 훌륭하게 이루어져 있다. 이 자료를 통해 한시의 시체론詩體論과 중국 고대 시인에 대한 고려 시대 문인들의 관심도를 이해할 수 있고, 작품의 출현 빈도수로 당시의 문단에 끼친 영향관계나 기호도 등을 파악할 수 있

---

3) 허흥식, 「『백가의집』해제」, 『계간서지학보』12-13, 1994; 금지아, 「林祭酒百家衣詩集」, 『연세대도서관소장 고서해제』Ⅵ, 평민사, 2006.

을 것이다. 이에 이 글에서는 연대본을 중심으로 하여 임유정과 그의 집구시를 중국 문학계에 소개하고, 비교문학적 차원에서의 이해를 돕고자 한다. 이 연구는 한국한문학사상 중국 시 수용 이래 '변용'의 한 양상이라는 가치를 부여할 수 있겠다.

2. 집구시集句詩에 대하여

먼저, 집구시란 무엇인지 그 유래와 명칭에 대해 간략히 살펴보기로 하자.

중국의 경우, 집구시의 정의와 역사를 논한 아래 몇 가지 견해를 들어보면, 먼저 『좌전左傳』「애공哀公」 16년의 기록에 의하면, 공자가 죽자 노魯 애공哀公이 조문弔文을 지었는데, 그 문구의 대부분이 『시경詩經』의 구절로 이루어졌다고 한다. 비록 엄밀한 의미의 집구시라고 할 수는 없으나, 집구의 맹아 내지 남상으로 볼 수 있다. 명대明代 서사증徐師曾은 『문체명변文體明辯』에서 시체詩體를 101류로 분류하였다. 그는 시체를 분류하면서 집구시를 독립적인 장르로 설정하고 다음과 같이 논하였다.

> 집구시는 옛 구를 섞어 모아 지은 것이다. 진晉나라 이래로 있었는데, 송宋에 이르러 왕안석이 집구시를 잘하였다. 대개 반드시 박학다식하고 융회관통하여 한 솜씨에서 나온 것과 같이 된 연후에야 잘된 것이니 억지로 끌어다 붙이면 뜻이 서로 통하지 않아 집구시라고 말할 수 없다.4)

---

4) 徐師曾, 『文體明辯』2, 卷16 「集句詩條」, "按集句詩者, 雜集古句, 以成詩

서사증은 집구시를 설명하여, 고구古句를 한 구 씩 모아 한 수를 완성하여 한 사람이 지은 것과 같은 뜻이 관통된 시라고 하였다. 그리고 진대晉代 집구시가 시작되었는데, 송대宋代 왕안석王安石이 이를 잘 하였다고 하였다. 그러나 송대宋代 심괄沈括은 『몽계필담夢溪筆談』에서 '집구시는 왕안석이 창시한 것'이라고 말하고 있다.5) 특히 왕안석은 집구시 짓기를 좋아하여 34제 66수 566구의 작품을 남겼다. 실제 『왕안석전집王安石全集』권36은 모두 집구시로 구성되어 있다. 심괄의 이러한 견해에 대하여 청대淸代 조익趙翼(1727-1814)은 집구시의 효시를 진대晉代 부함傅咸의 집경시로 보아 앞서의 서사증의 견해와 일치하고 있다.

　　『몽계필담』에 이르기를, 집구시는 왕안석으로부터 시작되었다한다. "바람은 멈췄으나 꽃은 오히려 떨어지고, 새가 우니 산은 더욱 그윽하여라"와 같은 류이다. 많은 것은 백운에 이르는 것도 있다. 『후산시화後山詩話』에도 역시 왕안석이 말년에 즐겨 집구시를 지었는데, 황정견은 "정작 한번 웃어버릴 거리"일 뿐이라고 생각하였다. 그러나 이 체는 왕안석에서 비롯된 것은 아니다. 『금옥시화金玉詩話』와 『요화주한록蓼花洲閒錄』에 이르기를, 송대 초에 이미 집구시가 있었는데, 석연년石延年에 이르러 드디어 크게 나타났다. … 진실로 왕안석에게서 비롯된 것은 아니다. 살펴보건대, 진대 부함의 집경시가 이미 있었으니, 모시毛詩일편에 "항상 덕을 키워나가면, 처음 좋고 끝도 좋으리, … "라고 하였으니, 이것이 집구시의 시초가 되는 것이다. 거듭 말하거니

　　也. 自晉以來有之, 至宋王安石尤長於此, 蓋必博學强識融會貫通, 如出一手, 然後爲工, 若牽合傅會, 意不相貫, 則不足以語此矣."

5) 沈括, 『夢溪筆談』卷14, 藝文1, "荊公始爲集句詩, 多者至百韻, 皆集合前人之句, 語意對偶往往親切, 過于本詩後人稍稍有倣而爲之者."

와 송초에 시작된 것은 아니다.[6]

청대淸代 조익보다 앞선 시기, 조선의 이수광李睟光(1563-1628)도 그
시작을 다음과 같이 바르게 인식하고 있었다.

> 진나라 부함이 집경시를 지었으니 대략 이러하다. "그 덕을 사모하
> 여 서술하니 끝 좋고 처음도 있네. 너의 숨고자 하는 생각을 힘쓰나,
> 나의 말을 생각하고 있으라." 이것이 아마 후세에 글귀를 모아서 시를
> 만드는 것의 시작일 뿐이다.[7]

청대 황지준黃之雋은 『향설집香屑集』18권을 지었는데, 모두가 당대
唐代 시인의 시를 집구한 것으로 930여수가 기록되어 있다. 『사고전서
총목제요四庫全書總目提要』에서는 그의 집구시에 대해 "대우가 정교
하고 의미가 하나로 관통되며 늘어놓아 엮은 것이 마치 하늘이 이루
어 놓은 듯 자연스럽다."[8]고 평하였다.

우리나라의 경우, 고려 이전에 집구시를 지었다는 기록은 보이지 않
는다. 고려 시인 중 중국 시를 집구해 시를 지은 사람으로는 임유정이

---

6) 趙翼, 『陔餘叢考』集句條, "夢溪筆談謂集句, 自王荊公始, 如風定花猶落,
   鳥鳴山更幽之類, 有多至百韻, 後山詩話亦謂, 荊公暮年集句, 黃山谷以
   爲正堪一笑耳, 然此體不自荊公始也. 金玉詩話及蓼花洲閒錄, 宋初已有
   集句, 至石曼卿遂大著 … .則固不始於荊公矣. 按晉時傅咸, 已有集經詩,
   其毛詩一篇云, 聿修厥德, 令終有俶 … 此則實爲集句之權輿, 又不自宋初
   始矣."
7) 李睟光, 『芝峰類說』卷9, 「詩法」, "晉傅咸作集經詩, 略曰, 聿修厥德, 令終
   有俶, 勉爾遁思, 我言思服, 此盖後世集句之始."
8) 『四庫全書總目提要』, 「香屑集」卷18, "雖取諸家之成句, 而對偶工整, 意
   義通貫, 排比聯絡, 渾若天成."

유명하다. 그리고 이름만이 알려진 최집균이 있다. 조선의 경우는, 김시습(1435-1493)과 김육(1580-1685), 전극항(1591-1636), 문성준(1858-1930)의 집구시가 있다. 김시습의 경우는 34세 때 하나의 주제를 가지고 국내외 인사의 시구를 모은 '산거집구山居集句'가 남아 전한다. '산거집구'는 모두 7언 절구 총 100수로, 구수句數로 보면 400구이다. 400구의 빈도수를 일일이 조사해 보면 육방옹陸放翁(1125-1260)의 시구가 절대적으로 많은 33구를 차지하며, 국내외 유명 시인의 시구를 두루 사용하였다. 김육은 두보(712-770)의 시구만으로 '집두시集杜詩' 216수를 집구하였다.[9)]

이 밖에 중국에서 최근 발견된 조선인의 집구시도 남아 있다. 이는 바로 '귀양貴陽 시춘곡是春谷 마애석각摩崖石刻'인데, 청 건륭연간에 사정훈謝庭薰이 십삼경十三經, 중국 역대 시인과 주변 국가 시인들의 시구를 가지고 집구시를 만들어 절벽에 새긴 석각이다. 사정훈의 『세심천집洗心泉集』에 의거하여 붕괴된 석벽 끝부분의 「집속국集屬國」편장에 조선인들의 시가 집구된 3수가 새겨져 있다고 한다.[10)]

전대 여러 사람의 시구들을 모은 집구시 형식의 시집을 일반적으로 '백가의百家衣' 또는 '백가의집百家衣集'이라고 부른다. 본래 '백가의'란 중국 한족의 옛날 육아풍속에 아이가 태어나면 온 마을의 집을 다니면서 떨어진 천 조각을 얻어다가 꿰매어 옷을 만들어 입혔는데, 이러한 백가의를 아이가 입음으로써 무병장수할 수 있다고 믿은 데서 유래하였다.[11)] '백가의체百家衣體'란 황정견黃庭堅이 처음 명명한 것

---

9) 이에 대해서는 김상홍, 「한국의 집구시 연구」(『한문학논집』5, 1987)와 남윤수, 「潛谷 金堉의 集杜詩攷」(『중어중문학』4, 1982)에 상세하니 참조하기 바란다.

10) 이에 대해서는 박현규, 『貴陽 是春谷에 각석된 조선 집구시』(『열상고전연구』25, 2007)에 상세하니 참조하기 바란다.

이다. 백가의체란 '백가의'에서 유래한 용어이고, 송대 혜홍惠洪의 『냉재야화冷齋夜話』에서 처음 사용하면서 집구체를 대신해 널리 쓰이게 되었다.

> 집구시를 황산곡이 백가의체라고 하였는데, 백가의는 어린아이의 수놓은 저고리이다. 육유의 시에 "문장에서 가장 꺼리는 것은 '백가의'이다."라는 구절이 있다.[12]

이렇게 '백가의'의 유래는 여러 집에서 헝겊 조각을 얻어 옷을 지어서 어린아이에게 입히면 장수한다는 옛 풍습에서 유래된 것이다. 우리나라에서도 황정견이 말한 바와 같이 집구시를 '백가의'라고 불렀다.

조선 중기의 문인 권문해權文海(1534-1591)의 『대동운부군옥大東韻府群玉』에서는 임유정의 『임좨주백가의시집林祭酒百家衣詩集』을 소개하면서 이러한 '백가의'가 고려 시대에도 유행하던 풍속이라고 하였다.

3. 임유정의 『임좨주백가의시집』

1) 임유정과 그의 시대

임유정林惟正(1159?-1214?)[13]의 본관은 예천醴泉[14]이다. 고려 의종

---

11) 『中國風俗辭典』, 上海辭書出版社, 1990, 209쪽, 「生育類」.
12) 釋惠洪, 『冷齋夜話』, "集句詩, 山谷謂之, 百家衣體, 百家衣, 小兒文褓也. 陸游詩, 文章最忌百家衣."
13) 임유정의 생평이나 집안 등에 대해서는 아직 구체적으로 밝혀진 바 없다. 다만, 『동문선』에 실린 『백가의집』 서문과 발문, 『신증동국여지승람』에 실린 단편적인 기록, 그가 남긴 詩題를 분석하여 생애를 추정할 수 있다. 그의 생애와

때 태어나 무신집권기인 명종 때 등과하여 두루 내외직을 맡아 활동하다가 말년에 이르러 국자감 좨주에 오른 것으로 알려져 있으나, 이러한 그의 행적이 『고려사』에는 전혀 보이지 않는다. 그의 문집 시제詩題에 등장하는 그와 교유한 인물들[15]의 관직과 활동 연대에 근거해볼 때, 추밀부사樞密副使와 정당문학政堂文學 등의 관직에 있으면서 세 번이나 과거시험을 주재하여 그 당시 가장 많은 문인을 두었던 한문준韓文俊이 지공거知貢擧를 맡았던 1183년경에 진사과에 뽑혀, 한문준의 은문恩門에 들어간 것으로 추정된다. 진사과에 급제한 후 은문

관련하여 허흥식은 『百家衣集解題』(『계간서지학보』12-13, 1994)에서 대략 1140년에 태어나서 1100년대 말엽까지 생존한 것으로 추정하였으나, 이만열은 『한국사연표』(역민사, 1985)에서 임유정의 『백가의집』이 1159년부터 1214년 사이에 지어진 것이라 보고 이를 그의 생애 추정 연도로 표기하였다. 이 글에서는 이만열의 추정연도를 따르기로 한다. 실제 『백가의집』서문을 쓴 조문발이 1227년까지 생존하였으므로, 임유정 사후부터 1227년 이전에 初刊되었을 가능성이 있다.

14) 『增補文獻備考』卷247, 『藝文考』6 「文集類」1 참조. 이 밖에 『增補文獻備考』卷50, 「氏族」에 의하면 "개령 임씨 시조 林達, 司吏였다. 林惟正, 벼슬이 국자감 祭酒였다. 開寧林氏, 始祖, 司吏, 林達, 林惟正, 國子監祭酒."라고 되어 있고 조문발이 쓴 『百家衣集』서문에서는 "襄陽 林惟正"이라 하였으며, 『新增東國輿地勝覽』卷24, 「醴泉」조에 그와 관련된 기록이 있고 『해동문헌총록』에서도 "惟正, 醴泉人"이라 하였는데, '開寧'이나 '襄陽' 둘 다 현재 예천의 옛 이름이다.

15) 당시 그와 교유한 인물은 崔詵(都統, 1143-1209), 彭祖狄(學士, 미상), 吳世文(使臣, 1152년 7월 升補試 合格), 康日用(先生, 1122년 3월 정축), 李知深(學士, ?-1170), 賈益(金使, 1196년 1월 정유), 晁凝(金書狀官), 王度(相國, 1174 義州分道官, 1192 御史大夫), 廉信若(相國, 1118-1192), 崔孝思(分營, 1203-5월 國子祭酒), 李英梓(分道, 미상), 李公升(平章事, 1099-1183), 韓靖(使臣, 1149년 11월 金으로 사신, 1151년 8월 臺官) 등 13인이다. 이 중 2인을 빼고는 모두 『고려사』에 기록되어 있고, 활동 시기는 거의 12세기이다.

및 권신들과 정치적인 행보를 같이 하면서 녹사참의錄事參議 등의 벼슬을 맡아 적지 않은 시회詩會를 가졌을 것으로 추정된다. 조문발趙文拔(?-1227)은 『백가의집』서문에서 그가 내외관을 역임했다고 적었고, 이는 그의 작품에서 확인된다. 시제詩題를 통해보면 그의 관직은 주로 변방의 문관직이었고, 그의 시작품도 금성錦城(羅州)과 하동河東의 변방 지역에서 많이 이루어졌다. 급제한 후 늦게야 내외관을 역임하였으나 무신집권기의 문신이므로 험로로 일관했을 것이다. 녹사참의 이외에 구체적으로 그가 어떤 관직을 맡았는지는 자세하게 알 수 없다. 다만, 그가 활동하던 시기가 명종, 신종, 희종, 강종, 고종 연간이라는 것만 추정할 수 있을 뿐이다. 조문발 서문과 이 책 권수제에서 알 수 있는 바와 같이, 그의 가장 중요한 경력이 '국자감좨주'였음을 알 수 있다. 현전하는 그의 시작품은 모두 『백가의집』에 실려 있다. 집구시가 아닌 일반 형태의 시는 전하지 않는다.

2) 시집의 간행 경위와 이본異本

현전하는 연대본에는 조문발의 서문이 남아있다. 서문에 의하면, 초간본은 최우崔瑀가 임유정이 죽은 뒤에 일부를 수습하여 간행하였다고 하였고, 임유정 사후 언제인지 정확한 초간본의 간행 연대와 장소는 알 수 없다. 서문 앞에 '시기거사인지제고조문발試起居舍人知製誥趙文拔'이라 쓰여 있고, 끝에는 '운云'으로 생략하였음을 표시하였다. 최우는 1237년과 1239년 사이에 최이崔怡라 개명하였으므로16), 그 이전

---

16) 『高麗史』에는 崔瑀가 晉陽候에서 晉陽公으로 加封된 시기가 밝혀져 있지 않다. 1237년 刊記의 金剛經에 晉陽候 崔瑀로, 1239년 「南明泉和尙證道歌事實」의 跋文에는 晉陽公 崔怡로 실렸다.

에 간행되었다고 보여 진다. 조문발은 1227년까지 생존하였으므로 그 이전에 초간되었음이 틀림없다. 서문은 그가 기거사인의 벼슬로 있던 고종 연간(1225년 전후)에 간행과 동시에 적은 것으로 생각된다. 『백가의집』의 편찬 경위를 알 수 있는 조문발의 초간 서문을 보자.

선생은 과거에 오르고부터 벼슬이 국자감 좨주에 이르렀다. 그 사이에 구름처럼 여유롭게 내전을 거닐었으며 별똥처럼 바쁘게 외방을 다니기도 하였는데, 이때에 고금의 제영시를 보게 되면 그 자리에서 운에 맞춰 차운하였으나 모두 천연한 풍취를 얻었다. "석양은 타오르는 불보다 붉고, 나는 꽃잎은 은빛같이 하얗다."라든가, 또 "안개 걷힌 첩첩 봉우리 말끔히 씻은 듯하고, 바람 스친 긴 강물 깨끗이 펴놓은 듯하다."라는 시구와 같은 형태는 참으로 붓끝이 삼매의 경지에 들어 놀리는 것이 자유자재하다고 말할만하다. 안타깝게도 하늘이 그 수명을 많이 주지 않아 일찍 세상을 떠났고, 그 시도 따라서 거의 유실되어 논객들의 마음을 안 좋게 하였다.

때마침 상국 청하 최우공이 선생을 좋아하는 군자여서 흩어지고 잃어버린 나머지에서 유전되던 작품들을 주워 모아 무릇 약간 수를 읊조렸는데, 마치 단술을 맛보고 자주 부어 마시며 아름다운 음악을 듣다가 곡조를 마치지 못해 마음 섭섭해 하는 것처럼 하였다. 일찍이 나를 불러 말하기를, "이 글은 금옥이니 반드시 모아둔다면 후세에 보배가 될 것이다. 마땅히 정묘하고 영화한 것이 그대로 흙속에 묻히는 일이 없도록 편술해야한다."고 했는데, 부탁이 매우 간절하였다. 어찌 얕은 글 실력으로 스스로 힘써 사양하지 않았겠는가. 드디어 명을 받들어 서너 번 살펴보고는 시구가 중복되는 곳에 이르러서는 삭제하려고 하였는데, 공이 말하기를, "백낙천은 시에 뛰어난 자인데도 그의 문집을 보니 어떤 시구에 '한가롭고 용렬함의 두 가지에 남음이 있다'라고 한 것이 두 번 있었고, 또 옛날 편찬한 것은 이처럼 비록 중복되더라도 뜻에 해가 되지 않았다."라고 하였다. 이에 아울러 수록하고 나누어 세 권으로 만들고 나서 황산곡의 말을 인용하여 제목을 '백가의집'이라 하여 오래도록 전하도록 하였다.[17]

임유정이 활동하던 시기가 명종, 신종, 희종, 강종, 고종 연간이라는 것만 추정할 수 있을 뿐이다. 그의 집구시는 대부분 이 시기에 지어졌으며 조문발이 "고금의 제영시를 보게 되면 그 자리에서 그 운에 차운하였으나 모두 천연한 풍취를 얻었다."고 하였듯이 남다른 재능을 발휘하여 당대 무신정권의 권신들로부터 비호를 받았다고 짐작된다. 그러나 안타깝게도 장수하지 못하고 세상을 떠나자 그의 주옥같던 집구시도 거의 유실되고 말았다. 때마침 상국 최우가 돌아다니던 그의 작품들을 모아서 읊조리다가 금과옥조와 같이 여기고 조문발에게 간행하도록 명하였다. 이에 조문발은 빠짐없이 모아서 황정견의 말을 인용하여 제목을 '백가의집'이라 하여 모두 세 권으로 만들었다.

중간본(성암본)에 실린 남수문南秀文(1408-1443)의 발문에 의하면 초간본이 경주에서 간행되었다고 한다. 이 중간본은 1440년(세종 22)에

---

17) 『東文選』卷84, 「百家衣序」; 연대본, 『百家衣集』卷第1, "今先生自登第, 官至國子祭酒. 其間雲步內庭, 星馳外域, 嘗是時, 見古今題詠, 立而次其韻, 皆得於天趣. 如日落照紅於燒, 飛花白似銀, 又煙滋疊孍晴如刮, 風去長江淨似鋪之句之類, 眞所謂筆端三昧, 遊戱自在也. 惜其天不與年, 冥於長往, 其詩亦從而十失八九, 論者不盈志. 時相國淸河崔瑀, 好善君子也, 搜得遺篇於散逸之餘, 凡若干首, 諷詠之若嚌醴亟爵, 聞雅音不竟曲, 其慊於心矣. 嘗召而告之曰斯文金玉也, 必有收而寶于後世者. 宜叙之, 無使精英淪於土, 其囑之甚勤. 豈可以辭淺不自效爲辭. 遂承命而閱之數四, 至句疊處將削之, 公曰樂天詩豪也, 案其集有句曰閑塘兩有餘者再矣, 且古之編撰, 若此雖疊, 而不害於義. 於是幷錄之, 離爲三卷, 旣而用山谷語, 目曰百家衣集, 以壽其傳."

경상도 안동부에서 간행되었음을 알 수 있다. 이 남수문의 발문이 연대본에는 없기에 성암본의 것을 게재한다.

고려 때 좨주 임 선생의 『백가의집』3권은 5언시와 7언시가 모두 280여수이나, 모아진 것은 그 수를 헤아릴 수 없었다. 백가의 시구를 모으되 여기저기 깊이 통달하여 바깥 경물을 만나면 그대로 읊조렸으나 대우의 정밀함이 온통 천연적으로 이루어져 마치 우리나라와 촉나라의 비단을 가져다가 교묘하게 바느질한 것 같이 다섯 가지의 채색이 서로 어울려 마음을 어지럽히고 눈부시게 하였다. 기억과 식견이 풍부하여 이어가고 모으는 재능을 왕형공이 보았더라면 어찌 많이 양보하지 않을 수 있었겠는가. 이 시집들을 일찍이 경주에서 간행하였는데, 세월이 오래되어 판본이 망가지자 사람들이 이를 사본으로 돌려보았다. 세종 21년 기미년(1439) 가을, 도관찰사 개성開城 이상국李相國 선宣이 사람의 손을 빌려 경연經筵에 소장된 인쇄본을 옮겨 적었고, 다시 안동대도호부에서 인쇄하여 널리 전하였으니 어찌 선생의 이름만 불후의 문장에 힘입을 것인가? 공이 옛것을 좋아하고 선을 고양하는 마음이 가득하였기에 후세에 더욱 밝게 드러나게 될 것이다.[18]

1439년인 조선 세종 21년에 이르러 도관찰사 이선의 주재 아래 경연에 소장되어 있던 자료를 가지고 안동에서 다시 판각했다는 것인데,

---

18) 『東文選』卷103,「百家衣跋」; 誠庵本, 『百家衣集』跋文, "高麗祭酒林先生, 百家衣集三卷, 五七言總二百八十餘首, 所集無慮數, 集百家詩句, 左右逢源, 遇物則賦, 對偶之精, 渾然天成, 如取越羅蜀錦, 而巧如針線, 五彩相宣, 眩耀心目, 其記識之當, 綴集之能, 使荊公見之, 寧不爲之多讓也耶, 是編嘗刊于慶州, 歲久板缺, 人多傳寫以觀, 正統己未秋, 都觀察使開城李相國宣, 倩人抄得慶筵所藏印本, 復鋟梓于安東大都護府, 以廣其傳豈惟先生之名, 賴以不朽, 公之所以好古揚善之盛心, 爲益白於後世矣."

경연 소장의 인본에는 서문은 없었더라도 끝에 간기의 일부가 남아 있을 가능성이 있다.

현전하는 『백가의집』은 연대본 외에 성암誠庵 조병순趙炳舜 선생의 고서박물관 소장본, 이 밖에 경북대 남권희 교수 소장본, 이렇게 3종이다.[19] 모두 3권1책이며, 이는 조문발의 서문과 일치하는 분량이다. 3종 모두 같은 목판에서 이루어진 인본이지만, 인본의 앞선 시기로 추정해 보면 연대본, 남권희본, 성암본의 순이다. 그러나 보존 상태는 역순이다.

(1) 연대본

(초간본인지 세종 때 중간본인지는 간기刊記가 없어 알 수 없음) 임란전의 목판본(귀236)으로 분류되어 있다.

> 목판본, 3권1책(72장) : 四周雙邊, 半郭 18.5×16.0cm. 有界, 10행 16자, 上下黑口, 上下花紋魚尾; 29.5×19.0cm. 권수제 : '林祭酒百家衣詩集', 표제 : '林祭酒百家衣詩集全'

고려 고종 연간에 간행된 것으로 추정되는 연대본은 목차와 서문은 있으나 발문과 간기가 없다. 목차 3면과 권제3卷第三의 마지막 면에

---

19) 김태준, 『조선한문학사』(조선어문학회, 1931), 76-77쪽에 의하면 이 시집이 赤堀又次郞의 『朝鮮本書名目錄』(溫古隨筆 제18호)에 '백가의집'이라고 실려 있는 것으로 보아 日本에 전본이 있는 듯하다고 하였다. 이 밖에 李仁榮의 『淸芬室書目』(1944)에도 이 목록이 보인다.(『임쵀주백가의시집』, 3권1책, 寶蓮閣 영인본) 이인영은 1575년(만력 2년) 『攷事撮要』의 안동 책판에도 이 책이 실려 있다고 밝혔다.

약간의 훼손이 있고, 마멸이 적어 가장 먼저 이루어진 인본으로 추정되지만, 보존 상태는 성암본보다 떨어진다.

(2) 성암본誠庵本

(세종 때 중간본重刊本)

> 목판본, 3권1책(75장), 18.5cm×16.0cm, 半郭 有界, 10행16자, 上下黑口, 上下花紋魚尾 27.8×20.2cm … 표제 : '百家衣詩上下全'

결손된 부분이 없는 선본善本으로, 간기刊記에 의하면 1439년에 간행되었음이 확인된다.

연대본과 비교해보면 두 판본 모두 판독하기 어려울 정도로 글자체가 희미한데, 연대본에 빠진 발문과 간기가 있어 간행 시기를 확실히 알 수 있다. 간행 시기를 확실히 알 수 없는 연대본과 달리, 그 내용은 물론 판본의 자형까지 같다. '임좨주백가의시집 권제1卷第一'에서 '권제3卷第三'에 이르는 3권과, 5언시 및 7언시를 합쳐 모두 289수인 것도 일치한다. 남권희본보다 파손은 적지만 목결이 보이는 부분은 남권희본보다 좀 더 벌어져 있다. 또, 인쇄한 먹이 고르지 못하고 묽은 먹이 번진 부분이 많다. 보존 상태가 좋아서 전체의 결손부분이 없는 선본善本임에 틀림없다. 성암본에만 현전하는 간기(간행에 참여한 인물)를 판독하면 다음과 같다.

辛泌	權玄
金鎭田	崔白湖
	朴義

李奉守　　徐貴隣
學生　　李友相
前署丞　李從生
僧自明　　明晅
大禪師　海逢　宗月
刻手禪師　信寶　性珠
別色前權知戶長權目
書成均生員　權度恭
成均生員　金永命
成均生員　申周翰
成均生員　權孝宗
校正宣教郎安東大都護府儒學教授官吳孝文
承議郎安東大都護府判官兼勸農兵馬團鍊判官宋復元
通訓大夫安東大都護府使兼勸農兵馬團鍊使李思任
奉訓郎慶尙道道觀察黜陟使經歷所都事李永肩
嘉善大夫慶尙道道觀察黜陟使兼監倉安集轉輸權農官學都提
調刑獄兵馬公
事李宣

경상도와 안동부에 재직한 지방관과 이를 보좌하는 외관이 모두 간행에 참여하고 있다. 또, 새기거나 목판으로 쓰일 목재를 다듬는 실질적인 기술자로 승려가 큰 힘이 되었음을 알 수 있다.

(3) 남권희 교수(경북대) 소장본

(성암본과 동일 판본, 권제1~권제3까지 본문만 전래)

서문, 목차, 발문, 본문 마지막 장 첫 면의 하단과 다음 면 전체, 刊記가 결락된 상태이다.(책 앞 13장과 뒤로 두 장 반, 합 15장이 결락됨)

이 3종 현전본에는 적지 않은 가필加筆이 있다. 이 가운데 의미가 없는 낙서도 있지만, 어느 시기의 소장자를 나타내는 의미 있는 묵서墨書뿐만 아니라, 배지背紙에도 중요한 묵서가 있다.

연대본에는 소장자에 접근할 수 있는 낙서는 거의 없으나, 배지에는 많은 시문을 필사하여 싣고 있다. 또, 난외에 각 작품의 '운자韻字'가 적혀 있어 이 책이 사람들의 시작詩作 공부에 필요한 교재로도 활용되었음을 시사하고 있다.

성암본에는 둘째 장에 '전씨가장全氏家藏'이라 쓰여 있고, 제2권의 끝에도 '책주옥천전冊主沃川全'이라 쓰여 있으므로 한때 옥천에 살던 전 씨의 소유였음을 알 수 있다. 성암본의 표지는 만자문卍字紋의 책판冊版을 사용하였으므로 정조 이후의 장정으로 추측된다. 또한 표지에 '백가의시상하전百家衣詩上下全'이라 하여 2권으로 적었으나, 전3권인 내용과도 다르다. 같은 판본이라도 남권희본에 비하여 보존 상태가 양호하며 '비점批點'이 첨가되어 있다.

남권희본에는 '긍당장보肯堂藏寶, 긍당상간보肯堂上看寶, 긍당상肯堂上, 성산안긍당가장星山安肯堂家藏' 등이 쓰여 있다. 특히 주목되는 '성산안긍당가장'은 성주星州에 살던 긍당이란 호를 가진 안씨가安氏家 소장본이었다고 해석된다.

3) 『임쾌주백가의시집』의 구성과 내용

(1) 구성

연대본 『임쾌주백가의시집』(이하 '『백가의집』'이라 칭함) 3권1책(72장, 289수)을 중심으로 한 전체 구성을 보면 다음과 같다.

- 목차 11장 - 연대본(3면 결락), 성암본
- 서문 2장 - 연대본, 성암본, 『동문선』에 있음
- 권1에 5언시(절구, 율시, 배율) 95수(21장) - 연대본, 성암본, 남권
  희본 동일
- 권2에 7언시(율시, 배율) 79수(21장) - 연대본, 성암본, 남권희본
  동일
- 권3에 7언 절구 115수(18장) - 연대본, 성암본, 남권희본 동일
- 발문 1장 - 성암본, 『동문선』에 있음
- 간기 1장 - 성암본

『동문선』에 실려 있는 임유정의 집구시는 5언 율시 8편 11수(『동문선』 권9), 7언 율시 19편 26수(『동문선』 권13), 7언 배율 1편 1수(『동문선』 권18), 7언 절구 8편 8수(동문선, 권20) 등 모두 36편 46수이다. 이 『동문선』에 실린 46수 모두 『백가의집』에 순서대로 수록되어 있음이 확인된다.

(2) 내용

이 책은 임유정이 이전의 여러 사람의 시구들을 모아 쓴 집구시집이다. 집구시는 해박한 학문적 지식과 뛰어난 기억력을 필요로 하며, 빼어난 문장 솜씨 또한 요구되므로 만일 억지로 모아 붙이면 부자연스럽거나 일관성을 잃을 수가 있다. 임유정은 이렇게 모두 남의 시구를 가져다 엮어서 시로 만들었는데도 마치 한 사람의 작품처럼 교묘한 대우對偶 솜씨가 훌륭하게 이루어져 있다. 아울러 수록된 작품을 통해 그의 폭넓은 독서량과 문재를 확인할 수 있다. 조문발은 1225년 경 쓴 『백가의집』 서문에서 "백가의란 것은 왕서왕시王舒王始가 비로

소 제창하였고, 황산곡 같은 이들이 뒤를 이어받아 화작하였다.”고 밝혔듯이 집구시의 시초를 찾고, 문학이란 모방이란 습작의 과정을 거쳐야 자득自得의 경지에 도달하게 되는 연습과 수렴의 소산임을 밝혔다.

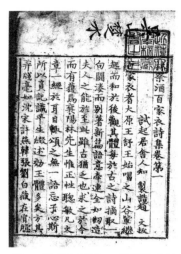

그림 1 연대본 卷第一, 卷首面 序文

백가의라는 방식의 시체는 태원太原 왕서왕시王舒王始(성암본 : 왕서옥王舒玉)가 시작했고, 황산곡 같은 이들이 뒤를 이어 일어나며 화작하였다. 그 체를 보면 매양 옛 시에서 한 구를 골라서 서로 겨루고 맞추어가면서 따로 붙이고 새롭게 엮으며, 말뜻을 끌어다 놓았는데도 완전히 창작한 것 같았다. 무릇 사람들이 능히 이에 이르는 것이 비록 옛날에도 오히려 없었는데 오늘에 구하여 얻음이 있었다. 양양襄陽 임유정 선생은 성품이 총명하고 민첩하여 문장이 한번 귀와 눈을 스치면 문득 외워서 한마디 말도 마음에 잊어버리는 일이 없었다. 이에 기송과 지식을 자부하며 평생동안 꿰매어 술회한 것이 왕안석의 체를 본받음이 많았다. 바야흐로 종이에 붓을 놀린 것이 심약, 송지문, 장열, 소정, 한유,

장적, 유우석, 백거이 같은 이가 가슴 속에 숨어있어 뜻에 따라 내뱉은 시구가 자질구레함의 굳은 진영을 깨뜨리고 아로새김의 우두머리를 사로잡으니 모두 깃대가 꺾이고 호각이 부려져서 허물어진 채로 흩어지고 말 것이다. 이것의 공효는 빠른 것을 귀하게 여기고, 느린 것을 귀하게 여기지 않는다. 대저 붓을 잡은 선비가 다달이 찾고 날로 연마하여 다행히 좋은 작품을 얻게 되면 공교하다고 말하지만, 그러나 그 공효가 서툴더라도 빨리 짓는 것에 미치지 못함이 멀다.[20]

남수문 역시 1439년에 쓴 『백가의집』 발문에서, 시문이 뛰어났던 왕안석조차 집구시를 쉽게 짓지 못했던 일을 상기시키면서 오히려 많은 지식과 공정이 요구되는 장르라고 하면서 아울러 문학이란 항상 엄정하고 공리적인 토대위에서만 존재하는 것이 아님을 말하였다.

옛날 왕형공이 동파의 (집을) 지나다가 책상 위에 있는 오래된 벼루를 보고 몹시도 사랑하여 "마땅히 집구해서 지으리라" 하고 곧이어 부르기를, "공교한 장인이 산의 뼈를 깎아서"라 하고서 오래도록 깊이 생각했으나 끝내 뒤를 잇지 못하였다. 무릇 형공이 재주와 학문의 풍부함으로 비로소 집구시를 지었는데, 오히려 어려워한 것이 이와 같았으니 하물며 그만 못한 사람에 있어서일까보냐.[21]

---

20) 『동문선』권84, 「百家衣序」; 연대본, 『百家衣集』卷第1, "百家衣者, 太原王舒王始唱之, 山谷輩繼起而和於後. 觀其體, 每於古之詩, 摘取一句, 鬪湊而別著新篇, 語意牽連, 全如羢造. 夫人之能於至此, 雖古猶乏也, 求之於今而有獲焉. 襄陽林先生惟正, 性聰敏, 凡文章, 一經於耳目, 輒誦之, 無一語忘于心. 斯所以負記識, 平生綴述, 効王體多矣. 方其弄賤毫, 如沈宋許燕韓張劉白, 藏在胸臆間, 隨意吐句, 破瑣屑之堅陣, 禽雕鑿乏酉帥, 皆摧幢折角, 崩潰而散. 是効也貴速不貴遲. 大抵秉筆之士, 月搜日鍊, 幸而得嘉篇則曰巧, 然其功不及於拙速遠矣."

21) 『동문선』권103, 「百家衣跋」; 誠庵本, 『百家衣集』발문, "昔王荊公過東坡,

임유정 자신이 지은 시가 전하는 것은 한 편도 없이, 외우고 있던 중국 당송시대의 유명 시인들의 시구를 재치 있게 운용하고 있고 심지어 불교서·제자백가에 이르기까지 폭넓게 집구하여 구성되었다. 무엇보다 그의 집구시가 갖는 한시사적 중요성은 고려 시대 우리나라 시인들에 대한 중국 시인의 영향관계를 간접적으로나마 추측할 수 있다는 사실이다.

그렇다면 임유정은 어떻게 중국 시와 시인들을 접할 수 있었을까? 고려의 한시 문학의 발전은 당시 실행되었던 과거제도와 궤를 같이 한다. 고려는 광종 9년(958)에 처음으로 과거제도를 도입, 시문으로 인재를 선발하는 진사과를 중시하였다. 이러한 시대적 수요에 부응하여 고려는 송나라로부터 많은 서적을 사들여왔으며 문화적 자극을 통해 본격적인 한시 문학이 흥기하였다. 『고려사高麗史』를 보면 선종 2년에 송나라로부터 『문원영화文苑英華』를 들여온 기록이 있는데, 거기에는 백거이 시가 700편 가량 수록되어 있고, 선종 8년에는 역으로 송나라 조정이 고려에게 송나라에서 사라진 서적의 목록을 보내어 책을 구하는 기록이 있는데, 그 목록에 『원백창화시元白唱和詩』가 들어 있다. 이 목록으로 보아 고려 중기에는 이름 있는 시인들의 시가 고려의 문인들에게 널리 애독되었으며 그 가운데 특히 백거이 시를 애호했음을 알 수 있다. 당시 애용된 창화의 방법은 시적 정취와 내용의 동일성은 물론, 특정 당송 시인의 운자를 사용한 차운시가 많았다.

또, 고려 고종 연간(1214-1259)에 한림서생들이 지은 『한림별곡翰林別曲』 제2장을 보면 당시 유생들이 『당서唐書』, 『한서漢書』, 『노자老子』,

見案上古研甚愛, 因日當集句賦之, 卽唱云巧匠斲山骨, 沉吟久之, 意不能續, 夫以荊公才學之贍, 創爲集句, 而猶有難之者如此, 況其下者乎."

『장자莊子』, 『한유집韓愈集』, 『유종원집柳宗元集』, 『이백시집李白詩集』, 『두보시집杜甫詩集』, 『난대집蘭臺集』, 『백낙천집白樂天集』, 『모시毛詩』, 『상서尙書』, 『주역周易』, 『춘추春秋』, 『주례周禮』 등의 본문과 주석을 아주 유창하게 외우는 대목이 나온다.[22] 이로 볼 때 당시 고려 문인들의 애호를 받았던 시인들을 익히 알 수 있다. 이규보李奎報(1168-1241)가 당시의 젊은 학자들이 일단 과거에 급제하여 시간적 여유가 생기기만 하면 너도나도 소식蘇軾의 시를 배우는 기풍을 두고 "세상의 학자들이 차음에는 과거에 급제하고 나서 시 짓는 법을 배우기 시작하면 소동파시 읽기를 무척이나 좋아하기 때문에 매년 과거의 방이 나붙은 뒤에 사람마다 금년에 또 서른 명의 소동파가 나왔다고 여긴다."[23]라고 했으니, 이는 고려 문인들의 학소學蘇 열기를 소개하는 대목이다. 조문발의 서문을 통해서도 임유정이 "심약, 송지문, 장열, 소정, 한유, 장적, 유우석, 백거이 같은 이가 가슴 속에 숨어있어 뜻에 따라 내뱉었다.如沈宋許燕韓張劉白, 藏在胸臆間, 隨意吐句."고 밝히고 있는 대목도 눈에 띈다.

이렇게 지어진 그의 집구시는 각 시구마다 인용한 시인을 밝혀두고 있는데, 그 빈도수를 통해 영향관계나 기호도를 알 수 있다. 실제로 집구集句의 출전을 분석해 보면 인용이 많이 된 순서로 그 차례를 밝히면, 백거이白居易(220회), 두보杜甫(104회), 구양수歐陽修(82회), 소식蘇軾(75회), 왕안석王安石(55회), 왕우칭王禹偁(51회), 이백李白(42회), 소

---

22) 유병례, 「백거이 시의 고려 문학에서의 수용 양상」(『중국학보』53집, 2006) 91쪽 재인용.

23) 李奎報, 『東國李相國集』卷26, 「答全履之論文書」 "世之學者, 初習場屋科擧之文, 不暇事風月, 及得科第, 然後方學爲詩, 則尤耆讀東坡詩, 故每歲牓出之後, 人人以爲今年又三十東坡出矣."

순흠蘇舜欽(31회) 순으로 나타난다. 이 밖에 1-2구의 시를 인용한 시인들을 합쳐 백 여 명에 이르는데, 집구한 출전이 주로 당·송 시인들이 중심을 이루고 있다. 특히 백거이의 시구가 220구로 가장 많다. 이를 통해 백거이와 두보의 영향이 당시 절대적임을 알 수 있고, 비교적 경도되어 있던 소식보다는 구양수의 것을 많이 인용한 점도 특이하다.

집구된 백거이 시의 경우, 다만 임유정 자신의 기억력에 의존하여 작성한 관계로 교감 결과 글자의 출입도 발견된다.[24] 집구시 권제삼에 실린 「서정敍情」(7언 절구)의 백거이 시 집구 내용 '담소승수가승곡談笑勝愁歌勝哭'은 실제 『백거이집』과 비교해 볼 때, 「권행락勸行樂」에 보이는데, '담소談笑'가 아닌 '환소歡笑'로 되어 있다. 대부분이 한 두 글자의 출입이 있었고, 모두 정확하게 시구를 기억하고 썼다. 이 외에 소략하나마 실제로 해당 시인의 시집에 없는 시구를 든 경우도 있어, 더러는 임유정의 기억에 의존한 착오가 아니었나 생각된다.

임유정이 지은 289수의 작품의 내용을 보면, 사은謝恩과 종유從遊, 한적한 서정抒情, 경승勝景의 감상, 여정旅情과 객수客愁, 선취禪趣 정도로 요약된다. 임유정은 비록 남의 시구를 가져다 시를 짓기는 했지만, 자신의 서정을 잘 담아내어 집구시 속에 응결되어 드러나는 정서는 그 자신의 것이 분명하다. 그가 가장 많이 인용했다는 백거이의 시구도 거의 대부분이 한적시이며, 풍유시는 한 수도 없다. 백거이의 한적시가 당시 고려 문인들에게 좋은 호응을 얻은 듯하다. '백가의체'는 경학經學보다는 사장詞章과 관련이 깊다. 당시 무신집권기를 살았던 문신으로서의 그의 문재文才를 드러낼 필요가 있었을 것이다. 무신집권 시대에 문신으로서 백가의체 같은 특이한 시체로 자조적이고 자학

---

24) 유병례, 앞의 논문, 98쪽 재인용.

적인 시대상을 반영하였으므로 당시 어두운 시대를 살아가던 문인들이 무신에 저항했던 소중한 유물이 아닌가 생각된다. 아래에 작품 몇 수를 들어보면 다음과 같다.

임유정의 5언 율시 「영설詠雪」(『東文選』권9; 연대본 권제1)은 백설白雪을 읊은 시로, 대우對偶의 묘미가 느껴진다.

들기도 어여쁘다, 밤새도록 내리는 소리,
얇다란 조각이 바람에 쫓겨 하늘하늘.
그윽한 골짜기에선 솔 소리와 섞갈리고,
빈 뜰에서는 달빛과 혼동되네.
담을 둘러 전부 분칠을 하고,
나무에 붙으면 모두 꽃이 되는 구나.
시인에게 말씀 좀 전해주게,
앞마을에 가 술 먹을 만하다고.
聽憐終夜落(齊　己),　片薄逐風斜(辛寅遜).
幽澗迷松響(盧　肇),　虛庭混月華(僧止勤).
繞墻全剥粉(李商隱),　着樹摠成花(趙　滕).
爲報詩人導(錢　起),　前村酒可賒(和　放).

다음의 7언 절구 「동림사상방취후희제東林寺上房醉後戲題」(『동문선』 권20; 연대본 권제3)는 동림사에서 술이 취한 후 집구한 것으로 여유로운 분위기가 충만하다. 동림사는 『신증동국여지승람新增東國輿地勝覽』에 의하면 장단도호부(지금의 장단군長湍郡) 용암산 오룡봉 아래에 있던 절이라고 한다. 그의 다른 시에 「제동림사題東林寺」라는 작품이 있는 것으로 보아, 자주 노닐던 곳임을 알 수 있다. 그가 장단 지방에서 관직을 수행할 때 지은 작품이라고 추측된다.

한 동이 술 다하고 청산은 저물었는데,
취해 돌 다락에 누우니 床에 가득한 구름.
한밤중에 늙은 중이 손을 불러 깨우니,
달 밝은 절에는 계수 꽃이 향기롭네.
一樽酒盡靑山暮(方　干),　醉臥石樓雲滿床(杜　牧).
半夜老僧呼客起(子　瞻),　月明金地桂花香(樂　天).

다음의 7언 율시 「부임요덕차촉사유감팔수赴任耀德次觸事有感八首」(2)
(『東文選』 권13; 연대본 권제2)는 자신의 청빈한 삶을 형상화한 것으로,
무욕의 청징淸澄한 세계가 담겨져 있다.

도가 외로우니 세상물정 생소하고,
곧은 낚시로 연못가니 고기 늘 잃었네.
빈 뜰에 달 비치누나 사람 떠나간 뒤,
외로운 베개에 술 깨니 기러기 온 처음 일세.
봄 기울어 무성한 잎에 꽃가지 조그맣고,
후원 깊숙한 발 앞엔 낮 경치 고요하네.
나의 생애 알릴 양이면 응당 웃을라,
집은 다만 사벽 본시 남은 것 없어라.
道孤還與物情疎(孫　何),　釣直臨淵屢失魚(韓　駒).
月照離庭人去後(韓　宗),　酒醒孤枕雁來初(杜　牧).
春殘葉密花枝小(荊　公),　院僻簾深晝景虛(蘇舜欽).
若報生涯應笑殺(樂　天),　家徒四壁本無餘(張　據).

다음의 7언 절구 「삼월회일한영유감三月晦日聞鶯有感」(『동문선』 권20;
연대본 권제3)은 삼월 그믐날 꾀꼬리 소리를 듣고 느낌이 있어 집구한 시
이다. 정情과 경景의 형상화가 훌륭하여 한 폭의 그림을 연상케 한다.

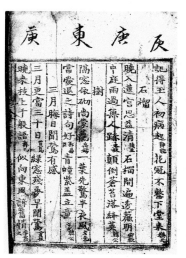

그림 2 연대본, 卷第3「三月晦日聞鶯有感」

삼월이라 바로 그믐날인데,
사창에 꿈이 깨자 꾀꼬리 소리 듣나니.
새벽에 가지 위에서 지저귀는 그 온갖 말,
흡사 동풍 향해 옛 정을 이야기 하는 것 같네.
三月更當三十日(賈　鳥)，　綠窓殘夢早聞鶯(貫　休).
曉來枝上千般語(齊　己)，　似向東風話舊情(李高夫).

다음의 5언 율시「화동문공녹사유거和董文功錄事幽居」(『동문선』권9;
연대본 권제1)는 여유 있고 한가로움이 충만한 시로, 시상이 물 흐르듯
자연스럽다.

학당에는 날마다 일이 없으니,
잠청하려 누워 책을 보기도 하며.
잔을 씻어놓고 새 술독을 열기도 하고,

아이 불러다 낡은 집을 쓸기도 하네.
그윽한 꽃은 비스듬히 나무에 가득하고,
서늘한 달은 아름답게 뜰을 비춘다네.
빈 방에 잡생각 끊인다는,
도잠의 말이 헛되지 않구나!
學堂日無事(韓　愈),　引睡臥看書(永　叔).
洗酌開新醅(杜　甫),　呼兒掃弊廬(司馬光).
幽花欹滿樹(杜　甫),　凉月巧臨除(林　敏).
虛室絶塵想(陶　潛),　陶潛語不虛(樂　天).

　　이 시는 『동문선』에 「화동문공녹사和董文功錄事」라는 제목으로 실
려 있다. 동녹사董錄事가 누구인지는 알 수 없다. 다만 녹사錄事라는
벼슬이 지방의 관직이었다는 것을 고려한다면, 임유정이 지방에서 벼
슬할 때 지은 작품이라고 추측된다.

4) 임유정 집구시의 성과와 한계

　　집구시라는 시체가 존립할 수 있었던 까닭은 한자문화권의 독특한
전통에서 비롯된다고 생각한다. 전통 시대에는 집구시에 대해서 부정
적인 시각이 지배적이었다. 송대 황정견은 집구시에 대해, "정작 한번
웃어버릴 거리黃山谷以爲正堪一笑耳[25])"일 뿐이라고 생각하였다. 육유
는 "문장에서 가장 꺼리는 것은 백가의이다.文章最忌百家衣."[26]라고
하였다. 그 기원에 대해 탁견을 가졌던 이수광도 "황산곡이 이름 붙인
집구시 백가의체가 … 본받을 만한 가치가 없다.黃山谷謂之百家衣體 …

---

26)　釋惠洪, 『冷齋夜話』.

38 제1부 중국 시선집詩選集의 유입과 편찬

然不足法也."[27]고 못 박았다. 집구시가 창조성이 떨어진다는 인식 때문이다. 이는 오늘날의 시각에서 보면 표절에 지나지 않는다. 임유정의 경우 그자 지은 시는 한 수도 남아있지 않아 더욱 그런 평가를 받게 되었는지도 모른다.

조선 초기 시학을 대성시킨 유방선柳方善(1388-1443)은 "집구시는 어렵고도 쉽고 쉬우면서도 어렵다.難而易易而難."고 서거정徐居正(1420-1488)의 물음에 답하면서 임유정이 집구시에 능하였음을 인정하였다. 그러나 어찌하여 임유정의 자작시가 한 수도 전하여 회자된 것이 없는가를 그 역시 의심하였음을 다음 『동인시화』의 글에서 엿볼 수 있다.

내가 태재 유방선에게 시구를 모으는 일의 어려운 점에 대하여 질문한 적이 있었다. 선생이 말하기를, "어려운 듯하면서도 쉽고, 쉬운 듯하면서도 어려운 일일세."라고 하였다. 내가 말하기를, "무슨 말입니까?" 하니 대답하기를, "시구를 모으는 일은 형공 왕안석도 어렵게 여긴 일이네. 근래에 좨주 임유정과 최집균 선생이 모두 시구를 잘 모은다고 하는데, 그들이 시를 모은 것을 살펴보면 아마도 평소의 운에 의거하여 시를 모은 듯한데, 제자백가의 글을 모두 섭렵하고 종류별로 구분하여 사용에 필요한 때를 대비한 것뿐이네. 우리나라는 시가詩家의 문적文籍이 많지 않으며 제자백가의 간행은 정해진 수효가 있는데, 임유정과 최집균이 모은 것은 보지도 못하고 듣지도 못한 사람의 시구가 많이 있으니, 이 점이 매우 의심스럽네. 또한 임유정과 최집균이 이미 시구를 잘 모은다고 하였는데, 어찌하여 자신들이 지은 시는 한 편도 세상에 전해져서 사람들에게 회자되는 것이 없는가. 이러하니 시구를 모으는 일이 어려운 듯하면서도 쉽고 쉬운 듯하면서도 어렵지 않겠는가."하였다.[28]

....
27) 李睟光, 『芝峰類說』卷9.

위의 유방선과 서거정의 문답처럼, '임유정이 그처럼 집구시를 잘 지었다면 어찌 그의 자작 시 작품은 한 편도 전하는 것이 없는가'라고 의문을 던진 내용을 되짚어보면, 집구시의 제작이 상당한 문학적 수준을 요구한다는 의미로도 이해된다. 비록 순수한 창작은 아닐지라도, 시에 드러난 정감은 집구한 시인의 공감 속에서 이루어진 것이다. 집구시에 드러나는 의경은 시인 자신의 것이요, 그 솜씨의 공교로움은 오히려 더 우수하다고 생각된다.

조선 후기 이덕무李德懋(1741-1793)는 임유정의 집구시를 오히려 긍정적으로 이해하고 있다. 바로 '천의무봉天衣無縫'하다고 표현하여 그의 문학적 재량 및 시적 형상화 양상을 높이 평가하여 다음과 같이 말한 바 있다.

> 고려 때 임유정은 집구시를 잘하여 『백가의집』이 있는데 "얼굴을 본 적이 없건만 꽃은 사람을 맞아 웃고(齊己), 이름도 모르건만 풀은 제멋대로 살아간다(李商隱)"라든가, "노래 잘하는 어린 계집아이 얼굴이 주옥같고(李宣), 술 좋아하는 산골 노인 술에 취해 진흙 같구나(歐陽修)"라든가, "고갯마루 맑은 구름 솜털모자 헤친 듯하고(蘇軾), 물 위의 밝은 달이 돌탑에 누운 듯하네(上同)"라든가, "그대에게 술 한잔을 다시 권하니(王維), 나와 함께 만고의 시름을 씻어 보세나(李白)"와 같은 것은 천의무봉하다.[29]

---

28) 徐居正, 『東人詩話』下39, "予嘗問泰齋先生, 集句難易. 先生曰, 難而易易而難. 曰何謂也? 曰集句, 荊公所難. 近世林祭酒惟正·崔先生埶均皆能之. 觀其所集, 似是平日依韻撫詩, 諸子百家, 靡不蒐獵, 區分類別, 以待其用耳. 我國家, 文籍鮮少, 百家諸子之行, 有數, 而林崔所集, 多有不見不聞之人, 此甚可疑, 且林崔既能集句, 何無自作一篇, 流傳於世, 膾炙人口乎. 是又可疑, 此不亦難而易易而難乎, 予頃見崔先生所著, 古律數十篇, 無一句可傳於後, 所謂見面, 不如聞聲者也."

옛 시인이나 다른 시인들의 시구를 그대로 갖다 썼다는 점에서 집구시는 인용에 있어서 전취全取에 해당한다. 그렇다고 해서 하나의 새로운 의경을 만들어내는 집구의 방법이 단지 모방과 표절이 되는 것은 아니다. 이는 시적 전범으로서의 인용이며, 나아가 발전적 변용인 것이다. 이렇게 오래전부터 집구시는 하나의 한시 장르로서 시인들의 지적 세계를 표현하는 문학적 방편이 되어왔던 것이다.

4. 맺음말

'백가의체'란 여러 사람의 시구에서 한 구씩을 따서 자신의 시취詩趣를 나타내는 시체詩體이므로, 창작이 아니라고 말할 수도 있다. 하지만 창작 못지않게 어렵고 평소의 암기력과 순발력이 필요하다. 시란 의미와 운율이 압축된 창작이지만 실제로 기존의 시어詩語와 운운韻이 약간씩 변경될 정도이고, 이는 언어생활의 속성이라고 변명할 수가 있다. 그러므로 백가의체처럼 철저한 모방과 자신의 정서와의 만남은 오히려 모방을 뛰어넘는 창작이라고도 말할 수 있다.

임유정은 짧은 생애를 통하여 자작시가 아닌 집구시로 거의 일관해 왔는데, 많은 작품이 일실되었고, 최우에 의하여 그나마 거두어져서 『백가의집』3권을 합철하여 지금까지 남아 전해지게 되었다. 임유정이 엮은 『백가의집』은 현전하는 고려의 '집구시 작품집'으로 유일하다. 특

---

29) 李德懋, 『靑莊館全書』卷33, 『淸脾錄』卷2, 「林惟正集句」, "高麗林惟正, 工於集句, 有百家衣集. 如花非識面迎人笑(齊己), 草不知名隨意生(李商隱). 能歌妓女顔如玉(李宣), 愛酒山翁醉似泥(歐陽修). 嶺上晴雲披絮帽(蘇軾), 水中明月臥浮圖(上同). 勸君更進一盃酒(王維), 與爾同鎖萬古愁(李白), 皆如天衣無縫."

히 연대본에는 소장자에 접근할 수 있는 낙서는 거의 없으나, 배지에는 많은 시문을 필사하여 싣고 있고, 또 난외에 각 작품의 '운자韻字'가 적혀있어 이 책이 사람들의 시작 공부에 필요한 교재로도 활용되었음을 시사하고 있다. 발문을 통해 본 바와 같이 이 책이 두 번씩이나 간행될 정도로 애독했다는 사실은 고려 후기 및 조선 초기의 시학사를 이해하는데 중요한 의미를 지니고 있다. 조문발의 서문 내용은 고려 후기의 시풍과 아울러 무신집권기의 문예적 취향 및 신진문사들의 활동 양상 등을 이해하는데 좋은 자료가 될 만하다. 또, 『동문선』에 실린 임유정의 시는 모두 그의 『백가의집』에서 선록하였음이 확인되고, 선록된 순서도 이 책과 일치한다. 이로 보면 이 책은 『동문선』 편찬의 중요한 자료의 하나였음을 알 수 있다.

신위申緯의 『전당근체선全唐近體選』

1. 머리말

조선 시대에는 상당히 많은 당시선집唐詩選集들이 편찬되었다. 그것은 그만큼 우리 문인들이 당시에 대한 애호가 지극했음을 알 수가 있다. 게다가 조선 시대 문인들이 굳이 자신들의 손으로 다시 당시를 선발하여 그 선집을 냈는데, 이것은 여러 가지 의미를 지닌다. 하지만 무엇보다도 가장 중요한 의미는 시의 원류라 할 수 있는 당시를 얼마나 효과적으로 잘 익힐 수 있는가 하는 데에 있었을 것이다. 그렇기에 기존에 나온 당시선집들은 여러 면에서 자신들의 시관에 맞지 않는 불편함으로 늘 불만족스러웠고 이에 새롭게 다시 편찬하게 된 것이라 본다. 이렇게 당시선집의 편찬은 편자의 주관과 기준에 따라 매우 다양하게 편찬되었는데, 아쉽게도 현재까지 전하는 것은 일부이며, 각 문집의 서문 또는 발문을 통해서 그 내용을 대략적으로 짐작할 수 있을 뿐이다.[1]

----

1) 이 글의 연구 대상인 『전당근체선』도 현전 여부가 알려지지 않고, 다만 이 책 끝에 실린 跋文 詩 8수만이 그의 문집(규장각 소장 『警修堂全藁』 제9책,

이 글은 신위 '당시선집'의 내용과 시학적 연관성을 고찰하기 위해 시도된 것이다. 이 글에서 소개하는 『전당근체선全唐近體選』은 편자 신위申緯(1769-1845)[2])의 당시에 대한 식견과 시학의 중심을 파악할 수 있는 중요한 자료이다. 먼저 이 『전당근체선』(20권5책, 1,566수)의 선집 소재 작가별 작품 수와 편자 신위의 발문跋文을 보기로 한다. 이어 여기에 뽑힌 시인과 시들을 두루 포용했던 신위의 시학관을 살펴볼 것이다. 이 고찰은 신위의 선시경향이 결국 조선의 자찬自撰 당시선집 유행의 계승, 당시 조선 문단과 문예론의 영향, 그의 또 다른 당시선집에 반영된 학당, 학시 태도 등과 결코 무관하지 않을 것이라는 전제 하에 진행된다. 이 과정에서 당대의 시인과 시들, 특히 두시杜詩가 신위의 시학을 이해하는 차원에서 좀 더 비중 있게 다뤄지고 있음을 확인할 수 있을 것이다.

권41『江都錄1』;『申緯全集』3, 1034쪽)에「奉睿旨, 選全唐近體訖, 恭題卷後應令作八首」란 제목으로 실려 기존 연구자들에게 신위 시학을 이해하는 한 부분으로 인용되어 왔다. 또 혹자는 한 논문에서 선집의 한 부분일 수 있는 '1828년에 찬진한 그의 唐詩絶句'라는 언급을 하기도 했는데, 이 책을 말하는 것일지도 모른다.

2) 申緯(1769-1845)는 1812년에 書狀官으로 연행하였다가 옹방강을 만난 이후 '由蘇入杜'의 문학론을 강조하였으며, 金正喜와 더불어 당대의 문풍에 지대한 영향을 주었다. 『전당근체선』 외에 그가 남긴 책으로는 『당시화의』(5책), 아들 命衍이 유고를 거두어 엮은 시 4,000여 수가 수록된 문집 『警修堂全藁』, 李建昌이 그의 시를 뽑아 엮은 『紫霞詩抄』, 그리고 金澤榮이 시를 뽑아 연보를 붙인 후 중국에서 간행한 『申紫霞詩集』(2책), 『焚餘錄』(4책 494수), 『警修堂全藁』의 부분을 抄한 『警修堂詩選』(1책 90장) 등이 전한다.

2. 신위의 학당學唐과 당시선집 편찬 배경

신위는 시학의 참신성과 예술성에 힘입어 1820년 그의 나이 52세에
『당시화의唐詩畫意』라는 시선집을 선보인 바 있다. 이 책은 단지 시선
집의 의미를 지닐 뿐만 아니라 조선 후기 문예 양상을 반영하는 동시
에 신위申緯 자신의 시 인식 양상, 어쩌면 그 삶의 방식까지 엿볼 수
있다. 신위가 『당시화의』를 선집한 의미는 무엇일까. 게다가 1820년이
면 신위의 나이 52세로서 시학이 성숙할 시기이고, 1812년 연경에서
옹방강을 만난 이후 스스로의 시학 자세를 반성하고 소식에 깊이 빠
져 있던 때였다. 이때 도리어 『당시화의』를 선집한 것은 모순으로 받
아들여진다. 이러한 의문에 대해서 우선 소식을 경유하여 두보의 경지
에 이르는 '유소입두由蘇入杜'의 시관에 의거하여 그 의미를 찾을 수
있다. 신위는 시학의 실질과 본령이 당시에 있다고 보고, 특히 두보의
시경을 최고로 파악하였다. 신위에게 있어 소식은 두보를 수용하기 위
한 바탕이었고, 옹방강은 그것을 인도해 준 스승이었다.

같은 해, 12월 19일 큰아들 명준命準이 소식을 숭배하는 시를 지은
적이 있었는데, 마침 김정희金正喜가 그것을 읽고 감격하여 칭찬하자
신위가 화운和韻하여 김정희에게 보낸 시에서도,

> 12가家의 시 가운데 좋은 작품 고르자니,
> 앞의 초당初唐 깎아내고 뒤의 명明 빼버렸다.
> 對商十二家詩轂, 前削初唐後黜明.[3]

라고 하였다. 그 자주自註를 보면 두보를 위시하여 백거이白居易, 이상

----

3) 申緯, 『申緯全集』1, 527쪽, 「臘十九, 兒子命準拜坡有詩秋史內翰甚激賞
   余又和之以示秋史」(1).

은李商隱, 소동파蘇東坡, 육유陸游, 원호문元好問, 우집虞集, 전겸익錢謙益, 왕사정王士禎, 옹방강翁方綱 등 당, 송, 명, 청 '10가家 칠률시선七律詩選'작업을 시작하면서 김정희에게 자문을 구하고 있다. 이에 김정희는 전겸익은 외람되고 두목杜牧, 황정견黃庭堅, 주이존朱彝尊을 빠뜨려서는 안 된다고 하였다. 이 충고를 받아들인 신위는 다시 '12가家 시선詩選'으로 바꾸는 노력을 보이고 있다.4) 이는 신위와 김정희의 돈독한 문학적 교분을 보여주는 것일 뿐만 아니라 신위의 실질적인 '박학취재'의 단면을 보여주는 것이기도 하다. 이때 신위는 옹방강의 영향으로 소식에 몰입해 있었지만 편협하고 편중된 태도를 자제하고 시대의 조류와 요구에 호응하면서 당, 송, 명, 청의 시를 두루 섭렵하였음을 알 수 있다. 그러나 여기에서 중요한 것은 신위가 소식에 매료되어 있었더라도 결국 두보에 들어가는 관문임을 인식하고 있었다는 사실이다. 1826년 58세 때 『전당문全唐文』을 읽고 지은 「독전당문잡제절구육수讀全唐文雜題絶句六首」(5)를 보자.

> 널리 시의 소재를 얻고 조어造語를 기이하게 하려면,
> 예전의 현명한 시인이 쓴 뜻을 빨리 알아야 한다.
> 흐르는 강물처럼 만고에 빛나는 동파옹의 시구도,
> 당나라 하풍何諷의 「몽갈부夢渴賦」에 연원한 적 있었다.
> 博取詩材造語奇, 前賢用意急須知.
> 江河萬古坡翁句, 籃本何生夢渴辭.5)

---

4) 그 自註에 "時余手選七律殼, 始以杜文貞·白文公·李義山·蘇文忠·陸劍南·元遺山·虞文靖·錢虞山·王文簡·翁北平十家, 質之於秋史, 秋史曰, '虞山則濫矣, 杜樊川·黃文節·朱竹垞, 皆不可闕' 余於詩道, 篤信秋史, 故再以十二家釐正."라고 했다.

모든 시인들에게 숭앙을 받은 소식이었지만 소식 역시 시작의 연원을 당시에 두고 있었음을 밝히고 있다. 1828년, 신위가 강화부유수겸진무사江華府留守兼鎭撫使로 있을 당시, 대리청정을 하던 효명세자孝明世子의 명에 따라 당시를 선집했는데, 이것이 바로 『전당근체선』이다. 또 1835년 옹방강의 시집에서 『복초재시선』을 마치고 지은 「칠률七律」 5수의 제5에 "복초재집 한 권은 10년에 마쳤는데, 나머지 13가는 마치지 못했네.復初一集十年畢, 余十三家未易完."[6]라고 했다. 이 『복초재집』을 포함한 14가에 대해서는 그의 자주自註에 "내가 칠률시선七律詩選작업을 하는데, 그 대상은 왕유, 두보, 백거이, 두목, 이상은, 소식, 황정견, 육유, 원호문, 우집, 전겸익, 왕사정, 주이존, 옹방강이다.余擬選七律敥[7], 王右丞, 杜文貞, 白文公, 杜樊川, 李義山, 蘇文忠, 黃文節, 陸劍南, 元遺山, 虞大靖, 錢牧齋, 王文簡, 朱竹垞, 翁文達."라고 하였다. 이 14가의 『칠률시선』 가운데 옹방강의 『복초재집』외에 13가는 비록 완성을 보지 못했지만, 신위의 선집 취향과 학시의 내용을 보여주는 자료라고 생각된다.

---

5) 申緯, 『申緯全集』2, 868쪽.

6) 申緯, 『申緯全集』4, 1627쪽, "余選復初齋詩之役, 已過十年, 迄未告竣, 竹垞進士贈是集原刊. 合續刻重裝本, 而前闕陸序, 後缺儷笙, 續刻甲戌至丁丑之作, 此亦未可謂完本也. 但題余小照之什, 宛在續刻中, 差幸掛名其間, 所可恨者, 題拙畫墨竹詩, 則意逸而不見耳, 書此以示竹垞五首."

7) 신위는 이보다 앞서 1820년 선집한 『당시화의』例言 제8에서 "近日, 大興翁氏, 七言律詩, 鈔一刻推本, 新城王文簡之說, 以爲圭臬, 故其書, 原名唐人七律志敥集, 今此 七律去就, 又必視志敥集爲王尺, 詩家秘鑰 公諸同好." 라고 하였다. 이를 통해 翁方綱이 鈔한 『7언 율시초』가 당시 조선에 수입되어 읽힌 흔적을 확인할 수 있다. 현재 연세대도서관에 全 18권 4책 중 2책(권1-8, 零本, 중국 목판본)이 소장되어 있다. 이 책은 唐宋의 7언 율시를 뽑은 책으로, 總目을 보면 唐詩 40인, 宋詩 69인의 시 총 767수 가운데 杜甫의 시가 78수, 蘇軾의 詩가 94수, 陸游의 시가 89수 등으로 많이 뽑혀 있다.

3. 신위의 『전당근체선』

1) 『전당근체선』에 대하여

『전당근체선』은 20권5책(필사본, 無界, 9행18자, 無魚尾 ; 31.2× 21.2cm, 인 : 帝室圖書之章)의 당시선집이다. 현재 규장각(한국본, 奎 5525-v.1-5)에 소장되어 있다. 이 책의 필체는 처음부터 끝까지 동일한 사람의 것인데, 편자 신위의 친필로 추정된다. 그가 강화부유수겸진무사로 있을 당시, 대리청정을 하던 효명세자孝明世子(1809-1830)[8]의 명에 따라 당시를 선발한 시선집으로, 이 책이 완성된 시기도 이 무렵(1828-1830)으로 추정된다. 19세기 전반기 당시의 조선 유입과 영향을 살펴보는 데 좋은 자료가 된다.

책의 목차에는 '전당근체선계목全唐近體選計目'이라 하여 시편의 총 수효를 권별卷別 시체별詩體別로 밝혀 놓았다. 즉 5언 절구 287수, 7언

---

8) 효명세자(1809-1830)는 이름이 旲, 자가 德寅, 호가 敬軒이다. 후에 그의 아들 憲宗이 즉위하면서 翼宗으로 추존되었다. 왕위에 직접 오르지 않은 인물로는 유일하게 『列聖御製』가 만들어졌기에 국왕으로서의 성격이 매우 강한 인물이다. 효명세자는 純祖의 비 純元王后 김씨 소생으로, 김씨는 안동김씨 祖淳의 딸이다. 1827년 2월 부왕인 순조의 명령으로 대리청정을 시작했다가 4년 만에 세상을 떠나고 말았다. 대리청정 이전, 경서와 사서를 읽은 여가에 성정에 입각한 시의 근원을 서적적으로 설명하는 등 시학과 시문에 대한 자부를 드러내었고 많은 저술을 남겼으며 자신의 문집에 해당하는 『敬軒詩抄』, 『鶴石集』, 『淡如軒詩集』, 『敬軒集』 등이 전하고 있다. 滄江 金澤榮은 「紫霞申公傳」에서 다음과 같이 김조순과 신위의 관계를 설명하고 있다. "初金公祖淳, 自幼少時與公同聞相善, 服基才華, 及爲純祖國舅, 多汲引之, 至是孝明世子, 以純祖不豫, 代理國政, 嗜好文詞, 數引詞臣, 與之唱和, 金公薦公尤力."

절구 627수, 5언 율시 250수, 7언 율시 260수, 사詞 142수로 총 1,566수
이다. 권별로 선별된 시인과 작품 수를 살펴보면 다음과 같다.(괄호 안
의 숫자는 작품 수9))

1冊:
卷1
五言絶句一(24人)
太宗皇帝(1), 盧照隣(1), 韋承慶(1), 張九齡(1), 虞世南(1), 王績
(1), 王勃(2), 李嶠(1), 蘇頲(1), 駱賓王(2), 陳子昂(1), 沈佺期(1),
東方虬(3), 賀知章(1), 崔國輔(6), 王維(37), 王縉(1), 裴迪(11),
崔顥(2), 祖詠(1), 儲光羲(6), 王昌齡(4), 蔣維翰(1), 劉長卿(10)

卷2
五言絶句二(22人)
孟浩然(5), 李白(17), 韋應物(10), 岑參(1), 皇甫曾(1), 高適(1),
杜甫(5), 錢起(23), 皇甫冉(1), 劉方平(1), 王之渙(1), 柳中庸(1),
顧況(3), 耿湋(1), 戴叔倫(2), 盧綸(2), 李益(1), 李正已(3), 暢當
(2), 司空曙(3), 王建(9), 劉商(4)

---

9) 신위는 『당시화의』 例言 제11에서 "한 제목 안의 몇몇 작품 가운데, 이제 가
려 뽑은 몇몇 수를 들었고, 가려뽑은 숫자로서 전체 숫자로 삼았으니, 「志彀
集」에서 든 예를 따른다.題凡幾首, 今鈔幾首, 卽撮擧, 今鈔之數, 以爲數,
竊附志彀集擧例." 라고 하여 연작시 중 가려 뽑은 몇 수를 들어 전체 작품
수로 산정하고 있음을 밝혔다. 이 『전당근체선』에서도 서두의 計目을 통해
역시 같은 체례를 따르고 있음을 알 수 있다. 따라서 연작시 포함한 작품수를
괄호 안에 표시하기로 한다. 다만, 무슨 이유에서인지 '시체별 計目의 숫자/실
제 작품수'와는 약간 차이가 있다.(5언 절구 287수/287수, 7언 절구 627수/638
수, 5언 율시 250수/269수, 7언 율시 260수/279수, 사142수/152수).

卷3

五言絶句三(42人)

邱丹(1), 朱放(1), 武元衡(1), 權德輿(1), 羊士諤(1), 令狐楚(1), 裴度(1), 韓愈(7), 王涯(3), 柳宗元(3), 劉禹錫(4), 張仲素(1), 孟郊(2), 張籍(5), 盧仝(1), 白居易(4), 雍裕之(1), 徐凝(1), 李紳(2), 施肩吾(1), 張祐(2), 杜牧(4), 許渾(1), 李商隱(8), 馬戴(1), 李群玉(1), 溫庭筠((1), 劉駕(2), 李頻(1), 曹鄴(4), 于武陵(2), 于濆(1), 司空圖(9), 高蟾(1), 唐彦謙(2), 韓偓(4), 崔道融(2), 方棫(1), 太上隱者(1), 宣宗宮人(1), 七歳女子(1), 劉采春(1)

卷4

七言絶句一(17人)

宋之問(1), 王勃(1), 杜審言(2), 蘇頲(1), 張說(1), 賀知章(2), 王維(12), 儲光義(3), 王昌齡(24), 常建(3), 蔣維翰(1), 劉長卿(6), 李華(1), 王翰(1), 孟浩然(4), 李白(24), 韋應物(10)

2册：

卷5

七言絶句二(24人)

張謂(1), 岑參(7), 李嘉祐(3), 皇甫曾(2), 高適(3), 杜甫(17), 賈至(2), 錢起(5), 元結(1), 張繼(1), 韓翃(11), 郎士元(1), 皇甫冉(4), 劉方平(3), 王之渙(1), 秦系(2), 嚴武(1), 嚴維(3), 顧況(7), 戎昱(2), 竇庠(1), 竇鞏(5), 戴叔倫(5), 盧綸(4)

卷6

七言絶句三(12人)

李益(8), 李正巳(1), 司空曙(3), 王建(51), 劉商(3), 冷朝陽(1), 李約(1), 麴信陵(1), 權德輿(3), 羊士諤(6), 楊巨源(3), 裴度(1)

卷7

七言絕句四(12人)

韓愈(11), 王涯(7), 陳羽(1), 歐陽詹(1), 柳宗元(9), 劉禹錫(23), 張仲素(1), 李翺(1), 張籍(17), 盧仝(3), 李賀(1), 元稹(5)

卷8

七言絕句五(18人)

白居易(16), 盧殷(1), 孫叔向(1), 劉皁(2), 裴交泰(1), 徐凝(1), 李德裕(2), 李涉(8), 張又新(1), 李紳(2), 周賀(2), 裴夷直(1), 朱慶餘(1), 魏扶(1), 雍陶(2), 李遠(1), 杜牧(35), 許渾(5)

3冊：

卷9

七言絕句六(19人)

李商隱(44), 劉得仁(1), 薛逢(1), 趙嘏(5), 馬戴(1), 孟遲(1), 薛能(7), 韓琮(1), 李群玉(3), 賈島(6), 溫庭筠(3), 李郢(1), 曹鄴(2), 高蟾(1), 皮日休(1), 陸龜蒙(16), 司空圖(3), 曹唐(1), 方干(2)

卷10

七言絕句七(27人)

羅隱(5), 高蟾(1), 唐彥謙(2), 鄭谷(18), 崔塗(4), 韓偓(18), 吳融(5), 王駕(2), 杜荀鶴(1), 韋莊(5), 徐寅(1), 李洞(1), 胡令能(1), 任翻(1), 杜常(1), 滕白(1), 徐鉉(1), 徐仲雅(1), 孫光憲(3), 王周(1), 朱絳(1), 馬逢(1), 無名氏(1), 花蕊夫人(22), 關盼盼(3), 薛濤(1), 靈澈(1)

卷11

五言律詩一(23人)

楊炯(2), 宋之問(7), 盧照隣(2), 張九齡(4), 虞世南(2), 王績(1),

王勃(2), 李嶠(2), 蘇味道(1), 駱賓王(1), 陳子昂(3), 張說(1), 沈佺期(2), 王灣(1), 孫逖(1), 盧象(1), 王維(29), 崔顥(1), 祖詠(11), 李頎(2), 王昌齡(1), 常建(2), 劉長卿(8)

卷12
五言律詩二(5人)
孟浩然(20), 李白(12), 岑參(5), 李嘉祐(6), 杜甫(47)

4册：
卷13
五言律詩三(24人)
錢起(9), 韓翃(1), 秦系(1), 耿湋(1), 盧綸(3), 李正巳(1), 王建(1), 韓愈(3), 劉禹錫(3), 張籍(3), 白居易(1), 姚合(2), 張祜(5), 杜牧(2), 許渾(9), 李商隱(15), 馬戴(1), 薛能(1), 賈島(2), 溫庭筠(5), 鄭谷(9), 韓偓(2), 杜荀鶴(1), 無可(1)

卷14
七言律詩一(17人)
蘇頲(2), 張說(1), 沈佺期(4), 王維(14), 崔顥(2), 李頎(7), 儲光義(1), 萬楚(1), 劉長卿(5), 崔曙(1), 孟浩然(1), 李白(2), 韋應物(1), 張謂(1), 岑參(4), 李嘉祐(1), 高適(2)

卷15
七言律詩二(1人)
杜甫(62)

卷16
七言律詩三(14人)

賈至(1), 錢起(5), 韓翃(6), 郎士元(3), 皇甫冉(1), 李正巳(4), 王建(1), 羊士諤(1), 楊巨源(1), 韓愈(3), 柳宗元(5), 劉禹錫(14), 張籍(1), 元稹(1)

5冊：

卷17

七言律詩四(5人)

白居易(18), 楊發(1), 李遠(1), 杜牧(27), 許渾(12)

卷18

七言律詩五(11人)

李商隱(28), 趙嘏(1), 項斯(1), 劉威(1), 李群玉(6), 賈島(1), 溫庭筠(7), 羅隱(3), 鄭谷(5), 韓偓(7), 徐鉉(1)

卷19

詞一(20人)

明皇帝(1), 後唐莊宗(3), 南唐嗣主(2), 後主(18), 後蜀主(1), 李白(5), 張志和(3), 王建(2), 白居易(5), 劉長卿(1), 杜牧(1), 崔懷寶(1), 溫庭筠(13), 皇甫松(3), 司空圖(1), 韓偓(1), 張曙(1), 韋莊(10), 牛嶠(2), 毛文錫(2)

卷20

詞二(14人)

和凝(9), 牛希濟(2), 薛昭蘊(8), 魏承班(1), 李珣(4), 歐陽炯(8), 閻選(1), 孫光憲(15), 張泌(5), 馮延巳(18), 徐昌圖(1), 許岷(1), 無名氏(1), 呂巖(2)

마지막으로, 책 끝에 선집과 관련한 시 8수가 있고, 그 밑에 작은 글씨로 '강화부유수겸진무사江華府留守兼鎭撫使 신臣 신위申緯'라고 편자를 밝힌 기록을 통해, 이 시가 발문을 대신하고 있음을 알 수 있다. 발문의 제목은 「봉예지奉睿旨, 선전당근체흘選全唐近體訖, 공제권후恭題卷後」, 즉 "임금님의 뜻을 받들어 전당 근체시를 선집하여 마치고 삼가 책 뒤에 붙이다."라고 적고 있다.10) 7언 절구의 '논시시論詩詩'의 형식을 띠고 있다. 그 전문은 다음과 같다.

(1)
국풍과 이소가 변하여 삼당에 이르렀는데,
시가 삼당에 이르렀다고 어찌 달라졌으랴.
한결같은 성정이 흘러 온갖 체가 되었으니,
만고의 강하는 지금까지도 길게 흐른다.
風騷遞降是三唐, 詩到三唐豈別腸.
一性情流爲百體, 江河萬古至今長.

(2)
삼당시의 정수도 역시 국풍의 인정에 있으니,
언제나 창작은 새로워야지, 흉내는 부끄러운 것.
거짓된 겉모습만 따른다면 참 성정을 얻은 게 아니니,
검고 누른, 암컷 수컷의 진실을 밖에서 구하리오.
三唐骨髓亦風人, 製作常新恥效顰.
僞貌襲非眞性得, 驪黃牝牡外求眞.

....

10) 이 발문 8수는 그의 문집에도 실려있다. 『申緯全集』3, 1034쪽(규장각 소장 『警修堂全藁』 제9책, 권41 『江都錄1』)에 「奉睿旨, 選全唐近體訖, 恭題卷後應令作八首」란 제목으로 실림).

(3)
삼당을 잘 배운 송대의 시인,
나의 천분을 다하는 것이 갈 길을 아는 것.
다만 육의로 다잡아 나아가면,
문득 국풍과 이소가 나날이 새로워지리.
善學三唐有宋人, 盡吾天分卽知津.
但將六義相關捩, 便是風騷日日新.

(4)
재주 없어 성정의 근원 못찾는게 다만 근심이지,
고금이 다르다니 이 무슨 말인가.
당나라 한 시대에도 세 번이나 변했는데,
국풍·이소만 못하지만 송·원의 길 열었네.
但患無才溯性源, 古今區別是何言.
卽唐一代中三變, 上薄風騷啓宋元.

(5)
두보가 가진 것은 사례史例처럼 엄격하고,
서릉의 재주는 『옥대신영玉臺新詠』에 섬세했네.
공자가 시경을 산정한 뒤 법칙을 세웠기에,
상복의 음풍도 주남·소남과 함께 놓아도 해롭지 않을 것이다.
杜甫操持史例嚴, 徐陵才調玉臺纖.
聖人刪後垂柯則, 桑濮無妨並二南.

(6)
신운설로 당시를 논함은 다하지 못할 것이 염려되니,
실사를 들어보지 않고 어찌 진실을 알 수 있을까.
두보, 한유, 왕유, 위응물 중 어느 한 사람 빼기 어려우니,

모두 문 열어 함께 맞이할 사람들이네.

神韻論唐恐未臻, 罔聞實事詎知眞.

杜韓王韋[11]難偏廢, 共是開門合轍人.

(7)

서경 관리의 도리와 당의 성률 훌륭하여,

타대 사람들도 따르려했으나 미치기 어려웠네.

좋은 글 골라보니 모두가 가작이나,

요체는 최고 수준의 작품을 짓는데 달려있네.

西京吏道唐聲律, 他代人人企及難.

選擧驪之皆入彀, 其要在上作成間.

(8)

시 짓는데도 밝음이 지금 한때인데,

임금이 경술을 바탕으로 문사를 다듬었네.

소유의 안목으로 전대를 엿보게 하니,

창해의 여의주를 빼버렸을까 두렵네.

雅道休明此一時, 睿鎔經術鑄文詞.

小儒衡鑑窺全代, 滄海驪珠恐或遺.

2) 선집 특징과 이를 통해 본 신위의 시학관

『전당근체선』은 현재 규장각에만 남아 있는 미간행 필사본으로, 19
세기에 이루어진 그것도 당시 시에서 독보적인 위치를 차지하고 있던

---

11) 그의 문집인 『申緯全集』3, 1034쪽과 김택영편, 『申紫霞詩集』권4에는 '王韋
韓杜'로 적혀 있다.

신위에 의해 편찬된 자찬 당시선집이면서 완질로 남아있다는 데에서 그 의의를 찾아볼 수 있을 것이다. 또 발문 시의 제목만으로 확인되는 편찬 동기처럼 당시 효명세자에게 바쳐진 것으로만 그 기능을 다했을 것이라고 짐작해 볼 수 있다. 그러나 서문, 발문이나 총목總目, 범례, 부록, 췌언贅言 등의 체례가 갖춰지지 않아 선집 동기나 배경 등을 파악하기에는 손색이 있다. 선집 후에 적은 발문에 붙인 시 8수 외에는 선집 동기 등을 추측할 만한 자료가 없기 때문이다. 따라서 필자는 신위의 唐詩 선집이 이루어진 1820년(『唐詩畵意』), 1828년(『全唐近體選』)이 모두 그의 문학 성숙기에 해당했던 점,[12] 신위의 2종 선집 소재 다수의 동일 작품과 그 특징들, 이 시기 내내 일관적이었던 그의 당시관을 토대로, 『당시화의』에 적힌 예언例言과 서문을 『전당근체선』에 일부 적용시켜 그의 당시의 선집방법을 추론해 보고자 한다.

그의 『당시화의』에는 선집방법과 배경을 적은 예언 15칙이 실려 있다. 이 가운데 제5에서 다음과 같이 말하고 있다.

고금의 당나라 시인의 시를 선집한 것 가운데 가장 두드러지는 것은 당 은번의 『하악영령집』, 고중무의 『중흥간기집』, 촉나라 위곡의 『재조집』, 송나라 왕형공의 『백가시선』, 주필의 『삼체당시』, 금나라 원유산의 『당시고취』, 원나라 양사굉의 『당음』, 명나라 고병의 『당시품휘』, 근래 왕사정의 『당현삼매집』 등의 책은 모두 시로 시를 뽑은 것이다. 그림으로 시를 선집한 것에 이른다면 비로소 이 선집의 권질로부터 비롯될 것이다. 비록 작지만 역시 한 종류로 기이한 문자를 꺼냈

---

12) 孫八洲 교수는 신위가 춘천부사로 나간 1818년 이후 1년 6개월 동안에 무려 200여 수의 시를 지어 그의 詩道가 爛熟期에 이르렀다고 보았으며(『신위연구』, 17-18쪽), 鄭垣杓 교수는 1825년부터 1835년까지가 신위 문학의 成熟期에 해당한다고 추정하였다.(『자하 신위의 한시연구』, 31쪽)

으니 무릇 여러 동지들은 나의 고심을 살펴서 간략한 선집이라고 홀
시하지 말라.13)

그는 여기서 조선에서 당시와 관련해 선집된 당시 유행했던 시선집
들을 두루 거론하며, 이 선집들은 시로 시를 선집한 것이고, 자신은 그
림으로 시를 뽑는다고 밝히고 있다. 물론 이들은 모두 그가 '화의'를
염두에 두고 당시를 선집하는데 참고로 했던 책들이다. 여기에는 조선
초기부터 조선에 유입되어 간행 유포된 당시선집으로 널리 읽혀지던
『삼체당시三體唐詩』,『당시고취唐詩鼓吹』,『당음唐音』,『당시품휘唐詩品
彙』가 모두 들어있고, 청대 왕사정이 10종의 당시선집을 모아 엮은
『십종당시선十種唐詩選』14)의 부분에 해당하는 책들, 왕사정이 42인의
신운시를 선집한 『당현삼매집唐賢三昧集』, 그리고 『당현삼매집』을 엮
을 때 참조했던 송대 왕안석王安石의 『백가시선百家詩選』15)도 들어 있

---

13) 『唐詩畵意』「例言十五則」제5, "古今選唐人詩, 最著者, 如唐殷璠河嶽英
靈集, 高仲武中興間氣集, 蜀韋縠才調集, 宋王荊公百家詩 選, 周弼三體
唐詩, 金元遺山唐詩鼓吹, 元楊士宏唐音, 明高棅唐詩品彙, 近時王阮亭
唐賢三昧集等書, 皆以詩選詩, 至若以畵選詩, 則創自玆集卷秩, 雖小, 亦
一種, 出奇文字, 凡諸同志, 覽余苦心, 勿以簡選忽之, 獨宋孫紹遠馨畵集,
稍近於此書之名. 然所編, 原是題畵之作, 又兼採唐宋二代, 則義例判不
同矣."

14) 『河嶽英靈集』(唐 殷璠),『中興間氣集』(唐 高仲武),『國秀集』(唐 芮挺章),
『篋中集』(唐 元結),『搜玉集』(唐 失名),『御覽詩集』(唐 令狐楚),『極玄集』
(唐 姚合),『又玄集』(唐 韋莊),『才調集』(蜀 韋縠),『文粹集』(宋 姚鉉).

15) 『唐賢三昧集』序文, "嚴滄浪論詩云 '盛唐詩人唯在興趣, 羚羊掛角, 無跡
可求, 透徹玲瓏, 不可湊泊, 如空中之音, 相中之色, 水中之月, 鏡中之象,
言有盡而意無窮' 司空表聖論詩亦云; '味在酸鹹之外' 康熙戊辰春杪, 歸
自京師, 居寶翰堂, 日取開元天寶諸公篇什讀之, 於二家之言, 別有會心,
錄其尤雋永超詣者, 自王右丞而下四十二人, 爲唐賢三昧集, 釐爲三卷玢,

다. 이는 앞 시대 문인과 당대의 중국시선집 간행 풍조에 크게 벗어나지 않는다는 전제 하에서, 신위의 신운에 대한 관심과 시학 형성에 지대한 영향을 준 왕사정의 영향을 간과할 수 없는 부분이다.

『전당근체선』도 신위 자신이 평소에 읽었던 기왕의 당시선집들에서 보여준 감식안을 선별하여 자신의 감식안에 의해 새로이 시를 선발하거나 혹은 문단의 추이에 따라 시체별로 시를 선발했음을 추정해볼 수 있다. 선집 체제 면에서 볼 때, 앞서 나왔던 당시선집들이 몇몇 선집을 제외하면 주로 어떤 특정한 시체만을 위주로 하여 편찬한 것과는 달리, 『전당근체선』은 절구·율시·사 詞를 함께 선발했다는 점에서 다소 구분된다. 특히 사를 선집한 경우는 다른 문인의 당시선집에서는 찾을 수 없던 부분으로, 사 문학에 대한 그의 관심의 정도를 엿볼 수 있는 부분이다. 선시 비율로 보면 절구가 율시보다는 훨씬 많다. 말하자면 절구에 상당히 치중한 선집이라고 할 수 있을 것이다. 선집 내용 면에서 볼 때, 신위가 '유소입두'를 강조하며 두보를 추존하였던 것처럼[16), 『전당근체선』 권15에 두보의 7언 율시 62수만을 선발하였을 정도로 두보의 시를 유독 많이 선발한 것을 알 수 있다. 또한 신운설이 광범위하게 유포되었던 당시의 시단 분위기를 상기시키고자 했던 때문인지 왕유의 시 역시 다수를 선발하고 있다. 끝에 발문으로 남긴 8수의 시 내용은 신위가 선시 과정에서 보여준 당대 시인들에 대한 입장을 잘 보여준다. 이 발문의 전문은 앞에서 소개한 바 있다. 이제 그 내용을 차례대로 살펴보면 다음과 같다.

발문(1)에서 "국풍과 이소가 변하여 삼당에 이르렀는데, 시가 삼당

不錄李杜二公者, 倣王介甫百家例也."

16) 금지아, 『王士禎·申緯 詩歌創作論 比較研究』, 161-174쪽(1998, 연세대 박사학위논문) 참조.

에 이르렀다고 어찌 달라졌으랴.風騷遞降是三唐, 詩到三唐豈別腸. 一性情流爲百體, 江河萬古至今長."라고 하여 삼당의 시 작품이 『시경』과 『초사』에서 연원했다고 밝히면서 당시에 이르는 것이 최고의 경지임을 명시하였다. 당시의 연원은 『시경』이나 『초사』와 같은 전범에 있으니 학시의 표본으로 삼기에 충분하며, 이를 충실히 학습한다면 예부터 내려온 시도에 어긋나지 않는다고 보았다. 물이 연원에서 솟아 많은 갈래의 유파로 갈리어 흐르듯이 『국풍國風』과 「이소離騷」에 근원한 한결같은 성정이 오늘날에 이르러 다양한 시체를 이루었는데, 당시라고 해서 유독 상이한 성정을 지녔겠냐는 반문이다. 이 책 선집 2년 전인 1826년, 신위가 시와 성정의 관계를 논한 「차운성백논시십삼수次韻星伯論詩十三首」(1)을 보자.

시는 관저를 읽으면 시의詩義에,
음락과 상비가 없음을 알 수 있네.
번갈아 창제하여 천고에 드리워지니,
애써 진언을 버리는 것도 바로 이때.
조비연보다 예쁜 미인 끝없이 나오는데,
어찌 모장·서시 모양만 드는가?
두보의 질후함은 원래 비결이 없으니,
진성과 진정이 바로 나의 스승이네.
詩誦關雎義可知, 無然淫樂與傷悲.
遞相創制垂千古, 務去陳言此一時.
不盡佳人出趙燕, 那堪樣子揭嬙施.
杜陵質厚原無訣, 眞性眞情是我師.17)

---

17) 申緯, 『申緯全集』2, 866쪽, 「次韻星伯論詩十三首」(1).

『시경』「관저關雎」편을 읽어 보면 시의가 되는 연정을 알 수 있으며, 『논어』「팔일八佾」에는 "『시경』「관저」는 즐거우면서도 지나치지 않고, 슬프면서도 마음 상하게 하지 않네.關雎樂而不淫, 哀而不傷."라고 하였다. 이에 주자朱子는 그 주註에 "음은 낙이 지나쳐 정을 잃는 것이요, 상은 슬픔이 지나쳐 화를 해치는 것이다.淫者, 樂之過而失其正者, 傷者, 哀而過而害於和也."라고 하였다. 4구의 '무거진언務去陳言'은 진부한 말을 버리기에 힘써야 시의에 부합됨이 매우 중요하며, '진언'을 버리지 못하면 겉모습만 '모장'이나 '서시'로 되기 때문에 진언을 버리고 새로운 시를 지으려면 '진성정'을 스승으로 삼아야 된다고 했다. 이러한 미의식으로 성정을 바르게 인식하여야 사물을 읊어내고 인간의 삶을 노래하여 자신의 개성을 드러내게 되는 것이다. 이 시기부터 이미 신위 자신은 시에 있어서 성정과의 관계를 "두보의 질후함은 원래 비결이 없으니 진성과 진정이 바로 나의 스승이다.杜陵質厚原無訣, 眞性眞情是我師."라고 보고 있었다. 두보에게 시는 마음, 즉 성정을 갈고 닦는 수단으로 인식되고 있으니 여기서의 성정은 도학자적 태도로 본 의미보다는 다만 마음을 곱고 아름답게 다져 주변 사물에 대해 심미적 태도로 다가갈 수 있는 여유를 마련한다는 의미 정도이다.

발문(2)에서 "삼당시의 정수도 역시 국풍의 인정에 있으니, 언제나 창작은 새로워야지, 흉내는 부끄러운 것. 거짓된 겉모습만 따른다면 참 성정을 얻은 게 아니니, 검고 누른, 암컷 수컷의 진실을 밖에서 구하리오.三唐骨髓亦風人, 製作常新恥效嚬. 僞貌襲非眞性得, 驪黃牝牡外求眞."라고 하여 당시의 정수가 『시경』의 시풍처럼 항상 새로우며 성정의 진실을 담고 있음에도 당시 사람들은 모두 겉으로 꾸미고 닮으려고만 하며 괴이한 시체를 얻는 폐단에 빠졌다고 지적하였다. 신위는 1820년에 선집한 『당시화의』 서문에서, 모든 시 가운데 회화적 이미지를 듬뿍 담고 있는 당시야말로 시적 전범인 『시경』의 돈후한 시도詩道를 온전히 계승한 훌륭한 문예의 교본으로 파악하고 있었다. 이렇게 당시를 『시경』과 동격을 이룰만하다고 평가한 시 인식의 내용을 더욱 구체적으로 설명한 『당시화의』 서문의 일부를 보자.

시에는 화의가 있으니 『시경』 삼백 십일 편은 모두 화가의 근원적인 교본이다. 진수와 유사가 넘실거린다는 구절은 화창한 봄날 경치이고, 회오리바람이 몰아친다는 구절은 몹시 추운 겨울 경치이며, 꾀꼬리가 날아서 관목에 모인다는 구절은 짙푸른 여름 경치이고, 우거진 갈대와 흰 이슬 내려 서리되었다는 구절은 맑게 갠 가을 경치이다. 초라한 집과 넘쳐흐르는 물은 은거를 묘사한 그림이고, 눈비 흩날리고 버들 하늘거린다는 구절은 나그네를 그린 그림이다. … 나는 시를 읽을 때 그림의 묘미를 읽을 수 있었는데 이와 같다. 이는 내가 『당시화의』를 선집한 이유이다. 어떤 사람이 말하기를, "그렇다면 『시경』 풍인風人에서 하지 않고 당인唐人에서 이를 선집하였는가."라고 물었다. 내가 말하기를, '당인의 시는 시일 뿐이고, 풍인의 시는 경經이다. 시는 진실로 선집할 수 있으나 경은 선집할 수 없다. 대저 시는 한위로부터 내려와서 당에 이르기까지 크게 갖추어 졌다. … ' 나는 장차 삼백 십일 편을 읽는 마음으로 그림을 읽었고, 그림을 읽는 마음으로 당인의 시를 읽었다.18)

---

18) 申緯, 『唐詩畵意』(申緯)序1, "詩有畵意, 詩三百十一篇, 皆畵家之藍本也. 湊洧渙渙, 春景融怡; 飄風發發, 冬景慘悽; 灌木黃鳥, 夏景穠麗; 蒹葭白露, 秋景澄霽. 衡門泌水, 隱居畵也; 雨雪楊柳, 行旅圖也. … 余於讀詩, 而得讀畵之妙, 如此, 此余所以有『唐詩畵意』之選也. 或曰, 然則曷不於風人而乃唐人之是選耶. 余曰, '唐人詩, 詩而已. 風人詩, 經也. 詩固可選, 經不可以選也. 夫詩自漢魏以降, 至唐而大備, … '. 余將以讀三百十一篇之心, 讀畵, 以讀畵之心, 讀唐人詩."

신위는 『당시화의』 선집 동기를 시 속의 화의를 읽어내려는데 두고, 이를 『시경』의 작품들에서 찾고 있다.

발문(3)과 (4)에서도 『시경』이나 『초사』만은 못해도 여기서 근원한 당시의 한결같은 성정이 삼변三變을 거듭하고 송·원의 길까지 열어주었다고 강조하고 있다. 신위는 1812년 연행 이후, 옹방강의 영향으로 학소學蘇에 침잠했지만, 평생 동안을 그가 살았던 조선 후기 북학파와 후사가後四家인 이덕무李德懋, 박제가朴齊家, 이서구李書九, 유득공柳得恭 문예론의 영향 속에서 『국풍』, 『이소』를 비롯하여 당송과 명청의 시문을 두루 섭렵하려는 면모를 보였던 문인이다. 그가 죽기 4년 전인 1841년, 문학의 시대성과 관련한 성정의 중요성을 언급한 다음 글을 보자.

> 한 시대에는 한 시대의 風이 있다. 그래서 시 삼백 십일 편은 이남 二南 이하 여러 국풍이 각자 다르다. 그러나 성정에서 인연하고 느끼는 것은 같다. 만약 헛되이 겉모습만을 본뜨면서 문장을 높이 점하고 있다고 하여 다른 사람에게 기식하면서 자신의 성정으로 자신의 일가를 이루는 것을 잃어버린다면 후세의 사람들이 그것이 어느 시대, 어느 사람의 시인 줄 어떻게 변별할 수 있겠는가?[19]

『시경』을 예로 든다면 각 지역의 풍風에 따라 서로 상이한 특징과 풍격을 지니고 있으며 당시와 송시 역시 어느 하나만을 절대적으로 높일 수 없는 그 나름대로의 상대적 가치와 특징을 지니고 있다. 그러

---

19) 申緯, 『申緯全集』4, 1923쪽, 「次韻答趙雲周見贈二首」(1) 自註, "一代有一代之風, 故詩三百十一篇, 二南而下諸國之風, 各自不同而其緣情感性則同也. 若徒事貌襲, 自謂高占門墻, 寄人廊廡, 頓忘自己性情自作一家, 則後之人, 何由辨別其爲何代何人之詩也?"

므로 당시와 송시로 구분하여 어떤 특정한 시대의 작품만을 창작의 절대적 전범으로 삼는 태도는 바람직하지 못하다는 관점이다. 17세기 이래 지속적으로 전개되어 온 김창협金昌協, 이용휴李用休, 이덕무李德懋 등의 창신의 시, 진시眞詩의 흐름이 그것이다. 위 발문 (3)과 (4)는 바로 명대의 전후칠자가 복고주의를 지나치게 내세워 작가의 개성이나 시대적인 상황을 전혀 무시한 채 성당盛唐의 시풍을 모방하는 형식주의 문학론의 폐단으로 치닫고 있는데 대한 비판으로 송·원시에 대해서도 정당한 평가를 내릴 것을 주장한 것이다.

발문(5)에서 "두보가 가진 것은 사례史例처럼 엄격하고, 서릉의 재주는 『옥대신영玉臺新詠』에 섬세했네. 공자가 시경을 산정한 뒤 법칙을 세웠기에, 상복의 음풍도 주남·소남과 함께 놓아도 해롭지 않을 것이다.杜甫操持史例嚴, 徐陵才調玉臺纖. 聖人刪後垂柯則, 桑濮無妨並二南." 라고 하였고, 발문(6)에서 "신운설로 당시를 논함은 다하지 못할 것이 염려되니, 실사를 들어보지 않고 어찌 진실을 알 수 있을까. 두보, 한유, 왕유, 위응물 중 어느 한 사람 빼기 어려우니, 모두 문 열어 함께 맞이할 사람들이네.神韻論唐恐未臻, 罔聞實事詎知眞. 杜韓王韋難偏廢, 共是開門合轍人." 라고 하여, 신위는 청대의 왕사정이 『당현삼매집』에서 왕유와 위응물은 취하고, 한유와 두보는 취하지 않는 것에 대해 강한 불만을 내보였다. 왕사정은 『십종당시선』을 엮고 『당현삼매집』을 엮으면서 성당의 왕유를 남달리 추숭하였는데, 조선의 신위 역시 왕사정의 영향으로 왕유의 시법을 수용하였으면서, 그의 '유소입두' 관점을 견지하여 두보에게로의 관심의 비중을 나누고 있음도 알 수 있다. 왕사정의 '신운'[20]만으로는 당시의 전체적인 특징을 제대로 드러낼 수 없다고

---

20) 王士禎의 '神韻說'에 대해서는 금지아, 『王士禎·申緯 詩歌創作論 比較硏

보고, 신운의 폐단을 지적한 위 발문(6)의 내용은 이 시기 조선 문단의 신운설 수용과 관련하여 특히 주목할 부분이다. 당시 조선 문단의 진시 흐름은 작품 밖의 실사와 관련지어 설명할 수 있다. 신위 역시 이 책이 선집된 4년 후인 1832년, 실사를 강조하고 신운과 축력의 상호 보완적 관계를 중시하여 다음과 같이 말한 바 있다.

> 시에 별재가 있어야 한다는 말은 무슨 말인가?
> 실사를 듣지 않고 어찌 진실을 알까.
> 고고함은 숨은 이치를 깊이 캐내는 데에서 비롯되고,
> 신운은 힘을 쌓음으로써 온전해질 것이네.
> 詩有別才是何說, 罔聞實事詎眞傳.
> 孤高必自鉤深始, 神韻徐廻蓄力全.[21]

신운과 축력, 실사 등의 관계에 주목해 보자. 신운은 대체로 형사形似와 대립되는 말로 신사神似, 풍신風神 등을 지칭한다. 그러한 신운이 감도는 작품은 축력과의 상호 보완을 통해 창출된다고 했다. 그간 학계에서는 신위의 시학을 왕사정의 신운설과 연계해 이해해왔으나, 여기서 간과할 수 없는 것은 왕사정의 신운설과는 구별되는 신위 시학만의 특징이 무엇인가 하는 점이다. 그것은 왕사정이 상대적으로 홀시했던 두시, 신위로서는 실사를 중시하는 입장에서 두시杜詩에 대한 관심을 접을 수는 없었을 것이다. 이 책이 선집되기 2년 전인 1826년 봄, 장추음蔣秋吟(?-1830)이 「논당송인절구삼십수論唐宋人絶句三十首」를 보내오자 신위가 이에 사례하며 지은 시에서 두시를 『시경』이나 「이소」

究』, 33-101쪽(1998, 연세대 박사학위논문) 참조.
21) 申緯, 『申緯全集』3, 1238쪽, 「題復初齋集選本二首」.

제2장 신위申緯의 『전당근체선全唐近體選』 65

와 나란히 할 만하다고 밝힌 바 있다.

> 논시를 부쳐 와서 눈을 닦고 읽어보니,
> 사걸에서 시작하여 사령에 이르렀네.
> 양송을 새롭게 세워 천고의 기치로 삼고,
> 삼당을 씨줄로, 육조를 날줄로 놓았네.
> 국풍·이소와 나란히 선 두보가 그립고,
> 신운으로 꽃을 피운 왕사정이 그립네.
> 論詩寄到爲楷靑, 四傑沿洄迄四靈.
> 兩宋疉新千古幟, 三唐緯密六朝經.
> 風騷並駕懷工部, 神韻拈花憶阮亭.[22]

장추음蔣秋吟이 보내온 시 작품이 초당사걸인 양형楊炯, 왕발王勃, 노조린盧照隣, 낙빈왕駱賓王을 위시하여 남송의 영가사령永嘉四靈인 조사수趙師秀, 옹권翁卷, 서조徐照, 서기徐璣 등에 미쳤고, 육조에서 삼당, 양송에 이르기까지 엄정하였다고 평가하면서 두보의 시야말로 풍소와 동격을 이룰만하다고 한 발문의 언급과도 통하는 내용이다.

발문(7)과 (8)은 신위가 왕명을 받아 선집하는 과정에서 느낀 감회를 적고 있다. 적어도 여기에 뽑힌 시들은 그의 시적 안목으로 본 최고 수준의 것들일 것이다. 당시 경서와 사서를 읽은 여가에 성정에 입각한 시의 근원을 서정적으로 설명했던 효명세자의 명을 받들어 전당시를 뽑게 되었다는 말과 함께 혹시라도 선집 과정에서 중요한 작품을 빼버리지 않았을까 내내 고심하는 그의 모습이 역력히 드러난다.

---

22) 申緯, 『申緯全集』2, 888쪽, 「今年春間, 蔣秋吟寄示論唐宋人詩絶句三十首全本, 以此爲謝」.

4. 맺음말

이상의 내용은 새로 발굴된 책의 소개를 겸하여 이 책에 선집된 시인의 경향과 신위 시학관을 관련지어 논의한 것이다. 『전당근체선』은 19세기에 이루어진 그것도 당시 시에서 독보적인 위치를 차지하고 있던 신위가 왕명을 받아 편찬한 자찬 당시선집이라는 데에서 그 우선적 의의를 찾아볼 수 있을 것이다. 하지만 상대적으로 체례가 갖춰지지 않은 유일본이라는 점에서 그 편찬 동기처럼 당시 효명세자에게 바쳐진 것으로만 그 기능을 다했을 것이라고 짐작된다.

책 끝에 발문으로 남긴 8수의 시 내용은 신위가 선시 과정에서 보여준 당대 시인들에 대한 입장을 잘 보여준다. 바로 당시가 백체를 구비하여 그 속에 성정을 담았다고 강조하고 두보와 서릉을 주남·소남에 비유하여 그 위상을 제고시키고 있을 뿐만 아니라, 신운설에 입각하여 두보, 한유, 왕유, 위응물을 추숭하고 있으니 요컨대 당시를 통한 신운의 요체를 제시하고자 한 것이 선집의 주요 동기였다고 할 수 있다. 이렇게 볼 때 이 책은 당시 유행에 편승하여 이루어진 시선집 이상의 의미를 갖는다. 조선 후기 문예 양상을 반영하는 동시에 신위 자신의 시 인식 양상, 어쩌면 그 삶의 방식까지 엿볼 수 있으니, 그가 8년 앞서 선집한 『당시화의』와 함께 그의 시학 이해의 첩경이 되는 자료임은 의심의 여지가 없다. 여기에 뽑힌 당대의 시인과 시들, 특히 '유소입두由蘇入杜'를 주장했던 신위 시학을 이해하는 차원에서 두시가 좀 더 비중 있게 다뤄져야하는 까닭이 자명해진다.

1. 머리말

청대 강희 후기와 건륭 연간에 걸쳐 사상계와 문화계에 광범위하게 형성된 반이학反理學·반한학反漢學·반복고 反復古·반시교反詩教의 현실 경향과 맞물려 시가 방면에서 자연과 진정의 중시, 개성 해방의 추구, 주체 의식의 고양 등을 기치로 성령론性靈論이 성숙되었으니, 그 중심에는 원매袁枚(1716-1797)가 자리하고 있었다. 청의 원매를 종주로 하는 이 성령론은 '시필성당詩必盛唐'을 부르짖던 의고문파에 대한 강한 반격이라고 할 수 있다. 성당시가 한시의 가장 높은 수준임을 부인할 수는 없지만, 여기에만 얽매이면 자신의 개성은 뒷전에 밀리는 것이다.

'시필성당'과 '문필진한文必秦漢'을 내세운 복고주의에 대한 비판적 흐름이 18세기 후반기 조선에도 이미 광범위하게 형성되어 있었다. 그리하여 문단에는 옛 시대의 가치와 전범에서 벗어나 새로운 가치와 전범을 창출하고자 하였다. 시를 교화의 수단이 아니라 개성의 표현이라고 생각하는 성령론은 조선 후기 정치 참여의 길이 막혀있던 위항委巷 문인[1]들에게 보다 적극적으로 받아들여질 수 있었다. 19세기의 조

선은 실학 사상의 집대성기였고, 문학 다변화현상으로 인해 문학 담당
층이 확대되었으며 여류 문인들의 활약이 어느 때보다 돋보이던 시기
였다. 또 17, 18세기 위항 문인의 존재에 힘을 실어주었던 천기론天機
論이 이 시기에 들어와 재해석되면서 위항 문인들의 문학 활동 근거로
뒷받침되었고, 이를 계기로 이들 중인층中人層 문학의 주체적 자각이
본격적으로 논의되기 시작하였다.

　　조선의 경우, 성령性靈이라는 용어가 여러 자료에서 산견되지만, 시
창작의 핵심개념으로 '성령'이 본격적으로 비평사에서 거론된 것은 대
략 17세기 이후로 김창협金昌協·후사가後四家 등이 명대 공안파와 청
대 원매의 성령론을 섭취하여 '조선의 성령론'을 전개했다.2) 19세기에
들어와 '성령'이라는 용어는 주로 김정희(1786-1856)와 일군의 중인中
人출신 문인 최성환崔瑆煥(1813-1891), 정지윤鄭芝潤(1808-1858), 장지완
張之琬(1806-1858) 등의 문헌에서 확인된다. 최성환과 교유한 장지완은
"시라는 것은 성정에서 나온다. 세상에 성정이 없는 사람은 없다.詩出

---

1) 鄭玉子 교수는 이 委巷 문인에 대해 "중인층을 중심으로 하여 때로는 賤人
　　까지 포함되는 下級 계통의 한문학 활동"으로 규정하고 있다.(정옥자, 「조선
　　후기의 문풍과 위항문학」, 『韓國史論』4, 1978, 263쪽).
2) 시기적으로 원매와 대략 한 세대 정도의 차이를 보이고 있는 漢詩四家에 의
　　해 성령파 시인들의 일부 작품이 소개된 정도에 지나지 않음을 확인할 수 있
　　다. 漢詩四家는 몇 차례 燕行의 기회를 통하여 당시 性靈派로 분류되는 시
　　인들과 직간접적으로 교유함으로써 그들의 작품을 자신들의 詩話集과 詩選
　　集에 수록하였던 것이다. 그러나 유감스럽게도 여기에 수록된 작품은 대부분
　　청대 성령파 작가들의 성령론에 부합되는 작품이 아니라 그들의 시화집 내지
　　시선집의 수록원칙에 부합하는 작품이 주류를 이루고 있다. 이 점은 18세기의
　　그들이 성령론을 수용하는데 필요한 시간의 확보라는 측면에서 충분히 예견
　　된 일이었다.(申載煥, 「조선 후기 淸代 性靈派 작가소개 小攷」, 『中國語文
　　學』39, 2002).

性情, 世無性情之人."3)고 했고, 최성환은 방대한 『성령집性靈集』이라는
시선집을 편찬하여 "금체시가 성령을 얻기에 가장 가깝다.今體詩得性
靈之爲最近.", "성령을 오로지 하고, 격조를 뒤로 미루며 기백을 버리
기로 했다.專主性靈而後格調捨氣魄."고 했으며, 정지윤도 "가장 영롱한
곳에 성령이 있으니, 깊은 공부를 쌓지 않고는 쉽게 얻어지지 않네.最
玲瓏處性靈存, 不下深功不易言."4)고 했으니, 이것은 김정희의 "(시인은)
각기 성령을 쫓아 가까이 하는 것이지, 한 가지에 집착해서는 안 된다.
各從其性靈以所近, 不可得以拘泥於一段."5)고 한 성령에 근거한 것이다.
이들 사이에도 이해의 편차가 있기는 하지만, 전체적으로 보아 '성령'
이 시 창작의 특징을 해명하는 중심 개념의 하나로 폭넓게 확산되고
확고한 자리를 차지하였음을 알 수 있다.

하지만 그간의 연구사를 정리해 볼 때, 이들을 묶어서 위항 문인으
로 논한 성과는 더러 있지만, 당시 청대 성령설의 조선 수용과 이들
개성주의의 흐름이 어떠했는가에 대한 개별 연구는 거의 없는 실정이
다. 이 글에서 이 시기의 최성환과 그의 『성령집』에 주목하는 이유도
바로 여기에 있다. 최성환은 방대한 분량의 중국 시선집인 『성령집』을
편찬하면서 진실하고 자연스러운 감정, 심령을 시 평가의 가장 중요한
척도로 삼았다. 현존본의 국내 소장 현황을 볼 때, 실로 이 책의 당시
유통 경로도 다양했을 것으로 추측된다. 따라서 이 글에서는 이 책을
소개함과 동시에 최성환의 성령론이 갖는 요지가 무엇인지, 여기에는
청대 원매의 성령론이 과연 19세기 조선의 최성환과 그 주변에 어떻
게 수용, 평가되고 있는지도 함께 논의될 것이다.

---

3) 張之琬, 『枕雨堂集』, 「書自庵和陶部集」, 閭巷文學叢書3.
4) 鄭芝潤, 『夏園詩鈔』, 「作詩有感」, 閭巷文學叢書5.
5) 金正喜, 『阮堂先生全集』, 「雜識」卷8.

2. 최성환의 생애

최성환崔瑆煥(1813-1891)의 자는 성옥星玉, 호는 어시재於是齋, 본관은 충주忠州이다. 순조 13년에 출생하여 고종 28년에 79세의 나이로 일생을 마쳤다. 최성환의 신분이 중인 집안 출신[6]이라는 것은 널리 알려진 사실이다. 그의 가계를 살펴보는데 도움이 될 수 있는 자료는 『충주최씨대동보』와 『예성최씨세계蘂城崔氏世繼』가 있다. 이외에 역과譯科, 운과雲科, 율과律科 등의 잡과방목雜科榜目 등을 참조할 수 있다.[7] 이들 자료를 통하여 알 수 있는 흥미로운 사실은 최성환의 형과 동생을 비롯하여 가까운 친척 중에 많은 잡과雜科 급제자가 있다는 점이다. 최성환의 집안 사람으로서 잡과에 급제한 사람은 총 15명인데, 이중 2명은 역과에, 4명은 율과에, 9명은 운과에 각각 급제하였다. 모두 최성환의 조부인 윤상潤祥의 자손들이다. 즉 최성환의 사촌들이다. 이것은 그의 집안이 중인 집안이었음을 확실하게 보여주는 것이다.

그러나 최성환 자신은 중인으로서 보다는 무인武人으로 더 알려져 있었던 것 같다. 철종대哲宗代 남병철南秉哲(1817-1863)이 최성환이 편한 『시민요결視民要訣』의 발문에 '무인최군성환武人崔君瑆煥'으로 소개하고 있는 것이라든지, 이규경李圭景(1788-?)이 『오주연문장전산고五洲衍文長箋散稿』의 「사소절분편각본변증설士小節分編刻本辨證說」에서 최성환을 '무인'으로 표현하고 있는 것 등을 통하여 알 수 있다. 실제그는 무과武科에 급제하였을 뿐만 아니라 그가 역임했던 관직도 모두

---

6) 李佑成, 「金秋史 및 中人層의 性靈論」, 『韓國漢文學研究』5, 1980.
7) 이들 자료를 종합하여 작성한 世系圖는 白賢淑의 「崔瑆煥의 人物과 著作物」(『歷史學報』103, 1984)에 자세하다.

무관직武官職으로 일관되어 있다. 이를 통해 볼 때, 최성환은 '중인' 가문 출신의 '무인'이라고 이해하는 것이 옳을 것 같다.

일반 사서 등의 기록을 통해 드러나는 최성환의 관력을 살펴보면, '도사都事'가 전부이다. 이 밖에 1859년(철종 10)에 실시한 '증광생원진사시增廣生員進士試'의 방목榜目이 있다. 실제 『성령집』의 교정을 맡았던 최성환의 아들 최규집崔圭輯은 이 해의 생원시에 합격하였는데, 그 방목에 의하면 그의 부인 최성환의 관직은 '전선략장군행중추부도사前宣略將軍行中樞府都事'였다. 이는 모두 최성환의 최종 관직을 말해주는 것이다.

그가 관직에서 물러난 것은 다음 문헌을 통해 확인할 수 있다. 먼저, 최성환 저서 『고문비략顧問備略』 서문[8]에 나온 장지완의 "근래 벼슬을 그만두고 고향으로 돌아가 가릉산 아래에서 농사를 짓고 있다.近致官東歸, 耕於嘉陵山下."는 기록이 있다. 또 최성환이 편집한 「성령집서」의 다음 기록은 더 구체적이다. "성령집을 고향으로 돌아간 갑인년(哲宗 5, 1854)에 시작하여, 무오년(哲宗 9, 1858)에 완성하였다.集始於東歸甲寅之歲, 迄今戊午而成." 따라서 최성환이 벼슬을 그만 둔 해는 1854년(철종 5)임을 알 수 있다. 이것은 그가 관계로 들어간 지 꼭 12년 만의 치관致官이니 그리 긴 관직생활을 했다고는 볼 수 없다. 이런 짧은 관력은 그에게 다양한 교유와 많은 편저서를 남길 수 있는 시간적인 여유를 제공해 주었다. 최성환은 관직에서 물러난 뒤 내내 저작에 전념하였다. 교화서教化書인 『각세신편팔감상목覺世新編八鑑常目』(11권6책, 1856년 편간編刊), 헌종憲宗의 명을 받아 당대 체제의 문제점을 지적하고 개선책을

....

8) 崔瑆煥, 『顧問備略』(國立中央圖書館 筆寫本(手稿本)), 合綴 東京大學圖書館 筆寫本; 西江大學校 人文科學硏究所 影印, 1984.

제시한 『고문비략顧問備略』(4권2책, 1858년 친필 수고본 저술), 한성부漢城府 및 팔도八道의 지리서 『여도비지輿圖備志』(20권20책, 편찬년 미상), 권선서勸善書인 『태상감응편도설太上感應篇圖說』(5권5책, 1880년 간행), 『효경孝經』에 주註를 붙인 『효경대의孝經大義』(권책 미상, 1882년 저술) 등을 남기는 등 상당한 학문적 식견도 가지고 있던 인물이다.

당시 그가 교제하고 있던 인물로는 장지완張之琬과 정지윤鄭芝潤을 꼽을 수 있다. 장지완(1806-1858)은 1825년(순조 25)에 율과律科에 급제한 중인으로 조선 후기 대표적인 위항 시인이다. 그는 자기의 호를 딴 비연시사斐然詩社를 조직하여 중인들의 문학 활동을 이끌어 나갔다. 장지완과 최성환의 교유관계는 최성환의 저서 『고문비략』의 서문을 장지완이, 장지완의 시집 『비연상초斐然箱抄』의 서문을 최성환이 각각 썼다는 사실을 통해서 알 수 있다. 이렇게 서로의 저술에 서문을 번갈아 써주었다는 사실은 이들이 상당히 절친한 관계였음을 알려준다. 정지윤은 역과 출신의 중인이다. 그는 당대의 유명한 시인이었다. 장지완의 비연시사에도 참여했다. 최성환은 그의 시집 『하원시초夏園詩鈔』를 간행하였는데, 그는 이 시집의 제사題辭에서 정지윤과 만년에 만났으나 오히려 더욱 절친하게 사귀었다고 술회하고 있다. 이렇게 당대에 유명했던 시인 장지완, 정지윤과의 친분은 그에게 문인으로서의 일면도 있었다는 것인데, 장지완이 이끌던 시사에도 참여한 바 없고, 최성환 자신이 시를 지었다는 기록은 어디에도 찾을 수 없다. 많은 저술을 남긴 학자임에도, 그의 시는 전해오는 것이 없다. 비록 시를 짓지는 않았더라도, 시에 대한 깊은 관심과 높은 안목을 지니고 있었던 것만은 분명하다.

이는 그가 성령파의 입장에서 역대 중국의 시를 선발하여 1858년 편찬한 『성령집』(39권20책)을 통해 분명히 알 수 있으니, 시인이라기보

다는 오히려 시 비평가, 혹은 시론가였다고 할 수 있다. 『성령집』 외에
도 벗 정지윤의 시집을 간행한 『하원시초』(1책)와 『동국아집東國雅集』
(1책)이 있다. 최성환은 아마도 중국 시를 모아 『성령집』을 완성한 후
에 같은 방법으로 조선의 시를 모아 시집을 만들 생각이 있었던 것
같다. 『동국아집』의 편찬 연대는 알 수 없지만, 40여 편의 조선 시가
수록되어 있다. 체제가 정연하지 않은 것을 봐서 시집을 구성하기 전
의 책자로 보인다.

3. 최성환의 『성령집』

1) 판본별 국내 소장 현황

『한국소장 중국한적총목韓國所藏中國漢籍總目』(전인초全寅初 주편),
『한국고서종합목록韓國古書綜合目錄』(국회도서관 편), 한국고전적종합
목록시스템, 한국역사정보통합시스템 등에 수록된 『성령집』의 국내 소
장 현황을 보면 다음과 같다.

性靈集
蘇武(漢)等 著, 崔瑆煥(朝鮮) 編
木活字本 / [刊地未詳] [刊者未詳] [刊年未詳] / 39卷20冊 四周
單邊 半郭 17.4×12.5cm 有界 10行20字 上白魚尾; 25.3×16.1cm.
印記 : 崔氏章, 崔宗奐印, 集義齋書
[國立中央圖書館]

性靈集

崔瑆煥 彙選, 崔圭輯 校字

木活字本 / 合20冊 四周單邊 半郭 18.0×13.0cm 有界 10行20字
上白魚尾 ; 25.0×17.5cm.

序 : 戊午 崔瑆煥

[延世大]

性靈集

崔瑆煥(朝鮮) 編

木活字本 / 哲宗9年(1858) / 20冊 四周單邊 半郭 17.4×12.4cm
有界 10行20字 上白魚尾 ; 24.8×15.7cm.

序 : 集始於東歸甲寅之歲辻今戊而成集…崔瑆煥

[奎章閣]

性靈集

崔瑆煥(朝鮮) 彙選, 崔圭輯校

木活字本 / 39卷20冊(現存 22卷11冊) 四周單邊 半郭 12 … 7×18.0cm.
有界 10行20字 上白魚尾 ; 25.3×16.3cm.

[澗松文庫]

性靈集

崔瑆煥(朝鮮) 彙選, 崔圭輯校.

木活字本(張混字)9) / [1858]/39卷20冊 四周單邊 半郭 17.4×12

---

9) 장혼과 함께 늘 붙어 다니는 단어가 하나 있는데 그것은 '張混字(而已广字)'
라는 말이다. 이 말은 尹炳泰가 처음 창안하였다. 윤병태 이전에는 金斗鍾이
이 활자를 '小型筆書體木活字'라고 명명한 바 있다. 조선 시대의 활자 명칭
은 대부분 만들어진 해의 간지를 붙여 만든다. 癸未字, 庚子字, 甲寅字 등.
이후에는 활자의 자본을 쓴 이의 이름을 붙여 명칭을 삼기도 하였다. 윤병태
가 이 활자명을 지정한 이유는, 장혼이 이 활자를 소유하고 있었다는 데서

… 4cm. 有界 10行20字 上白魚尾; 25.4×15.9cm.

[嶺南大]

性靈集

崔瑆煥(朝鮮) 彙選.

木活字本/ 20冊 四周單邊 半郭 17.5 ×12 … 3cm, 有界 10行20字
上白魚尾 ; 25.3×16.2cm.

[高麗大]

性靈集

崔瑆煥(朝鮮) 彙選.

木活字本/11冊 零本, 四周單邊 半郭 17.4×12.3cm. 有界 10行20
字, 上白魚尾 ; 25.0×16.0cm.

[啓明大]

비롯된다. 그러나 장혼이 이 활자를 만들었다는 증거는 어디에도 없다. 다만, 장혼자로 간행되었다고 하는 1813년 金光益의 시집『伴圃遺稿』에 보이는 기록, '癸酉(1813)孟秋, 活藏於家'라는 기록이 있다. 이 책은 김광익의 아들 김재명이 출판한 것이다. 그렇다면 당시 활자는 장혼의 소유가 아니라 김재명의 소유였다는 말이 된다. 김재명 역시 위항인이었기 때문에 그가 활자의 주인이었다면 장혼이 만든 책을 자신의 활자로 인출하게 하였을 것이다. 이 둘은 시문 교유를 했던 관계이다. 그럼, 이 활자는 애초에 누가 썼을까? 이 활자는『御定奎章全韻』의 小字版 자체와 아주 흡사하다.『日省錄』등 문헌 기록을 보면, 당시 이 책의 필사자는 정조 때의 寫字官 이명예였다. 장혼자로 간행된 책과『어정규장전운』의 몇 글자로 대조해본 결과 동일했다. 결론적으로 이명예의 글씨를 저본으로 만들었고, 김재명이 소유했던 것으로 보인다. 글씨를 쓴 사람을 기준으로 활자를 명명할 경우, 장혼자라는 명칭은 명백한 오류임이 밝혀졌다.(朴徹庠, 「張混의 출판 활동과 張混字」,『문헌과 해석』, 2006, 재인용).

性靈集

崔瑆煥(朝鮮) 彙選.

寫本/哲宗9年(1858) /39卷.

[翠崦文庫]

性靈集

寫本 / [刊年未詳] / 1冊　無界　11行20字　無魚尾；34.3×20.6cm.

[雅丹文庫]

그림 1 性靈集 摘句

寫本, 1冊　四周單邊　半郭　14.0×11.0cm.

有界　8行字數不定　無魚尾；19.0×14.5cm. [筆者所藏]

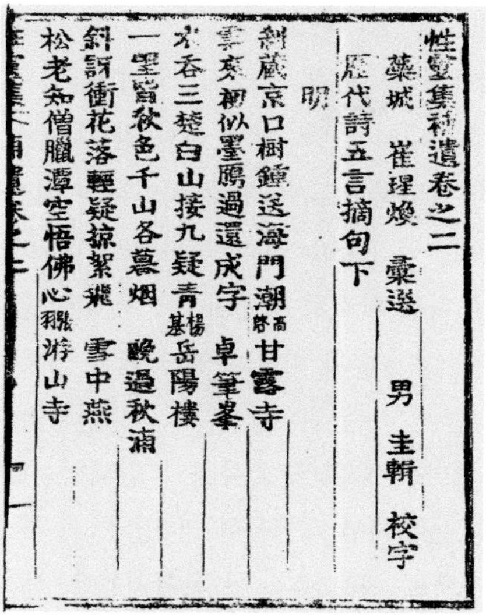
性靈集補遺卷之二
藥城 崔瑆煥 彙選 男 圭軿 校字
歷代詩五言摘句下
明
劍藏京口樹鐘送海門潮 高啓 甘露寺
雲変初似墨鴈過還成字 卓筆峯
水吞三楚白山接九疑青 楊基 岳陽樓
一望皆秋色千山各暮烟 晚過秋浦
斜訝銜花落輕疑掠絮飛 雪中燕
松老知僧臘潭空悟佛心 張羽 游山寺

그림 2 國立中央圖書館, 木活字本, 第18冊 補遺 卷2

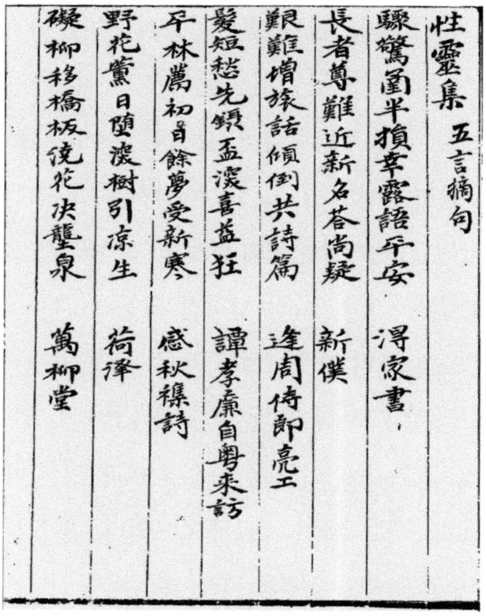
性靈集 五言摘句
驟驚函半損幸露語平安 得家書
長者尊難近新名荅尚疑 新僕
艱難增旅話傾倒共詩篇 逢周侍郎亮工
髮短愁先鏡盃深喜益狂 譚孝廉自粵來訪
平林嘯初月餘夢受新寒 感秋襍詩
野花薰日墮溪樹引涼生 荷澤
礙柳移橋板澆花決甕泉 萬柳堂

그림 3 筆者所藏, 寫本, 1冊 卷首面

위에 제시한 판본을 정리하면, 각각 목활자본과 필사본이 남아 있다.

목활자본은 국립중앙도서관, 규장각, 고려대, 연세대, 간송문고, 영남대, 계명대에 소장되어 있다. 위항 시인 장혼張混(1759-1828)의 커다란 업적은 목활자를 만들어 많은 위항 시인들의 시집을 간행하였다는 점이다. 이 목활자는 폭 12mm 내외, 높이 8mm내외의 비교적 폭이 넓은 납작한 평면을 가진 활자로 보인다. 그 자체는 필서체로 되어 있으며, 다른 관주활자官鑄活字에 비하여 약간 작은 아름다운 글씨체로 보인다.10) '장혼자張混字'라는 단어를 두고, 이 활자의 자본字本을 처음 이명예李明藝가 썼다는 사실과, 소유자가 김재명金載明이었다는 고증은 앞서 박철상의 논문에서 재인용한 바 있다. 그 후 장혼이 소유하여 출판에 활용한 것으로 생각된다. 이 목활자들은 장혼이 세상을 떠난 뒤에 1857년 쯤 부터 최성환이 소유하면서 위항 시인들의 시집과 아울러 도교 관련 서적들을 간행하게 되었다. 최성환이 그의 활자를 인수한 정확한 시기는 알 수 없다. 다만 1857년 봄에 간행된 장지완의 문집 『비연상초斐然箱抄』에 덧붙인 최성환의 서문을 볼 때, 그가 장혼의 목활자를 인수한 후에 이 문집을 간행한 것으로 보인다. 바로 이듬해인 1858년에 편찬한 『성령집』도 이 목활자로 찍은 것이다. 필사본은 취암문고翠菴文庫(완질), 아단문고雅丹文庫(宋, 金, 元詩 1册)에 소장되어 있다. 이 밖에 필자 개인 소장(성령집 적구摘句), 『역대명원시歷代名媛詩』, 『적구시摘句詩』등의 이름으로 따로 유통되는 것이 있다.

위에 제시한 소장처별로 책의 권차를 정리하면, 완질(20책; 국립중앙도서관, 연세대, 규장각, 고려대, 영남대, 취암문고)과 영본(계명대 11책, 간송문고 11책, 아단문고 1책)으로 각각 나눠볼 수 있다. 완질본의 경우, 20책의

---

10) 尹炳泰, 『조선 후기의 活字와 책』, 凡友社, 1992, 339쪽.

권차는 모두 동일하게 엮여 있는데, 연세대본만 권차가 약간 다르다. 국립중앙도서관본 등은 제15-17책이 속집이고, 제18-19책이 보유다. 그러나 연세대본만은 제15-16책이 보유이고, 제17-19책이 속집이다.

2) 편찬 체제와 그 특징

그림 4 國立中央圖書館, 木活字本, 第1冊 卷1 卷首面

『성령집』은 최성환이 관직에서 물러난 42세부터 시작해, 4년 후인 46세(1858년, 철종 9)[11]에 간행한 39권20책 1,216장 분량의 중국 역대 시선집이다. 교정은 그의 아들 최규집이 맡았다. 편자 최성환은 성령

----

11) 서문 끝의 '集始於東歸甲寅之歲, 迄今戊午而成集'이 이 시집의 유일한 연대 기록인데, 崔瑆煥이 고종 때 이름을 떨친 시인이라는 점으로 보아 그 '戊午年'은 1858년인 것 같다(1918년으로 보는 견해도 있음).

을 중요한 기준으로 삼아 이 책을 편찬하였으므로 '성령집'이라 명명하고, 한위 이후 청에 이르기까지의 시를 시대 순으로, 시의 형식에 따라 분류·편집한 것이다. 편성체제를 보면 다음과 같다.

1集 卷1~3 漢魏六朝詩 : 五古, 七古, 五絶, 五律, 五排, 七律, 六絶, 七絶. 2集 卷1~6 三唐五代詩 : 五古, 七古, 五律, 七律, 五絶七絶, 五排, 七排, 六絶. 3集 卷1~6 宋金元詩:五古, 七古, 五律, 七律, 五絶, 七絶, 五排 七排, 六絶. 4集 卷1~6 明詩 : 五古, 七古, 五律, 七律, 五絶, 七絶, 五排, 七排, 六絶. 5集 卷1~6 淸詩:五古, 七古, 五律, 七律, 五絶, 七絶, 五排, 七排, 六絶. 續集 卷1~6 名媛詩: 五古, 七古, 五律, 七律, 五絶, 七絶, 五排, 七排, 六絶. 補遺 卷1~4 歷代句:五言摘句, 七言摘句. 續集補遺 卷1~2 名媛句:五言摘句, 七言摘句.

이 책은 한위부터 청대까지 1200여년에 걸친 시대의 방대한 시 작품을 선입의 대상으로 하면서도 매우 정비된 체제를 갖추고 있다. 본집 5집은 시대별로 나누어지는데, 제1집은 제 1-2책이며 한위남북조의 시가 3권에 수록되어 있다. 제2집은 제3-5책으로 삼당오대의 시가 6권으로 나뉘어 실려 있다. 제3집은 제6-8책에 해당하며 송·금·원의 시가 6권으로 수록되었다. 제4집은 제9-11책으로 6권의 명시, 제5집은 제12-14책으로 6권의 청시이다. 각 집의 권수에 목록이 있으며, 5언 고시, 7언 고시, 5언 율시(부록 : 5언 배율), 7언 율시, 5언 절구(부록 : 6언 절구), 7언 절구의 시체별로 나누어져 있다. 속집은 여류의 시를 엮은 '명원시名媛詩'이다. 총 6권이며, 역시 시체별로 시를 수록하였다. 보유 4권은 역대 적구이다. 5언 적구 상하五言摘句上下, 7언 적구 상하七言摘句上下로 나누어져 있다. 속집보유는 역대명원적구시로 총2권이다.

역시 5언 적구, 7언 적구로 나누어져 있다. 적구의 아래에는 해당 시구의 제목과 작자를 밝히고 있다.

범례를 통해 드러나는 체제상의 특징을 정리하면 다음과 같다.

첫째, 선집 대상이 한위 시대로부터 청에 이르기까지 거의 모든 시대에 걸친 작품을 망라하고 있다. 1200여 년에 걸친 시대의 시 작품을 고르게 선집하였는데, 특히 주목되는 것은 최성환 당대의 시들을 보다 많이 선록하고자 하였다는 점이다. 그리고 중국 역대시 작품 중 선진 이상의 고일시古逸詩는 싣지 않았고, 5언·7언만 싣고 장단구와 3언, 4언은 고일古逸로 보아 싣지 않았다고 하였다. 선진이전 시기의 시를 선집 대상에서 배제하였는데, 이것은 중국 최고의 시선집인 『시경』을 계승하여 그 이후 시대를 선집한다는 뜻을 지니고 있다. 이 점은 『시경』 이후 처음으로 전 시기의 시 작품을 총괄적으로 정리하고자 한 것으로 보인다. 그리하여 시경체의 작품은 빼버리고 한위 시대 이후 정비된 시체(5언시와 7언시)만을 대상으로 하였으며, 3언이나 4언시 같은 경우는 선진 이전의 시 형식으로 간주하여 수록 대상에서 제외시켰다. 요컨대 『성령집』은 일관된 선정 원칙에 따라 『시경』 이후 최근까지 중국에서 이루어진 방대한 양의 시 작품을 통괄한 시선집이다.

이렇게 전 시기를 포괄하는 선시 안목은 청대의 원매에게서도 이미 시도된 바 있다. 원매는 선시의 방법에 대하여 다음과 같이 말한 바 있다.

> 선시는 마치 인재를 쓰는 것과 같아 문호를 쓰는 것은 모름지기 넓게 잡아야 하고 채택해서 취하는 것은 모름지기 엄밀하게 해야 한다. 시에 연유한 파벌을 알 수 있기 때문에 자연히 관대해질 수 있는 것이고, 정채로운 소재를 알 수 있기 때문에 자연히 엄정해질 수 있는 것이다. 내가 시를 논하는 것은 관대한 듯하지만, 실은 엄정하다.[12]

선시를 인재 등용에 비유하고 있다. 인재를 쓸 때 파벌이나 문호를 가려서 채용하는 방법과 파벌에 관계없이 두루 발탁되는 경우가 있는데, 원매는 문호를 가리지 않고 개방하는 경우였다. 원매 당시에는 문호의 종파에 따라 계통적인 '정화록精華錄'을 꾸미는 형식으로 선시하는 방법이 유행했었다. 예를 들면 『당현삼매집』, 『당인만수절구선唐人萬首絶句選』, 『고시원古詩源』, 『당시별재唐詩別裁』 등의 식으로 시대와 연원을 정리하여 채집하기 보다는, 성령설의 기본 관념을 반영한다는 뜻을 염두에 두고 무명인에 이르기까지 '박취博取'하였다. 채록된 시는 대부분 원매가 살았던 청 중기의 시가 절반 이상을 차지하고 있으나, 멀리 『시경』에서부터 한의 악부, 당의 이백, 두보, 한유, 백거이 그리고 송의 소식, 황정견, 양만리, 육유 및 명의 전후칠자 등 자신의 시학이론을 전개하는데 필요한 작품이라고 판단되면 조대에 상관없이 수록하였다.

둘째, 선집의 전체 구성을 살펴보면, 1집에서 5집까지는 각각 시대별로 분류, 수록하였다. 예컨대 한위진남북조 시대의 작품은 1집에, 3당과 오대의 작품은 2집에, 송금원 시대의 작품은 3집에, 명대의 작품은 4집에, 청대의 작품은 5집에 각각 수록하였다. 따라서 한 집안에 여러 왕조의 작품이 실리기도 하고 때로는 한 왕조 시대의 작품만 실리기도 하였다. 1-5집 이외에 역대 명원名媛의 시 작품을 모아 놓은 속집과 보유를 따로 두었다. 1-5집은 시대 순에 따라 왕조별로 선집하였고, 속집과 보유편은 시대에 관계없이 명원시와 적구시만을 수록한 것이다.

---

12) 袁枚, 『隨園詩話』권7-32, 王英志 校點, 鳳凰出版社, 2000, "選詩如用人才, 用戶須寬, 採取須嚴. 能之派別之所由, 則自然寬矣. 能知精彩之所在, 則自然嚴矣. 余論詩似寬實嚴."

특히 적구시[13]는 청대 원매의 『수원시화隨園詩話』에서 채용된 방식이기도 하다. 원매는 시화 속에 5천여수가 넘는 대량의 시를 채록하여 자신의 성령 시론을 뒷받침하고자 했다. 동시에 그것으로 하여금 시선집의 역할을 담당하게 하려는 의도를 지니고 있었기 때문이다. 시화 총 2,003조목 중 183조목을 제외한 나머지 1820조에서 모두 시를 채록하고 있으며 일반적으로 하나의 조목에 두 세수의 시, 혹은 가구佳句를 채록한 경우가 대부분이다. 그리고 대부분이 무명씨의 작품이다. 다음은 원매의 전체 시와 적구에 대한 생각의 일단을 보여주는 부분이다.

시에 편은 있으나 구가 없는 것은 전체 시가 맑고 노련하지만 단번에 이루어져서 흡사 사람들이 월만한 가구가 없게 되는 것처럼 되어버린다. 구는 있으나 편이 없는 것은 한 수의 시 중에 전할 만한 시구가 없는 것은 아니지만 전체가 어울리지 않아서 작가의 선집에 열입되기 어렵다. 두 가지 가운데 하나는 타고난 재주가 부족한 때문이요, 다른 하나는 공부가 부족하기 때문이니 반드시 편도 있고 구도 있어야 비로소 명수로 불릴 수 있다.[14]

---

13) 사실 이보다 앞서 '摘句'란 말은 '摘句圖'(王士禎, 『池北偶談』권13, 「摘句圖」)에서 기원한 것으로 청대 왕사정(1634-1711)이 施閏章(1618-1683)의 시를 좋아하여 5언 율시 82구를 摘錄한데서 비롯되었다고 한다. 왕사정을 수용했던 李德懋(1741-1793)의 『淸脾錄』에도 동시기 시인들의 聯句 또는 摘句를 대량 수록하고 있다. 金正喜(1786-1856) 역시 이런 것에 영향 받아 翁方綱(1733-1818)의 시를 적구한 『覃詩摘句』 등을 편하였다. 이로 말미암아 볼 때 최성환 이전에 이미 조선에도 적구의 전통은 있었던 듯하다.(金榮鎭, 「Berkerey大學 Asami文庫 소장 '오가시적구(五家詩摘句)'」, 『古典과 解釋』 창간호, 2006, 재인용).

14) 袁枚, 『隨園詩話』권5-56, "詩有有篇無句者, 通首淸老, 一氣渾成, 恰無佳

그는 한 편의 시가 전체적으로는 잘 어울리나 그 가운데 가구가 없을 수 있으니, 이는 작가의 천부적인 재능이 부족하기 때문이요, 반대로 가구는 들어있으나 전체 시가 잘 어울리지 않아서 어색할 수 있으니, 이는 후천적인 노력이 부족한 때문이라고 여겼다. 그리고 한 편의 시는 전체적으로 잘 어울려야 할 뿐만 아니라 그 가운에 가구도 들어있어야 명가의 반열에 들 수 있다는 것이다. 따라서 그에 의하면 시화에 채록된 시의 형태는 전체 시가 될 수도 있고, 대우구의 가구가 될 수도 있다는 말이다.

셋째, 한위진남북조로부터 청대에 이르기까지 유명·무명의 시인들의 시와 역대 명원의 시를 뽑되 고시보다 근체시를 더 많이 수록하였다. 그 까닭은 근체시가 성령을 발휘하기에 유리한 것이기 때문이라 하였다. 그리고 자기와 가까운 시대의 시를 많이 수록하였는데, 그 이유는 가까운 시대의 시일수록 자신의 성령과 더 근사하기 때문이라고 하였다. 그의 이러한 태도는 전통적인 성당시를 시의 전범으로 여기던 복고주의 유학자들의 그것과는 상당히 대조적으로 시의 평가 기준은 오로지 성령에 두었다. 한 집集내에서는 고시, 율시, 절구의 순으로 배열하였고, 배율과 6언 절구는 그 뒤에 첨부하였다. 또 자신보다 먼 시대의 작품은 간략하게 처리하고 자신과 가까운 시대일수록 상세히 수록하였으며, 이 같은 선록 원칙에 따라 후기로 내려올 수록 한 왕조의 작품이 독립된 하나의 집 속에 수록되었으며, 그 이전 시대의 것 중 시가가 멀수록 여러 왕조의 작품을 한 곳에 모아서 수록하였다.

句令人傳誦. 有有句無篇者, 一首之中, 非無可傳之句, 而通體不稱, 難入作家之選, 二者一欠天分, 一欠工夫. 必也有篇有句, 方稱名手."

넷째, 『성령집』의 전체 구성과 체제에서 특이하다고 할 수 있는 것은 후대의 편찬자들이 『성령집』의 체재에 맞게 계속 보완할 수 있게끔 체제를 의도적으로 구성한 점이다.

　　이 시선집은 1-5집, 속집, 보유, 그리고 속집보유로 이루어져 있는 데 그쳤다. 이후에 시를 편찬하는 자들이 이것을 이어받아 계속 편찬해 나간다면, 6집, 7집 등등으로 무궁하게 이어져 갈 수 있을 것이다. 속집을 계속 편찬할 경우에는 재속집再續集, 삼속집三續集 등등으로 무궁하게 이어져 갈 수 있을 것이다. 또한 보유補遺를 계속 편찬할 경우에는 재보유再補遺, 삼보유三補遺 등등으로 무궁하게 이어져 갈 수 있을 것이다. 속집 보유續集補遺를 계속 편찬할 경우에는 재속집보유再續集補遺, 삼속집보유三續集補遺 등등으로 무궁하게 이어져 갈 수 있을 것이다. 이것이 바로 이 시선집을 1집, 2집, 3집, 4집, 5집, 그리고 속집과 보유, 속집보유로 구분하여 편찬한 이유인 것이다.15)

　전체 구성은 크게 시대 순에 따른 부분과 시대에 관계없이 명원시와 적구시를 모아놓은 두 부분으로 나눌 수 있다. 1집부터 5집까지 한 위진 시대부터 청대까지 시대 순서에 따라 차례대로 수록함으로써 5집에 이어 6집, 7집 등으로 이후 시대의 시 작품들을 계속 덧보태 나갈 수 있게 하였다. 명원시와 적구시의 경우도 명원시는 재속집, 삼속집 등으로, 적구시는 재보유, 삼보유 등으로, 명원 적구시는 재속집보

---

15) 崔瑆煥, 『性靈集』, 「性靈集凡例」, "是集成於五集及續集及補遺及續集補遺而止. 後之編詩者, 欲嗣是而續成, 則當編以六集七集, 以至無窮可也. 續集之續成者, 則當曰再續集三續集, 以至無窮亦可也. 補遺之續成者, 則當曰再補遺三補遺, 以至無窮亦可也. 續集補遺之續成者, 則當曰再續集補遺, 三續集補遺, 以至無窮亦可也. 此是集之所以分作一二三四五集, 及續集及補遺及續集補遺也."

유, 삼속집보유 등으로 그 선집 범위를 무한히 확장될 수 있도록 배려하였다. 이 점은 그 이전까지의 선집에서는 볼 수 없었던 독특한 구성 방식이다.

다섯째, 수록 작가의 시대나 인명과 같이 시 작품을 이해하는데 필요한 최소한의 사항만을 기입하였으며, 자나 작위와 같은 사항은 밝히지 않았다. 그리고 시인의 명성 여부에 관계없이 해당 작품이 최성환 자신의 선집 기준에 맞는지의 여부에 따라 작품을 수록하였다. 이것은 작가의 명성이나 신분, 현달과 같은 외적 요인보다는 작품 자체가 편찬자의 기호와 취향에 맞는지의 여부를 중시하는 태도이다.

4. 「성령집서性靈集序」를 통해 본 '유아有我'

이 글에서 소개하는 최성환의 『성령집』은 19세기의 조선에서 위항 시인을 중심으로 전개되었던 성령론이 어떠한 작품들을 전범으로 삼고 있었는지 파악할 수 있는 중요한 자료이다. 이렇게 시의 외형적인 요소보다는 내면적인 정신을 중시한다는 주관적인 방침을 뚜렷이 앞세우고 용의주도한 체제를 갖추어 편찬된 시집의 부류는 퍽 드문 것이 아닌가 생각된다.

그에게 있어 시가 갖는 내면적인 정신은 과거 시대의 문학 작품 유산을 어떻게 비판적으로 계승해야 하는가, 어떻게 정리하고 당시의 창작 현실에 접맥시킬 것인가 하는 것이다.

최성환은 일단 중국 시문학 유산을 정리한 이후 조선의 시문학 유산을 정리하는 작업을 추진했던 것으로 보인다. 그의 『동국아집東國雅集』(1책)이 남아있는 것으로 봐서 알 수 있다. 따라서 중국 시 작품을 단순히 정리하는데 그 목적이 있었던 것이 아니라 중세 시대 이래로 조선의 시작 활동과 긴밀한 관련을 맺고 유지되어 왔던 중국 쪽의 사정을 일단 정리한 다음 우리나라의 것을 손대려고 했던 것이다. '시필성당'과 '문필진한'을 내세운 복고주의에 대한 비판적 흐름이 18세기 후반기에는 이미 광범위하게 형성되어 있었다. 그리하여 문단에는 옛 시대의 가치와 전범에서 벗어나 새로운 가치와 전범을 창출하고자 하였는데, 이러한 창신주의의 흐름이 최성환에게도 이어지고 있음을 확인할 수 있다. 이제 최성환의 성령론을 가장 집약적으로 보여주는 「성령집서」를 살펴보기로 한다.

> 어떤 사람은 또한 말한다. "내가 말하려는 것이 이미 옛 사람의 입에서 말해졌고 내가 쓰려고 하는 것이 벌써 옛 사람의 손에서 쓰여졌다." 내가 어찌 감히 입을 열고 손을 대겠는가? 그렇지만 성정만은 사람마다 누구나 가지고 있는 것이니 (그러한 점에서) 내가 어찌 옛 사람과 다르겠는가? 경치를 마주하여 글을 쓰고 경물에 느끼어 흥이 일어나는 것에는 스스로 그만 둘 수 없는 것이 있다. 그러나 이미 옛 사람의 입과 손을 거쳐 나왔으니 피를 토하며 고심한 끝에 자기는 공교롭다고 생각하지만 이미 옛 사람의 습기에 젖어 있음을 뉘 알겠으며, 골똘하게 생각을 짜낸 끝에 자기는 신기하다고 생각하지만 이미 옛 사람이 논파한 것인 줄 뉘 알겠는가? 어찌 반드시 네 생각과 네 마음을 써서 스스로 고심할 필요가 있겠는가?[16]

---

16) 崔瑆煥, 『性靈集』卷1, 「性靈集序」, "人亦有言, 我口所欲言, 已言古人口, 我手所欲書, 已書古人手者也. 我何敢開口而着手哉? 然而惟是一派性情, 則人所以有各自具者, 我何嘗與古人異哉? 對景而寫, 感物而興, 亦有所不能自己者. 然無奈已經古人之口與手矣. 腐心嘔血, 自以爲工矣, 誰知已蹈古人之習氣? 窮慮秘搜, 自以爲新矣, 誰知已被古人之道破? 顧何必窮爾慮腐爾心自苦之爲哉?"

"내가 말하려는 것이 이미 옛 사람의 입에서 말해졌고, 내가 쓰려고 하는 것이 벌써 옛 사람의 손에서 쓰여졌다.我口所欲言, 已言古人口, 我手所欲書, 已書古人手者也."는 이 말은 원매의 『수원시화』에 나온 정주丁珠의 시구를 인용한 것이다. 내가 말하려 하고 쓰려고 하는 것이 이미 고인의 손과 입을 거친 것이기 때문에 나의 주체적 정신과 개성을 발휘하는 것이 쉽지는 않다고 하였다.

또, 그는 시 창작과 감상의 핵심적 관건을 '내가 있음有我'으로 해서 나의 성性(性情, 性靈)에 부합하느냐 하는 점에서 찾았다.

> 등불 밝힌 저녁이나 꽃이 핀 아침에 옛 사람의 책을 펼치면 경치를 묘사한 것, 감정을 토로한 것, 정직한 것, 아름다운 것, 빼어난 것, 넓고 큰 것, 현묘하고 심원한 것, 진솔한 것, 기괴한 것, 아로새긴 것, 깊숙하고 가파른 것, 울적한 것, 뛰어나고 기이하며 빛나는 것 등으로부터 사공도의 『이십사시품』에 이르기까지 갖가지 것들이 다 펼쳐져 나의 마음과 눈을 어지럽히지만, 이것들이 모두 나의 성정에 맞는 것은 아니다. 때때로 나의 성정과 가까운 것들을 만나면 저절로 춤추다가는 감탄을 하고 이어서 나의 것이 되지 못함을 한스럽게 여겨서 마음속에 답답한 것이 또한 여러 날 가기도 하였다.17)

과거의 문학 유산은 매우 다양하고 풍부한 형태로 남아있다. 경물을

---

17) 崔瑆煥, 『性靈集』卷1, 「性靈集序」, "燈夕花朝, 披閱古人卷, 有寫景者, 有言情者, 有正直者, 有婉媚者, 有俊秀者, 有博大者, 有玄遠者, 有眞率者, 有鬼怪者, 有彫刻者, 有奧峭者, 有崛强者, 有俳諧者, 有富艷者, 有芬芳悱惻者, 有瑰瑋璀璨者, 以至司空表聖所謂二十四品者, 萬象畢陳, 眩我之心目. 然未必皆合於我之性情矣. 其或遇我之性相近者, 則自然舞蹈之, 旣而感歎之, 繼而恨不爲我之有, 中心魂壘者, 亦屢日矣."

주로 묘사한 것에서부터 괴이하고 찬연한 것, 그리고 사공도의 『이십
사시품』에 이르기까지 다채로운 풍격의 작품들이 매우 풍부하게 남아
있다. 그런데 그 모든 것이 심미주체의 성정에 부합하여 미적 감흥을
불러일으키는 것은 아니다. 후세 사람들의 마음과 눈을 현혹시킬 정도
로 무수히 많은 작품들이 있지만, 실제로 심미주체의 성정에 부합하는
작품을 만나기란 쉽지 않다. 그때 필요한 것이 지금 시대를 살고 있는
나의 관점에서 과거의 작품을 평가, 감상하는 주체적 전이의 과정이
다. 이 논리를 연장시켜 최성환은 고인의 성이 곧 나의 성임을 분명히
하였다.

> 옛 사람의 성이 곧 나의 성이요, 옛 사람의 성이 좋아하는 것이 곧
> 나의 성이 좋아하는 것이다. 옛 사람의 성으로 옛 사람이 좋아하는 것
> 을 말하는 것이 다만 이와 같은 것에 지나지 아니하고, 나의 성으로
> 내가 좋아하는 것을 말하는 것 또한 이와 같은 것에 지나지 않을 뿐이
> 라면, 옛 사람이 말한 것이 곧 나의 말인 것이다. 어찌 나의 입에서
> 나오지 않았다고 해서 나의 마음이 아니라고 할 수 있겠는가? 그렇다
> 면 나의 마음에 맞는 것은 진실로 나의 말이요, 나의 마음에 맞지 않
> 는 것은 나의 말이 아니다. 맞는 말을 취하여 나의 말로 삼는다면, 그
> 말이 문장으로 표현된 것 또한 나의 문장이다. 누가 그렇지 않다고 말
> 하겠는가? 이것이 내가 『성령집』을 편찬한 까닭이다.[18]

---

18) 崔瑆煥, 『性靈集』卷1, 「性靈集序」, "古人之性, 卽我之性, 古人性之所好,
卽我性之所好. 以古人之性道古人之所好, 直不過如是也; 以我之性道我
之所好, 亦直不過如是也. 是古人之所言者, 卽我之言也. 豈可以不經我
口, 遂謂之非我之心哉? 然則我心之所合者, 固我之言也; 我心之所不合
者, 非我之言也. 取其所合之言, 而以爲我言, 則其言之發爲文章者, 卽亦
我之文章也. 其誰曰不然? 此我性靈集之所以撰也."

이를 통해 최성환은 고인의 성性을 상대적인 관점에서 파악하면서 그 속에서 나의 성性을 발견하고 나아가 고인의 성性이 곧 나의 성性이라는 인식에까지 이르렀다. 그 과정은 고금을 무차별적으로 융화하려는 것이 아니라, 주체적인 정신을 통해 고古를 바라보는 '나'라는 주체의 자각적 실천과정이다.

나의 성性에 맞는다면 그것이 비록 다른 사람의 시문, 고인의 작품이라 하더라도 문제될 것이 없는 것이다. 그러므로 중국 역대의 시를 모아 편찬하는 이유도 단순히 과거의 문학 작품을 정리, 소개하기 위해서가 아니라 그것이 나의 성性에 맞기만 한다면 나의 말, 나의 문장이 될 수 있기 때문이다. 이에 『성령집』의 기본 성격을 총괄하여 "그렇다면 이 시들이 백대百代에 걸친 시이지만, 이 선집은 마땅히 나 한사람의 문집이 되는 것이다.然則是詩也, 雖曰百代之詩, 而是集也. 宜爲我一人之集也."라고 하였다. 그가 고인의 선집이면서 나의 창작정신이 깃들어 있는, 『성령집』을 '마땅히 나 한사람의 문집'이라고 인식한 것은 매우 독특한 비평관이라고 할 수 있다. 현재 자신이 편찬한 『성령집』은 자신의 '성性'에 의해 재창조된 자신의 '문장'이요 자신의 '문집'인 것이다. 이러한 재창조 과정은 미래의 독자들에게도 항상 열려 있는 것이기에, 앞의 범례에서 살핀 것처럼 편찬 체제도 거기에 맞게 고려하였던 것이다.

여기서 간과할 수 없는 부분은 중국 역대 시선집인 장혼의 『시종詩宗』(1810년 무렵 간행)[19]과 최성환의 『성령집』(1858 간행)이 상호 공유한

---

19) 張混(1759-1828)의 『詩宗』은 그가 20여 년의 긴 시간에 걸쳐 만들어낸 24권 13책의 방대한 분량의 중국 시선집이다. 그의 「詩宗儀禮」에 의하면 『文選』은 近體에 미치지 못하고, 『詩紀』는 수나라에서 그쳤으며, 『唐詩品彙』는 한 시대에서만 뽑은 것이 결점이므로, 그 결점을 보완해서 이 시선집을 엮었다고 밝히고 있다. 상고 시대부터 명나라에 이르기까지 총 1,130여명의 시인들의

시 의식이다.

　　시는 뜻을 말하는 것이니, 무릇 사물에 접하여 마음에 느낀 바를
나타내는 것이 시이다. 이른바 호장豪壯, 침울沈鬱, 한담閑澹, 초기峭
奇, 농려穠麗, 섬치纖緻 등이 천만가지로 다르고 저마다 달리 말하여
도, 오묘함을 다하지 않음이 없다. 마치 소나무, 측백나무, 풀과 꽃이
각각 천성을 지니고 있어 어느 하나를 버릴 수 없는 것과 마찬가지이
다.[20]

　　장혼은 『시종』의 편찬 범례를 밝힌 위 인용문에서, 시 작품의 다양
한 풍격은 시인 작가의 개성을 반영하고 있기 때문에 특정한 어떤 풍
격만을 고집해서는 안 된다고 하였다. 그는 기본적으로 시는 '천기天
機'에서 표현되는 것이라 생각하였으며, 시인 각자의 개성적 표현을
존중하였다. 이 밖에 "시는 천기에서 나온 것이니, 번잡하고 거친 것
을 삭제하지 마오.詩是天機出, 繁蕪且莫刪."[21], "위진 이후로 시를 짓는
사람들은 의리를 힘써 강구하지 않고 옛사람들의 글귀를 따와 짓는
사람이 많았다. … 글자 하나의 공교로움을 다투고, 운자 하나의 기묘
함을 따졌으니, 문기文氣가 예스럽지 못하였을 뿐만 아니라, 시맥詩脈
또한 막히게 되었다.魏晉以還, 業翰墨者, 專不講究義理, 率多尋摘章句 …
鬪一字之巧, 較一韻之奇, 不但文氣之不古, 詩脈亦從以索矣."[22]등의 짤막

작품을 시대별, 시형식별로 수록해 놓았다.

20) 張混, 『詩宗』, 「詩宗義例」閏集, "詩之言志也, 凡觸於物, 而感於心, 而發
　　爲詩, 而所稱豪壯也. 沈鬱也, 閑澹也, 峭奇也, 穠麗也, 纖緻也. 千變萬殊,
　　橫說竪說, 夫莫非臻其妙者, 猶松栢草花之各得其天, 不可偏廢."
21) 張混, 『而已广集』卷6, 「秋懷雜詠寄衍夫」제15수.
22) 張混, 앞의 책 卷13, 「上尹正言鶴山書」.

한 언급을 통해 시 창작에 있어 시인의 개성을 중시하였음을 볼 수 있다. 두 사람의 시선집 모두 19세기 중인층 내부에서 방대한 규모의 중국시 선집 편찬 작업이 진행되었다는 점에서, 최성환의『성령집』은 앞 시기 중인인 장혼의『시종』에 담긴 천기론적 시 의식 측면을 발전적으로 계승하고 있는 것이 아닌가 생각된다.

5. 맺음말

『성령집』은 그 편찬 동기가 매우 독특하다는 점에서 그 이전까지의 시선집과 구분되는 새로운 특징을 찾아볼 수 있으며, 그의 문학론을 살피는 데 중요한 구실을 한다.

이 글에서는 이 편찬 체제와 특징을 다섯 가지 측면에서 살펴보았다. 첫째, 선집 대상이 한위시대로부터 청에 이르기까지 거의 모든 시대에 걸친 작품을 망라하고 있다. 둘째, 1-5집은 시대 순서에 따라 왕조별로 선집하였고, 속집과 보유편은 시대에 관계없이 명원시와 적구시만을 수록한 것이다. 셋째, 한위진남북조로부터 청대에 이르기까지 유명·무명의 시인들의 시와 역대 명원의 시를 뽑되 고시보다 근체시를 더 많이 수록하였다. 그리고 자기와 가까운 시대의 시를 많이 수록하였다. 넷째,『성령집』의 전체 구성과 체제에서 특이하다고 할 수 있는 것은 후대의 편찬자들이『성령집』의 체재에 맞게 계속 보완할 수 있게끔 재집, 삼집 등의 여지를 남겨두었다는 점이다. 다섯째, 수록 작가의 시대나 인명과 같이 시 작품을 이해하는데 필요한 최소한의 사항만을 기입하였다.

이를 통해 드러난 성령론은 '유아'로 귀결지을 수 있다. 최성환은 그 자신의 시를 짓지 않았던 대신 '성령'을 통하여 고인과 나와의 합치점

속에 고금을 초월하여 시를 공유할 수 있다고 생각하였다. 그러나 이러한 합치점을 기준으로 한 선발은 이 시집으로 하여금 기존의 일반 선집들과 매우 다른 성격을 갖게 하였다. 옛 사람의 시선집이면서 동시에 나의 강한 창작 정신이 깃들어 있는 것이다.

1. 머리말

조선 중후기에는 중국에서 유입된 당시선집과 이들의 복각본이 있었음에도 불구하고 조선 문인들이 스스로 편찬한 당시선집들이 종종 발견된다. 조선 중후기 자찬 당시선집 중에 현재까지 전하고 있는 것은 『당시휘선唐詩彙選』(이수광李睟光), 『당절선산唐絶選刪』(허균許筠), 『당률광선唐律廣選』(이민구李敏求), 『당시류선唐詩類選』(민진량閔晉亮), 『당률집영唐律集英』(장혼張混), 『당시화의唐詩畵意』(신위申緯), 『전당근체선全唐近體選』(신위申緯), 『당률휘수唐律彙髓』(이상규李祥奎) 등 총 8종에 불과하다. 이들은 개별 시인의 시 선집이 아닌, 당대唐代 시인들을 아우른 통합적인 접근 방식을 시도한 시 선집들인데, 이들 자찬 당시선집은 조선 시대 당시의 수용 시기, 수용 경로, 수용 방법을 이해할 수 있는 직접적이고 기초적인 문헌 자료이다. 이러한 선집의 전반적인 현황을 통해 조선 문인들이 기존 간행본 당시선집을 얼마나 비판적으로, 절충적으로 수용했는지를 확인할 수 있고, 동시에 조선조 문인들의 문학적 지향과 '학당'의 태도가 어떠한 것인지를 대략이나마 확인할 수 있다.

또한 편자와 그 시의 선집이 당대 문단은 물론 문학사에 미친 영향력과 의미를 탐색해 볼 수 있다.

이러한 자찬 당시선집의 유행이라는 문학사적 현상을 염두에 두고, 이 글에서는 현재까지 국내 유일본으로 파악되고 있는 『당률휘수』(연세대도서관 소장)를 대상으로 하여, 선집의 편찬 체제와 특징, 그리고 문헌 가치에 대해 살펴 보고자 한다. 『당률휘수』(6권6책, 권1 결)는 조선 말기의 유학자인 이상규李祥奎에 의해 편찬된 당시선집인데, 현존하는 자찬 당시 선집 중 가장 마지막 시기의 선집에 해당하고, 7언 율시만을 정리해서 편집한 자찬 당시선집으로는 가장 방대한 저작이다. 당시와 율시를 존중하는 기존의 전통을 충실히 계승하면서, 주제별 부류에 의한 편찬을 통하여 가독성을 한층 높인 선집이라 할 수 있다 하지만, 권1이 결본缺本인 관계로 서문과 편집 기준 등을 알 수 없는 것이 아쉽다. 이러한 연구를 통해 한국 내 유일본 자료의 문헌 가치를 확인할 수 있고 향후 잔본殘本 발굴 및 교감 작업 등에 도움을 줄 수 있을 것이다.

2. 이상규의 생애

이상규李祥奎(1846-1922)는 조선 말기의 유학자로, 자는 명뢰明賚이고, 호는 혜산惠山1)이다. 파산巴山 이씨(지금의 함안咸安 이씨) 참의공파에 속하는 사람으로, 출생지는 경상남도 고성군固城郡 무양리武陽里다. 19세가 되던 해인 1864년(고종 1)에 과거에 응시하여 자신의 포부를

---

1) '혜산'이란 호의 사용은 1880년 丹城 黙谷으로 이사한 이후에 사용하게 되었다. 『惠山集』권15, 附錄, 「墓碣銘」 "家在丹邱之巖惠山下, 自號惠山."

펼치려고 하였으나 낙방하였다. 1870년 25세에도 재차 향시에 응시했으나, 뜻을 이루지 못하고 결국 돌아와 학문에 더욱 매진했다. 1872년 (고종 9) 동생 이형규李瀅奎와 함께 성재性齋 허전許傳(1797-1886)에게서 『대학大學』과 『중용中庸』을 배웠다. 이어 그는 만성晚醒 박치복朴致馥(1824-1894), 단계端磎 김인섭金麟燮(1827-1903), 해려海閭 권상적權相迪(1822-1900) 등 당시 지역의 이름난 선비를 찾아가 성리학을 공부하기도 했다. 35세 되던 해인 1880년(고종 17), 세거지世居地를 단성丹城 묵곡黙谷으로 옮긴 이후2) 번잡한 세상일에 관심을 두지 않고 학문에만 더욱 전념하며 후학을 양성하였다. 당시 지리산 아래서 학문에 정진 중이던 이조참판 이세재李世宰가 그를 보고 뛰어난 선비라며 조정에 천거하여 의금부도사義禁府都事에 제수除授되었으나 시대의 혼란함을 이유로 나가지 않았다. 1886년에 스승인 성재 허전이 세상을 떠나자, 단성丹城 여택당麗澤堂에 스승의 영정을 모시는 일을 주도하였다. 이후 산림에서 유거하다가 53세 되던 해인 1898년, 도성都城에 들어갔는데, 당시 도성은 독립협회獨立協會, 광무협회光武協會 등의 자유로운 조직 활동이 이루어졌고, 만민공동회 투쟁이라는 민권 운동이 일어났으며, 이들과 조정 간의 충돌이 계속되고 있었다. 서둘러 고향으로 내려온 이상규는 이처럼 봉건 지배 체제가 위기를 맞게 된 원인이 붕당의 병폐에 있다고 판단했다. 그리고 구양수歐陽修「붕당론朋黨論」

---

2) 『端磎先生文集』권9, 「惠山集序」, "惠山在新安江上. 江源出二. 一自安陰 德裕山三洞, 一自天嶺方丈山馬川, 至中間合流爲一. 至此山下, 匯爲深潭. 南別爲一洞, 洞府深邃有桑麻栗樹竹田之饒, 友人李明賓祥奎居之." 金麟燮은 「惠山集序」에서 혜산이 거처한 묵곡에 대해 설명하며, 그 지역이 幽居하기 좋은 곳임을 밝히고 있다. 이는 혜산이 당시 幽居에 뜻을 두고 있음을 은연중에 시사하고 있는 것이다.

의 "군자는 군자와 道로서 한 붕당을 이루고, 소인은 소인과 더불어 이익으로서 한 붕당을 이룬다. 이것이 자연의 이치이다.君子與君子以同 道爲朋, 小人與小人以同利爲朋, 此自然之理也."라는 글귀에 감명 받아 당쟁의 역사와 폐단을 경계하는 내용의 「난필讕筆」[3]을 지었다. 이후 이상규는 묵곡에 풍영대風詠臺를 짓고 여러 지식인들과 종유하면서 피세의 세월을 보냈다. 당시 세상을 피해 여러 지식인들과 소요하며 지은 시 「풍영대風詠臺 연구聯句」에서 이렇게 읊고 있다. "네다섯 명 의 금란의 친구들, 함께 풍영대에 올랐네.四五金蘭友, 共登風詠臺.(盧聖 登) 돛을 달고 새벽에 떠나서 강을 가로지르며 청산에 왔네.帆懸紅日 去, 江劈靑山來.(李明賚) 회고의 정은 가야금 소리에서 들리는 듯하고, 물가에 앉아 다시 술잔을 올리네.懷古如聞瑟, 臨流更進杯.(趙泰棘) 기대 어 바라보니 돌아갈 길 늦었건만, 취기에 즐거워 옷깃이 시원히 열리 네.騁望歸路晩, 樂醉爽襟開.(姜賀瑞) 한번 휘파람을 부는 동안 시 짓기를 끝내고, 황혼녘에 서로서로 손을 잡고 돌아오네.一嘯賦詩罷, 黃昏攜手 回.(姜文一)[4]" 이렇게 총 다섯 구로 이루어져 혜산을 포함한 다섯 명의 제현들이 사수泗水의 경치를 노래하고 자연을 즐기고 있다.[5] 『당률휘 수』의 마지막 부분에 1898년(광무 2) 당시 단성군수를 지낸 강교석姜敎 錫의 발문이 실려 있는 것으로 보아 『당률휘수』도 이 무렵에 편찬되었 을 것으로 추측된다.

---

3) 李祥奎, 『惠山集』권10, 「讕筆」.
4) 李祥奎, 『惠山集』권2, 「風詠臺聯句」.
5) 「風詠臺聯句」에서 같이 소요하였던 盧聖璐(?-?), 姜賀瑞(?-?), 姜文一(1858- 1920) 등은 문집 발간 여부가 분명하지 않아 인물 평을 하기가 어렵다. 趙鎬 來(1854-1920, 자는 泰棘, 호는 霞峯)는 道統祠 창건 시기에도 같이 교유하 며 뜻을 모았던 인물이다.

유거하며 소요의 시간을 보내던 중, 1905년(광무 9) 을사늑약이 체결되었다는 소식을 접한 이상규는 울분을 시로 토로하였으며, 탁청대濯淸臺와 환구정喚驅亭을 지어 은거하였다. 1910년(융희 4) 경술국치 때에는 비록 나라는 망하였지만 마음까지 망할 수는 없다고 하며 더욱 학문에 정진하였고, 그 해에 인재의 교육을 위해 초학서인 『역대천자문歷代千字文』1책(32장)을 저술했다.[6] 1914년에 공자, 주자, 안향安珦 등을 내세워 분열된 유림을 통합하고 유학을 기틀을 바로잡고자 경상도의 유림들과 뜻을 모아 도통사道統祠를 창건했다. 1921년 제자들에게 '숭정학崇正學'이라는 세 글자를 유언으로 남기고 1922년 정월에 묵곡에서 생을 마감했다. 문집으로는 『혜산집惠山集』(17권8책, 활자본, 서울대 규장각 소장)이 있다.[7]

3. 『당률휘수』의 편찬 체제와 특징

1) 편찬 체제

『당률휘수』[8]는 이상규가 편찬한 6권 6책의 당시선집이다. 연세대 소장본의 형태 서지 사항은 다음과 같다.

> 필사본, 6권6책(권1缺) ; 上下雙邊 左右單邊 半郭 21.6×14.1cm, 烏絲欄, 11행21자, 無魚尾 27.8×17.1cm.

---

6) 李祥奎, 『惠山集』권15, 附錄, 「行狀」.
7) 李祥奎, 『惠山集』권15, 附錄, 「行狀」.
8) 이 문헌에 대한 金豊起 교수의 해제가 『연세대도서관소장 고서해제』(평민사, 2006)에 실려 있다.

깔끔하게 정서淨書된 필사본이며, 국내 유일본으로 보인다. 간행 여부는 알 수 없다. 일반적인 시문 선집의 관례로 보아 편찬자의 서문, 선집의 범례, 기타 여러 가지 정보가 권1에 수록되어 있을 것으로 추정되지만 현재로서는 확인할 수 없다. 권1에 해당하는 제1책이 전하지 않기 때문에, 현존하는 것은 5권 5책(권2~권6)이기 때문이다. 이 책의 마지막 부분에는 당시 단성군수를 지낸 강교석의 발문이 실려 있는데, 이 안에는 이 책의 편찬자와 편찬 시기, 그리고 편찬 체제를 이해할 수 있는 정보가 담겨 있다. 그 내용은 다음과 같다.

알기 쉬운 것은 정情이고 잊기 어려운 것은 의誼다. 하물며 친척의 정의임에랴! 아! 우리 집안은 파산巴山 이씨(함안咸安 이씨)와 인척 관계로 10여 대를 지냈으나, 집안의 후예들이 남북으로 흩어져 떠도는 바람에 생사를 알지 못한 것인 거의 백여 년이나 되었다. 정유년 봄에 나는 고을살이의 직임을 받아 단읍丹邑을 다스리게 되었다. 며칠 지나지 않아 문에 통자通刺를 하는 선비가 있었다. 돌아보고 물어보니 바로 파산 이호규李鎬奎 대

그림 1

아大雅였으니, 이 분은 바로 옛 참의공의 후손이었다. 흔연히 서탑을 열고 소매를 나란히 하고 앉아 백 년 동안 선조들의 정의를 노래하면서 천 리의 그윽한 정회를 풀었으니, 그리운 정과 끊임없는 교유로 역시 잠시도 서로 떨어지기 어려웠다.

하루는 그가 나에게 말하였다 : "저의 종제從弟 혜산惠山 역시 풍아로 문장을 지어 그 책이 집에 가득하며, 현인재사들과 많이 교유하고 있습니다."

그 말을 듣고 나는 펄쩍 뛰며 좋아했다. 대개 평소에 전하던 바를 들어보면 글자마다 구절마다 정묘하지 않은 것이 없어서 감히 한 마디도 덧붙이지 못하였다. 그가 시를 쓰매 명성은 이백 두보와 같고 공교롭기는 유종원 한유와 같아서 진실로 당나라 사람의 아래가 아니었으며 또한 강남의 풍월지사였다. 어떻게 그를 말할 수 있을까. 아름답게 이루어진 문장과 천하를 위한 찬란한 계책이 배 속에 가득하고 위장 속에 수를 놓으니, 붓 한 번 휘두르면 말이 사람들을 놀라게 하였다. 입에서는 읊조리는 시편이 끊이지 않았고 손에는 강독하는 책을 놓지 않았다. 산에 올라 회포를 풀어 노래하기도 하고 물에 임하여 노래를 부르기도 하였으며, 바람 속에서 읊기도 했고 달빛 속에서 읊기도 했다. 좋은 날 아름다운 계절이면 벗들을 불러서 이르렀고 그림 같은 정자와 이름난 누각에서는 손님들과 종유하며 술 한 잔에 시 한 수를 읊었다. 그 회포는 풀어내고 그 정은 담박하였으며 그 지취는 성숙하고 그 격조는 교묘하였으며 그 글은 아름답고 그 말은 오묘했으며 그 기상은 엄숙하고 그 체격은 무거웠고 그 얼굴은 단정하고 그 얼굴빛은 장엄하였고 그 재주는 웅걸차고 그 울림은 훌륭했다. 봄에 새가 지저귀는 듯 벌레가 가을에 우는 듯, 옥이 부서지는 듯 번성한 소리에 금을 던지는 듯 쟁쟁거리는 울림으로 팔음八音에 맞고 육률六律에 어울렸다. 혜산자惠山子의 시는 위대했다.

대저 내가 공무의 여가에 인척으로서의 정의로 공경과 사모함을 이기지 못하고 혜산자를 방문했더니, 엮은 책을 올려놓았는데 그 이름을 제하되 '당률휘수唐律彙髓'라고 하였다. 아! 좋구나. 혜산자의 공교로움은 '모은 것彙'에서 뽑아 '골수髓'로 들어가서 당나라 시인들의 오묘함을 깊이 얻은 것이 이와 같았구나! 편차로 보면, 당나라 시인들의 가영을 응제應制로 부터 시작으로 하여 천독川瀆으로 마치면서 한 질이 이루어지도록 하였다. 부류로 모으고 사물로 갖추었으니, 제명을 가지고 말하자면 이루 다 기록할 수 없는 수많은 것들이 있을 것이다. 그러나 음영하고 가송하는 즈음에 또한 시가에게 한 도움이 될 것이다. 그 책을 보관하고 그 주관자가 된 사람은 혜산 이상규 사백이고, 시를 필사하고 가문에서 전승한 사람은 그 아들 한목이다. 뒷날 후손들이 이 속에서 노닐고 여기서 뒤섞이는 사람들이라면 선세의 겨레붙이들 또한 이것을 가지고 알기 쉽고 잊기 어려운 정의를 알았다는 사실을 알게 될 것이다.

光武2年 戊戌 閏3월 上浣, 通訓大夫行丹城郡守敍奏任官六等 衿川 姜敎錫 삼가 쓰다.9)

---

9) 李祥奎, 『唐律彙髓』跋文, “易知者情也, 難忘者誼也, 況此親戚之情誼者哉. 嗚呼! 我家與巴山李氏爲姻戚十有餘代, 而兩家遺裔流離南北, 不知存没者, 殆百有餘年矣. 丁酉春, 余蒙字牧之官來守丹邑, 則不幾日門有通刺之士, 顧而問之, 乃是巴山李氏大雅鎬奎, 即古參義公之後孫也. 欣然開榻, 聯袂而坐, 以誦百載之先誼, 以叙千里之幽懷. 戀戀之情, 源源之交, 亦難暫時相離也. 一日言于余曰 : “吾從惠山弟亦以誠雅作爲文章, 其書滿家, 賢人才士多交游也.” 聽之蹶然. 蓋聞平日之所傳, 則字字句句無不精妙, 而不敢贊一辭也. 其爲詩也, 名如李杜, 工如柳韓, 誠不在于唐人之下也, 亦江南風月之士也. 何以謂之?斐然成章, 煥然皇猷, 藁于腹而綉于肚, 一笔麾之, 語將驚人. 口不絶吟哦之篇, 手不釋講讀之卷. 或登山而舒嘯, 或臨水而放歌, 或吟于風, 或咏于月. 良辰佳節, 呼朋而至, 畵榭名亭, 與客而從, 一觴一咏, 其懷也叙, 其情也淡, 其趣也成, 其格也巧, 其辭也美, 其言也默, 其氣也肅, 其體也重, 其容也端, 其色也庄, 其才也雄, 其鳴也善, 如鳥鳴春, 如蟲鳴秋, 剛剛如碎玉, 錚錚如擲金, 以諧八音, 以葉六律. 惠山子之爲詩, 大矣! 夫余以公務之暇, 不勝先誼之敬慕, 訪于惠山子, 則編在开上, 題其名曰 ‘唐律彙髓’. 噫唏好哉! 惠山子之工也, 拔于彙而入于髓, 深得唐人之妙者如是乎! 編次以觀則唐人之歌咏, 自應制爲始以川瀆爲終, 使成一帙, 類以聚之, 物以備之, 如干題名一是許多不能盡記, 然吟咏歌頌之際, 亦詩家之一助. 藏其冊而爲其主者, 惠山李詞伯祥奎也. 膽于詩而傳于家者, 家兒漢穆也. 後之來裔, 游于斯而樂于此者,

위 발문에서 이상규의 사촌인 이호규李鎬奎(1842-1928)[10]는 이상규를 소개하며 이렇게 말하고 있다. "저의 종제從弟 혜산惠山 역시 풍아로 문장을 지어 그 책이 집에 가득하며, 현인재사들과 많이 교유하고 있습니다.吾从惠山弟亦以诚雅作为文章, 其书满家, 贤人才士多交游也." 아마도 이상규는 당시 집안이 가득할 정도로 상당량의 시문을 지었으며 주변의 인사들과 활발한 교유를 하였던 것으로 보여진다. 또한 강교석은 이상규의 작시 능력을 매우 높이 평가하면서 표현부터 기상 및 격조에 이르기까지 최고의 경지에 올랐다고 평가하고 있다. 이를 통해볼 때 편자 리상규의 작시 능력은 당시 그의 가문뿐만 아니라 인근 지역에서도 널리 인정받았음을 알 수 있다. 발문의 연대가 1898년인 것으로 보아 이상규는 그 이전부터 많은 시 선집 및 문집을 보면서 꾸준히 자료를 수집했을 것으로 보인다. 이들 자료를 참고하고 그 장점을 취하여 당시선집을 편찬한 것임을 알 수 있다. 발문 중, "입에서는 읊조리는 시편이 끊이지 않았고 손에는 강독하는 책을 놓지 않았다.口不絶吟哦之篇, 手不釋講讀之卷."이라고 한 점에서 그의 독서광적인 면모를 발견할 수 있다. 이러한 면모가 방대한 시선집의 편찬으로 이어졌으리라 추측해볼 수 있다. 하지만, 편자 생존 당시에 이 책이 편찬된 것인지, 아니면 그 아들 이한목李漢穆 대에 와서 편찬되었는지 추정하기는 어렵다.

제목에서도 알 수 있듯이, 이 책은 당시 중에서도 7언 율시만을 뽑

可以知先世之戚, 亦以知易知難忘之情誼也云. 歲光武二年戊戌閏三月
上浣通訓大夫行丹城郡守叙奏任官六等枌川姜教錫謹跋."

10) 李鎬奎는 이상규의 『역대천자문』(1910) 간행 사업에도 참여한 인물이다. 이 간행 사업에서 이호규는 초학자가 한자를 독학으로 쉽게 익힐 수 있도록 하기 위해 글자마다 한글로 訓義를 부기하는 일을 담당했다.

아서 주제별로 엮었다. 작품의 내용에 따라 부문을 나누어 뽑았는데, 현재 남아있는 것(권2~권6)만을 대상으로 했을 때, 모두 40개조 총 1,526수가 수록되어 있다. 그 내용을 소개하면 다음과 같다.(괄호 안은 작품 수)

권1 : 缺本
권2 : 登覽(38), 遠外(12), 邊塞(46), 風土(38), 遣謫(41), 守宰(58), 藩鎭(35), 幕佐(23), 科第(23), 宦情(21)
권3 : 詠懷(52), 傷時(34), 尋訪(19), 送別(108)
권4 : 閑適(62), 退逸(44), 旅況(56), 紀行(93), 宴遊(44), 漁獵(26)
권5 : 親戚(32), 仙道(100), 釋梵(96), 艶情(57), 俠少(26), 技藝 (19), 詩畫(18)
권6 : 音樂(58), 果實(4), 禽獸(43), 雲月(12), 霜雪(11), 晴雨(18), 春(35), 夏(7), 秋(37), 冬(29), 朝暮(9), 山巖(5), 川瀆(37), 姜敎錫의 唐律彙髓跋

주제별 부류에 의한 편찬 방식은 조선 시대에 상당한 영향력을 가지고 있었던 『영규율수瀛奎律髓』 등의 부류를 참조한 것으로 보인다. 그러나 『영규율수』의 경우처럼 각 부류에 대한 해설은 없다. 범례에서 기준을 제시했을 가능성도 있겠지만, 현재로서는 이들이 왜 이 같은 항목으로 분류되었는지 알 수 없다. 결본缺本인 권1이 발견된다면 서문이나 선집에 따른 범례 등을 파악할 수 있을 것으로 생각된다. 본서에 실린 강교석의 발문에 의하면 "편차로 보면, 당나라 시인들의 가영을 응제應制로 부터 시작으로 하여 천독川瀆으로 마치면서 한 질이 이루어지도록 하였다.編次以觀則唐人之歌咏, 自應制爲始以川瀆爲終, 使成一帙."라고 한 것을 보면, 권1에 수록된 첫 번째 조 '응제應制'이다. 임금과의 수답酬答 성격을 지닌 작품을 앞에 배치함으로써 다른 시 선집과는 편찬 기준에서 차이를 보인다. 출판을 전제로 편찬했다 하더라도 이 책이 간행되었을 가능성은 희박하다. 그렇게 볼 수 있는 이유는 다음과 같다.

첫째, 시인에 대한 표기를 누락한 경우가 있다. 많은 작품에서 시인의 표기가 공백으로 남아있는 것을 발견할 수 있다. 특히 '수재守宰'편에는 전체 수록 작품 58수 중 50수의 작자 표기가 되어 있지 않고, '풍토風土'편에는 38수 중 5수, '과제科第'편에서는 23수 중 13수가 표기되어 있지 않는 등 적지 않은 편수의 시인 표기가 정리되어 있지 않다.

둘째, 시인의 배열이 정리되어 있지 않다. 시 선집을 편찬할 때 시인을 어떤 순서로 배치하는가 하는 점은 미리 확정되어 있어야 한다. 일반적으로 시인의 생몰연대를 따른다. 그러나 이 책에서는 시인의 생몰연대에 의한 자세한 분류가 보이지 않고, 같은 부류 안에서 출현하는 동일한 시인의 작품이 한군데 모여 있는 것이 아니라 두 군데 이상 흩어져 있는 경우를 발견할 수 있다. 이를 볼 때 각 권에 수록된 작품들은 미리 준비된 상태에서 필사되었다기보다는 정해진 항목에 계속 추가하는 방식으로 편집된 것으로 된 것으로 보인다. '등람登覽'편에서 「능효태송위수재凌歊台送韋秀才」(許渾)와 「등중현루登重玄樓」(許渾)이 두 군데에서 출현한다.

셋째, 시인에 대한 표기가 정확하지 않은 것이 있다. 한 예로 '등람'편의 마지막에 실린 작품은 장호張祜의 「우등소주중현각偶登蘇州重玄閣」인데, 이 책에서는 시인과 제목을 허혼의 「등중현루登重玄樓」라고 오기한 흔적이 보인다.

이상의 사실을 통해서 『당률휘수』가 완성본이라기보다는 출간 직전의 임시 편집본 형태에 더 가깝다는 사실을 알 수 있다. 특히 같은 시인의 작품이 여기저기 흩어져 있다는 것은 여러 시 선집을 참고하면서 눈에 띄는 대로 필사를 해 두었다가 이곳에 전사轉寫했다는 증거로 보인다.

2) 편찬 특징 : 주제 분류형 율시 선집

이 책은 주제 중심의 부류별 편찬이라는 특징을 갖고 있다. 대부분의 시선집은 시체별로 분류하거나 시대별로 분류를 한 뒤 그 안에서 다시 시인의 생몰 연대를 중시하여 배열하는 체재를 따르고 있지만, 이 책은 그렇지 않다. 이것은 무엇의 영향일까? 앞의 '편찬 체제'에서도 언급한 바 있지만, 서문 등이 실린 이 책의 1권이 결본이라 추정에 불과하지만, 『당률휘수』와 관련하여 주목할 만한 책은 역시 주제 중심의 율시 선집인 『영규율수瀛奎律髓』이다.

『영규율수』는 원의 방회方回(1227-1307)가 1283년(지원至元 20)에 편찬한 책으로, 가장 두드러지는 특징은 먼저 당송대의 시를 제재와 내용에 따라 분류하여 엮은 점이다. 방회는 3015수의 시를 49개의 부류로 묶어(49권 49책) 시대별(초당에서 남송대까지), 체재별(5언 율시를 앞에, 7언 율시를 뒤에)로 배열하였다. 그리고 각 부류 앞에 소서를 붙여서 대체로 그런 류의 시가 지니는 성격과 특징을 언급하고 있다. 또한, 『영규율수』는 개별 작품마다 권점과 평을 붙이고 있어 학시자에게는 시를 보는 안목을 높여줄 수 있는 매우 중요한 역할을 한다고 할 수 있다. 그런데 이러한 체제는 작품마다 다 갖추어져 있지는 않고 필요에 따라 가감하고 있으며, 어떤 경우는 작품만 제시되어 있기도 하다.

한편, 『영규율수』는 조선에 들어와 1475년(성종 6)에 전주에서 처음 간행되었다. 그런데 조선 초기의 서거정徐居正(1420-1488)이 『영규율수」를 보고 당시에 유행하던 『당시고취』나 『삼체시』와 선발이나 비평 면에서 다른 것을 의아해했다는 것으로 보아 이 책이 당시에는 상당히 낯설었던 것으로 보인다.[11] 그러나 불과 2-30년이 되지 못하여 가장 널리 읽힌 시선집이 되었으니, 문단에서 『영규율수』의 영향을 짐작할 수 있다. 조선 초기 성현成俔(1439-1504)의 『풍소궤범風騷軌範』(1480) 후집 29권이 이러한 방식을 사용했다. 『풍소궤범』은 한위 시대부터 원나라 말기까지의 모범적인 중국 고체시만을 선발하였는데, 전집 16권에는 1,100여 제의 작품을 22개의 시체별로 구분하여 수록하였고, 후집 29권에는 1,996여 제의 작품을 21개의 핵심 제재별로 구분하여 수록하여, 전체 45권에 도합 672명 3,092수의 방대한 작품을 수록하였다. 후집의 21개 부류는 지리류를 '산山', '수水', '석石', '교량橋梁'으로, 천문류를 '일월성日月星', '뇌우雷雨', '수장水漲', '청제晴霽', '설雪', '풍風', '상로운무霜露雲霧'로 구분하는 등 거의 모든 부류에 대하여 자세하게 하위 분류를 시도하였다. 즉 성현은 『풍소궤범』을 편찬하면서 "전집 16권은 시체에 따라 편찬하여 그 체제를 알 수 있도록 하였고, 후집 29권은 부류에 따라 분류하여 그 부류별로 활용할 수 있도록 했다."[12]고 하여 후자의 분류가 창작 상황에 따른 활용 가치의 제고에 더욱 유용함을 분명히 지적하였다.

조선 초기 유희령柳希齡(1480-1552)의 『조종시율祖宗詩律』(1527)도 바

---

11) 徐居正, 『四佳集』, 11-127, "初見瀛奎律髓, 名集之意, 頗艱險. 讀所集之詩 與唐詩鼓吹三體詩不同, 其評論批點不及須溪遠矣. 嘗看圓珠處, 有苔色照人衣者, 有雨裏得窓光者, 極口稱譽, 是不知何等語耶, 仍吟數絶云."

12) 成俔, 『虛白堂文集』권6, 「風騷軌範序」, "於是登天祿閣, 抽金匱萬卷書. 自漢魏至于元季, 搜抉無遺, 擇其可爲楷範者若干首, 分爲前後集, 前集十六卷, 以體編之, 欲使人知其體製, 後集二十九卷, 以類分之, 欲使人從其類而用之."

로 이런 선례와 장점을 수용하여 편찬되었다. 유희령의 『조종시율』은 천문문天文門(권1-2), 지문문地文門(권3-6), 인사문人事門(권7-14)으로 크게 구별되어 있다. 인사문 내에서는 '연음燕飲', '사환仕宦', '송별送別', '기증寄贈', '수답酬答' 등 핵심 제재 혹은 용도에 따라 작품을 분류했음을 알 수 있다. 유희령이 『조종시율』을 편찬하는 과정에서는 방회의 영향이 컸던 것으로 보인다. 『영규율수』는 성종 6년 처음 간행된 바 있고, 유희령이 한창 공부에 몰두하던 26세 때(1505, 연산군 11)도 왕명에 따라 교서관에서 간행한 바 있는데, 이 즈음 『영규율수』는 이미 율시 학습의 가장 대표적인 책으로 문인들에게 널리 알려져 있었다.[13] 또 한 유희령은 11년 뒤 37세(1516, 중종 11) 때 과거에 급제하자마자 『영규율수』를 간행한 바로 교서관의 권지교서관부정자權知校書館副正字로 벼슬을 시작하였으며, 수년간 줄곧 예문관검열藝文館檢閱 예문관봉교藝文館奉敎 춘추관기사관春秋館記事官 등의 문한직文翰職을 역임하였다. 따라서 유희령은 『조종시율』을 편찬(48세)하기 이전에 『영규율수』와 그 속에 피력된 방회의 이론을 충분히 숙지하고 있었을 것으로 생각된다. 이 책이 한국 한시 선집이 아니라 한시 학습의 교재적 기능을 염두에 둔 중국 시 선집임을 감안할 때, 작품의 전범성과 활용가치를 부각시킬 수 있는 이 방법이 당시로서는 대단히 참신한 시도였을 것으로 생각된다.

　　16-17세기 시인들도 『영규율수』에 실린 시를 보고 차운하여 시를 짓곤 하였다.[14] 임진왜란 이후 조선 후기에도 훈련도감자訓鍊都監字로

---

13) 『燕山君日記』11년 12월 23일, "傳曰, 唐詩鼓吹, 續鼓吹, 三體詩, 唐音詩, 詩林廣記, 唐賢詩, 宋賢詩, 瀛奎律髓, 元詩體要, 令校書館印進."

14) 洪彦弼, 『默齋集』, 「閱瀛奎選」19-235; 李滉, 『退溪集』31-21. 「九日獨登北山次瀛奎律髓九日詩寄十遂」; 鄭百昌, 『玄谷集』93-431, 「與子久對酌醉後

여러 번 속간續刊되었는데15), 이러한 여러 번의 간행이 조선 시대 문인들의 학시 목록 속에 『영규율수』를 자연스럽게 끼어들 수 있게 하였을 것이다. 실제 학시 안내서나 자전, 전고 사전 등으로, 혹은 제재에 따라 분류되어 편성된 특성을 활용하는 등 다양한 형식으로 읽히고 있음을 몇몇 문헌들은 전하고 있다.16) 따라서 『영규율수』는 한국 한시사의 전개와 일정한 영향 관계를 갖고 있다고 볼 수 있다. 이해를 돕기 위해 『영규율수』의 각 부류를 수록 순서대로 보이면 다음과 같다. (괄호 안은 작품 수)

登覽(40), 朝省(38), 懷古(110), 風土(72), 昇平(51), 宦情(81), 風懷(36), 宴集(23), 老壽(8), 春日(112), 夏日(49), 秋日(90), 冬日(54), 晨朝(45), 暮夜(61), 節序(123), 晴雨(135), 茶(21), 酒(35), 梅花(209), 雪(87), 月(40), 閑適(159), 送別(158), 拗字(28), 變體(29), 着題(99), 陵廟(52), 旅況(79), 邊塞(62), 宮闈(9), 忠憤(47), 山巖(18), 川泉(48), 庭宇(45), 論詩(6), 技藝(13), 遠外(16), 消遣(42), 兄弟(7), 子息(12), 寄贈(96), 遷謫(59), 疾病(53), 感舊(7), 俠少(17), 釋梵(251), 仙逸(64), 傷悼(19) (총49권 49항목, 3015수)

用瀛奎律髓韻」; 李景奭, 「白軒集」95-427, 「舟中次律髓途中盛夏韻」; 李景奭, 『白軒集』95-428, 「次律髓苦熱韻」; 林象德, 『老村集』206-15, 「玉堂七夕與權檢討宋翰林拈瀛奎律髓韻共賦言志」.

15) 金相日, 「『영규율수』와 조선 시대 수용의 의미」, 『한국문학연구』23집, 2000, 133쪽.

16) 成俔, 「風騷軌範序」, 『虛白堂文集』권6 "余嘗在玉堂, 極論斯弊, 同列亦以爲然曰: ‘律詩則有『瀛奎律髓』, 絶句則有『聯珠詩格』, 而獨無古體所裒之集, 其可乎?’ "; 李植, 『澤堂集』권14 "余兒時, 無師友, 先讀杜詩, 次及黃·蘇·瀛奎律髓』諸作"; 李瀷, 『星湖僿說』18권 經史門 "熙豊生事"條 "方氏『瀛奎律髓』註云, ‘祖宗時, 與契丹盟好甚篤, 故凡送使之詩, 不敢輕易, 及邊事熙豊以來, 人人抵掌務欲生事於西北. 遂致靖康之禍.’ 此達論也."

위의 부류를 일별해 볼 때 이상규의 『당률휘수』와 흡사하다는 점을 알 수 있다. '등람登覽', '원외遠外', '변새邊塞', '풍토風土', '환정宦情', '송별送別', '한적閑適', '여황旅況', '석범釋梵', '협소俠少', '기예技藝', '청우晴雨', '춘春(日)', '하夏(日)', '추秋(日)', '동冬(日)', '산암山巖'편은 두 책에 모두 들어 있다. 『영규율수』에 없는 것들이 『당률휘수』에는 더러 설정되어 있기는 하지만, 기본적으로는 이상규가 『영규율수』의 영향을 상당히 받았다는 사실을 짐작할 수 있다. 기존의 많은 시 선집이 시체나 왕조별 편찬 기준을 대목大目으로 삼기 때문에 같은 주제 및 소재의 작품을 동시에 살펴보기가 불가능했던 반면, 『당률휘수』와 같은 편찬 방식은 서로 다른 시인의 작품을 비교하면서 그 내용과 흥취, 주제나 소재를 다루는 솜씨를 살필 수 있다는 점에서 장점이 있다. 또한 이처럼 율시만을 전문으로 하는 책이 발간되었다는 것은 조선 초기에 이미 율시가 중요한 시체로 자리 잡았으며, 그것이 보여주는 명확한 시상 전개와 운율의 운용 등이 조선의 문인들에게 각광을 받았다는 증거가 된다. 율시가 조선 시대의 선비들에게 널리 사랑받으며 관련 당시선집이 읽히는 분위기는 조선 말기까지 계속 이어진다. 이 과정에서 조선 말기 이상규의 당시선집 『당률휘수』가 편찬된 것이다.

4. 맺음말

이 글에서는 조선 말기 이상규의 당시선집 『당률휘수』가 어떤 성격의 책인가를 밝히기 위해 편찬 체재와 특징에 대해 살펴보았다. 이상의 내용을 토대로 하여 이 책의 문헌 가치를 정리하면 다음과 같다.

첫째, 이상규의 『당률휘수』는 현존하는 조선 시대 자찬 당시선집 중

가장 마지막 시기의 선집에 해당한다. 자찬 당시선집의 편찬 시기가 대부분 조선 중후기에 몰려 있었다는 사실은 이 시기가 강한 당시풍의 영향 아래에 있었음을 다시 한 번 입증해주고 있다. 따라서 이 책은 조선 중후기의 학당론을 계승한 조선 말기의 자찬 당시선집으로서 새로운 문헌적 가치를 부여할 수 있을 것이다.

둘째, 주제 분류형 시 선집이면서 7언 율시만을 정리해서 편집한 개인 시 선집으로는 가장 방대한 저작이다. 한국의 시 선집의 기준은 품격을 기준으로 편찬된 것이나 운자韻字에 의한 분류로 편찬된 일부 저작을 제외하면, 대부분 '시체별 – 작자의 생몰 순'으로 편찬되었다. 그러나 『당률휘수』는 당시와 율시를 존중하는 기존의 전통을 충실히 이으면서, 주제별 부류에 의한 편찬을 통하여 가독성을 한층 높인 저작이라 할 수 있다. 분류형 시 선집은 독자와 학시자가 모범적 작품을 대할 수 있는 이점이 있다. 필요에 따라 선택해서 요령 있게 볼 수 있는 이점이 있다. 작자가 어떤 제제로 시를 짓는다고 할 때 모범적인 작품들을 일목요연하게 참고할 수 있다.

셋째, 조선 말기 경상도 지역 문인들의 시적 경향을 살필 수 있는 자료이다. 조선 말기가 되면 당시가 전국의 학시자들에게 하나의 보편적 기준이 되었다는 사실을 다시 한 번 확인하게 해 준다. 또한 『당률휘수』가 시체와 같은 형식적 측면이나 운자 중심의 시적 음악성을 강조하기보다는 내용을 통한 분류로 문학적 감흥을 중시하는 편찬 방식을 취한 것이기 때문에, 경상도 지역을 중심으로 하는 시단의 시적 경향을 관찰할 수 있는 자료로 활용될 수 있을 것으로 보인다. 송별, 한적, 선도仙道와 같은 항목에 특히 많은 작품을 수록한 것을 통해서 그 지역 시단이 선호하는 시적 경향을 짐작할 수 있다.

넷째, 편찬자 이상규의 경우 문집인 『혜산집』, 『역대천자문』 외에 관련 기록물이 많지 않아 문학사에서 제대로 조명 받지 못한 경우라고 할 수 있다. 이러한 편찬자의 새로운 발굴은 문학사의 실상을 풍부하게 하는데 도움을 줄 것이다. 이 책이 국내 유일본이라는 사실만으로 소장 가치를 부여할만하다.

제2부

시구도詩句圖와 시의도詩意圖의
전파와 수용

제1장

시구도詩句圖의 전통과 적구摘句 비평의 정착

1. 머리말

당말 송초에 시구도詩句圖를 포함한 시격서詩格書가 상당수 나왔는데[1], 『음창잡록吟窓雜錄』, 『격치총서格致叢書』, 『시학지남詩學指南』 같은 총서에 수록되어 있다. 시구도는 모범되는 가구佳句를 뽑아서 시를 학습하는 데 도움을 주기 위해 편찬된 참고서의 일종이다. 시 짓기를 배우기 위해서는 작시법을 공부해가며 습작을 많이 하는 것도 중요하지만, 명시를 골라 많이 낭송하고 그 좋은 점을 모범으로 삼아서 자기가 짓는데 참고하는 일을 소홀히 할 수 없다. 그러나 시 한 편 전체가 좋은 예는 그리 많지 않고 또 한 편의 시 가운데서 잘된 부분을 가려내기도 쉽지 않다. 그래서 작시자의 편의를 도모해서 가구를 찾아내어 정리해주는 작업이 요구되었던 것이다. 그러한 작업에 의해 이루어진 것이 시구도다. '구도句圖'라고 약칭하기도 한다. 다만 그러한 가구의 정리방법은 일정한 표준이 없으므로 사람에 따라 다른 시구도가 작성

---

[1] '詩格書'에 대해서는 任元彬의 논문에 자세하다. 「唐末 詩格書 연구」, 『중국문학이론』9, 2007.

되게 되어 그 종류가 잡다해진 것이다. 이러한 시구도가 지향하는 시구는 기교에 뛰어나고 예술성이 인정되는 작품에 치우쳐 있다. 이 글에서는 '시구도'의 전통과 고대 동아시아 문헌 속 실례를 들어보고, 적구비평摘句批評으로 정착되는 과정을 살펴 보고자 한다. 문헌별 기록에 따르면, 이를 수구秀句, 가구, 적구시, 적구도, 시구도라고도 부르는데, 이 글에서는 용어의 통일을 기하기 위하여 일괄 '시구도'라 칭한다.

2. 시구도에 대하여

1) 시구도의 전통

(1) 시인주객도詩人主客圖

시구도詩句圖와 한가지로 다루어질 성질의 것이면서도 그 구성이 독특한 것이 있다. 장위張爲(- 874-)가 편성한 시인주객도詩人主客圖가 그것이다. 시인 여섯을 각각 그들의 시의 성격을 나타내는 명칭을 부쳐 '주主'로 내세우고 그 밑에 상입실上入室, 입실入室, 승당升堂, 급문及門 네 등급으로 구분한 시인들을 예속시켜 '객客'으로 삼고, 모든 시인들 아래 그들의 시 몇 수 또는 수련首聯을 제시하고 있다. 지금 전해지는 판본에는 시인만 제시되고 시구가 탈락된 곳이 몇 군데 있다. 시파를 설정하고 그 계보를 밝힌 작업이라고 할 수 있다. 그러나 무명시인이 너무 많고 일반적인 안목으로는 수긍이 가지 않는 부분도 없지 않아서 그 권위 내지 가치는 별로 인정되어 오지 못한 편이었다. 그러면서도 그 방법이 독특해서 시론가들에 의해 자주 언급되고는 있다. 아래에 그 계보의 한 예를 들고, 시는 주인主人의 것 가운데 일부만을 적어두기로 한다.

廣大敎化主 白居易 :
含沙射人影, 雖病人不知.
巧言誣人罪, 至死人不疑.
모래 머금고 사람 그림자 쏘니,
병이 난다 하여도 사람은 알아채지 못한다.
교묘한 말로 남의 죄 무고하여,
죽기에 이르러도 남은 의심하지 않는다.

上入室 : 楊乘
入室 : 張祜, 羊士諤, 元稹
升堂 : 盧仝, 顧況, 沈亞之
及門 : 費冠卿, 皇甫松, 殷堯藩, 施肩吾, 周光範, 祝天膺, 徐凝,
　　　 朱可名, 陳標, 童翰卿

(2) 시구도詩句圖

시구도는 일종의 시격서이지만, 시인주객도의 계보적 의미와는 달리 순수하게 가구만을 적구摘句한 것이다. 적구摘句 대상은 대부분이 당시唐詩이며, 편자가 좋아하는 개별 시인 혹은 당시 전체를 대상으로 한다. 5.7언 연구聯句로 되어 있는데, 대구가 율시의 중요한 조건임을 감안한 것이다. 고대 동아시아 편자들의 중국시(신라인 시 포함) 적구 사례를 간단히 들어 보면 아래와 같다.

① 『천재가구千載佳句』는 10세기 무렵에 오에노 고레토키大江維時
(888-963)가 당시唐詩(신라인 포함)의 연구聯句를 주제별로 구분하여 만든 책이다. 이 책은 상하 2권 1책인데, 당대의 백거이, 원진을 비롯한 153인의 시 1,083 연구聯句를 선발한 것으로, 상권에

는 사시四時, 시절時節, 천상天象, 지리地理, 인사人事의 5부로, 하권에는 궁성宮省, 거처居處, 초목草木, 금수禽獸, 연희宴喜, 유목遊牧, 별리別離, 은일隱逸, 석씨釋氏, 선도仙道의 10부로 분류, 편집되어 있다. 일본 국회도서관에 소장되어 있다.[2]

② 만당晚唐 이동李洞(-893-)의 『집가도시구도集賈島詩句圖』(1권)가 최초의 전형적 시구도라고 알려져 있다.[3] 유행했던 시기는 이동의 것을 통해 볼 때, 시화의 기원과 맞물린 당말 송초로 보여진다.

③ 『선시구도選詩句圖』[4]는 남송 고사손高似孫(?-?)이 아동 학시 독본용으로 『문선文選』에서 가구를 적구摘句한 책이다. 후대 문선학 연구에 도움이 된다.

④ 『적구도摘句圖』는 청대 왕사정王士禎(1634-1711)이 시윤장施閏章(1618-1683)의 시를 좋아하여 5언 율시 82구를 적록한 것[5]이다. 이 시들은 제목은 물론 출처도 나타나 있지 않기 때문에 주석을 달아야 제대로 이해할 수 있지만, 이를 통해 시윤장 시의 특징을 파악할 수 있고 왕사정의 심미의식을 살펴볼 수 있다는 점에서 의미 있는 자료이다.

⑤ 신위申緯(1769-1845)의 『당시화의唐詩畵意』이다. 이 책 권제5와 권제7의 '부적구도附摘句圖'는 전문을 모두 수록하지 못하고 그림이 될 만한 시구를 뽑아내 유형별로 부분 부분을 넣었다[6]고 밝혔

---

2) 朴魯春, 『『千載佳句』所載 新羅문인의 작품』, 『語文研究』7·8 합집, 1975.

3) 羅根澤, 『중국 문학비평사』4편 2장 3절; 이 책에 대한 기록은 『新唐书』艺文志, 『崇文总目』, 『通志艺文略』, 『宋史艺文志』에 모두 남아있다.

4) 『四庫全書總目』存目에 들어 있는데, 여기에서는 『文選句圖』라고 부른다.

5) 王士禎, 『池北偶談』권13, 「摘句圖」.

6) 申緯, 『唐詩畵意』例言15則, 제12, "不能盡收全篇者, 摘句爲圖, 各以類附零金片羽, 期無遺憾."

다. 상단에 작은 글씨로 시인의 이름을 적고, 시인별 연구聯句를
수록하였다. 연세대 중앙도서관에 귀중본으로 소장되어 있다.

⑥ 『담시적구覃詩摘句』는 김정희金正喜(1786-1856)가 청대 옹방강(1733
-1818)의 시를 적구하여 펴낸 것이다. 김정희는 앞의 왕사정의 선
례를 보고 옹방강의 시가에서 7언시를 뽑아 옹방강 시가의 '적구
도摘句圖'를 만들었다. 현존하는 자료에는 모두 124구의 옹방강
시구가 남아있는데, 김정희의 친필로 보기는 어렵고 후대의 전
사본轉寫本이다.[7]

⑦ 『성령집적구性靈集摘句』[8]는 『성령집』을 편찬한 최성환崔瑆煥(1813-
1891)이 한위부터 청대까지 1200여년에 걸친 시대의 방대한 시
작품을 선입의 대상으로 하면서, 이 책의 속집과 속집보유에 5언
적구와 7언 적구를 실은 것이다. 이 책은 적구의 아래에 해당 시
구의 제목과 작자를 밝히고 있다. 아래에서 한중일 문헌 중 특징
적인 시구도 세 가지를 소개해 본다.

2) 시구도 관련 고대 동아시아 문헌들

(1) 중국인이 적구한 중국시 : 만당 이동, 『집가도시구도集賈島詩句圖』

만당 이동(-893-)에 대해서는 자세히 알려져 있지 않다. 그가 고음苦
吟으로 유명했던 당대 시인 가도賈島 시의 가구를 뽑은 것이다. 최초의
적구도이다. 『음창잡록吟窓雜錄』에 수록된 시구도에 실려 있는 가도 시

----

7) 朴喆祥, 「秋史 金正喜의 著作現況 및 詩文集 編刊에 대하여」, 『大東漢文
學』25집, 2006.
8) 금지아, 「性靈集의 編成 體制와 특징」, 『중국어문학논집』46, 2007.

연구聯句 12종을 예로 들어 본다. 시제와 연구가 나란히 적혀 있다.

「送朱可文歸越」
吳山侵越衆,   吳의 산이 越을 침범한 게 많고,
隋柳入唐疏.   隋의 버들이 唐에 들어온 게 성글다.

「南臺對月」
僧歸湖裏寺,   스님은 호수 안의 절로 돌아가고,
魚聽水邊經.   물고기는 물가에서 나는 불경 소리 듣는다.

「就可公宿」
僧同雪夜坐,   스님과 함께 눈 내리는 밤에 앉아,
雁向草堂聞.   기러기 가는 것을 초당에서 듣는다.

「寄童武」
孤雁來半夜,   외로운 기러기 밤중에 오고,
積雪在諸峯.   쌓인 눈 여러 산봉우리에 있다.

「送無可上人」
獨行潭底影,   홀로 가는 못물 바닥의 그림자요,
數息樹邊身.   자주 쉬는 나무 가의 몸이라.

「送天台僧」
雁過孤峯晩,   기러기 외로운 산봉우리 지나는데 날 저물고,
猿啼一夜霜.   원숭이 밤새도록 우는데 서리 내린다.

「寄正空二上人」
老窺明鏡少,　늙은이 명경 들여다보는 일 적고,
秋憶故山多.　가을이 되니 고향의 산 생각하는 일 많다.

「哭孟郊」
家近登山道,　집은 산에 오르는 길에 가깝고,
詩隨過海船.　시는 바다를 지나가는 배 따라간다.

「晚晴見終南諸峯」
半旬藏雨裏,　반 열흘 동안 비속에 숨어있더니,
此日到窓中.　오늘에야 종남산이 창에 드러났다.

「山中道士」
養雛成大鶴,　병아리를 기른 게 큰 학이 되었고,
種子作高松.　씨를 심은 게 높은 소나무 되었다.

「題李凝幽居」
鳥宿池中樹,　새는 못 안의 나무에서 자고,
僧敲月下門.　스님이 달 빛 아래 문을 두드린다.

「又詩」
過橋分野色,　다리를 지나니 들 빛이 나뉘고,
移石動雲根.　돌을 옮기니 구름뿌리가 움직인다.

(2) 조선인이 적구한 중국시 : 신위의 『당시화의』 '부적구도附摘句圖'

신위(1769-1845)의 『당시화의』는 15권 5책, 9행18자의 필사본이다.(연세대도서관 소장 귀중본(귀305)). 속표지에는 '당시화의唐詩畵意'라는 제

목 옆에 '자하산인초紫霞山人鈔, 범십오권凡十五卷, 예목각일권例目各
一卷, 경진추팔월庚辰秋八月, 벽로방장본碧蘆舫藏本'이라는 내용이 적
혀있어, 15권 5책을 신위가 춘천부사에서 파직한 이듬해인 경진년
(1820) 가을, 경기도 시흥에 있는 자신의 사저 벽로방에서 선집하였음
을 알 수 있다. 권제5와 권제7의 '부적구도'는 예언例言 제12의 지적대
로, 전편을 모두 수록하지 못하고 그림이 될 만한 시구를 뽑아내 유형
별로 부분 부분을 넣었다)고 밝혔다. 상단에 작은 글씨로 시인의 이름
을 적고, 시인별 연구를 수록하였다. 시제는 적혀있지 않다.(필자가 임
의로 적어 넣은 것이다.) 권제5의 부록은 5언 율시의 연구이고, 권제7의
부록은 7언 율시의 연구이다. 수록된 연구의 일부는 다음과 같다.

권제5 王維

「酬張少府」
松風吹解帶,　솔바람 불어와 띠를 풀고,
山月照彈琴.　산달에 거문고타네.

「送梓州李使君」
山中一夜雨,　산 중에 하룻밤 비 내려,
樹杪百重泉.　나무 끝 백 겹으로 샘이 되네.

「秋夜獨坐」
雨中山果落,　빗소리에 산 과일 떨어지고,
燈下艸蟲鳴.　등불 밑에서 풀벌레 우네.

---

9) 申緯, 『唐詩畵意』例言15則, 제12, "不能盡收全篇者, 摘句爲圖, 各以類附
零金片羽, 期無遺憾."

「曉行巴峽」
晴江一女浣,　맑은 강물에는 여자 홀로 빨래하고,
朝日衆鷄鳴.　아침 햇빛에 새들이 지저귀네.

권제5　孟浩然

「宿永嘉江寄山陰崔少府國輔」
臥聞海潮至,　누워 조수가 밀려오는 소리 듣고 있다가,
起視江月斜.　일어나 기울어가는 강 달 바라보네.

「永嘉上浦館逢張八子容」
衆山遙對酒,　멀리 산봉우리 사이하고 대적하다가,
孤嶼共題詩.　고서산에서 함께 시를 짓누나.

권제5　李白

「送友人入蜀」
山從人面起,　산이 바로 코앞에 솟는가하면,
雲傍馬頭生.　구름이 말곁에서 일기도 하고.

권제5　杜荀鶴

「春宮怨」
風暖鳥聲碎,　따뜻한 바람에 새소리 시끄럽더니,
日高花影重.　해가 중천에 떠 꽃 그림자 짙어지네.

권제5　司空圖

「與李生論詩書」
人家寒食月,　인가에 한식 달이오,
花影午時天.　꽃 그림자에 오시의 하늘이라.

권제7 崔顥

「行經華陰」
武帝祠前雲欲散,   무제의 사당 앞에 구름은 흩어질 듯,
仙人掌上雨初晴.   선인장 절벽에는 비가 겨우 개었다.

권제7 孟浩然

「登安陽城樓」
樓臺晚暎靑山郭,   청산 밖 누대에 석양 비추일 적에,
羅綺晴嬌綠水洲.   초록 섬에 비단 옷 선명해 아리땁구나.

권제7 韓翃

「同題仙遊觀」
疎松影落空壇靜,   드문 소나무 그림자 텅 빈 섬돌은 고요한데,
細艸香閑小洞幽.   조그만 풀들이 향기를 뿜는 작은 도랑.

권제7 杜牧

「商山麻澗」
秀眉老父對尊酒,   수려한 눈썹의 노부老父들이 술잔을 마주하고,
蒨袖女兒簪野花.   붉은 소매의 계집애들은 들꽃을 비녀로 꽂았네.

권제7 鄭谷

「鷓鴣」
雨昏靑艸湖邊過,   비 어두운 청초호가를 지나가고,
花落黃陵廟裏啼.   꽃 떨어진 황릉묘 안에서 우네.

(3) 일본인이 적구한 중국시(신라인의 시 포함) : 『천재가구千載佳句』

『천재가구』는 10세기 무렵에 오에노 고레토키大江維時(888-963)가 당시(신라인 포함)의 연구를 주제별로 분류하여 만든 책이다. 이 책은 상하 2권 1책인데, 당대의 백거이, 원진을 비롯한 153인의 시 1,083 연구를 선발한 것으로, 상권은 사시, 시절, 천상, 지리, 인사의 5부로, 하권은 궁성, 거처, 초목, 금수, 연희, 유목, 별리, 은일, 석씨, 선도의 10부로 분류, 편집되어 있다. 여기에는 당나라 유학생이던 신라인 다섯 명의 시도 18수(19 연구)가 포함되어 있다. 이들은 모두 최치원 이전의 빈공과 합격자들이다.[10] 여기에 가장 많이 실린 당의 백거이가 활동하던 당시 신라인의 시도 중국에 널리 유포되어 있던 사실을 알 수가 있다. 일본 국회도서관에 소장되어 있다. 이들의 연구 일부를 보면 다음과 같다.

① 金雲卿(聯句 1)

「秦樓仙」(卷下「宴喜部·簫」)
秋月夜閑聞案曲,　한적한 가을 달밤에 곡조 고르는 소리 들려오더니,
金風吹落玉簫聲.　가을바람을 오락가락하게 하는 것은 옥소의 소리라네.

② 金立之(839-857)(聯句 7)

「早春」(卷上「四時部·早春」)
園柳拆甲迎春咲,　동산 버들 갑옷 벗고 봄 맞아 웃음 지으니,
庭草抽心待節芳.　뜨락의 풀 마음먹고 꽃피려 하네.

---

10) 다섯 명 신라인에 대한 기록은 이 논문을 참조하기 바란다.(朴魯春,『『千載佳句』소재 신라문인의 작품』,『어문연구』7·8 합집, 1975. 247-248쪽)

「秋夕」(卷上「四時部‧早秋」)
寒露已催鴻北至,　찬 이슬 남을 날아 기러기를 재촉하고,
火雲漸散月西流.　불 구름 흩어지니 달님은 서로 가네.

「秋夜望月」(卷上「天象部‧月」)
煙破樹頭驚宿鳥,　연기 빛에 자던 새는 초리에서 놀라고,
露凝苔上暗流螢.　서리 내린 이끼 위에 반딧불이 반짝이네.

「峽山寺翫月」(卷上「天象部‧月」)
山人見月寧思寢,　달을 본 산인이 쉴 생각 못하는데,
更掬寒泉滿手霜.　움켜 쥔 찬 샘물 손 안에서 서리되네.

「贈靑龍寺僧」(卷下「釋氏部‧寺」)
紺殿雨晴松色冷,　감전에 비 긋자 소나무 빛 찬데,
禪林風起竹聲餘.　선림에 바람 일자 대 소리 요란하네.

「宿豊德寺」(卷下「釋氏部‧寺」)
風過古殿香煙散,　옛 절에 바람 부니 향 연기 사라지고,
月到前林竹露淸.　앞 숲에 달이 뜨니 댓잎 이슬 해 맑구나.

「贈僧」(卷下「釋氏部‧贈僧」)
更有閑宵淸淨境,　게다가 한적한 밤 청정한 경지라,
曲江澄月對心虛.　곡강우 맑은 달을 보며 허전한 마음 달래네.

③ 崔致遠(857-?)(聯句 9)
「長安春」(卷上「四時部‧春興」)
煙低紫陌千行柳,　아지랑이 피는 길에 양류가 줄을 짓고,
日暮朱樓一曲歌.　바람이 뜰에 부니 꽃가지 몸을 떠네.

「兗州留獻李員外」(卷上「四時部・秋興」)

芙蓉零落秋池雨,　　못 위엔 가을비 부용꽃 맥 버리고,
楊柳蕭疎曉岸風.　　강안 새벽 바람에 양류는 잎이 지네.

「留贈洛中友人」(卷上「地理部・山水」)

洛水波聲新草樹,　　낙수에 파도이니 초목이 새롭고,
嵩山雲影舊樓臺.　　숭산의 그림자에 누대는 옛 누대네.

「登慈和山」(卷上「地理部・山水」)

畫角聲中朝暮浪,　　화각소리 따라서며 아침저녁 파도이니.
靑山影裡古今人.　　청산의 그림자에 고금사람 비껴있네.

「送舍弟嚴府」(卷上「人事部・兄弟」)

雲布長天龍勢逸,　　장천에 구름 비껴 용의 형세 안일한데,
風高秋月雁行齊.　　바람 세찬 가을 달에 기러기 떼 날아오르네.

「春日」(卷下「宴喜部・春宴」)

風遞鶯聲喧座上,　　바람 따라 꾀꼬리는 좌중에 울고,
日移花影倒林中.　　해 그늘에 꽃 그림자 숲 속에 우네.

「成名後酬進士田仁義見贈」(卷下「遊放部・春遊」)

芳園醉散花盈袖,　　향기 짙은 뜰 안에서 만끽하고 흩어지니, 소매
　　　　　　　　　에 꽃향기 그윽하고,
幽徑吟歸月在帷.　　후미진 오솔길에 읊조리며 돌아서니, 휘장 안
　　　　　　　　　엔 달님이 걸려있구나.

「兗州留獻李員外」(卷上「四時部・秋興」과 동일 詩題)

神思只勞書卷上,　　애오라지 글공부에 정신을 팔았더니,
年光任過酒盃中.　　세월은 잔 속에서 멋대로 흘러가네.

「江上書(春)懷」(卷下「別離部·水行」)

極目遠山煙外暮,　아득한 저 먼 산은 밤안개에 사라지고,
傷心歸棹日邊遲.　애태우며 젓는 노대 해 곁에서 더디구나.

④ 金可記(聯句1)

「題遊仙寺」(卷下「草木部·水樹」)

波衝亂石長如雨,　바위 치는 물갈기는 비 꽃을 뿌리는 듯,
風激疎松鎭似秋　세찬 바람 불어쳐도 성긴 소나무 추상같이 서 있네.

⑤ 朴昻(聯句1)

「尋太一王山人路次雲際寺」(卷下「隱逸部·隱士」)

明主十征何謝病,　명주께서 출정인데 어이해서 병을 빙자할까
烟霞不許作堯臣.　안개노을 신하될까 가로막아 나서누나.

3. 시구도의 특징과 적구 비평의 정착

1) 시 학습의 참고서

시구도는 모범이 되는 가구佳句를 뽑아서 시를 학습하는 도움을 주기 위해 편찬된 참고서의 일종이다. 김인후金麟厚(1510-1560)[11]의 『백련초해百聯抄解』(연세대도서관 소장본)는 초학자들에게 한시를 가르치

---

11) 本貫은 蔚山, 자는 厚之, 호는 河西이다. 저자는 어려서부터 『千字文』을 이용해 시구를 짓고 어른들과 聯句를 지었던 경험이 뒷날 『百聯抄解』를 편찬한 동기가 된 듯하다. 10세에 金安國에게 찾아가 『小學』을 배우면서 학문을 시작하였다. 13세에 『詩經』을 공부했는데, 『國風』은 大註와 小註까지 천 번이나 읽어 이때부터 詩에 관한 관심이 깊었다고 한다.

기 위해 뛰어난 7언시 가운데 연구聯句 100개를 뽑아서 한자음을 달고, 언해한 책이다. 언해는 직역을 위주로 한『두시언해杜詩諺解』투여서, 오래 전에 언해되었음을 알 수 있다. 조선 초기까지 중국 시집이나 중국에서 편찬된 시선집이 주로 읽히다가 우리나라에서 편찬된 시선집이 간행되었다는 점도 중요하며, 국가 차원이 아니라 개인 차원에서 초학자를 위해 언해했다는 사실이 중요하다. 앞의 2행에는 7언시 연구聯句의 원문과 한자음을 큰 글자로 편집하고, 뒤의 1행에는 언해를 작은 글자 두 줄로 편집했다.

花화笑쇼檻함前젼聲셩未미聽텽
鳥됴啼뎨林님下하淚누難란看간
고지난간알픠셔우으듸소리를듣디몯ᄒ고
새수플아래셔우로듸눈므를봄이어렵도다

이 책에 선록되어 있는 연구들은 모두 율시에서 대구를 이루는 부분이다. 그 사실을 확인하기 위하여 앞의 5편만 채록해 본다.

花笑檻前聲未廳,　꽃이 난간 앞에서 웃어도 소리는 들리지 않고,
鳥啼林下淚難看.　새가 숲 아래에서 울어도 눈물 보이지 않네.

花含春意無分別,　꽃은 봄뜻을 머금어 분별이 없건만,
物感人情有淺深.　物은 인정에 느껴 얇고 깊음이 있네.

花因雨過紅將老,　꽃은 비가 지나감으로써 붉은 빛이 옅어지고,
柳被風欺綠漸低.　버들은 바람에 부대끼니 푸름이 점점 낮아지네.

花衰必有重開日,　꽃은 시들어도 반드시 다시 피는 날이 있고,

人老曾無更少年.　사람은 늙어 다시 소년이 되는 일 일찍이 없었네.

花色淺深先後發,　꽃 색이 옅고 진함은 먼저 피고 뒤에 핀 까닭이며,
柳行高下古今栽.　줄지은 버드나무가 높고 낮은 것은 옛날에 심
　　　　　　　　 고 요즘 심은 때문이라.

　그런데 『백련초해』에 선록된 이러한 7언의 글귀들은 그 출처가 밝
혀져 있지 않다. 그것은 이들 글귀가 본래 어떤 작품의 일부였던가를
그다지 중시하지 않았다는 말이다. 『백련초해』 편자의 그러한 태도에
서 수록한 글귀들을 그들이 속해 있던 원작과는 별도로 취급하고 감
상하겠다는 의도를 읽어낼 수 있게 된다. 선록된 글귀들에 독립적인
지위를 부여하겠다는 의미로도 읽혀질 수 있을 것이다. 실제로 『백련
초해』에 실려 있는 연구들은 각기 그 자체로 독립적인 작품이 되기에
손색이 없다. 선록된 연구들의 본래의 역할과 위상을 문제 삼지 않는
다면 그들은 위에서 예거한 작품들처럼 모두 완결된 구조를 갖춘 독
립된 작품이다.
　적구한 내용을 보면 한시 창작의 대표적인 소재라고 할 수 있는 자
연 사물을 순서대로 배열했는데, 그 내용은 다음과 같다.

　花(1-9), 郊(10), 霜(11), 月(12), 竹(13), 耕(14), 聲(15), 遲(16), 螢
(17), 洞(18), 山(19-20), 風(21), 月(22), 池(23), 脩(24), 石(25), 露
(26), 花(27), 風(28), 雪(29), 軒(30), 前(31), 閉(32), 紅(33), 靑(34),
竹(35-37), 殘(38), 天(39), 巷(40), 鬢(41), 垂(42), 糝(43), 春(44-46),
松(47-48), 春(49-50), 身(51), 獨(52), 月(53), 朝(54), 鳥(55), 螢(56),
花(57-60), 垂(61), 珠(62), 十(63), 雨(64), 庭(65), 鶯(66), 綠(67), 松
(68), 山(69), 更(70), 江(71), 粧(72), 香(73), 庭(74), 輕(75), 拂(76),

村(77), 山(78), 靑(79), 白(80-82), 紅(83), 山(84-87), 池(88), 風(89), 山(90), 春(91), 野(92), 柳(93), 千(94), 花(95), 野(96), 風(97-98), 龍(99), 纏(100)

'화花'자로 시작하는 연구 9개가 가장 앞에 실렸다. 이 가운데 몇 연구聯句의 출처를 밝히면 다음과 같다.[12]

25. 石床潤極琴絃緩, 水閣寒多酒力微. 宋 胡宿「次韻和朱況雨中」
32. 閉門野寺松陰轉, 攲枕風軒客夢長. 宋 蘇軾「次韻平浦金山」
38. 殘星几点雁橫塞, 長笛一聲人倚樓. 唐 趙嘏「長安晚秋」
39. 天空絶塞聞邊雁, 葉盡孤村見夜燈. 唐 劉滄「咸陽懷古」
49. 春日鶯啼修竹里, 仙家犬吠白云間. 唐 杜甫「藤王亭子」
55. 鳥去鳥來山色里, 人歌人哭水聲中. 唐 杜牧「將赴宣州留題揚州禪智寺」
77. 村徑繞山松葉暗, 野門臨水稻花香. 唐 許渾「晚自朝台津至韋隱居郊園」
78. 山月入松金破碎, 江風吹水雪崩騰. 宋 坡石「次韻平浦金山」
81. 白雲斷處見明月, 黃葉落時聞搗衣. 唐 朱長文「望中有懷」
97. 風吹枯木晴天雨, 月照平沙夏夜霜. 唐 白居易「江樓夕望招客」
98. 風射破窓燈易滅, 月穿疎屋夢難成. 唐 杜荀鶴「旅中臥病」
99. 龍歸曉洞雲猶濕, 麝過春山草自香. 唐 許渾「題崔處士山居」

이상의 연구聯句들을 살펴보면 몇 가지 공통점이 있다. 대부분 당시와 송시 가운데 뽑았으며, 모두 7언 율시이고, 함련 혹은 경련에 해당된다. 출구出句 마지막 글자가 측성仄聲이어서 오른쪽 어깨에 ○표시

12) 허경진, 『연세대도서관 소장 고서해제Ⅴ』 '백련초해'편(평민사, 2006) 재인용.

가 있고, 對句 마지막 글자는 평성이어서 ○표시가 없다. 측성운仄聲韻
으로 짓는 경우를 배제하면 모두 대구의 마지막 글자가 운韻이 된다.
함련 또는 경련은 대우가 필수적이므로, 이러한 연구를 통해서 대우와
압운을 동시에 익히도록 편집한 것이다.

또한, 7언 절구, 5언 율시, 7언 율시의 삼체시三體詩를 익혀나가는 과
정에서 5언 절구는 자연히 익히게 된다고 생각했다. 특히 7언시에서
두 글자를 떼어내면 5언시가 되는 경우가 많다. 2번 연구聯句를 예로
들어보자.

> 花含春意無分別,　꽃은 봄뜻을 머금어 분별이 없건만,
> 物感人情有淺深.　物은 인정에 느껴 얇고 깊음이 있네.

이 연구聯句에서 앞의 두 글자를 떼어내면 다음과 같은 시가 된다.

> 春意無分別,　봄의 뜻은 분별이 없건만,
> 人情有淺深.　사람의 마음은 얇고 깊음이 있네.

2) 시화詩話 소재 율시의 '적구 비평'으로 정착

중국 문학에는 과연 그 자체로 완결된 구조를 이루는 율시를 일상
적으로 분해하는 행위가 존재한다. 그것은 바로 적구 비평이다. 중국
문학비평에서는 특정 작품 전체를 대상으로 비평하고 감상하기도 하
지만, 한 작품의 특정 부분만을 적시하여 비평하고 감상하는 행위도
흔한데, 이 후자의 대표적인 예가 한 작품의 특정 구절을 적시하여 비
평하거나 감상하는 적구 비평이다. 이 적구 비평의 대상이 되는 것은

단구單句 보다는 복구複句, 그 중에서도 쌍구雙句 즉 한 연을 단위로 하는 비평이 절대 우위를 점한다.[13]

　비평 대상으로 적시되는 연은 통상 대구를 이루는 것들이 대종을 이룬다. 그런 모습은 중국 특유의 비평문화를 활성화 시킨 시화詩話에서 흔히 발견된다. 시화는 그 시작부터 그러한 양상을 보여주는데, 시화의 효시가 되는 송대 구양수(1007-1072)의 『육일시화六一詩話』부터 그러하다. 『육일시화』에서는 제1칙부터 대구를 이루는 연을 이야깃거리로 삼고 있다. 구체적인 작품이나 말을 제시하지 않은 제5칙을 제외하고 제1칙부터 제6칙까지 적시된 이야깃거리는 모두 대구를 이루는 연이다.

제1칙
奠玉五回朝上帝,　옥을 바치며 다섯 번 옥황상제에게 인사했고,
御樓三度納降王.　왕궁 누각에서 세 번 항복한 왕을 받아들였네.

제2칙
有祿肥妻子,　처자를 살찌울 봉록은 있지만,
無恩及吏民.　백성에게 미칠 은혜는 없네.

제3칙
賣花擔上看桃李,　꽃 파는 멜대에서 복사꽃 오얏꽃을 보고,
拍酒樓頭聽管絃.　술집 옆에서 음악을 듣네.

---

13) 摘句 批評을 전문적으로 연구한 『詩話摘句批評研究』(周慶華 著, 臺北 : 文史哲出版社, 1993, 69쪽)에서는 적구 비평의 형식과 관련하여 "통상 여러 구를 취하는 것이 많고, 여러 구를 취하는 중에도 두 구를 취하는 것이 가장 보편적이다."라고 하였다. 굳이 이 말에 기대지 않는다 하더라도 시화류 서적을 한 번 뒤져 보기만 하면 그런 현상은 쉽게 파악할 수 있다.

제4칙

春洲生荻芽,　　　봄이 온 모래톱에 갈대 싹이 나고,
春岸飛楊花.　　　봄이 온 강가엔 버들개지 날리네.

제6칙

鄭都官不愛之徒時時作隊,　　정곡鄭谷이 사랑하지 않은 무리들이
　　　　　　　　　　　　　　때때로 대오를 짓고,
秦始皇未阬之輩往往成群.　　진시황이 채 묻지 않은 무리들이 왕
　　　　　　　　　　　　　　왕 무리를 이루네.

모두가 정교하게 대구를 이루는 것들이다. 이들은 모두 이야깃거리
가 있거나 특정한 사안과 직접 관련되어 있는 구절이라 선정되었다. 그
럼에도 이렇게 모두 대구를 이루는 연들이 선정되었다는 것은 율시 중
에서도 대구를 이루는 부분이 눈에 잘 들어오기 때문일 것이다.

그것은 다름 아닌 역대의 명구名句·묘구妙句·가구佳句를 선록하여
독자들에게 감상의 편의를 제공하는 문헌들인데, 그 문헌들에 실린 명
구·묘구·가구의 대부분이 바로 율시에서 대구를 이루는 부분이다. 이
런 서적들은 심미적 감상의 대상으로 제공되는 만큼 그런 구절들을
선록하는 행위는 심미 비평을 지향하는 적구 비평의 결과로 볼 수 있
다. 또 그렇게 선록된 구절들은 이제 그 구절들이 속해 있던 원시原詩
에서 분리되어 원시와는 별도로 독립적인 위상을 지니게 된다.

적구시는 청대 원매의 『수원시화』에서 채용된 방식이기도 하다.
원매는 시화 속에 5천여 수가 넘는 대량의 시를 채록하여 자신의 성령
시론을 뒷받침하고자 했다. 동시에 그것으로 하여금 시선집의 역할을
담당하게 하려는 의도를 지니고 있었기 때문이다. 시화 총 2003조목
중 183조목을 제외한 나머지 1820조에서 모두 시를 채록하고 있으며

일반적으로 하나의 조목에 두세 수의 시, 혹은 가구를 채록한 경우가 대부분이다. 그리고 대부분이 무명씨의 작품이다. 다음은 원매 (1716-1797)의 시 한 편과 그 중의 적구에 대한 생각의 일단을 보여주는 부분이다.

> 시에 편篇은 있으나 구句가 없는 것은 전체 시가 맑고 노련하지만 단번에 이루어져서 흡사 사람들이 월만한 가구佳句가 없게 되는 것처럼 되어 버린다. 구는 있으나 편이 없는 것은 한 수의 시 중에 전할 만한 시구가 없는 것은 아니지만 전체가 어울리지 않아서 작가의 선집에 열입되기 어렵다. 두 가지 가운데 하나는 타고난 재주가 부족한 때문이요, 다른 하나는 공부가 부족하기 때문이니 반드시 편도 있고 구도 있어야 비로소 명수로 불릴 수 있다.[14]

그는 한 편의 시가 전체적으로는 잘 어울리나 그 가운데 가구가 없을 수 있으니, 이는 작가의 천부적인 재능이 부족하기 때문이요, 반대로 가구는 들어있으나 한 편의 시가 전체적으로 잘 어울리지 않아서 어색할 수 있으니, 이는 후천적인 노력이 부족한 때문이라고 여겼다. 그리고 한 편의 시는 전체적으로 잘 어울려야 할 뿐만 아니라 그 가운에 가구도 들어있어야 명가의 반열에 들 수 있다는 것이다. 따라서 그에 의하면 시화에 채록된 시의 형태는 시 한 편이 될 수도 있고, 대우구의 가구가 될 수도 있다는 말이다. 실제로 시화의 대부분 조목은 대우구의 형태를 채록하여 작품을 비평하고 있다. 한 예를 들어보자.

> 요즘 사람의 작품 중 기구起句로서 뛰어난 것은 다음과 같다. 신안

---

14) 袁枚, 『隨園詩話』 권5-56, "詩有有篇無句者, 通首淸老, 一氣渾成, 恰無佳句令人傳誦. 有有句無篇者, 一首之中, 非無可傳之句, 而通體不稱, 難入作家之選, 二者一欠天分, 一欠工夫. 必也有篇有句, 方稱名手."

新安의 장절張節의 「좌야夜坐」에 이르기를 "비가 개니 달이 갑자기 가득차고, 담장에 그늘드니 나무 그림자 흔들리네."라 하고, 진월천陳月泉의 「주중舟中」에 이르기를 "홀로 일어나 강 위의 달을 대하니, 온배 가득 잠자는 소리 들리네."라 하며, 아무개의 「조춘春早」에 이르길, "청명이 가까워지기도 전에, 꾀꼬리와 꽃은 이미 혼자 바쁘네."라고 하였는데, 이 세 수의 기구는 모두 빼어나다. 결구結句로서 뛰어난 것은 다음과 같다. "달 가운데 일 없이 서있노라니, 풀 위의 반딧불 한 마리 날아가네." "다정하게 강 위의 산봉우리에 대고 얘기하노니, 돌아가는 꿈 방해하지 마시길." "먼 산 깊은 숲 속에, 종소리 끊겼으나 메아리 들리네." 이 세 수의 결구는 모두 빼어나지만, 애석하게도 제목과 작자의 이름을 잊어버렸다.[15]

4. 맺음말

시구도는 한시 중 연구를 뽑아 엮은 것이다. 이 적구의 목적은 가구佳句를 제시하는데 있다. 따라서 시를 공부하는 사람이면 누구나 만들수 있다. 시를 읽어나가다 좋은 시구로 여겨지는 것을 뽑아놓았다가 어느 단계에 가서 그것을 자기의 기호나 용도에 따라 정리하면 되기 때문이다. 그래서 시구도는 여러 형태의 것이 나왔다. 이 경우 어느 것을 가려내서 정리하느냐 하는 적구의 객관성도 문제로 남는다.

---

15) 袁枚, 『隨園詩話』 권12-76, "近人起句之妙者, 新安張節「夜坐」云:'雨霽月忽滿, 牆陰樹影搖' 陳月泉「舟中」云 : '獨起對江月, 滿船聞睡聲'. 某「春早」云 : '不待淸明近, 鶯花已自忙'. 三起俱超. 結句之妙者:'月中無事立, 草上一螢飛' '殷勤語江嶺, 歸夢莫相妨''遠山深樹裏, 鐘斷有餘聲'三結俱超, 惜忘題目及作者姓名."

조선 후기 당시시의도唐詩詩意圖의 제작 배경과 내용
: 조선풍 남종 문인화의 실천과 변용양상을 중심으로

1. 머리말

시의도는 한시의 의미를 화폭에 옮긴 것으로, 화면에 쓰여 진 시구를 통하여 시화의 상관관계를 비교적 쉽게 객관적으로 살펴볼 수 있다. 중국에서는 화보류의 성행과 맞물려 송대 이후로 왕유와 두보의 시의도가 많이 그려졌다. 주로 율시나 절구 중의 한 대구가 묘사되었는데, 이는 간결하면서도 정련된 5·7언 시어가 시각적 이미지를 표현해 내기에 적당하였기 때문이다.[1] 명대 후기에 비교적 많은 작품을 제작해냈는데, 명대라는 시대적 배경과 화가의 시에 대한 해석, 화가의 독자적인 화풍 등이 반영되어 있다.

명대 후기의 이러한 시의도 문화가 남종 문인화풍과 함께 조선에 유입되어 후기의 화단을 풍미하게 되었다. 조선에서도 마찬가지로 절구나 율시의 한 두 구절만이 화폭에 인용되었지만, 그것들은 모두 문

---

1) 方聞, 「詩書畵三絶」, 『上海博物館集刊』제4기, 15-16쪽.

학적 수양을 지닌 문인화가라면 시 내용을 전부 떠올릴 수 있을 만큼 인구에 회자되던 유명한 작품들이다.

조선 후기의 문단은 주지하는 바와 같이 명청의 문예사조 유입과 북학파北學派의 사대주의, 그리고 실학파 시인들의 사실주의적 시풍, '자가음自家音' '조선풍朝鮮風' 등 주체적인 문학의식이 진작되던 양면성을 보여주던 시기였다. 따라서 중국의 화법이 대대적으로 수용되던 조선 초기와는 달리, 한국 고유의 산하풍경을 그린 개성 짙은 정선鄭 敾의 진경산수화가 제작되었고, 중국과는 별개의 나라라는 의식을 심화시키면서 사실적인 조선풍을 성공적으로 이룩해낼 수 있었다. 이 글에서는 조선에서 제작된 당시唐詩를 주제로 한 '당시시의도唐詩詩意圖'에는 중국 것의 변용 양상이, 조선풍朝鮮風의 고전적 전형이 어떻게 반영되었는지를 신위申緯와 그 전후 시기 주변인물의 그림을 통하여 확인해볼 것이다. 이에 논의의 출발을 『당시화보唐詩畵譜』와 남종 문인화가 조선에 유입되기 시작한, 그리고 조선의 당시시의도가 다수 남아있는 18세기 이후로 잡았다.

2. 조선 후기 당시시의도의 제작 배경

1) 왜 '당시唐詩'인가?

조선 후기에는 당시 외에도 중국의 작품을 주제로 그린 「적벽부도 赤壁賦圖」, 「귀거래도歸去來圖」, 「추성부도秋聲賦圖」(그림 1), 「황주죽루 도黃州竹樓圖」 등이 있어, 문인들이 선호하였던 특정 작품들이 시의도 로 제작되었음을 알 수 있다.

이 작품은 김홍도金弘道(1745-1816?)의 기년명 작품 중 가장 나중에

그림 1 「秋聲賦圖」

(金弘道, 1805년 紙本水墨淡彩 56.0×214.0cm)

그려진 것으로, 중국 송대 구양수歐陽修(1007-1072)가 지은 「추성부秋聲賦」를 그림으로 제작한 시의도이다. 현재 김홍도의 몰년은 확실하지 않지만, 김홍도가 이 그림을 그린 직후인 1806년경 사망했으리라고 보는 견해가 유력하다. 화면 중앙에는 초옥에 앉아 있는 구양수와 마당에 서서 숲 쪽을 가리키는 동자가 보이고, 좌측 위에는 「추성부」의 전문이 단아한 행서체로 정성스레 적혀 있다. 김홍도 친필이라고 추정된다. 「추성부」는, 어느 날 밤 글을 읽던 구양수가 어디선가 들려오는 이상한 소리를 듣고 동자에게 알아보라고 하니, 동자가 밖에 인적은 없고 나무숲 사이에서 소리가 난다고 하자, 구양수는 이 소리가 가을의 소리임을 깨닫고, 산천이 적막해지는 가을의 자연현상과 인간사를 연관시켜 인생의 무상함을 탄식하였다는 내용을 담은 글이다. 군데군데 지두화법指頭畵法을 겸용한 꼿꼿한 필치와 회갈색의 설채設彩가 스산한 가을밤의 풍경을 실감나게 묘사하고 있다.

이러한 산문의 전편을 적어낸 작품들과 달리, 조선 시대에 당시를 제재로 그린 그림들에서는 매우 다양한 시인들의 시구가 사용되고 있다. 그렇다면, 왜 조선 시대에는 당시를 그림으로 많이 그렸을까? 아마도 당시시의도는 당시가 갖는 회화성·사의성과 당시에 대한 조선 시대 문인들의 고전주의적 경향이 맞물려 생겨난 현상이라고 생각된다. 게다가 강관식 교수가 조선 시대 규장각 차비대령화원差備待令畵員을 연구하면서 그들의 녹취재에서 사용된 화제 중 당시의 비중이 높음을 지적하고 그 목록을 작성한 바 있어,[2] 이 연구를 통해 그림의 제재로서 당시가 큰 비중을 차지했음을 알 수 있다. 문학사 측면에서도 중국에서의 당시관련 서적의 유입과 더불어 조선 중기의 당풍과 학당 경향이 일어났다. 이에 편승하여 후기로 갈수록 당시에 대한 문인들의 관심이 뚜렷해지며, 송시보다 당시를 더 뛰어난 것으로 생각하고 있었다. 이 내용은 신경준申景濬(1712-1781)의 다음 언급을 통해 잘 알 수 있다.

> 당인唐人은 광경을 즐겨 서술하였다. 그래서 그 시에는 영묘影描(그림자 묘사)[3]가 많다. 송인宋人은 논의를 즐겨하였다. 그래서 그 시에는 포진鋪陳[4]이 많다. … 세상 사람들은 모두 당인은 시를 가지고 시를 지었고, 송인은 문을 가지고 시를 지었다고 생각하여 당시가 송시보다 훨씬 뛰어나 송시는 당시에 미치지 못한다고 보았다. … [5]

2) 당시 관련 서적의 조선 유입과 학습

통일신라 시대부터 우리보다 앞선 당나라의 문화가 대량으로 유입되었다. 고려 시대에는 송·원의 사상·문화와 함께 다량의 중국 서적이 유입되었는데, 특히 유가와 불교 사상이 널리 유포됨에 따라 유가

---

2) 姜寛植, 『조선 후기 궁중화원 연구』상·하, 돌베개, 2001.
3) 일종의 唐詩가 갖는 특징으로, 대상과 마주하여 일어나는 느낌을 그림자에 비유하여 그것을 언어로 옮겨낸다는 뜻이다.
4) 宋詩가 갖는 특징으로, 부연하여 상세하게 진술한다는 뜻이다.
5) 申景濬, 『旅菴遺稿』「詩則」, "唐人喜述光景, 故其詩多影描, 宋人喜立議論, 故其詩多鋪陳 … 世之人皆以爲唐人以詩爲詩, 宋人以文爲詩, 唐固勝於宋, 宋固遜於唐 … ."

경전과 불경이 다량으로 들어왔다. 그럼 이렇게 많은 중국의 서적들이 어떻게 조선 사회에 유입될 수 있었는가? 중국의 서적이 유입된 경로를 보면, 주로 조정과 관청에서 기증받거나, 사신들이 북경의 책방에서 사가지고 들어온 것이 대부분이다. 고려에서는 송나라에 보내는 사신을 시켜 책을 사들였다. 고려 현종 18년(1027)에는 송나라의 강남 사람 이문통李文通이 고려에 이르러 서적 597권을 바쳤다. 『증보문헌비고增補文獻備考』에는 고려에서 서적을 사들이고 중국에서 서적을 기증한 정황 기록이 있다.

> 선종 2년(1085) 송 철종이 즉위하매 양사를 파견하여 위문 축하하고 형법 서적과 『태평어람』, 『개보통례』, 『문원영화』를 사려고 청을 드니 『문원영화』 한 책을 기증했다.[6]

『고려사高麗史』에 따르면, 중국에서는 전란으로 인해 이미 없어진 전적이 당시 고려에 완전하게 보존되어 있었는데, 이 때문에 송조에서 그러한 중국 서적의 복사본을 요청하자 고려왕조에서 제공하기도 했다.

청대 조선 사람들이 북경에서 책을 산 것만 해도 많은 기록이 있다. 예컨대 이덕무李德懋(1741-1793)는 그가 북경 유리창琉璃廠 오류거五柳居에서 '남선기서南船寄書'들을 본 대로 기록하고 있다. 그는 남의 부탁을 받고 수십 종을 샀는데 모두 "보기 드문 진귀한 것이었다.稀有之書, 皆善本也."고 했고, 조선에서 해마다 사신이 북경으로 들어가면 언제나 책을 사가지고 들어간 정황도 기록하고 있다.

---

6) 『增補文獻備考』卷242, 「藝文考」1, "宣宗二年宋哲宗立, 遣兩使奉慰致賀, 請市刑法之書, 『太平御覽』『開寶通禮』『文苑英華』. 惟賜『文苑英華』一書."

해마다 사신들이 들어갈 때에는 관모와 수레가 늘어선다. 그런 수
레에다 싣고 돌아오는 것은 '연의 소설'과 『팔가문초八家文鈔』, 『당시
품휘唐詩品彙』 같은 책들이다. 이 두 종류의 책들이 실용적이기는 하
나 집집마다 있고 또 본국에서도 간행했으니 다시 사들일 필요는 없
는 것이다.[7]

여기에서 어떤 책들은 '가가유지家家有之'라고 한 것으로 보아 당시
중국의 서적들이 조선에 수입된 정황을 알 수 있다. 위 인용문에서 알
수 있는 것처럼, 조선에 전해진 책들 가운데 어떤 것은 조선에서 자체
로 복각·번역·개작하여 간행함으로써 더욱 널리 퍼지게 되었다.

현재 문헌기록상으로 전하는 당시의 유입 경위를 볼 수 있는 문헌
은 고려 이규보(1168-1241)의 『백운소설白雲小說』에서 그가 『당시류기
唐詩類記』[8]를 탐독했다는 언급이 처음 나온다.[9] 그 이전에도 당연히
여러 개별 당시선집唐詩選集을 읽었을 것으로 보여 지지만 구체적인
문헌의 흔적은 많지 않다. 그래도 이수광李睟光(1563-1628)이 남긴 기
록 등 남아있는 여러 문헌을 통하여 볼 때 우리 문인들이 가장 많이
탐독한 것으로 보여 지는 당시선집의 대표적인 것은 바로 『당음唐音』
·『당시품휘唐詩品彙』·『당시고취唐詩鼓吹』·『당백가시唐百家詩』 등을
꼽을 수 있다.[10] 조선조에 들어오면 이들 당시선집을 조선에서 간행하

---

7) 李德懋, 『靑莊館全書』 제66권, "每年使臣, 冠盖絡繹, 而其所車輸東來者,
　只'演義'小說及『八家文鈔』, 『唐詩品彙』等書. 此二種, 雖曰實用, 然家家
　有之, 亦有本國刊行, 則不必更購."

8) 宋의 計有功이 편찬한 것으로 81권에 1,150인의 시를 수록했다.

9) 李奎報, 『白雲小說』 "新羅眞德女王, 太平詩, 載於唐詩類記 … ."

10) 당시선집은 唐代에서부터 淸代에 이르기까지 무려 수십 종에 이른다. 하지만,
　　李睟光의 『芝峯類說』권9(文章部2, 詩評)에서는 당시선집으로 『唐詩正音』,

여 보급한 기록이 상당히 많이 나타난다. 그것은 그만큼 우리 문인들이 당시에 대한 애호가 지극했음을 알 수가 있고, 조선 중기의 시풍이 당풍이었음을 거듭 확인해 주는 주요한 증거가 되고 있다. 하지만 조선조에는 중기 이후로 당시를 익히는데 있어, 이렇게 이미 간행된 당시선집들을 탐독하는 것 외에도 자신들이 직접 당시를 선발하여 나름대로의 선집을 내는 경우가 많았다. 주로 필사되어 남아있는 것들이 그렇다. 선집의 주된 이유는 이미 간행된 당시선집에 대한 나름대로의 불만 때문이었다. 그 편찬 양상을 보면 각체를 모두 선집한 것도 있고 절구만 또는 율시 및 가행만을 선집한 경우 등 다양하다. 이미 간행된 기존의 당시선집이 있었음에도 불구하고 조선조 우리 문인들이 굳이 자신들의 손으로 다시 당시를 선발하여 그 선집을 낸 것은 여러 가지 의미를 지닌다. 하지만 무엇보다도 가장 중요한 의미는 시의 원류라 할 수 있는 당시를 얼마나 효과적으로 잘 익힐 수 있는가 하는 데에 있었을 것이다. 그렇기에 기존에 나온 당시선집들은 여러 면에서 자신들의 입에 맞지 않는 불편함으로 늘 불만족스러웠고 이에 새롭게 다시 편찬하게 된 것이라 본다. 이러한 당시선집의 다양한 편찬 양상들은 조선 중기 이후의 '시의도' 제작을 불러일으켰고, 우리 문인들의 학당 태도와도 결코 무관하지는 않을 것이다.

한편, 화보류를 통한 화법습득의 과정으로 『당시화보』를 특히 주목할 만하다. 『당시화보』의 편찬자인 황봉지黃鳳池에 대해서는 생졸년이나 경력을 전혀 알 수 없고, 『당시화보』 앞쪽에 있는 서문들을 통해서

『唐詩品彙』, 『唐詩正聲』, 『唐詩鼓吹』, 『三體唐詩』, 『唐百家詩』, 『唐詩類苑』, 『十二家詩』, 『唐詩紀』 등 모두 9종을 들고 있다. 이것이 당시 조선 문인들이 주로 보았던 당시선집이라고 추정된다. 그러나 이 가운데 『唐詩正聲』, 『唐詩類苑』, 『唐詩紀』는 조선 간행 여부를 알 수 없다.

신안新安의 선비임을 알 수 있을 정도다. 이 책이 조선에 들어온 시기는 1623년에서 1636년 사이로 추정하고 있다. 조선 중기의 화가인 윤두서尹斗緒(1668-1715)·정선鄭敾(1676-1759)·심사정沈師正(1707-1769)·강세황姜世晃(1713-1791) 등의 작품에서 이 책의 영향을 찾을 수 있다.[11] 오늘날 미술사학 분야에서 이 책『당시화보』가 중요하게 받아들여지는 이유는, 중국의 시·서·화·각, 이 네 가지의 아름다움을 한 화보에 모았다고 판단되기 때문이다.『당시화보』역시 윤두서가 보고 모방했다는 기록으로 보아 17세기 후반기에는 이미 우리나라에 들어온 것으로 생각된다. 또한 신위의 그림에 영향을 준 강세황도 이 책을 소유하고 있었던 것으로 알려져 있으며, 그의『첨재화첩忝齋畵帖』제6폭의 「예찬식산수도倪瓚式山水圖」(그림 2)가『당시화보』중의 예찬 그림(그림 3)을 모방한 것임이 확실하다.

그림 2 『忝齋畵帖』제6폭의 「倪瓚式山水圖」   **그림 3** 『唐詩畵譜』「山水圖」

11) 허영환, 「당시화보연구」,『미술사학』3, 1991.

『당시화보』가 당시를 소재로 하여 제작된 그림의 모음집이라는 점과 조선 시대 화가들이 이 화보를 학습하고 충분히 활용하였던 점을 감안한다면 분명히 조선의 당시시의도와 관련이 있을 것이라 생각된다. 하지만 실제 비교 결과 김홍도(1745-1816?)의「죽리탄금도竹里彈琴圖」"홀로 그윽한 대 숲에 앉아 거문고를 타며 또 길게 읊조리네.獨坐幽篁里, 彈琴復長嘯 - 王維,「竹里館」"(그림 4)처럼『당시화보』「죽리관竹里館」(그림 5)과 거의 동일한 것도 있고, 최북崔北(1712-1786)의「풍설야귀도風雪夜歸圖」"해는 저물고 푸른 산은 저만큼 먼데, 추운 날씨에 가난한 초가집에 묵네.日暮蒼山遠, 天寒白屋貧, 柴門聞犬吠, 風雪夜歸人 - 柳長卿,「逢雪宿芙蓉山」"(그림 6)의 경우처럼『당시화보』「봉설숙부용산逢雪宿芙蓉山」(그림 7)과 전혀 다르게 그려진 예도 있다. 최북의 그림은 비바람이 치는 분위기가 중점적으로 다루어졌고,『당시화보』에서는 이와 달리 귀가하는 인물이 중점적으로 그려져, 같은 시구를 그렸지만 전혀 달리 그려진 예이다.

그림 4 『唐詩畵譜』「竹里館」

그림 5 金弘道「竹里彈琴圖」
(紙本水墨, 22.4×54.6cm,
고려대학교박물관 소장)

그림 6 崔北「風雪夜雨圖」 　　　그림 7 『唐詩畵譜』「逢雪宿芙蓉山」

(紙本彩色, 66.3×42.9cm, 개인소장)

　　민길홍閔吉泓의 연구[12)에 의하면, 『당시화보』 300점과 당시시의도 60점의 그림을 모두 비교해 본 결과, 동일한 시구를 그린 것은 10점 정도에 불과하고, 그 가운데 동일한 도상으로 그린 예는 더욱 적다고 한다. 이런 통계를 통해 볼 때, 『당시화보』가 조선 시대 당시를 화제로 그릴 때 참고는 했으되, 화가들이 어떤 시구를, 어떻게 그리는가에 있어서 직접적인 영향을 주었다고 보기는 어렵다. 영향이 있다면 당시를 화제로 그리는 관습의 정착에 있다고 볼 수 있다.

3) 문인 화가의 시화詩畵인식 : 신위申緯의 경우

　　18, 19세기 사대부 문인들은 회화를 창작하고, 이를 완상하는 것을 시나 서와 마찬가지로 지식 계층이 갖추어야 할 교양의 일부로 생각

---

12) 閔吉泓, 「조선 후기 唐詩意圖 – 산수화를 중심으로」, 『미술사학연구』233-234, 68-70쪽, 2002.

하고 있었다. 이들은 회화를 가까이 두고 향유하였으며, 그림에 대한 감식안이나 작화능력도 뛰어났다. 물론 당시 회화를 담당했던 계층으로서 화원畵員의 존재를 빼놓을 수는 없겠으나, 이들의 신분적 위치가 지배층인 사대부들의 수요와 기호를 따라야 했기 때문에 조선 시대 회화의 기반과 성격 역시 사대부들의 성향과 밀접한 관계가 있다고 볼 수 있다. 더욱이 연행은 청의 문사나 화가들과 직접 접촉할 수 있는 기회였고, 이를 통해 당시 유행하던 중국 시집과 중국 화풍을 배워오거나 작품을 구입할 수 있었다. 이 글에서 다루고자 하는 신위(1769-1845) 역시 1812년에 서장관의 신분으로 연경에 다녀온 경험이 있다. 사대부 문인 중 당대 시서화 삼절로 유명했던 그가 편찬한 『당시화의』와 문집 『경수당전고』에 실려 있는 '시경도詩境圖'의 내용을 살펴볼 때 시와 그림의 경지에 깊게 천착하고 있음을 알 수 있다.

신위가 살았던 당시 조선의 문단은 명청의 문예사조 유입과 아울러 실학파 시인들의 사실주의적 시풍, '자가음' '조선풍' 등 주체적인 문학의식이 진작되던 시기였다. 이런 19세기 학풍과 상응하는 북학파적인 문예 인식 양상을 보인 신위가 자신의 시학이 성숙할 무렵인 1820년(52세)에 이르러 화의가 짙게 담긴 『당시화의』를 자체적으로 선집한 의미는 무엇일까? 이 책은 단지 시선집의 의미를 지닐 뿐만 아니라 조선 후기 문예 양상을 반영하는 동시에 신위 자신의 중국 시와 화의에 대한 인식 정도를 충분히 엿볼 수 있다.

현재 연세대도서관 소장 귀중본 고서인 『당시화의』(15권5책)에는 118인의 시 540수와 24인의 사 91수가 실려 있다. 권제5와 권제7에는 '적구도'가 실려 있는데, 그림이 될 만한 시구를 뽑아내 유형별로 부분부분을 넣었다. 또한, 이 책의 부록으로 백거이(772-846)의 「지상편池上篇」과 사공도(837-908)의 『이십사시품』 전문이 실려 있다. 백거이의

「지상편」은 일종의 원림기園林記이다. 백거이는 「지상편」에서 "십 무畝의 집과 오 무의 정원이 있네. 물이 있는 연못이 하나 있고 수많은 대나무가 있다네. … 신령한 학과 괴석怪石도 있고 자색 마름과 백련도 있다네. 모두 내가 좋아하는 것들이네.十畝之宅, 五畝之園, 有水一池, 有竹千竿. … 靈鶴怪石, 紫菱白蓮, 皆吾所好."라고 읊고 있다. 여기서 그는 정원의 주인으로 대나무와 연꽃 더 나아가 대자연을 사랑하는 마음을 표현하고 있다. 신위의 평가대로 화의畫意가 뛰어난 그림의 구도에 어울릴만한 사가 정원의 배치와 구성, 그리고 사대부의 고아한 정취를 잘 담고 있다. 사공도의 『이십사시품』은 한마디로 '화의畫意'의 내용을 일목요연하게 정리한 24편의 비평 시라고 할 수 있다. 선시와 곁들여진 시 풍격 24개 조. '찬贊'체의 서술형식을 취하고 있다. 부록으로 실린 두 작품 모두 신위의 '화의' 인식에 유용한 자료라고 생각된다.

신위가 55세 되던 1823년 7월에 두계荳溪 박종훈朴宗薰(1773-1841)에게서 무명씨의 「화도투기도話到投機圖」를 빌려보고 영감을 얻어 「시경도詩境圖」를 그리고, 여기에 두 편의 7언 율시를 붙인 바 있는데, 서문과 그 앞의 한 수를 보자.

「제시경도題詩境圖」(병서幷序)

내가 「시경도」를 그리려고 하였으나, 십년이 지나도록 이루지 못했다. 얼마 전에 두계荳溪가 소장하고 있는 무명씨의 「화도투기도話到投機圖」를 빌려 보았더니, 청록산수인데 수묵으로 짙게 그렸다. 안개와 구름과 나무와 집의 위치가 시인의 추사에 우아하게 들어맞으니. 유례 부가 말한 '유리시경琉璃詩境'이 완연히 여기 있었다. 옮겨 그리고 나서 시정詩幀 옆쪽에 쓴다.13)

시사詩思와 선심禪心은 본래 경境이 없어서,
유리인 듯도 하고 빛과 같기도 하네.
이 사이는 쉽사리 말을 붙일 수 없으니,
더욱이 사의하여 붓끝을 움직일 수 있으리오!
탄식하노니, 뉘라서 조물과 함께 놀아.
허공에서 투철해 깨달아 단청으로 표현했나?
이야기의 부처가 심기를 깨닫는데 이르게 되면,
산은 절로 푸르르고 강은 절로 흐른다네.
詩思禪心本無境, 琉璃翠霏似光影.
此間未易著言語, 況可思議動毫穎.
歎息何人造物遊, 憑空悟徹丹靑收.
相逢話到投機處, 山自靑靑水自流.[14]

　신위가 보았던 무명씨의 「화도투기도話到投機圖」가 어떠한 그림
이었는지는 알 수 없으나, 시취詩趣가 농후한 그림이었던 것으로 보
인다.

3. 조선 후기 당시시의도의 내용

　중국 시인이 지은 당시 속에 반영된 사의성은 우리의 것이 아닌 중
국 산천을 대상으로 하여 이념화한 순수한 중국의 것이다. 자신의 시

---

13) 申緯, 『申緯全集』2, 689쪽, 「題詩境圖」(幷序), "余欲作「詩境圖」, 十年未
　就, 近借觀荳溪所藏無名氏「話到投機圖」, 靑綠山水, 瀚以水墨, 烟雲屋
　木位置, 雅宜詩人秋思, 劉禮部所謂琉璃詩境, 宛然在此. 旣移摹作一圖,
　題詩幀側."
14) 申緯, 『申緯全集』2, 689쪽, 「題詩境圖」(幷序).

경시境이 중국 옛 시인들과 '불모이동不謀而同'15)임을 강조하며 창조적인 '오시吾詩'를 지어보려 했던 조선 문인화가와 직업화가에게 중국 시인들의 시, 당시의 절대적인 수용은 분명히 한계가 있었을 것이다. 따라서 중국적인 것의 선택적 반영과 조선적인 독자성, 조선풍의 고전적인 전형을 조선에서 제작된 당시시의도를 통하여 살펴본 것이다.

제작된 당시시의도의 주제는 산수 인물화에 짧은 두 구의 시가 곁들여져 있는 것이 대부분이고, 적게는 화가의 친필이나 전문 서예가의 글씨로 화면에 전 편을 적어 넣은 그림도 있다. 조선에서 제작되어 현전하는 당시시의도는 총 60여종 정도로, 후기의 것 밖에 없다. 대부분의 당시시의도는 화면상에 제시를 밝혀놓고 있지만, 제시를 생략하였을 가능성이 있는 그림까지 포함한다면 당시를 그린 그림은 상당수에 이를 것으로 예상된다.

1) 『사공도시품첩司空圖詩品帖』

당대 사공도司空圖(837-908)의 『이십사시품二十四詩品』은 시의 의경意境을 24품으로 나누어, 각각 4언의 운어韻語 12구를 가지고 상징적으로 해설한 것인데, 시는 당 말기에 으뜸으로 꼽혔고, 특히 기품 있기로 알려져 있다. 『이십사시품』을 읽어 본 학자들은 그 속에 묘사되어 있는 아름다운 경관에 찬탄을 아끼지 않는다. 그 24종의 표제는 다음과 같다. '웅혼雄渾', '충담沖淡', '섬농纖穠', '침착沈着', '고고高古', '전아典雅', '세련洗鍊', '경건勁健', '기려綺麗', '자연自然', '함축含蓄', '호방豪放', '정신精神', '진밀縝密', '소야疏野', '청기淸奇', '위곡委曲', '실

---

15) 申緯, 『申緯全集』1, 11쪽, 「會寧嶺」附記.

경實境', '비개悲慨', '형용形容', '초예超詣', '표일飄逸', '광달曠達', '유동流動'. 한 폭의 동양화를 연상할 만큼 형상화 수법이 훌륭한데, 거의 전편에 인물의 형상이 드러나고 있다. 인물의 형상을 두 종류로 분류해보면 직접 인물이 묘사되고 있거나, 간접적으로 인물이 상정되고 있는데, 그 내용은 다음과 같다.[16]

'인人'자나 사람을 지칭하는 말로 명시된 경우 : 11항

窈窕深谷, 時見美人(纖穠) ; 畸人乘眞, 手把芙蓉. 太華夜碧, 人聞淸鐘(高古) ; 坐中佳士, 人淡如菊(典雅) ; 載歌幽人(洗鍊) ; 幽人空山(自然) ; 碧山人來(精神) ; 可人如玉, 步屧尋幽(淸奇) ; 忽逢幽人. 一客荷樵, 一客聽琴(實境), 壯士拂劍(悲慨) ; 庶幾斯人(形容) ; 高人惠中(飄逸)

행위나 동작만이 묘사된 경우 : 11항

素處以黙, 閱音修篁(沖淡) ; 脫巾獨步, 時聞鳥聲(沈着) ; 伴客彈琴(綺麗) ; 語不涉己, 若不堪憂(含蓄) ; 處得以狂(豪放) ; 築室松下, 脫帽看詩(疏野) ; 登彼太行(委曲) ; 少有道氣, 終與俗違(超詣) ; 倒酒旣盡, 杖藜行歌(曠達) ; 要路愈遠, 幽行爲遲(縝密) ; 飮眞茹强, 蓄素守中(勁健)

이것이 실제 서화로 표현된 것이 『사공도시품첩』(국립중앙박물관 소장)[17]이다. 정선이 1749년 봄(74세)에 그린 것으로, 1751년 이광사가

16) 팽철호, 『사공도의 『이십사시품』연구』, 서울대 석사학위논문, 1986.
17) 『한국의 미』 ①겸재 정선(1985.9, 중앙일보사)에는 24화첩 중 '疏野圖' '流動圖' '勁健圖' 등 세 편의 그림이 실려 있다.; 안대회, 『궁극의 시학(스물네 개의 시적 풍경)』, (문학동네, 2013)에 이광사의 글씨와 정선의 그림이 수록되어 있다.

쓴 『이십사시품』의 글씨도 함께 수록되어 있다. 24개의 시품 중에서 7번째 '세련洗鍊'과 16번째 '청기淸奇'가 빠져있어 22장의 그림만 있으며, 이광사의 글씨는 3번째 '섬농纖穠', 7번째 '세련洗鍊', 9번째 '기려綺麗', 16번째 '청기淸奇', 18번째 '실경實境', 21번째 '초예超詣'등이 결락되어 있다. 24종의 풍격 중, 15번째 '소야'를 보기로 하자.

그림 9 鄭敾, 李匡師 筆 「疏野圖」
(『司空圖詩品帖』. 1749, 絹本淡彩, 27.8×25.0cm. 국립중앙박물관 소장)

'소야疏野'(그림 9)는 사공도 24개의 풍격 중 진솔한 감정과 소탈한 어조가 돋보이는 전체적으로 조야한 분위기를 띠고 있다. 정선의 화첩 속 '소야'의 풍경을 보면, 인물을 표현한 선과 가옥의 선, 그리고 그 앞에 두 그루 소나무, 원산遠山 등이 모두 다양한 농담의 차이로 자연스럽게 표현되어 있다. 가장 앞에 있는 소나무 중 왼쪽 것은 소나무 몸통의 왼쪽 선을 진하게 그려 자연스럽게 입체감을 표현하고 있으며, 이런 소나무의 표현은 1740년 이전의 작품에서는 찾아볼 수 없는 대범함이 엿보인다. 개별 '당시시의도'처럼, 대구를 화제로 쓴 경우가 아닌, '소야' 4언 12구 전체의 분위기를 느낄 수 있는 경지로 받아들여야

할 것이다. 그 전문을 아래에 소개하면 다음과 같다.

「소야疏野」

오직 본성이 가는대로 하되,
자연스럽게 취하고 매이지 않는다.
만물의 본질을 얻어 스스로 부유히 여기고,
더불어 진솔함을 기약한다.
소나무 아래 집을 짓고,
모자 벗고 시를 읊조리며.
단지 아침저녁만 알 뿐,
어느 때 인지를 따지지 않는다.
어쩌다 뜻에 맞으면 되지,
어찌 꼭 유위를 구하려 하나.
천성대로의 모습은,
이와 같이 하면 저절로 얻어진다.
惟性所宅, 眞取不羈.
控物自富, 與率爲期.
築室松下, 脫帽看詩.
但知旦暮, 不辨何時.
黨然自適, 豈必有爲.
若其天放, 如是得之.

　　사공도가 말한 '소야疏野'는 깎고 다듬지 않은 자연스런 자세에서
이루어져 진솔하면서도 매이지 않는 풍격을 말한다. 그래서 시품의 대
표적 수법이라고 볼 수 있는 형상화 수법이 다른 23종에 비해 비교적
미약하고 오히려 직설적인 의론으로 표현을 대신하고 있다. 앞의 네
구는 이상 경계를 표현했다. 중간 네 구는 은거생활에서 얻은 미화된

인상들을 유일하게 경관을 빌려 표현했다. 아마도 이 정선의 그림 속 화면은 이 중간 네 구를 대상으로 그려진 것이 아닐까 싶다. 마지막 네 구는 의식적인 노력이나 작위가 필요 없이 시인의 내심을 표현하기만 하면 소야한 풍격이 나온다고 강조한다. 실제 저자 사공도가 관직에서 물러나 화산華山에 우거하면서 시와 벗하며 지낸 시간들, 왕관곡王官谷에 휴휴정休休亭을 짓고 소나무 아래에서 소요하며 지내던 시간들, 이 모두가 도연명적인 삶의 재현이라고 해도 가할 듯하다.

「사공도시품첩」을 그린 정선鄭敾(1676-1759)은 초기엔 중국화의 영향을 받았으나, 북종화와 남종화를 결합시킨 독특한 진경산수화를 창시하여 18세기 초반을 대표한 한국화가로 유명하다. 여기에 글씨를 쓴 이광사李匡師(1705-1777)는 높은 학문과 더불어 특히 서예가로 큰 업적을 남겼는데, 정제두鄭齊斗1649-1736에게 양명학을 배웠고, 윤순尹淳(1680-1741)의 문하에서 필법을 익혔다. 글씨에서 그의 독특한 서체인 원교체圓嶠體를 이룩하고 후대에 많은 영향을 끼쳤다. 본 작품은 이광사의 글씨와 정선의 그림을 한자리에서 감상할 수 있는 귀한 예로서도 가치가 있다 하겠다. 18세기 진경산수의 배경에는 조선 선비들의 기행 탐승하는 풍류적 성향 및 이이李珥(1536-1584)의 석담구곡石潭九曲, 김수증金壽增의 곡운구곡谷雲九曲 등 주자朱子의 무이구곡武夷九曲을 본받아 그것을 조선 산천에서 실현하려는 이상주의적 은일사상이 깔려있었다. 바로 조선의 화가가 조선을 그린 것이었으니, 당대 사공도가 추구했던 도석道釋적인 은일주의와 조선 정선이 그린 실경 산수의 어울림이라고 할 수 있다. 이러한 화첩 제작은 조선 후기 당시시의도의 본격적인 성행을 말해주는 것이라고 생각된다.

2) 정선鄭敾의 「좌간운기도坐看雲起圖」와 김홍도金弘道의 「산거한담도 山居閑談圖」

이 그림은 당대 왕유의 시를 주제로 한 시의도이다. 그림 속에 시구 가 인용된 「종남별업終南別業」[18]을 보면 다음과 같다.

중년의 나이에 도를 자못 좋아하여,
늘그막에 종남산에 별장을 짓고.
마음 내킬 때면 매양 혼자 간다,
아름다운 경치는 나만이 알 뿐.
개울물이 끝나는 데까지 걸어가서,
피어나는 구름 앉아 바라본다.
우연히 나무하는 늙은이 만나면,
담소하며 돌아오기를 잊어버린다.
中歲頗好道, 晚家南山陲.
興來每獨每, 勝事空自知.
行到水窮處, 坐看雲起時.
偶然植林叟, 談笑無還期.

이 중의 5-6구 "개울물이 끝나는 데까지 걸어가서, 피어나는 구름 앉아 바라본다.行到水窮處, 坐看雲起時."를 화면 속에 묘사한 중국의 전 공錢貢과 조선의 두 화가(鄭敾·金弘道)의 그림을 비교해 보기로 하자. 당인唐寅(1470-1523)의 화풍을 따랐다고 전해지는, 명 만력 연간에 활

---

18) 北宋 郭熙(1010?-1090?)의『林泉高致』「畵意」편에, 그림으로 그려지기에 적 합하다고 하면서 시 16편이 열거되어 있다. 그 가운데 왕유의 「종남별업」이 구절이 포함되어 있는데, 이를 통해 볼 때 이 시구가 오래 전부터 그림으로 그려졌던 것을 알 수 있다.

동한 화가 전공錢貢(?-?)의 「좌간
운기도」와 조선 정선의 「좌간운기
도」, 그리고 김홍도의 「산거한담
도」이다. 세 작품을 하나씩 소개하
기로 한다.

전공錢貢(?-?)의 「좌간운기도坐
看雲起圖」는 비단에 채색을 사용
해 그려진 2m가 넘는 커다란 두
루마리 그림이다.(그림 10) 화면의
거의 가운데에는 마치 죽림칠현을
연상하게 하는 자유롭고 활달한
자태의 세 인물이 동자를 대동하
고 물가의 바위에 편안하게 앉아
둥근 암석 들 사이로 뭉게뭉게 피
어오르는 구름을 바라보고 있고,

그림 10 錢貢「坐看雲起圖」
(絹本淡彩, 201.6×73.8cm
北京, 故宮博物院所藏)

근경의 바위들 사이에는 다른 한 인물이 걸어 올라오고 있는 모습이
보인다. 오른쪽 위에는 예서隷書로 쓰인 시구가 있어 왕유의 시를 묘
사하였음을 밝히고 있다. 두 그루의 높은 나무와 솟아오른 바위로 세
인물이 앉아 있는 공간을 마련하고 있는 듯한 구도는 송대 이전부터
사용된 전통적인 구도법이다. 인물과 바위, 나무, 구름 등 산수 경물
들은 모두 자세한 필치로 섬세하게 그려졌다. 엷은 선염渲染으로 그
려진 바위 묘사는 능숙한 직업화가의 면모를 보여주었다. 인물 묘사
는 구영仇英(1494-1552)을, 산수 묘사는 당인唐寅(1470-1523)의 화풍을
연상케 한다. 하지만 이 작품에서의 인물이 화면에서 차지하는 비중은
그다지 크지 않다. 따라서 시 속의 화자인 인물들이 화가 자신의 그림

속의 인물에 동시 투영되어 시의 감정을 화가가 공유하고 있는 형상
은 아니다. 그러하니, 화면 속에 시의 자구를 그대로 살려내려고 하였
지만, 왕유가 시에서 묘사한 산거의 유유자적하는 생활과 은자의 담백
한 심경은 찾기가 어렵고, 마치 왕유의 시구를 산수 인물화의 화제로
사용하여 자신의 기량을 드러낸 것에 지나지 않는다고 생각된다.

이번에는 정선의 「좌간운기도」(그림 11)를 보자. 그림 속 화면의 왼
쪽으로 물이 흐르고 두 명의 선비가 담소를 나누며 바위 위에 앉아있

그림 11 鄭敾 「坐看雲起圖」
(紙本水墨淡彩, 19.8×32.3cm. 개인소장)

그림 12 金弘道 「山居閑談圖」
(紙本淡彩, 23.5×27.5cm. 개인소장)

그림 13 『芥子園畵傳』

다. 이러한 구도는 김홍도의 「산거한담도山居閑談圖」(그림 12)에서도 동일하게 이어지고 있다.

이 조선의 두 편 그림은 명대 전공의 구름을 바라보던 세 명의 인물과도, 『개자원화전』 '개울물이 끝나는 데 까지 걸어가서 피어나는 구름 앉아 바라본다.行到水窮處, 坐看雲起時.'에서 두 명의 선비가 함께 앉아 한 곳을 바라보는 행위의 도상과도 구도가 다르다.(그림 13) 정선과 김홍도의 그림이 중국 그림이나 화보와 다르게 시구를 소화해냈다는 점에서 조선 시대 당시를 그리면서 생겨나는 특징의 하나가 아닌가 싶다. 어쩌면 중국과는 다른 조선 시대에 이 시구를 그릴 때 마다 요구되던 도상이 형성되어 갔던 전형을 보여주는 지도 모른다. 또 어쩌면 제시된 시구는 한두 줄이지만, 앞의 『사공도시품첩』처럼 시 전체를 염두에 두고 그릴 경우 제시된 시구 이외의 구절 내용이 그림 속에 반영되는 경향을 찾아낼 수도 있을 것이다. 따라서 중국의 당시시의도가 조선에 직접적인 영향을 주었다고 보기는 어렵고, 조선 후기에 중국의 당시를 높이 평가하면서 그러한 문학계의 흐름을 화가들이 반영하여 독자적인 도상을 형성해 간 것으로 정리해볼 수 있다. 진경 산수화가인 정선과 풍속화가 김홍도처럼 구체적인 내용의 시를 대상으로 사실적인 화풍을 그려왔던 화가와 사대부 문인 신위처럼 관념적인 시를 대상으로 일반적인 남종 문인화로 표현하는 경향을 보인 화가들이 있다. 두 조류는 서로 다른 듯하면서 함께 어울려 18, 19세기 조선 화단의 주류를 형성하였다. 어찌 보면 모순인 듯하지만, 이하곤李夏坤(1667-1724)의 다음 언급을 통해 흥미로운 사실을 발견하게 된다.

내가 일찍이 마힐, 즉 왕유의 "향적사를 알지도 못하고 몇 리를 구름 봉우리 속으로 들어가네. 고목이 우거져 사람 다니는 길이 없는데 깊은 산 어디선가 종소리 들려오네."라는 시를 좋아했는데, 정선의 화폭은 완연히 이 시로구나.[19]

이하곤이 인용한 구절은 왕유의 「과향적사過香積寺」의 앞 네 구절인, "향적사를 알지도 못하고 몇 리를 구름 봉우리 속으로 들어가네. 고목이 우거져 사람 다니는 길이 없는데 깊은 산 어디선가 종소리 들려오네.不知香積寺, 數里入雲峰. 古木無人逕, 深山何處鍾."이다. 이하곤이 평했던 정선의 그림은 『해악전신첩海岳傳神帖』 중의 한 폭이며, 이는 진경산수로 유명한 그림이다. 진경산수는 실제 존재하는 우리나라의 산천을 반영하여 그린 것이고, 따라서 얼마나 사실에 충실한가가 중요하다. 그런데 이하곤이 당시를 이용하여 진경산수의 시적인 면을 평할 수 있었던 것은, 진경산수화도 당시시의도와 마찬가지로 성정性情을 표출한 회화로서 인식되었다는 점에 있다. 바로 이 둘이 동일한 선상에서 이해되고 감상되었던 조선 시대의 문화적 상황을 알려주는 것이다.

4. 맺음말

조선 후기의 문단은 주지하는 바와 같이 명청明淸의 문예사조 유입과 아울러 실학파 시인들의 사실주의적 시풍, '자가음' '조선풍' 등 주체적인 문학의식이 진작되던 시기였다. 당시 속에 반영된 사의성은 우리의 것이 아닌 중국 산천을 대상으로 하여 이념화한 순수한 중국의

---

19) 李夏坤, 『頭陀草』卷14 「題一源所藏海岳傳神帖」 '侍中湖", "余嘗愛摩詰, 不知香積寺, 數里入雲峰, 古木無人逕, 深山何處鍾, 元伯此幅, 宛然此詩也."

것이다. 그래도 자신의 시경詩境이 중국 옛 시인들과 '불모이동'임을 강조하며 창조적인 '오시吾詩'를 지어보려 했던 조선 문인화가와 직업 화가에게 중국 시인들의 시, 당시의 절대적인 수용은 분명히 한계가 있었을 것이다. 18세기의 정선 같은 경우, 당시의 내용을 바탕으로 시 속 실제 모습을 비교적 사실적으로, 조선의 경치에 담아내려고 하였으며, 19세기 이후는 북학파의 영향이 짙어 문인화가 특유의 소박한 남종 문인화풍으로 깔끔하게 그려낸 그림들이 속속 출현하고 있다. 당시 18, 19세기를 주류하던 북학파의 사대주의와 자가음, 이 양면성을 모두 인정했던 19세기의 신위만 하더라도 당연히 당시 진경시대의 사실 화풍 조류 속에서 이 남종 문인화의 사의성을 조선화해 내려는 미학적 모색을 하고 있었다.

　이들이 얼마만큼 조선인의 사고와 감각에 맞게 성정을 드러낸 예술성 있는 시를 만들어낼 수 있었는가? 그것은 중국의 남종 문인화와는 얼마나 거리를 두고 있을까? 이 글에서는 '조선풍의 남종 문인화'. 그 실천과 변용 양상을 짚어보았고, 실제 조선 후기에 제작되었던 당시를 그린 몇 종의 '당시시의도'를 통해 이 점을 확인해 볼 수 있었다.

제3장

『당시화의唐詩畫意』에 실린 두시杜詩와 그 미학적 속성

1. 머리말

신위申緯(1769-1845)가 살았던 당시 조선의 문단은 명청의 문학사조 유입과 아울러 실학파 시인들의 사실주의적 시풍, '자가음自家音' '조선풍朝鮮風' 등 주체적인 문학의식이 진작되던 시기였다. 이런 19세기 학풍과 상응하는 시 인식 양상을 보인 신위가 자신의 시학이 성숙할 무렵인 1820년(52세)에 이르러 『당시화의唐詩畫意』를 선집한 의미는 무엇일까?

이 책은 단지 당시선집의 의미를 지닐 뿐만 아니라 조선 후기 문예 양상을 반영하고 있는 동시에 신위 자신의 시 인식 양상을 엿볼 수 있다. 무엇보다 이 당시선집에는 편자인 신위가 '신운神韻'과 왕사정王禛 士禎을 취하면서도, 왕사정이 왕유王維를 '정正'으로 삼으면서 '변變'으로 인식했던 두시杜詩에 대한 인식의 정도도 사뭇 깊어 왕사정과 두보에 대한 관심의 비중을 나누고 있음이 이채롭다. 또 연행을 다녀온 후 줄곧 '유소입두由蘇入杜'를 강조했던 신위의 시학 역정까지 고려한 다면, 이 『당시화의』에 실린 당대唐代의 시인과 시들, 특히 두시가 신위 문학을 이해하는 차원에서 좀 더 비중 있게 다뤄져야 하는 까닭이 자명해진다. 여기에는 단연코 두보杜甫(712-770)의 작품이 가장 많이 실려 있다. 두보 58수 이외에도 왕유 48수, 이백李白 26수, 두목杜牧 21수, 맹호연孟浩然 19수, 위응물韋應物 17수, 백거이白居易 17수, 유종 원柳宗元 12수 등의 작품이 실려 있음으로 보아 신위 시학의 전모를 보여주기에 손색이 없다.

우선, 『당시화의』를 소개하고, 신위의 시문·서화·기타 문학 주변의 문제 등을 살펴 그의 '화의畵意'에 대한 인식 배경을 찾아보기로 한다. 여기서 『당시화의』의 편찬 동기와 선시 기준이 드러날 것이다. 이어서 『당시화의』 중의 두시 속에 보이는 '시중화리詩中畵理'의 성격을 두보 가 느낀 회화의 사의성寫意性과 의경意境에 한정하여 논하기로 한다. 이 과정에서 그것들이 신위의 '입두入杜'론의 근거로 어떻게 작용했는 지, 그 점이 구체적으로 그의 시 창작에 어떻게 반영되었는지를 확인 할 수 있을 것이다.

2. 신위의 『당시화의』

1) 『당시화의』에 대하여

현재 연세대도서관 소장 귀중본 고서인 『당시화의』의 체재와 내용 은 다음과 같다.

필사본이며, 모두 15권 5책, 유계有界 9행18자로 구성되어 있다. 현 재까지 판본이 확인된 바 없어 판각 여부를 알 수 없다.[1]

---

1) 연세대본 외에, 한국학중앙연구원(구, 한국정신문화연구원) 장서각 소장본(필

우선 표지에는 '당시화의'라는 제목 옆에 '자하산인초紫霞山人鈔, 범십오권凡十五卷, 예목각일권例目各一卷, 경진추팔월庚辰秋八月, 벽로방장본碧蘆舫藏本'이라는 내용이 적혀 있어, 15권 5책을 신위가 춘천부사春川府使에서 파직한 이듬해 인 경진년庚辰年(1820) 가을, 경기도 시흥에 있는 자신의 사저 벽로방碧蘆舫에서 편찬하였음을 알 수 있다. 다음으로 '서문' 4편이 실려 있다. 신위의 자서自序 2편, 서경보徐耕輔(묘옹卯翁, 1771-?)[2]와 서기수徐淇修(소재筱齋, ?-?)의 서문이 그것이다. 다음으로 신위가 기술한 예언例言 15칙則이 실려 있다. 그 전문은 다음과 같다.

1. 詩體分編, 俾便攷閱, 仍不嫌撰人姓名之複出, 若其世, 次先後, 一照全唐詩目書之, 不敢毫有紊亂.
2. 撰人不敢連書姓名, 必考諸爵里而書之, 唯長孫佐輔一人, 無爵里可攷考, 姑闕之.
3. 此書, 發軔於容齋洪氏萬首絶句, 以後乃及其全, 故選例, 頗寬於五七絶, 而律古則稍苛, 然五古嚴於七古, 五律嚴於七律, 古體嚴於近體, 體裁則然, 五七古, 槩限於大曆, 實寓禘灌之意, 至如韓昌黎之山立霆碎, 柳河東之上薄風騷, 何論大曆前後.
4. 呂衡州溫上官昭容, 書樓歌, 幽艶奇逸, 與陸天隨, 錦裾記, 相類, 此等文字, 不甚膾炙於世, 故表而出之.
5. 古今選唐人詩, 最著者, 如唐殷璠河嶽英靈集, 高仲武中興間

사본, 不分卷 5책 : 그 중 제1책만 남아있고, 제2 - 제5책은 缺), 국립중앙도서관본(필사본, 元亨利貞 4책, 위창문고, 盧見曾의 '贅言' 無, 內紙 : 申紫霞先生親筆), 대전광역시 향토사료관본(필사본, 5책), 미국버클리Berkerey대학 아사미ASAMI문고본(필사본, 권1-6, 11-15, 趙重弼 輯, 書 : 庚辰夏六月荷花生日紫霞山樵客書, 趙重弼印) 등이 있다.

2) 徐耕輔, 『卯翁集』 「唐詩畵意序」 규장각소장본, 권8.

氣集, 蜀韋縠才調集, 宋王荊公百家詩選, 周弼三體唐詩, 金元
遺山唐詩鼓吹, 元楊士宏唐音, 明高棅唐詩品彙, 近時王阮亭
唐賢三昧集等書, 皆以詩選詩, 至若以畫選詩, 則創自玆集卷
秩, 雖小, 亦一種, 出奇文字, 凡諸同志, 覽余苦心, 勿以簡選
忽之, 獨宋孫紹遠聲畫集, 稍近於此書之名. 然所編, 原是題畫
之作, 又兼採唐宋二代, 則義例判不同矣.

6. 是鈔, 一以畫意爲主, 單辭片語, 彌見精神, 雄篇傑構, 易屬汗
漫, 七古七律, 最難合選, 七古採撫, 廖廖不過, 聊備一體入選
者, 舉皆短篇, 至如王右丞桃源行, 李翰林蜀道難, 杜文貞飮中
八仙歌, 麗人行, 此四篇, 自具畫髓, 不在此例.

7. 五古杜集, 但取入蜀諸詩, 過此, 則名章雋句, 不暇應接.

8. 近日, 大興翁氏, 七言律詩, 鈔一刻推本, 新城王文簡之說, 以
爲圭臬, 故其書, 原名唐人七律志縠集, 今此 七律去就, 又必
視志縠集爲王尺, 詩家秘鑰 公諸同好.

9. 劉商酬問師, 李玉溪錦瑟之類, 畫意安在, 而編入集中乎, 此所
謂圖不盡意, 唯慘澹, 經營者, 以神遇之.

10. 或有題下注及詩注者, 悉仍全唐詩面目, 不敢概刪, 愼之也.

11. 題凡幾首, 今鈔幾首, 卽撮擧, 今鈔之數, 以爲數, 竊附志縠集
擧例.

12. 不能盡收全篇者, 摘句爲圖, 各以類附零金片羽, 期無遺憾.

13. 塡詞卽詩餘也, 另具總目而編成二卷.

14. 白文公池上篇, 司空表聖詩品廿四則, 皆堪畫, 看不容不收, 然
池上篇, 文公自云, 非詩非賦, 廿四品全唐詩中, 已入於附, 見
則拘於位置, 另作別編, 附諸塡詞之後, 雖同昭陽之退處, 豈至
長門之買賦.

15. 古有每事, 須存畫意之語, 故取以爲集名.

이는 『당시화의』의 선집 방법 및 그 배경에 대하여 설명한 것이다.

그는 예언 제5에서 조선에서 당시 관련 시선집들(『하악영령집河嶽英靈集』(당唐 은번殷璠), 『중흥간기집中興閒氣集』(당, 고중무高仲武), 『재조집才調集』(촉蜀, 위곡韋縠), 『백가시선百家詩選』(송宋, 왕형공王荊公), 『삼체당시三體唐詩』(송宋, 주필周弼), 『당시고취唐詩鼓吹』(금金, 원유산元遺山), 『당음唐音』(원元, 양사굉楊士宏), 『당시품휘唐詩品彙』(명明, 고병高棅), 『당현삼매집唐賢三昧集』(청淸, 왕사정王士禎))을 두루 거론하며, 이 선집들은 시로써 시를 선집한 것이고, 자신은 그림으로 시를 뽑는다고 밝히고 있다. 역시 그가 이 책을 선집하는데 참고로 했음을 알 수 있다. 그러나 이들 책 중에 어느 부분을 수용했는지 구체적으로 그 내용을 밝히지 않았다. 다만, 송나라 손소원孫紹遠의 『성화집聲畫集』이란 이름이 이 책과 가까우나, 손소원의 것은 원래 제화題畫의 작품이고, 당·송 두 시대를 겸하여 채록하였으니, 이와는 의미와 범례가 다름을 밝혀 두고 있다. 또 예언 제15에서 이르기를, 옛날에는 매사에 모름지기 '화의畫意'라는 말이 있어 이를 '선집'의 이름으로 취한다고 했다. 짐작하건대, 이때 기왕의 시선집에서 보여준 감식안에 문제를 제기하면서 자신의 감식안에 의해 새로이 시를 선발하거나 혹은 문단의 추이에 따라 시체별로 시를 선발했음을 추측할 수 있다.

다음 '화의총목畫意總目'에는 예언 제1에서 밝힌 대로, 시체별詩體別로 수록된 시인 목록이 실려 있고, '자하산인초紫霞山人鈔'라는 소개와 함께 '당시화의권제1唐詩畫意卷第一'에서 '당시화의권제15唐詩畫意卷第十五'에 이르기까지 118인의 시 540수와 24인의 사詞 91수가 실려 있다. 권제5와 권제7의 적구도摘句圖는 예언 제12에서 이르기를, 전편을 모두 수록하지 못한 것은 그림이 될 만한 시구를 뽑아내 유형별로 부분 부분을 넣었다고 밝혔다.

그리고 필사본 판심板心에는 '화의권일畵意卷一' 등의 문자가 기록
되어 있다.

* 畵意總目(118인 시 540수 목록)
　唐詩畵意卷第一　五言古詩　上
　唐詩畵意卷第二　五言古詩　下
　唐詩畵意卷第三　七言古詩
　唐詩畵意卷第四　五言律詩　上
　唐詩畵意卷第五　五言律詩　下　附　摘句圖
　唐詩畵意卷第六　七言律詩　上
　唐詩畵意卷第七　七言律詩　下　七言排律　附　摘句圖
　唐詩畵意卷第八　五言絶句　上
　唐詩畵意卷第九　五言絶句　下　六言絶句
　唐詩畵意卷第十　七言絶句　上
　唐詩畵意卷第十一　七言絶句　中
　唐詩畵意卷第十二　七言絶句　下
* 畵意總目(24인 詞 91수 목록)
　唐詩畵意卷第十三　詞　上
　唐詩畵意卷第十四　詞　下
　唐詩畵意卷第十五　附編

부록으로 백거이白居易의 「지상편池上篇」과 사공도司空圖의 『이십
사시품二十四詩品』 전편이 실려 있다. 신위는 예언 제14에서, 이들 작
품은 화의가 뛰어나서 전편을 수록하지 않을 수 없었고, 가장 뒤에 부
록으로 실은 이유에 대해서는 백거이 자신이 이 작품을 시도 아니고
부賦도 아닌 애매한 문체로 평가했고, 『이십사시품』도 『전당시』 맨 뒤
에 부록해 놓은 점을 감안해 별도로 사 작품 뒤에 별편別編으로 넣었

다고 밝혔다. 선시와 곁들여진 사공도의 풍격 24개조條는 4언 '찬贊'체의 서술형식을 취하고 있다. 매수 4언12구 격구운隔句韻, 일운도저一韻到底의 정연한 형식을 지닌 시 24수로 이루어져 있다. 이런 까닭에 『전당시』에서는 『이십사시품』을 시로 간주하여 사공도의 시 끝머리에 부록해 놓았다. 그러나 대부분의 경우 『이십사시품』은 시론서로 취급된다. 보통의 시화류詩話類와는 판연히 다른 형태를 갖추고 있음에도 불구하고 『역대시화歷代詩話』에 이 책이 실려 있는 것은 그러한 사정을 충분히 반영하고 있다. 『이십사시품』의 거의 매 편에는 은연중에 인물의 형상이 나타나는데, 중국의 순수예술 경향이 궁극적으로 인간(자아)과 자연(외물)의 합일을 추구한다는 점을 감안할 때, 이 인물들의 형상은 마치 산수화에서 점경點景인물의 역할을 한다고 봐도 될 것 같다. 전체적인 화면에서 주도적인 역할을 한다고는 말할 수 없어도, 궁극적으로는 자연의 일부로서의 역할을 충분히 담당하고 있는 것이다. 한마디로 '화의'의 내용을 일목요연하게 정리한 24편의 비평 시라고 할 수 있어, 신위의 '화의' 인식에 유용한 자료라고 생각된다. 그가 지향했던 시속의 '유인有人'의 경지. 그 '인人'이 자연 속에서 이원화二元化되어 나타나는 정감처리상의 문제에 관심을 가져볼 만하다. 물론 이 글에서 이 시선집에 실린 두시杜詩를 골라 거기에 등장하는 시적 자아들의 자연 경물과의 경계설정思與境偕3)을 중점적으로 논하려고 하는 이유도 바로 여기에 있다.

마지막으로 홍현주洪顯周(1793-1865)와 유본학柳本學(?-?)의 발문 2편이 실려 있으며, 윤정현尹定鉉(1793-1874)의 제사題詞, 청대 학자 노

---

3) 司空圖, 『與王駕評詩書』 "五言所得, 長於思與境偕, 乃詩家之所尙者."

견증盧見曾(1690-1768, 왕사정王士禎의 『어양산인감구집漁洋山人感舊集』을
보전補傳한 사람)의 췌언贅言 등이 실려 있다. 홍현주의 발문은 고려대
도서관에 소장된 그의 문집 『옥호소하집玉壺消夏集』에도 실려 있다.
유본학은 유득공의 학문을 계승하여 시서화에 남다른 재능을 지니고
있었다. 홍현주는 정조의 사위이고, 신위와의 관계는 1827년(추정) 신
위와 홍현주, 김정희 3인이 쓴 13편의 화답시 『운외몽중첩雲外夢中帖』
에 잘 드러나 있다.4)

이상의 내용으로 미루어 보아 신위의 『당시화의』 15권 5책은 당시
唐詩작품 가운데 화의가 두드러지는 것을 선별하여 수록한 책으로 당
대 문인사대부들의 예술동향과 의식을 살피는데도 유용할 것이고, 편
찬자인 신위의 예술론의 윤곽을 추론해볼 수 있는 기초자료라는 인식

---

4) 『雲外夢中帖』은 총 26면으로, 신위, 홍현주, 김정희 3인이 쓴 13편의 화답시
  이다. 모두 김정희가 직접 기록하고 卷首에 '雲外夢中'이라는 네 글자를 큰
  글씨로 써서 기념한 작품으로 『雲外居士夢偈詩帖』이라고도 불린다. 그 전개
  순서는 이렇다. 홍현주가 어느 날 꿈에 멋진 선계를 지었는데, 꿈에서 깨어나
  보니 단지 13자 밖에 기억나지 않는데 에서 시작된다. "還有一點靑山麼, 雲
  外雲, 夢外夢" 홍현주는 이 게송을 申緯에게 보냈고, 申緯는 이 게송에 붙여
  세 수의 절구와 율시를 지어 보내주었다. 이에 홍현주는 이 네 수에 차운하여
  화답했다. 그러자 申緯는 이 시를 받고서 다시 한 수를 지어 보냈다. 이에
  홍현주가 다시 화답을 했다. 이리하여 모두 10수의 시가 실리게 되었는데, 이
  10수의 시를 본 김정희가 다시 3수를 지어 첩을 만든 것이다. 홍현주가 이
  시를 지은지 10년 후 초의선사와 水鐘寺에 갔다가 거기에서 지은 「海居道人
  俯和」에 다시 이 게송 얘기가 나온다. 글씨는 모두 김정희가 쓴 것이지만,
  글 내용은 이야기의 전개 순서대로 실려있다. 홍현주의 글은 미간 육필본인
  『海居齋未定藁』권1에, 申緯의 시는 『申緯全集』2에, 김정희의 글은 『阮堂全
  集』에 실려 있다. 그리고 초의선사의 「海居道人俯和」는 『초의선집』에 보인
  다.(유홍준, 「김정희필 『운외몽중첩』고증」, 『완당평전』, 학고재, 2002 참조).

을 하게 되었다. 신위 자신이 강세황姜世晃의 화풍을 이어받아 조선풍의 남종 문인화풍을 이루어낸 화가였다. 그가 어려서 그림공부를 하면서 각종 중국에서 수입된 '화보류畫譜類'를 두루 읽고 자신의 그림과 시에 응용했을 가능성도 배제할 수 없다. 이런 관점에서 볼 때, 『당시화의』는 17세기 초에 들어온 『고씨역대명인화보顧氏歷代名人畫譜』[5]이후 조선 후기에 유입되어 문인화가들의 화풍에 영향을 준 『개자원화전芥子園畫傳』[6], 『당시화보唐詩畫譜』[7]등과 일정한 관련이 있을 것으로 보인다. 특히 신위의 이 책과 관련하여 『당시화보』를 주목할 만하다. 오늘날 미술사학 분야에서 『당시화보』가 중요하게 받아들여지는 이유는, 중국의 시詩·서書·화畫·각刻, 이 네 가지의 아름다움을 한 화보에 모았다고 판단되기 때문이다. 이 3책(5언, 7언, 6언 화보)에 수록된 시인은 115명이고, 시는 161수이다. 또 2수 이상의 시가 수록된 시인은 14명에 이르는데, 그 내용은 다음과 같다. 이백은 3책에 11수·왕유는 3책에 7수·왕건王建은 2책에 7수·유장경劉長卿은 3책에 5수·두목은 2책에 5수·왕창령王昌齡은 2책에 4수·백거이는 3책에 4수·두보는

---

5) 1603년 顧炳이 간행한 화보. 『顧氏畫譜』로도 불린다. 전4권으로 晉에서부터 明에 이르기까지 역대명가 106인의 작품이 축소모사하여 판각되어 있다. 山水, 人物, 花鳥, 禽獸 등의 그림과 작가의 小傳을 상세히 싣고 있다.

6) 1679년 李漁(1611-1680)가 중국 금릉지방의 개자원에서 간행한 화보. 山水譜, 蘭竹梅菊譜, 草蟲花芥, 翎毛花芥譜등 모두 3집으로 구성되어 있다.

7) 『唐詩畫譜』의 편찬자인 黃鳳池에 대해서는 생졸년이나 경력을 전혀 알 수 없고, 『唐詩畫譜』 앞쪽에 있는 서문들을 통해서 新安의 선비임을 알 수 있을 정도다. 7언 화보 序를 쓴 錢塘의 林之盛은 '新安鳳池黃生夙抱集雅之志乃詩選唐律以爲吟哦之資 … '라고 했다. 이 책이 조선에 들어온 시기는 1623년에서 1636년 사이로 추정하고 있다. 조선 중기의 화가들인 尹斗緖(1668-1715), 鄭敾(1676-1759), 沈師正(1707-1769), 姜世晃(1713-1791) 등의 작품에서 이 책의 영향을 찾을 수 있다.(허영환, 「당시화보연구」, 『미술사학』3, 1991).

3책에 4수·전기錢起는 3책에 3수·유종원柳宗元은 3책에 3수. 아쉽게
도 두시는 3편뿐이었는데, 그의 7언 절구 「강반독보심화江畔獨步尋花」
는 신위의 『당시화의』(권10 七言絶句 上)에도 뽑혀 있다.

2) 신위의 '화의畫意'인식 배경

신위는 비록 독자적인 화론을 따로 언급하지는 않았지만, 그림, 시
권詩卷, 화첩畫帖 등에 제題한 시가 대략 250여 수나 된다는 점8)에서
예문적 취향을 시화詩化한 실상을 어느 정도 가늠할 수 있을 것이다.
그는 어려서 그림 공부와 성당시盛唐詩를 배운 뒤로 시학의 실질과 본
령을 당시唐詩에 두고, 왕유의 '신리神理'와 두보의 '신기神氣'를 함께
중시했다.9) 또 '신리'의 영역을 궁극적인 지향처로 삼으면서 그것에
도달하는 방법으로서 '실경實境'을 시문 창작의 근간으로 인식하고,
『당시화의』 서문에서 실경을 파악하는 방법을 다음과 같이 말했다.

> 『당시화의唐詩畫意』는 자하 신유경申幼經이 손수 초한 것이다. 유경
> 이 나에게 와서 말하였다. "시와 그림은 두 가지 이치가 아니다. 그림
> 을 잘 그리는 자는 일찍이 솜씨 있게 하는데 관심을 두지 않았다. 그
> 래서 오직 그림 그려진 것을 보는 자가 정신으로 실경을 상상할 수
> 있으니, 이는 사의寫意로 그려진 까닭이다. 뜻이 넉넉하면 경境이 따
> 른다. 시도 또한 그러하다. 마음을 수고로이 하고 그림을 그리고 글씨
> 를 아로새기는 것은 시의 지극함이 아니다. 오히려 시사에 재주 있는

---

8) 鄭垣杓, 『紫霞 申緯의 漢詩연구』, 서울대 박사학위논문, 1987, 32쪽.
9) 申緯, 『申緯全集』3, 1247쪽 「讀宋十家詩」 '蘇長公' "律當家超上乘, 輞川禪
語少陵神."

자는 자연의 묘미를 얻어야 하고 리치를 주장하는 자는 언외의 뜻이 있어야 한다. 이것을 가지고 물사物事를 읊는다면 해, 달, 별, 바람, 눈, 새벽, 저녁, 흐림, 맑음의 기후가 드러나게 되고 산림, 강, 바다, 성궐, 누대, 초목, 꽃, 과일, 새, 짐승, 벌레, 물고기 등등의 모양이 갖추어지며 신선, 은자, 유자, 불자, 농부, 나무꾼, 어부, 병사, 봄을 그리워하는 여인, 늙은 남자, 술 취한 사람, 묵객 등등의 성정이 닮게 되니 형形과 상象이 갖추어지지 아니함이 없다. 그것은 다른 것이 아니라 그 뜻이 족하기 때문이다. 이 뜻이란 무슨 뜻인가? 시의 뜻이 아니고 그림의 뜻이 아니며, 바로 나의 뜻인 것이다. 나의 뜻으로써 시를 짓고 그림에 부친다면 무릇 시와 그림으로써 이루어 낼 수 있는 것은 모두 나의 실경이 된다 … 이에 정신이 산꼭대기와 물가에 노닐매 바람과 안개의 변화, 누대의 나타났다 사라짐, 초목, 짐승, 물고기의 출몰이 한 순간에 만 가지로 변한다. 또한 고인과 더불어 만나 서로 소요, 배회하며 자적하는 듯하여 슬픈 노래에 강개하고 질타하는 소리에 내달리는 것을 유쾌하게 여기고 농염한 곳에서는 질탕하게 놀고 낙엽 지는 때에 이별을 하고 시끄럽고 고요한 것이 번갈아들며 나타났다가 사라지는 것을 완상하며 참된 것과 환상적인 것을 두루 살피고 기쁨과 슬픔을 나누매 네 계절이 하루와 같고 천년이 하루 같고 만 리가 지척 같다고 하였다."10)

---

10) 申緯, 『唐詩畫意』 「(徐耕輔)序三」, "唐詩畫意者, 紫霞申幼經所手鈔也. 幼經過余而言曰："詩與畫, 非二致也. 善畫者, 未嘗屑屑爲工也. 而惟其所爲畫者, 覽之者, 以神會想, 見實境, 是所爲寫意也. 意足則境隨之矣. 惟詩亦然. 劌心鉥肝, 刻畫雕篆, 非詩之至也. 尙才思者, 得自然之妙, 主理致者, 有言外之旨. 以之賦物而屬事, 則日月星宿風雲雨雪曉夕陰晴之氣候著, 山林江海城闕樓臺草木花果鳥獸蟲魚之態色備, 仙隱儒釋農圃樵漁戎馬釰器春女秋士酒人墨客之性情肖, 靡形不具, 靡象不該. 是亡它, 其意足也. 斯意也. 何意也. 非詩之意也. 非畫之意也. 卽吾之意也. 以吾之意, 得於詩而寓之畫, 則凡詩之所有, 畫之所能爲者, 皆爲吾之實境也.

여기서는 신위의 사의에 대한 관점을 설명하면서 독자들의 풍부하고 다채로운 상상력을 논하였다. 그것은 천지자연의 모든 만물을 손바닥 안에서 쥐고 흔들 수 있으며, 흰 파도와 푸른 산봉우리가 마치 곁에 있는 착각을 불러일으킨다. "네 계절이 하루와 같고 천년이 하루 같고 만리가 지척 같다.四序一日也, 千載一朝也, 萬理咫尺."고 한 것처럼, 시간과 공간의 제약을 넘어 자유자재로 비상하는 초현실적 특징을 가지고 있다.

말미에 "나의 뜻으로써 시를 짓고 그림에 부친다면 무릇 시와 그림으로써 이루어 낼 수 있는 것은 모두 나의 실경이 된다.以吾之意, 得於詩而寓之畵, 則凡詩之所有, 畵之所能爲者, 皆爲吾之實境也."라고 하여 자기 시를 짓기 위한 방편으로 '사의'라는 실질적인 시세계의 구축을 위한 창신의 우의를 주장한 것이다. 곧 공교하게 '형사形似'하는데 머물지 않고 정신으로써 생각을 모아 실경을 파악해야 한다는 말이다. 1835년 김유근金逌根(1785-1840)이 그린 「오주고목도五株古木圖」에 제題한 시에서,

> ......
> 김유근金逌根 황산黃山은 영특한 성품이라,
> 시와 그림을 하나로 꿰뚫었네.
> 펼치면 그림이 되고,
> 거두어 모으면 시가 되니.
> ......

… 於是乎神遊於山巓水涯, 而風烟之變化, 臺觀之隱見, 草樹禽魚之出沒, 頃刻而萬殊也. 又若與古人者遇, 相與逍遙徜徉以自適, 悲歌慷慨叱咤馳騁以爲快, 駘蕩乎艶冶之場, 送別乎搖落之時, 遞暄寂霓起滅閱眞幻交欣慨, 四序一日也, 千載一朝也, 萬里咫尺也."

黃山靈慧性, 詩畵一貫之.
渙宣則爲畵, 揪斂則爲詩.[11]

라고 하여, 시와 그림을 하나로 보는 '시화일률詩畵一律'을 제시했는
데, 시도 되고 그림도 될 수 있는 시인의 창조적 시 정신과 화가의 예
술 정신이 담긴 것이다. 이러한 시 인식의 내용을 더욱 구체적으로 설
명한 『당시화의』서문의 일부를 보자.

　시에는 화의가 있으니 『시경』 삼백 십일 편은 모두 화가의 근원적
인 교본이다. 진수와 유사가 넘실거린다는 구절은 화창한 봄날 경치이
고, 회오리바람이 몰아친다는 구절은 몹시 추운 겨울 경치이며, 꾀꼬
리가 날아서 관목에 모인다는 구절은 짙푸른 여름 경치이고, 우거진
갈대와 흰 이슬 내려 서리되었다는 구절은 맑게 갠 가을 경치이다. 초
라한 집과 넘쳐흐르는 물은 은거를 묘사한 그림이고, 눈비 흩날리고
버들 하늘거린다는 구절은 나그네를 그린 그림이다. 누각을 직선으로
긋는 화법은 「사간斯干」편이고, 병풍의 경직도는 「칠월七月」편이다.
닭과 쉬파리 우는 소리는 조불흥曹不興이고, 통발에 걸린 물고기, 자
가 사리와 모래무지는 서막徐邈이다. 대숭戴嵩이 그린 소는 귀가 꿈틀
거리는 것이고, 설직薛稷의 학 그림은 백조가 희고 깨끗한 것이며, 고
야왕顧野王의 초충화는 메뚜기가 뛰는 것이고 방종진房從眞의 수렵도
는 몰이꾼이 와자지껄하는 것이다. 청부루, 월다말, 공골말, 가라말 구
절에서는 완연히 한간韓幹을 대하는 듯하고 매미 이마에 나비 눈썹
구절에서는 주방을 보는 것 같다. … 나는 시를 읽을 때 그림의 묘미를
읽을 수 있었는데 이와 같다. 이는 내가 『당시화의』를 선집한 이유이
다. 어떤 사람이 말하기를, "그렇다면 『시경』 풍인風人에서 하지 않고

11) 申緯, 『申緯全集』4, 1616쪽.

당인唐人에서 이를 선집하였는가?"라고 물었다. 내가 말하기를, "당인의 시는 시일뿐이고, 풍인의 시는 경經이다. 시는 진실로 선집할 수 있으나 경은 선집할 수 없다. 대저 시는 한위로 부터 내려와서 당에 이르기까지 크게 갖추어 졌다. … 진실로 회사繪事를 마음에 두고 궁구하고자 한다면, 시에게 그림을 징험해야 한다면 당인을 버리고서 어찌하겠는가? 당 이전 시대에서 선집한다면 그 편벽됨을 꺼릴 것이고, 당 이후 시대에서 선집한다면 나는 그 지나침을 두려워할 것이다. 선집함이 당에 그쳤으니 어찌 까닭이 없겠는가?"라고 하니 굽실거리며 물러갔다. 나는 장차 삼백 십일 편을 읽는 마음으로 그림을 읽었고, 그림을 읽는 마음으로 당인의 시를 읽었다.12)

신위는 『당시화의』 선집 동기를 시 속의 화의를 읽어내려는데 두고 이를 두시와 나란히 여겼던 『시경』의 작품들에서 찾고 있다.13) 그는

------

12) 申緯, 『唐詩畵意』「(申緯)序一」, "詩有畵意, 詩三百十一篇, 皆畵家之藍本也. 湊洧渙渙, 春景融怡; 飄風發發, 冬景慘悽; 灌木黃鳥, 夏景穠麗; 蒹葭白露, 秋景澄霽. 衡門泌水, 隱居畵也; 雨雪楊柳, 行旅圖也. 界畵樓閣, 斯干章也; 屛間耕織, 七月篇也. 鷄鳴蒼蠅, 曹不興也; 魚麗鱔鯊, 徐景山也. 戴嵩之牛, 其耳濕濕, 薛稷之鶴, 白鳥翯翯, 顧野王之草蟲, 皐螽趯趯, 房從眞之射獵, 選徒嚻嚻, 騏騮騧驪, 宛對韓幹, 蠐首蛾眉, 如見周昉 … 余於讀詩, 而得讀畵之妙, 如此, 此余所以有 『唐詩畵意』 之選也. 或曰, 然則曷不於風人而乃唐人之是選耶. 余曰, '唐人詩, 詩而已. 風人詩, 經也. 詩固可選, 經不可以選也. 夫詩自漢魏以降, 至唐而大備 … 苟欲究心於繪事, 而徵畵 於詞家, 捨唐人而奚以哉, 前乎唐而選, 則吾憚其僻也. 後乎唐而選, 則吾懼其濫也. 選之止於唐, 豈無所以哉', 唯唯而退, 余將以讀三百十一篇之心, 讀畵, 以讀畵之心, 讀唐人詩."

13) 1826년 봄 蔣秋吟(?-1830)이 「論唐宋人絶句三十首」를 보내오자 申緯가 사례하며 지은 시에서 "風騷並駕懷工部, 神韻拈花憶阮亭."라고 하여, 杜甫의 시야말로 풍소와 동격을 이룰 만 하다고 했다.(申緯, 『申緯全集』2, 888쪽, 「今年春間蔣秋吟寄示論唐宋人詩絶句三十首全本以此爲謝」).

『시경』의 특별한 구절을 들어 그것을 각각 그림에 대비하여 연결시켰다. 예를 들어 초라한 집에 마음 편히 지낼 수 있고, 넘쳐흐르는 샘물에 배고픔을 면한다고 한『진풍陳風』「형문衡門」편의 구절에서 은거생활을 묘사한 그림을 연상해내고, 역으로 화가가 궁실 누대를 그리려고 계척界尺을 사용하여 직선을 긋는 섬세한 필법인 계화界畵에서『소아小雅』「사간斯干」편을 연상하는 것이 그것이다. 또는 낙필落筆의 점을 잘못하여 파리로 고쳐 그림을 바치었는데, 손권이 살아있는 것으로 생각하여 손으로 쳤다고 한 고사로 유명한 조불흥曹不興의 그림을『제풍齊風』「계명鷄鳴」편의 구절에 연결시켰다.『진풍秦風』「소융小戎」편 중에서 '청부루와 월다말은 가운데 공골말과 가라말은 참마'라는 구절에서 말 그림으로 뛰어난 한간韓幹(당나라 때의 화가)을 연상하거나 '이는 가지런한 박 씨 같고 매미 이마에 나비 눈썹'이라는『위풍衛風』「석인碩人」편의 한 구절에서 인물화에 뛰어난 주방(당나라 때의 화가)을 보는 듯하다는 언급을 통해서도 이를 확인할 수 있다. 이와 같이,『시경』중에서 형상묘사가 특출한 구절을 화가, 화가의 화풍, 회화기법, 회화 작품 등에 구체적으로 대비시키는 것에서 우리는 예술적 형상의 선명성과 생동성에 대한 그의 인식을 엿볼 수 있다.

여기서 보여준 그의 두보에 대한 관심, 풍소와 동격을 이룰만하다는 평가, 이 이면에는 '유소입두'의 학시 내용이 짙게 담겨있다. 신위는 "내 일생의 시맹은 소동파를 경유하여 두보의 경지에 이르는 것이다. 余一生詩盟, 在由蘇入杜."[14]라고 했고, "유소입두는 시의 정수임을 증명한다.由蘇入杜證詩髓."[15]라고 하여 자신의 학시 방향이 '유소입두'임

14) 申緯,『申緯全集』4, 1949쪽.
15) 申緯,『申緯全集』1, 399쪽,「再題崧緣錄」.

을 밝히고 있다. 『당시화의』를 선집한 그 해(1820)에 지은 시에서는 소식을 바탕으로 하여 두보의 경지로 들어가고자 하는 신위 자신의 심정이 잘 드러나 있다.[16] 이 장편의 5언 고시에서는 "내 문자와의 인연으로 두시에 들어가는 정의를 얻었음을 기뻐하며慶我文字緣, 入杜聞精義" 옹방강翁方綱(1733-1818)의 주석본으로 '유소입두'하겠다는 다짐까지 밝히고 있다. 특히 두보에게로 들어가는 경지에서 소식을 바탕으로 하였기에 그의 화론을 비롯한 심미이론은 주로 소식 주변에서 머물고 있었다. 1833년에 지은 「논시위금령論詩爲錦舲·하상이자작荷裳二子作」은 신위가 그의 제자 박영보朴永輔(금령錦舲)와 조영화趙永和(하상荷裳)에게 시를 논하여 준 것으로 신위 시학의 진수를 담고 있다.

> ……
> 시 속에는 반드시 그 사람이 있어야 하고,
> 시 밖에는 반드시 사연이 스며있어야 한다네.
> ……
> 시로써 그 사람을 알 수가 있고,
> 또한 시대와 환경도 알 수가 있네.
> 그러므로 시에는 내가 있어야 하고,
> 그렇지 못하면 모두가 거짓이라네.
> ……
> 내 성정의 느낌에 따라,
> 한 그릇 속에서 녹여야 하네.
> 역량이 미치는 곳이면,

---

16) 申緯, 『申緯全集』1, 485쪽, 「余所藏東坡文字 舊有全集, 王註施註查註四種. 又得覃谿補注及海外集二種. 玆集之聚, 殆無遺憾 喜而有述, 凡四百四十字」.

고래의 힘을 취하기도 하고,
비취 새의 아름다움을 취하기도 하네.
힘써 단련하여 극치에 이르면,
고금이 저절로 구별이 없어지네.
풍류를 다 얻은 뒷면,
한 자에도 얽매이지 말라는 말은.
사공도『이십사시품』중,
가장 정수라네.
……

詩中須有人, 詩外尙有事.
……

因詩知其人, 亦知時與地.
所以須有我, 不然皆屬僞.
……

隨吾性情感, 融化一鑪錐.
力量之所及, 鯨魚或翡翠.[17]
鍛鍊到極致, 自泯古今二.
盡得風流後, 了不著一字.
王官十四品, 此其尤精粹.[18]

이 시 서두에서 작시하기 전에 시의 본령이 확연하면 '시중수유인詩

---

17) 杜甫,「戲爲六絶句」(4), "或看翡翠蘭苕上, 未掣鯨魚碧海中." 761년 杜甫
    가 성도의 초당에 살고 있던 50세 때 쓴 이 말은, 초당사걸들의 시를 '鯨魚碧
    海'로 비유하면서 이와 대조되는 '翡翠蘭苕'같은 시나 써내면서 사걸을 비웃
    는 자기 당대 시인들에게 경고하는 차원에서 행해진 것이다. 申緯의 경우는
    杜甫보다는 다소 융통성을 보이고 있다.
18) 申緯,『申緯全集』3, 1465쪽.

中須有人'과 같이 그 시를 통하여 시인의 진실된 감정과 사상이 융화됨을 알 수 있고, 시인이 처한 시대적 배경과 지리적 환경이 파악되므로 '시외상유사詩外尚有事' 즉 시 이외의 사연을 알게 된다고 했다. 이 말은 청대 오교吳喬의 『위로시화圍爐詩話』에 나온 '시중수유인'과 조집신趙執信이 『담용록談龍錄』에서 소식이 두보를 평한 '시외상유사'[19]를 취했던 것과 같은 맥락으로 이해된다. 이때 인人은 두 층위에서 규정된다.

하나의 '인'은 고금의 문제와 관련하여 옛 사람이 아닌 바로 지금 사람을 가리킨다. 또한 소식은 두시를 평하여 '시외상유사'라고 하여 시 외에는 '유사有事'가 우의적으로 드러난다고 하여 이를 시의 기본으로 보았다. 신위 역시 시 창작은 시 자체에만 관련되는 것이 아니라는 점을 강조하고 있어 시는 그 자체의 순수한 절대성을 가지고 있는 것이 아니라 그것이 반영하고 있는 현실과 일정한 관계를 맺고 있음을 보여주고 있다.

> 그림은 胸中에서 이루어진 대나무에서 나오고,
> 詩는 實事를 구하고 浮花를 거두어야 하네.
> 畵出胸中有成竹, 詩求實事斂浮花.[20]

시와 화의 관계를 설명함에 있어 그림이 작가의 흉중지사胸中之事를 그린다면 시는 쓸데없이 화려하고 부화한 표현이나 내용을 제거하고 보다 실사에 충실해야 한다고 강조했다. 따라서 학두學杜로써

---

19) 趙執信, 『談龍錄』16조, "詩人貴知學尤貴知道. 東坡論少陵"詩外尚有事在"是也. 劉賓客詩云: "沈舟側畔千帆過, 病樹前頭萬木春"有道之言也."
20) 申緯, 『申緯全集』4, 1508쪽, 「余前年旣得趙荷裳」.

시 창작에 있어 허사虛事, 혹은 허경虛境에의 일방적 경도를 경계한 것이다.

또 다른 하나의 '인'은 지금의 아我, 즉 나의 독특한 개성을 지칭한다. 신위는 '시중수유인詩中須有人', 15구 이하 "시로써 사람을 알 수가 있고, 그러므로 시에는 내가 있어야 하고 그렇지 못하면 모두가 거짓이라네.因詩知其人, 亦知時與地. 所以須有我, 不然皆屬僞."에서도 자신의 개성이 나타나지 않은 작품은 위작이라고 하여 시 속에 시인의 진실된 성정이 담겨 있어야 된다고 주장했다. 또 자신은 시에 있어서 성정과의 관계를 "두보杜甫의 질후함은 원래 비결이 없으니 진성과 진정이 바로 나의 스승이다.杜陵質厚原無訣, 眞性眞情是我師."라고 보고 있다. 이것은 유가의 시교적 관점에 바탕을 둔 참된 성정을 이르는 것이다.

소위 어떤 경계 안에는 모두 '아'가 있어야 한다는 것이다. '유아지경有我之境'은 본디 시인의 개성을 반영한 것이다. 신위의 경우 그것은 '시중유인詩中有人'이면서 '물아분리物我分離' 현상으로 보여지고 있다. 시인과 자연이 대립된 상태는 관조를 거쳐 동화된 상태와는 심미의식상 차이를 갖는다. 즉 물아가 분리된 상태는 시인이 자연의 생명력이나 진리를 체득하여 형상화시키고 있으면서도 끝내 그 자연에 머무르지 못하고 또 다른 무엇에 보다 큰 가치를 부여하게 된다. 신위의 경우, 시 속에 진실이 담겨 있어 그러했는데, 이는 미리 밝히자면 그가 숭앙했던 두보가 자연을 시 속에 끌어들일 때 움직이는 자연으로 받아들인 것과 같은 맥락에서 해석된다. 이 점은 이 글에서 다루게 될 신위가 손수 뽑은 두시, 두시의 비장미, 그 시 속에 담긴 그림의 경계, 자아(인人)와 자연이 함께 어우러진 전형화(경境)된 풍경을 통해 확인될 것이다.

3. 『당시화의唐詩畵意』에 실린 두시

1) 신위가 읽은 두시서杜詩書

(1) 『우주두율虞註杜律』

신위의 『경수당전고警修堂全藁』에는 1812년 이전의 작품은 수록되지 않았으므로 이 사실에 대해 알 수 있는 자료가 없고 다만 연행 이후의 작품 속에서 다음과 같은 단서를 얻을 수 있다. 1841년 작품인 「재제우주두율병서再題虞注杜律並序」에 다음과 같은 글이 보인다.

… 이제 왕사정의 『지북우담池北偶談』을 읽고 미혹한 바를 알게 되었다. 어양漁洋이 이르길, 두시는 장주張注이지, 우주虞注가 아니다. 장성張性의 자는 백성伯成이고, 강서江西 금계인金雞人이다. 원나라 때 진사를 지냈고, 일찍이 『상서보전尙書補傳』을 지은 바 있다. … 21)

전소箋疏는 전하는게 없고, 「두공부율시연의杜工部律詩演義」가 전하는데,
어째서 우집虞集(호, 도원道園)의 이름을 빌렸을까.
저서란 죽은 뒤에 유유한 법이니,
깊은 통찰로 일생을 고심할 수 밖에.
箋疏無傳傳杜律, 如何又借道園名.
著書身後悠悠事, 只好覃精苦一生.22)

---

21) 申緯, 『申緯全集』4, 1926쪽; 王士禎, 『漁洋讀書記』(集部, 杜律演義), 『池北偶談』권14 「張伯成注杜」, "… 今乃閱王阮亭『池北偶談』益知其所未知, 阮亭曰"杜律乃張注非虞注, 張性字伯成, 江西金雞人, 元進士, 嘗著 『尙書補傳』…."
22) 申緯, 『申緯全集』4, 1927쪽.

신위는 세간에서 우집이 주석했다는 이른바 『우주두율』의 저자에 대해 의문을 품어오다가 이 『지북우담』을 읽고 세칭 『우주두율』의 저자가 장성이라는 것을 확신하게 되었다고 밝히고 있다. 이 두율에는 7언 율시 151수가 수록되어 있는데, 신위가 뽑은 『당시화의』 중 7언 율시 20수가 모두 여기에 수록된 작품과 일치한다.

(2) 『두시비해杜詩批解』

신위가 작품에서 일컬은 두시 주석서에 대해 보면, 「동인논시절구東人論詩絶句」(34)에 학시 연원을 파악할 수 있는 좋은 자료가 있다.

> 천하에 몇 사람이나 두보를 배웠는가?
> 집집마다 받들기는 동방에서 제일이다.
> 『두시비해杜詩批解』보다가 깨닫는 바 있으면,
> 먼저 이식李植의 공로를 꼽을 것이다.
> 天下幾人學杜甫, 家家尸祝最東方.
> 時從批解窺斑得, 先數功臣李澤堂.[23]

이식李植(1584-1647)이 엮은 『찬주두시택풍당비해纂註杜詩澤風堂批解』와 동방의 학두學杜에 대한 논평이다. 고려 말기 이후로 두보를 받든 학자가 많았으나, 진수를 얻은 이는 드물고, 학두의 공신으로는 이식의 『두시비해』를 들 수 있으나, 학두가 어려움을 넌지시 밝히고 있다. 신위가 젊었을 때 『두시비해』를 읽었던 것은 분명하다.

이렇게 당시 조선에 전두서專杜書가 널리 간포되고 있었고,[24] 이 시

---

23) 申緯, 『申緯全集』3, 1175쪽.

기에 활동한 신위도 당시의 문학 사조에 부응하여 학두를 게을리 하지는 않았을 것이다. 논시 구성상 소식의 「차운공의보집구견증오수次韻孔毅甫集句見贈五首」제3의 첫 연 "천하에 몇 사람이나 두보를 배웠는지, 누가 그 피부와 뼈를 얻었는지.天下幾人學杜甫, 誰得其皮與其骨."을 점화한 것이니, 이는 신위의 시학 연원이라고 보아도 될 듯하다. 그러나 분명한 것은 『두시언해杜詩諺解』 그리고 간추린 두율杜律 등 두시 주석서를 널리 구하여 읽고, 단순히 주석을 무비판적으로 수용한 것이 아니라 일일이 검토하여 취사선택하여 정독했기 때문에 이들의 시평과 법규를 수용하여 학시의 진지성을 발휘할 수 있었다.

2) 신위가 뽑은 두시의 회화미

『당시화의』에 실린 두시 58수의 시체별 시제를 순서대로 나열하면 다음과 같다.

오고五古 14수
「발진주發秦州」·「철당협鐵堂峽」·「한협寒峽」·「법경사法鏡寺」·「청

----

24) 朝鮮의 두시 주석서 간행에 대해 살펴보면, 世宗 때부터 숭유정책을 뒷받침한 두보의 시를 널리 읽기 위해 專杜書를 수집하고, 여러 학자에게 주석하게 하여 그 결과 高楚芳의 『纂註分類杜詩』가 甲寅字本으로 1434년 간포되었고, 성종 15년에는 新鑄한 甲辰字로, 中宗 11년에는 新鑄한 丙子字로, 광해군 6년에는 訓練都監字(木活字)로 간포되었고, 효종 때에는 목판본이 나오는 등 累代에 걸쳐 계속 간포되었다. 그리고 훈민정음의 창제로 주석본 『杜詩諺解』25권을 乙亥字로 印出하여 成宗 12년(1481)에 그 완간을 보았고, 인조 10년(1632)에는 重刻이 나왔다. 또 정조 23년(1799)에는 正祖의 '由陸入杜'에 따라 어찬인 『杜陸千選』과 『杜律分韻』이 간행되었고, 이를 통해 볼 때 조선조에 있어서 학시의 교본으로 두시가 으뜸을 차지한 것은 명백한 일이다.

양협靑陽峽」・「용문진龍門鎭」・「목피령木皮嶺」・「수회水會」・「비선각飛仙閣」・「오반五盤」・「용문각龍門閣」・「석궤각石櫃閣」・「검문劍門」・「성도부成都府」

칠고七古 3수
「음중팔선가飮中八仙歌」・「여인행麗人行」・「풍우간주전낙화희위신구風雨看舟前落花戲爲新句」

오율五律 16수
「여임성허주부유남지與任城許主簿游南池」・사상인모재「已上人茅齋」・「방병조호마房兵曹胡馬」・「화응畵鷹」・야연좌씨장「夜宴左氏莊」・「배정광문유하장군산림陪鄭廣文遊何將軍山林」・「중과하씨重過何氏」・「배제귀공자장팔구휴지납량만제우우陪諸貴公子丈八溝携伎納涼晚際遇雨」・「진주잡시秦州雜詩」・「야망野望」・「과남린주산인수정過南鄰朱山人水亭」・「강정江亭」・「한식寒食」・「수함견심水檻遣心」・「상우두사上牛頭寺」・「원園」

칠율七律 20수
「구월남전최씨장九日藍田崔氏莊」・「곡강대우曲江對雨」・「망악望岳」・「복거卜居」・「유객有客」・「광부狂夫」・「당성堂成」・「야로野老」・「남린南鄰」・「객지客至」・「야인송주앵野人送朱櫻」・「부성현향적사관각涪城縣香積寺官閣」・「등고登高」・「장부성도초당도중유작선기엄정공將赴成都草堂途中有作先寄嚴鄭公」・「백제성최고루白帝城最高樓」・「반조返照」・「수수愁」・「즉시卽事」・「모귀暮歸」・「소한식주중작小寒食舟中作」

칠배七排 1수
「한우조행시원수寒雨朝行視園樹」

오절五絶 2수

「절구絶句」2수

鑿井交椶葉, 開渠斷竹根 …

水檻溫江口, 茅堂石笋西 …

칠절七絶 2수

「춘수생春水生」·「강반독보심화江畔獨步尋花」

(1) 두시 속에 담긴 문인화의 사의성寫意性

사의는 남종 문인화가 추구하는 정신성으로, 사물의 외형을 중시하지 않고 사물의 기본을 직시하여 내면세계를 자유롭게 묘사해내는, 뜻을 그리는 기법을 말한다. 사의의 작품은 회화에 담긴 문학적 요소에 대한 의식에서 출발한다. 그러나 중점은 기탁한 뜻에 있고, 회화 자체에 있지는 않다. 당대의 제화시는 두보의 경우[25]를 볼 때, 그림을 대상으로 했을 뿐 화폭과는 아무런 관계없이 따로 행해졌으며, 송대의 제

---

25) 『杜詩諺解』권16 書畵類.(고시18수, 율시 6수 – 실제는 23수이다).
　「李潮八分小篆歌」·「送顧八分文學適洪吉州」·「殿中楊監見示張旭草書圖」·「寄張十二山人彪三十韻」·「丹靑引贈曹將軍霸」·「觀薛稷少保書畵壁」·「**奉先劉少府新畵山水障歌**」(산수화)·「**戲題王宰畵山水圖歌**」(산수화)·「**題李尊師松樹障子歌**」(소나무 그림)·「**戲韋偃爲雙松圖歌**」(소나무 그림)·「**通泉縣署屋壁後薛少保畵鶴**」(학)·「**姜楚公畵角鷹歌**」(매)·「**楊監又出畵鷹十二扇**」(매)·「**畵鶻行**」(송골매)·「**韋諷錄事宅觀曹將軍畵馬圖引**」(말)·「**天育驃騎歌**」(말)·「**題壁上韋偃畵馬歌**」(말)·「**奉觀嚴鄭公廳事岷山沱江畵圖十韻**」(산수화)·「**觀李固請司馬弟山水圖三首**」(산수화)·「**嚴公廳宴同詠蜀道畵圖得松字**」(산수화)·「**畵鷹**」(매)
이것은 『分門集註杜工部詩』(四部叢刊初編 상해 상무인서관 縮印) 書畵門에 실린 작품과 동일하다. '書畵門'에 '古詩律詩共二十四首(고시와 율시 모두 합쳐서 24수이다)'라고 적혀있으나, 실제 실려 있는 시는 23수이다. 굵은 글씨(괄호 안 : 필자 주)가 제화시로서의 성격이 비교적 뚜렷한 것이다.

화시처럼 대개 따로 써서 화폭의 앞이나 뒤에 같이 표장表裝하는 제발
題跋의 형식으로 이루어져 화면 위의 여백에 직접 써넣는 것은 아니었
다. 두보의 그림과 사의에 대한 인식을 초기 제화시로 알려진 「화응畵
鷹」에서 찾아보자.

> 하얀 비단에 바람과 서리 일듯 함은,
> 파란 매 그림이 사뭇 뛰어나기 때문이네.
> 곧추세운 몸은 간사한 토끼를 노리는 듯하고,
> 흘긴 눈은 시름에 쌓인 오랑캐 같네.
> 끈과 고리의 빛은 바로 잡고 나가,
> 추녀가에서 훠이훠이 부를 기세라.
> 언제 뭇새를 쳐 잡아,
> 털과 피를 거친 땅에 뿌릴려나.
> 素練風霜起 蒼鷹畵作殊.
> 攫身思狡兎, 側目似愁胡.
> 條鏇光堪摘, 軒楹勢可呼.
> 何當擊凡鳥, 毛血灑平蕪.26)

두보의 제화시 중 가장 초기의 것은 개원 연간에 지은 것으로 추정
되는27) 바로 이 작품이다. 확실히 이 시가 언제 어디에서 지어진 것인

---

26) 申緯, 『唐詩畵意』권5 五言律詩 下; 『杜詩諺解』권16 書畵類, 45; 『杜詩詳
   註』권1, 10.
27) 『補註杜詩』에서 黃鶴은 이 시가 옛 두보 시집에서 「與李白同尋范十隱居」
   시에 편입한 것으로 보아 梁權道가 天寶 13년의 시로 편차한 것은 옳지 않다
   고 하였다.(『補註杜詩』권18, 「畵鷹」註); 『杜詩詳註』의 경우 黃鶴의 이러한
   설명을 받아들이고, 이 시를 開元 연간에 지어진 작품과 함께 싣고 있다.(『杜
   詩詳註』권1).

지는 알 수 없지만, 두시 중 드물게 보이는 그 매서움이 섬뜩한 느낌을 주는 작품이다. 어떤 상황에서도 인자仁者의 풍도를 잃지 않으려는 완곡한 묘사의 시인 두보의 가슴 속에도 사악한 무리들의 털과 피를 평원에 흩뿌리고자하는 단호함을 드러내고 있다. 두보는 그려진 매에 자신의 심중을 기탁해 강한 의지를 나타낸 것이다. 1-2구에서는 그려진 매의 사실성, 곧 사나움과 용맹이 살아있는 듯한 걸작임을 말한 솜씨이다. 3구에서는 매의 몸매가 곧장 토끼 사냥을 나갈 당당함과 4구에서 매의 옹골찬 눈매가 싸움만을 생각하는 오랑캐 같다함은 놀라운 감각적 묘사이다. 때문에 5-6구에서 이 매 그림을 들고 추녀로 가서 매사냥을 내보내고 싶은 충동을 느낀다고 했다. 앞의 세 연 속의 매는 아주 생동감 있게 묘사되고는 있지만 그림 속의 매임이 분명하다. 그러나 7-8구에서의 매는 이와는 다르다. 시인의 상상력에 의해 창출된 실물이다. 그리고 이 실물의 매를 통하여 시인은 기탁하고자 하는 뜻을 담아 표현했다. 이 시는 중점이 기탁한 뜻에 있고, 회화 자체에 있는 것은 아닌데, 이는 바로 두보가 '사의'를 중시하는 작시태도를 가지고 있었음을 말해준다. 두보의 이러한 심미기준은 다음 영물시「방병조호마房兵曹胡馬」에서도 그대로 나타난다.

> 胡땅의 말은 대완 나라 소문난 천리마라,
> 날카로운 등허리, 마른 골격을 가졌다.
> 대나무를 쪼갠 듯 두 귀 오똑하고,
> 바람이 든 듯 네 발굽 가뿐도하다.
> 내달아 가는 곳엔 공활을 무시하여,
> 진실로 죽고 삶을 맡김직 하고말고.
> 날듯이 사납게 달림이 이 같으니,
> 만리를 마음대로 내달릴만하구나.

胡馬大宛名, 鋒稜瘦骨成.
竹批雙耳峻, 風入四蹄輕.
所向無空闊, 眞堪託死生.
驍騰有如此, 萬理可橫行.[28]

　이 시는 개원 28년부터 29년 사이에 지어진 두보의 초기 작품으로,
방병조의 호마를 칭찬한 것인데, 그러한 말의 모습은 마른 골격과 오
똑한 귀를 가진 것으로 묘사되어 있다. 여기에 표현된 감회는 「화응」
에 드러낸 감회와 아주 유사하다. 영물시도 시인이 인생을 살아가면서
느끼는 감정의 변모를 그대로 반영하여 제화시와 동일한 궤적을 그린
다. 포기룡浦起龍은『독두심해讀杜心解』에서 이 시를 평하면서 "이것
과 「화응」은 자연 나이가 어려 기가 성할 때의 작품이다. 모두 자신을
그린 것이다.此與畵鷹, 自是年少氣盛時作, 都爲自己寫照."[29]라고 하였으
니, 이것이 바로 두보의 작가 정신이 반영되어 있다는 말로, 그림의 사
의성 논의의 유력한 또 하나의 근거가 될 것이다. 다음 시는 두보 초
기의 대표적 풍유시 「여인행麗人行」이다.

　　삼월삼일 날씨가 새로워져,
　　장안의 물가에 미인이 많다.
　　자태 농염하고 마음 고원하니 맑고도 참된 느낌 주며,
　　살결 곱고 매끄러운데다 골격과 살이 적당히 어울린다.
　　수놓은 비단옷은 늦봄과 어울리는데,
　　금실 수놓은 공작에 은실 기린 장식이다.

28) 申緯,『唐詩畵意』권5 五言律詩 下;『杜詩諺解』권17 獸類, 35;『杜詩詳註』
　　권1, 9.
29) 『讀杜心解』권3, 1 「房兵曹胡馬」의 註.

머리 위엔 무엇이 있는가?

비취 미세한 머리 장식 꽃잎이 살적 가에 드리워 있다.

등뒤에는 무엇이 보이는가?

구슬에 눌리운 허리띠가 알맞게 몸과 어울린다.

그 가운데 운막은 황후의 친척이라서,

대국의 이름을 내리니 괵국과 진국이다.

자타의 등요리가 푸른 솥에서 나오고,

수정 쟁반에는 하얀 생선이 늘어있다.

무소 젓가락은 물리도록 먹어선 지 오랫동안 대지를 않는데,

난새 방울 달린 칼로 잘게 썰며 괜시리 어지러이 움직인다.

황문은 말을 달려도 먼지 일으키지 않고,

황제의 주방에서는 끊임없이 팔진을 보내온다.

퉁소와 피리의 구슬픈 음악이 귀신을 감동시키는데,

빈객과 시종들 우글대니 실로 요직에 있는 이들이다.

뒤에 온 안장채운 말 얼마나 느긋한가!

천막을 마주하고는 말에서 내려 비단 요로 들어간다.

버들 솜 눈처럼 떨어져 흰 마름을 덮고,

청조 날아가며 붉은 수건을 물었다.

손을 쬐면 델 만큼 권세가 비할 데 없으니,

삼가 가까이 다가서지 말게나, 승상이 진노한다네.

三月三日天氣新, 長安水邊多麗人.

態濃意遠淑且眞, 肌理細膩骨肉均.

繡羅衣裳照暮春, 蹙金孔雀銀麒麟.

頭上何所有, 翠微㼌葉垂鬢脣.

背後何所見, 珠壓腰衱穩稱身.

就中雲幕椒房親, 賜名大國虢與秦.

紫駝之峯出翠釜, 水精之盤行素鱗.

犀筋厭飫久未下, 鸞刀縷切空紛綸.

黃門飛鞚不動塵, 御廚絡繹送八珍.

簫鼓哀吟感鬼神, 賓從雜遝實要津.

後來鞍馬何逡巡, 當軒下馬入錦茵.

楊花雪落覆白蘋, 靑鳥飛去銜紅巾.

炙手可熱絶倫, 愼莫兵前丞相瞋.30)

　이 시는 천보 12년(753)에 지은 것이다. 그 당시 당 현종의 총애를
듬뿍 받았던 양귀비와 그 자매들의 난잡한 생활을 풍자한 것으로, 임
금의 어리석음과 조정의 부패된 모습을 그림을 그려가듯이 묘사해나
가면서 고발하고 있다. 이 시를 읽는 독자들은 묘사되어 있는 내용만
으로 시인이 어떤 의도 하에 이 시를 지었는지 짐작할 것이다. 특히
끝 두 구는 양국충에 대해 느끼는 시인의 반감을 분명하게 일러준다.
그러나 표면적으로는 3월3일에 놀러나온 양귀비 자매의 아름다운 모
습과 화려한 잔치모습, 그리고 잔치자리에 참석하는 양국충의 모습을
묘사할 뿐, 그들에 대하여 비판하는 말을 노출하지 않고 있다. 두보가
평생 벼슬지향 적인 성격이 강하였고, 특히 이 시를 지었을 때는 벼슬
길을 찾아서 갖가지 노력을 경주하고 있었다는 점을 고려한다면, 대부
분의 시인에게 굴레가 되었던 필화에 대한 두려움이 두보에게도 그대
로 작용하였을 것이다. 당시 벼슬길을 앞둔 시인이 과감하고 노골적인
풍자를 할 수는 없었을 것이다. 감회를 자신의 말로써 표출하지 않고,
그것이 시상의 귀결처가 되는 방식은 아니라는 점이다. 다시 말해서
절제된 시심으로 비롯된 객관화가 도리어 더 핍진하고 더 강렬한 호
소력을 갖는다는 말로 대신할 수 있겠다. 일단은 두보 개인의 감회표

출로 작용한 시라고 분류해두고 싶다. 그럼 신위는 왜 이 장편 시를 뽑았을까? 신위 자신이 예언 제6에서 '화의'를 위주로 한 단편들을 뽑으면서 이 시를 뽑은 것은 예외라고 밝혔다.[31] 아마도 그가 화의적 면모를 드러내는 작품이라 인정해 이 시를 뽑은 것도 내면의 모순 고발에 둔다기보다는, 겉으로 드러난 표면적인 잔치 모습의 화의적 묘사에 있지 않나 생각된다.

이상에서 살펴본 그림의 사의를 중시한 두보의 시관을 정리해보면 다음과 같다.

두보가 그의 시에 기탁한 뜻은, 하나는 개인적인 조우로 인한 감회(유인有人, 유아自我)로서, 비교적 젊은 시절에 쓴 「화응」처럼 굴절 없는 자부심의 표출로 호장한 맛을 띠거나, 혹은 꿈을 이룰 수 없는 좌절된 자신의 신세에 대한 비애이다. 또 하나는 시사에 대한 감회(유사有事)로서, 그것은 주로 지난날 국운이 성하던 시절에 대해 회고하면서 쇠퇴해가는 현재의 시국을 걱정하는 내용이다. 애국애민의 마음이 누구보다 강하였던 두보의 제화시에 담긴 시사에 대한 감회는 당연히 진지하다. 결코 병 없이 신음하거나 '제화'의 필요성에 의하여 적당히 가져다 붙인 것이 아니라는 점을 말해준다. 이것은 제화시 뿐만 아니라, 그의 일반 시 전체에 걸쳐 두루 발견되고 있다. 이것이 바로 신위가 인식했던, 자신의 시학에 반영하고자 노력했던 진실한 감정의 표현 방법이 아닐까 생각된다.

---

31) 申緯, 『唐詩畵意』例言15則, 제6, "詩鈔, 一以畵意爲主, 單辭片語, 彌見精神. … 擧皆短篇, 至如王右丞桃源行, 李翰林蜀道難, 杜文貞飮中八仙歌, 麗人行, 此四篇, 自具畵髓, 不在此例."

(2) 두시의 비장미悲壯美와 의경의 이원화

두보는 자연계 각종 물체의 형태, 그들의 색채를 만들어내 시 속에 사의란 그림이 갖는 한 특징을 그대로 보여주었다. 그러나 이런 회화미는 시의 예술성을 극화시키기 위하여 필요한 분위기 형성에 도움을 주는 것들이지, 시 예술의 핵심이나 본질은 아니라고 생각된다. 그림에 대한 두보의 심미관과 관련하여 주목할 점이 있다. 그것은 두보의 시가 그리는 의경에서 느끼게 되는 미감이 그림에 대한 그의 미감과 통한다는 것이다. 여기에서는 두보의 의경 인식과 표현 과정은 어떠했는지 살펴 보고, 그것이 두시의 대표적 풍격이라고 할 수 있는 '비장'이라는 풍격과 어떻게 어울릴 수 있는지, 그 관련 시를 찾아 논하기로 한다.

역대 7언 율시 중 최고의 걸작이라는 평[32]을 받고 있는 「등고登高」를 보자.

> 바람은 급하고 하늘은 높고 원숭이 울음소리는 애절하며,
> 물가는 맑고 모래는 희고 새는 날며 선회한다.
> 끝없이 펼쳐 있는 나무의 낙엽은 쓸쓸히 지고,
> 다 함 없는 긴 장강은 힘차게 흘러온다.
> 만 리 타향에서 가을을 서러워하며 언제나 나그네 노릇하더니,
> 평생 병 많은 몸이 홀로 대에 오른다.
> 고생과 괴로움에 서리 같은 살적도 많은데,
> 쇠약한 몸이라 탁주잔 드는 일도 새로 그만두었다.
> 風急天高猿嘯哀, 渚淸沙白鳥飛廻.
> 無邊落木蕭蕭下, 不盡長江滾滾來.

---

32) 『杜詩詳註』권20 「登高」에 인용된 胡應麟의 평. "此當爲古今七言律第一, 不必爲唐人七言律第一也."

萬里悲秋常作客, 百年多病獨登臺.
艱難苦恨繁霜鬢, 潦倒新亭濁酒杯.33)

대력 2년(767)에 지은 시로, 전반부에서 경치를 묘사하고 후반부에서 감정을 묘사하고 있다. 전반부를 보자. 1연의 바람, 하늘, 물가, 그리고 모래의 모습 등에서 가을의 이미지가 뚜렷하다. 이러한 가을날에 우는 원숭이, 선회하는 새의 모습은 무엇인가 급박한 상황을 느끼게 한다. 그 상황이 무엇인가는 다음 2연에서 분명해진다. 영원히 흐르는 강으로 유전하는 세계를 비유하는 것은 고전적인 수법이다. 장강이 힘차게 흐르는 모습은 바로 이 세계의 급한 유전을 형상화한 것이다. 그러면 어떤 세계로의 유전일까? 끝없이 펼쳐있는 나무에서 무수히 떨어지는 나뭇잎은 바로 지금 세계가 소멸의 세계로 유전해가고 있음을 말해준다. 원숭이와 새도 이러한 상황을 알고서 슬피 울고 선회하며 날았던 것이다. 후반부의 시인은 나이 들고 병든 나그네의 몸이다. 그는 자신의 삶이 타향에서 쓸쓸히 소멸의 길을 갈 것이라고 느끼고 있다. 시인의 눈에 이 가을의 모습이 전반부에 묘사된 것과 같이 보였던 것은 바로 이러한 시인의 심리와 관계가 있을 것이다. 이 시는 이처럼 경치를 묘사함에 있어서 시인의 당시 심리가 직접적으로 투영되어 있다. 그러나 그 경치가 주는 이미지는 시인의 것과는 다르다. 시인의 모습이 처량하고 슬픔을 느끼게 할 뿐인데 비하여 그것은 비록 가을의 차고 쓸쓸함을 담고 있으나 동시에 장활하고 힘찬 기세가 있다. 따라서 이 시도 자아와 대상이 초라한 모습과 장활한 모습으로 대립되는 구조를 취한다. 외물을 자아와 대립시켜보는 시각을 가진 시인의

---

33) 申緯, 『唐詩畵意』권6 七言律詩 上; 『杜詩諺解』권10 四時 · 秋類, 35; 『杜詩詳註』권20, 26.

공간에서 외물은 시인의 감정과 무관한 존재로서만 끝나는 것이 아니다. 때로는 시인의 감정과 정면으로 충돌하기도 한다. 아래 두 작품에서도 그런 내용을 확인할 수 있다. 먼저 「백제성최고루白帝城最高樓」를 보자.

> 성은 뾰죽하고, 길은 꼬불꼬불, 깃발은 근심에 찬 듯!
> 홀로 우뚝 솟아 까마득히 높이 날아갈 듯한 성루!
> 골짜기 사이 안개는 잠자는 용과 호랑이 모습 같고,
> 맑은 강이 해를 안고 반짝여 자라랑 악어 떼가 노는 듯하다.
> 부상 나무 서쪽 가지는 깎아지른 듯한 바위를 마주보고 드리워져,
> 약수에 동쪽으로 비친 그림자 장강을 따라 흘러간다.
> 명아주 지팡이 짚고 세상을 개탄하고 있는 사람 그 누구이기에,
> 피눈물 공중에 뿌리며 성성한 백발의 머리를 돌릴까?
> 城尖徑昃旌旆愁, 獨立縹緲之飛樓.
> 峽坼雲霾龍虎睡, 江淸日抱黿鼉遊.
> 扶桑西枝對斷石, 弱水東影隨長流.
> 杖藜歎世者誰子, 泣血迸空回白首.[34]

이 시는 대력 원년(766) 봄에 운안雲安을 떠나 기주夔州에 도착한 무렵에 쓴 것이다. 백제성은 기주 동쪽 오리五里 거리에 있는 백제산의 산성이다. 이 성은 왕망王莽의 신新나라때 공손술公孫述이 촉蜀에 거점을 만들고 반란을 일으켰을 때 만든 것이다. 두보는 이 성에 있는 누각 가운데 가장 높은 누각에 올라가 사방의 산천을 바라보며 난리가 그칠 줄 모르고 계속되는 사회 상황으로 인하여 샘솟는 한탄과 우

---

34) 申緯, 『唐詩畫意』권6 七言律詩 上; 『杜詩諺解』권14 樓閣類, 8; 『杜詩詳註』권15, 10.

수를 삭이면서 이 시를 쓴 것이다. 단문의 술어들, '첨尖'과 '측昃' 그리고 '수愁' 등이 모두 편안하기보다는 불안한 어감을 지닌 글자들로되어 있어서 기험한 느낌을 만든다. 근본적으로 백제성이 있는 곳의 지형이 험하기 때문에 이런 표현이 나온 것이지만, 한편으로는 두보 자신의 내심이 높은 산성과 그 성을 향해 나 있는 길과 깃발 등을 '뾰족하고, 기울고, 근심이 서려 보이는 것'으로 인식하게 하는 상황이었기 때문에 두보의 내심이 투영되어 이런 표현을 하게 된 것이라고도 볼 수 있다. 2구의 성루 묘사 역시 위로 치솟는 긴장감을 제공한다. 전체적인 시상은 동적이다. 3구는 강 위로 쭉 뻗어 나온 나뭇가지와 건너편 벼랑에 있는 나무가 맑은 강물에 그림자를 드리우니 그 그림자가 강물을 따라 흘러가고 있다고 하여 맑고 한가롭고 여유 있는 느낌을 주어 청신하고 청원한 미감을 전해준다. 이 아름다운 그림 같은 경치묘사 뒤에 4구에서 두보는 자기 자신을 아주 흉물스러운 모습으로 그려내 백제성白帝城 최고루最高樓에서 눈물을 뿌리고 있다. 이 부분은 두 가지 범주에서 생각할 수 있는데, 단순히 불행한 개인이 궁상을 떠는 모습이기도 하고, 사회와 역사를 어떤 방향으로 방향타를 잡아야할 것인지를 간절하게 알려주는 지표로 인식되기도 한다. 그래서 4구는 웅변적 저력을 갖게 된다. 그 이듬해에 지은 시 「수愁」에서도 마찬가지로 이런 의경이 설정된다.

> 강풀은 날마다 시름을 불러일으키고,
> 무협 맑은 물소리 세간의 정이 아니구나.
> 소용돌이치는 물에서 백로는 목욕하니 무슨 심사인가?
> 홀로 자란 나무에 꽃이 피니 절로 뚜렷하구나.
> 십년 전쟁에 남쪽나라 암울하고,
> 이역나그네는 외로운 성에서 늙어간다.

위수와 진산을 볼 수 있을까?

사람은 지금 지치고 병들었는데, 호랑이는 설치고 다닌다.

江草日日喚愁生, 巫峽冷冷非世情.

盤渦鷺浴底心性, 獨樹花發自分明.

十年戎馬暗南國, 異域賓客老孤城.

渭水秦山得見否, 人今罷病虎縱橫.[35]

대력 2년(767) 봄 기주夔州에서 지은 시이다. 시의 후반부를 보면 시인은 갖가지 상황으로 인하여 깊은 시름에 젖어 있다. 그러나 전반부에 등장하는 강가의 풀, 무협의 물, 목욕하는 백로, 꽃이 핀 나무 등의 외물은 시인의 시름을 이해해주기는커녕 도리어 시름을 더욱 불러일으킨다. 이들은 일반적으로 좋은 느낌을 주는 자연물들이다. 그러니 시인의 공간 속에서 이들은 단순히 시인의 자아와 융합하지 못하는 정도를 넘어서 가증스럽다 할 만한 정도의 적대적인 존재로 등장한다.

이렇게 두보의 눈에 비친 세계는 이원화되어 있다. 두보의 이러한 의경 설정은 시의 풍격 형성에 직접적인 요인이 되고 있다. 장壯한 맛을 주는 외물과 슬픈 맛을 주는 자아, 장壯한 맛을 주는 과거와 슬픈 맛을 주는 현재가 각각 동일한 시 속에서 충돌하여 두시의 독특한 풍격을 형성하고 있는 것이다. 그러면 두보는 왜 대립되는 외물과 자아를 동시에 등장시켰을까? 이 해답은 이 시의 풍격이 궁극적으로 어디에서 기인하였는지를 말해 줄 것이다. 일반적으로 장한 모습의 대상을 볼 때, 만약 보는 사람이 자신을 대상과 융화하여 보는 시각을 가지고 있다면 그 사람의 의기도 장壯해진다. 그러나 두보의 시각은 다르다.

---

35) 申緯, 『唐詩畵意』권6 七言律詩 上; 『杜詩諺解』권3 述懷下類, 33; 『杜詩詳註』권18, 39.

그의 시속에서는 장壯한 자연을 대하면서 동시에 그것과 극명하게 대비되는 자아의 모습을 보게 된다. 그리고 그것들을 담기 위해 시인이 그린 그림은 대상과 자아를 대립적인 형태로 등장시키는 구도를 취하고 있다.

그렇다면 이것이 신위가 지향했던 의경미와 어떻게 관련되어 있는가. 그의 시를 통해 두보가 만들어낸 의경과 상통하는 부분을 찾아보기로 하자. 1818년 그는 자연의 타고난 본성에 인정을 기탁하면서도 자연과 동화되지 못하고 분리된 삶을 「후추류시後秋柳詩」(13)에서 다음과 같이 표현했다.

> 바람 없어도 잎은 쨍그렁 떨어지고,
> 여윈 그림자 잔가지에 저녁 연기 걸렸네.
> 부러진 갈대와 마른 연 잎 서로 짝지으나,
> 원앙은 옷이 추워 잠 못 이루네.
> 無風脫葉下鏘然, 瘦影絲絲掛暮烟.
> 折葦枯荷相伴住, 鴛鴦衣冷不成眠.36)

이 시는 버들 못의 원앙과 연 잎을 그린 그림에 제題한 시이다. 신위는 바람 없는 고요한 배경 속에서 소리 없이 떨어지는 나뭇잎의 소리를 '장鏘(쨍그렁)'이라는 금속성 소리로 묘사해 들을 수 없는 소리를 들을 수 있는 소리로 바꾸어 그 비애를 더해 주었다. 송대 구양수歐陽修는 「추성부秋聲賦」에서 "그것이 물건에 부딪쳐 쨍그렁 쨍그렁 쇠붙이가 모두 울리는 것 같네.其觸於物也, 鏦鏦錚錚, 金鐵皆鳴."라고 하여 '추성秋聲'이 만물을 쇠미하게 만드는 것이라고 한 바 있는데, 신위도

---

36) 申緯, 『申緯全集』2, 297쪽.

나뭇잎이 떨어지는 소리에서 만물이 조락凋落하는 소리를 듣고 그것에 대한 비애를 쨍그렁 소리를 통하여 표현한 것이다. 또 잎이 모두지고 앙상한 가지만 남아 물속에 일렁이는 '여윈 그림자'는 이미 모든 것이 쇠락하고 50세에 접어든 자신의 그림자이다. 또한 갈대와 연잎은 수壽를 다해 꺾이고 시들었지만 조락한 그들은 또 그들끼리 짝하고 어울리고 있다. 그러나 오직 원앙만은 차가운 기운에 잠 못 이루고 깨어 있으니 객지에서 춥고 외로운 저녁을 보내는 자신의 비감을 이에 형상화하고 있다. 이 시를 통해 신위가 선호했던, 신위의 성정에 부합하는 미적 경계를 다소 짐작해낼 수 있을 것 같다. 신위 시 의식 전반에 흐르는 심미관이 당시 유가적 문학관 속에서 어떻게 작용했는지를 설명해주는 시이기도 하다. 이 시를 지은 뒤, 이듬해 가을 그는 춘천부사 자리에서 물러나 서울로 돌아왔다. 『당시화의』는 다시 그 이듬해 1820년에 선집되었다. 당시의 그로서는 관료로서의 성장과 실패, 봉건 지배계급의 일원으로서 역사적 전망에 대한 불투명, 그리고 소극적인 현실안주 등 이러한 개인적으로 직면한 처지를 볼 때, 겉으로는 현실에 초연한 듯하지만, 그의 내부 심리세계와 정서는 그렇게 단순하지만은 않았을 것이다. 단정적으로 말하기는 곤란하지만, 이러한 그의 모든 시문역정은, 아마도 좁아지는 현실공간과 심미적 인식의 정치한 발전이 서로 결합되면서 형성된 것이라고 할 수 있겠다. 또 여기에는 자아와 외물이 혼융된, 무아無我의 경지를 지향했던 '신운神韻'이 어떠한 사상 충돌을 가져왔는지도 함께 보여주고 있다.

4. 맺음말

이상에서 두시의 자연미 추구와 자아의 사회모순에 대한 기탁이 한 작품 속에서 아무런 모순 없이 병존하는 현상을 발견할 수 있었다. 이 것이 편자 신위의 시학 내용에 상당부분 영향을 주었음도 알 수 있었 다. 이 결론적인 논지에 대해 한 가지 남은 문제를 덧붙이는 것으로 이 글을 마무리하고자 한다.

　바로, 두시와 그 안에 담아낸 남종 문인화가 갖는 사의성의 문제이 다. 앞서 살펴본 바와 같이 두시에 반영된 사의성은 우리의 것이 아닌 중국 산천을 대상으로 하여 이념화한 순수한 중국의 것이다. 자신의 시경이 중국 옛 시인들과 '불모이동不謀而同'37)임을 강조하며 창조적 인 '오시吾詩'를 지어보려 했던 신위에게 중국 시인들의 시, 두시의 절 대적 수용은 분명히 한계가 있었을 것이다. 당시 북학파의 사대주의와 자가음自家音, 이 양면성을 모두 인정했던 신위는 당연히 당시 진경시 대의 사실화풍 조류 속에서 이 남종화의 사의성을 조선화朝鮮化해 내 려는 미학적 모색을 했을 것이다. 얼마만큼 조선인의 사고와 감각에 맞게 성정을 드러낸 예술성의 시를 만들어낼 수 있었는가? 그것은 중 국의 남종 문인화와는 얼마나 거리를 두고 있을까?

---

37) 申緯, 『申緯全集』1, 11쪽, 「會寧嶺」附記.

제4장

시의도詩意圖를 활용한 한시漢詩교육론
: 고등학교 『한문』 교과서 속의 한시를 대상으로

1. 머리말

　한시는 오늘의 우리와 다른 시·공간에서 창작, 향유된 문학작품임에도 불구하고, 오늘날의 우리에게 자못 가까이 와 있다. 예컨대 실패한 사람이 거듭 노력하여 다시 재기하는 것을 일컫는 성어 '권토중래捲土重來'도 한시 텍스트 안에서 그 유래를 찾을 수 있다. "승패는 병가지상사여서 기약할 수 없는 법, 수치를 끌어안고 치욕을 참아야 남아인 것을. 강동의 자제들 재주 있는 준걸들이 많으니, 권토중래 할 수도 있었을 텐데.勝敗兵家不可期, 抱羞忍恥是男兒. 江東子弟多豪傑, 捲土重來未可知." 바로 만당시인 두목杜牧803-852이 오강烏江을 지나면서 천 년 전 천하를 도모하다 결국 실패하여 오강에서 자결한 항우를 회고하며 지은 「오강정시烏江亭詩」이다. 또 두목의 「청명淸明」 시의 경우처럼 중국 명절 풍습을 설명할 동기가 마련될 수 있으니, 이 자체로도 학습자의 흥미 유발 및 문화 이해에 효과적인 학습재료가 된다.

이렇게 한시는 우리의 한문교육에서 중요한 역할을 담당하고 있으므로, 한시교육이 한문 교과에 빠져서는 안 될 것이다.[1] 특히 그 시대와 사람을 알 수 있는 중요한 전통 문화자료라는 점에서 한국과 중국을 포함한 동아시아 한자문화권의 역사와 문화적 전통에 대한 이해를 전제로 한 교과서가 개발되어야 하고, 이를 토대로 한 교육을 진행해야 할 것이다. 중국 시를 수록한 『당음唐音』 등이 전통 시대 조선 문인의 한시 학습을 위한 교재였다면, 오늘날에는 오늘날의 학습자 감각과 취향에 맞춰 교재와 교육 방법을 새롭게 모색할 필요가 있다. 교육부의 제7차 교육과정 해설서에서 한문 교과의 성격에 대해 명시한 몇 가지 사항 중에 이런 내용이 있다. "(한시에 담긴) 전통 문화를 계승 발전시키며, 한자 문화권내에서의 상호 이해와 교류 증진에 기여한다." 이 글에서 필자는 이러한 교과의 성격을 염두에 두고, 중·한 한시 연계 교육의 필요성과 이에 근거한 '시의도詩意圖'를 활용한 한시교육론을 모색해 보고자 한다.

2. 중·한 한시 연계 교육의 필요성

어떤 작품을 가르칠 것인가? 『한문』 교과서에 실린 한시는 중국 시인가, 한국 한시인가? 작품 선정의 기준은 무엇인가? 그들의 관계를 어떻게 설정하여 교과서에 배정할 것인가? 그간의 작품 연구 경향을

---

1) 한 연구자의 설문 내용 중에, '한문' 하면 연상되는 분야를 한 가지 이상 선택하라'는 문항에서 학생들이 응답한 순서는 다음과 같았다. 고사성어 114 / 한시 48 / 실용한자 36 / 경전 19 / 생활예절 5 / 기타 2 / 소설 1(지희련, 「대학에서의 한문교육 현황과 개선방안」, 『도암 유풍연박사 고희기념논총』, 2001).

종합해 볼 때 산문의 경우 중국 산문과 한국 산문으로 구분지어 논의를 하면서도, 시는 유독 '한시'로 통칭해 왔다. 여기에는 중국 시와 한국 한시가 모두 포함된다. 이들 작품은 어떻게 선정·수록된 것인지 학습 수준을 고려하지 않은 듯 작품별 난이도에 따른 편차도 드러나고, 시체별 편중, 작품의 비회자성非膾炙性, 중국 시와 한국 한시의 분포비율도 문제점으로 드러난다. 여기에서는 중국 시와 한국 한시의 분포에 대한 지적을 하고자 한다. 효과적인 작품 이해를 위해서는 작품 간의 연계 학습의 매개가 필요하다.

현행 고등학교 『한문』 교과서에는 한국 한시와 중국 시가 섞여 있다. 10종 교과서의 한시 단원은 전체 구성 비율이 약 10% 내외인데, 교과서별 중국 시(본문과 본문 외의 일부 포함) 수록 현황을 보면 다음과 같다.[2]

1. (주)중앙교육/ 杜甫「春夜喜雨」, 孟浩然「春曉」, 王維「送元二使安西」
2. 대한교과서(주)/ 李白「山中答俗人」, 杜甫「春夜喜雨」
3. (주)교학사/ 王維「送元二使安西」
4. (주)천재교육/ 王維「送元二使安西」, 李紳「憫農」, 杜甫「春望」
5. (주)두산/ 王之渙「登鸛雀樓」, 杜甫「絶句」, 王維「九月九日憶山東兄弟」, 張俞「蠶婦」
6. 대학서림/ 없음.
7. (주)금성출판사/ 元稹「行宮」, 李白「送孟浩然之廣陵」, 張繼「楓橋夜泊」, 王維「終南別業」
8. (주)청색/ 賈島「尋隱者不遇」, 張籍「秋思」

---

2) 이 현황은 김상홍 교수의 표를 참조했다. 김상홍, 「제7차 교육과정에 의한 고등학교 한문 교과서의 문제점 - 한시 단원을 중심으로」(『한문교육연구』20, 2003).

9. 정진출판사/ 王維「送元二使安西」, 李白「登金陵鳳凰臺」, 李
白「제목없음」
10. (주)지학사/ 杜甫「絶句」, 李白「山中俗答人」, 杜牧「山行」

중국 시는 12명의 시 19수가 25회 수록되었다(출전은 『당시선』, 개별
문집). 한국 한시는 38명의 시 42수가 62회 수록되었다.[3] 그리고 특이
하게도 베트남 시인 우웬피칸阮飛卿(1355-1428?)의 「중추감사中秋感事」
의 일부가 수록되어 있다. 어떤 기준으로 선정한 것인지, 6번 대학서림
에서 출판한 『한문』 교과서에는 중국 시가 한 편도 없다. 한시는 한국
문학의 대표 장르인 동시에 중국 문학의 대표 장르로 중국 시는 한국시
의 기초가 되는 중요한 장르이다. 고등학교 한문의 한시 단원에서 중국
시를 배제하고 한국 한시만 교육하는 것은 바람직하지 못하다. 연계학
습을 통하여 한국과 중국을 포함한 동아시아 한자문화권의 동질성을
파악할 수 있도록 지도해야 할 것이다.[4] 문학 창작의 도구가 한문인
것과 함께, 전통 시대 지배적 세계관이 중화 중심적 세계관에서 벗어나
지 못했다는 사정을 두고 본다면, 한국 한시는 상당부분 중국 문학, 동
아시아 공통 문학의 특징을 가지고 있기 때문이다. 현재 전해오는 문학
작품들은 삼국 중에서 거의 신라의 작품들이 주종을 이루고 있는데, 특
히 신라의 경우에는 정치적 이유로 인해, 중국에 대한 종속이 다른 나
라들보다 컸을 것으로 짐작된다. 이들 신라인의 작품이 지금 우리에게

---

3) 출전은 『大東詩選』, 『海東詩選』, 『東文選』, 『於于野談』, 개별 문집 등이다.
4) 이에 대해서는 김갑기 · 김홍철 교수의 「한시 지도와 용사의 문제 - 7차 검인정
고교한문교재 수록 한시를 중심으로」(『한문교육연구』20호, 2003)에 자세하다.
필자도 이에 전적으로 동의를 하며, 이러한 원류론적 접근을 통해 用事관계를
파악, 연계 학습의 효과를 꾀할 수 있음을 거듭 강조한다. 이 점은 한문 교과서
의 작품 선정과정에서 고려되어야할 것으로 판단된다.

는 전하지 않지만, 중국의 『전당시』, 『전당문』 등의 문헌 속에 남아 전하는 것이 그 실례이다. 따라서 텍스트로서의 중국 시는, 한국 문인들이 중국에 관한 지식을 습득하는 중요 원천의 하나로 작용하고 있다.

그러나 한자를 문학의 도구로 사용한다고 해서 내용과 세계관까지 완전히 중국화하는 것은 아니었다. 한국에서 창작된 한시는 중국 시와 달리 한국적 특성을 강하게 가진 문학으로, 당연히 한국 문학의 일부로 보아야 한다. 따라서 앞으로 개정될 『한문』 교과서 수록 한시 선정과정에서는 이 점을 고려하고, 용사의 출처를 파악, 중국 시와 한국 한시 작품의 적절한 선정과 배치를 해야 할 것이다. 용사의 이해가 전제되지 않는 한 한시 작품의 이해란 상상할 수도 없다. 한 교과서 속에서 두 작품을 배우면서 이들 간의 '용사'5)가 연결해주는 연계성을 함께 파악할 수 있다면 보다 효과적인 학습이 될 것이라 생각한다. 앞서 김갑기 교수 등이 '용사에 의해 쓰여 졌고 그래서 내원이 있고 그것 때문에 높이 평가된 작품이라면 필히 그 원류, 예컨대 발신자(中)와 수신자(韓)의 비교, 적어도 영향 관계, 아니면 그 사실만이라도 교수되어져야 최소한 수업의 흥미유발이 될 것'이라고 제안한 사실에 공감하며, 위의 4종 교재에 수록된 정몽주鄭夢周(1337-1392)의 「춘흥春興」을 통해 이 용사의 내원을 짚어보기로 하자.

> 봄비라 보슬보슬 방울 듣지 않더니,
> 한밤에야 가만히 소리 들리누나.

----

5) 用事란 典故에 의한 보조관념으로 원관념의 의미 확대, 또는 새로운 이미지로의 유추 등을 꾀함이요, 비평용어로서의 그것은 來處의 有無를 전제로 환골과 탈태 여하에 따라 시격을 가늠하는 원류론적 비평의 연원이 되어 왔다. (『東人詩話, 下』 "古人作詩無一句無來處…").

잔설마저 녹아 앞 시냇물 넘쳐날 테고,
풀싹도 소복소복 많이 돋아났겠지.
春雨細不滴, 夜中微有聲.
雪盡南溪漲, 草芽多少生.

(『포은집圃隱集』3)

　이 시의 원류는 두보의 5언 율시 「춘야희우春夜喜雨」의 앞 4구이다.
1번 교과서에는 용사 관계로 일부나마 두 편이 함께 실려 있으나, 3번,
7번과 9번에는 「춘흥」만, 2번에는 「춘야희우」만 따로 실려 있다. 용사
를 고려한 선정 기준은 아니었던 것 같다.

「춘야희우春夜喜雨」

좋은 비 시절을 알아서,
봄을 맞아 만물을 펴나게 하네.
바람 따라 가만히 밤에 내려,
만물을 적시되 가늘어 소리 없구나.
들길은 구름으로 온통 칠흙 같은데,
강 낚시 배 외론 등불 유난히 밝구나.
새벽에 우련 붉게 촉촉이 젖은 곳 보니,
금관성엔 꽃들 함빡 피어 고개 숙였겠지.
好雨知時節, 當春乃發生.
隨風潛入夜, 潤物細無聲.
夜徑雲俱黑, 江船火獨明.
曉春紅濕處, 花重錦官城.

(『두시언해杜詩諺解』12)

　수신자 정몽주의 「춘흥」은 발신자 두보의 의장意匠과 조어造語, 이

른바 시적 환경을 같이 하고 있다. "春雨細不滴, 夜中微有聲'은 '隨風潛入夜, 潤物細無聲"과, "雪盡南溪漲, 草芽多少生"은 "曉春紅濕處, 花重錦官城"과 그렇다. 곧 선인의 시의를 그대로 둔 채 조어한 환골이요, 선인의 시의를 보고 형용을 했으니 탈태한 것이다. 그래서 이 시는 성당盛唐의 풍격이 있다고 평가되어지고 있다. 정몽주가 두보의 시상을 이어받은 것이다.

3. 시의도詩意圖를 활용한 한시 교육

어떻게 가르칠 것인가? 중국에서는 화보류畵譜類의 성행과 맞물려 송대 이후로 왕유와 두보의 '시의도'가 많이 그려졌다. 주로 율시나 절구 중의 한 대구가 묘사되었는데, 이는 간결하면서도 정련된 5·7언 시어가 시각적 이미지를 표현해 내기에 적당하였기 때문이다.[6] 이 글에서는 고등학교 『한문』 교과서에 수록된 당대 왕유의 시 한 편을 선정하여 '시의도'와 한시의 통합 감상 가능성을 짚어보고, 한시 교육의 한 가지 방법으로 제안하고자 한다.

1) 왕유 「송원이사안서送元二使安西」를 주제로 그린 몇 편의 시의도

위성의 아침 비 가벼운 먼지를 촉촉이 적시니,
객사의 푸른 버들 빛은 더욱 새롭다.
그대에게 술 한 잔을 더 권하니,
서쪽 양관을 나서면 친한 벗 없으니.

---

6) 方聞, 「詩書畵三絶」, 『上海博物館集刊』 제4기, 15-16쪽.

渭城朝雨浥輕塵, 客舍靑靑柳色新.
勸君更盡[7]一杯酒, 西出陽關無故人.

(『당시선唐詩選』)

이 시는 원元씨 성을 가진 친구가 공적인 일로 안서安西 지방(지금의 감숙성 吐魯蕃縣)으로 떠나는 것을, 위성진渭城秦(함양咸陽)에서 벗과 함께 묵으며 송별하는 아쉬움을 달랜 작품이다. 우선 우리의 주의를 끄는 것은 2구에 있는 '푸른 버들 빛은 더욱 새롭다靑靑柳色新'라는 다섯 글자에 나타나 있는 색채어, 청록색 이미지 일 것이다. 왕유 시의 본 궤도가 자연시이고, 그 중에서 푸른색은 자연 그 자체를 대변한다 해도 지나친 말이 아니기에 이 한 구만으로도 한 폭의 산수화를 보는 듯하다. 게다가 '버들 빛'에서 풍겨오는 녹색 이미지는, 원래 당나라 때에는 버들가지를 꺾어서 헤어지는 친구와 이별하는 관습도 있었고, 이별과 버드나무의 관계는 그야말로 떼려야 뗄 수 없는 관계임을 보더라도 작자의 섬세하고도 감상적인 정감

그림 1 傅抱石
(金陵圖書館藏)

그림 2 謝從榮

7) 1. 4. 9번 교과서에 '進'이라 잘못 표기되어, 본 인용은 '盡'이라 고침.(김상홍 교수의 고증에 의거함).

이 잘 드러나게 하는 시어임은 의심의 여지가 없다. 여기에 '신新'자는 '아침 비朝雨'에 씻긴 버드나무의 싱싱한 푸르름을 강조하며 이별의 정을 더해주는 멋진 표현이다.

그림 3 현대화가 袁武

앞 두 구에서는 송별한 시간, 지점, 환경을 묘사하고 있다. 이른 아침, 위성, 객사, 동쪽으로부터 서쪽까지 이어져 있는 길, 객사 주변, 길 양쪽의 버드나무 등이 그림같이 나타나고 있다. '아침 비'는 이 시의 문학적 성취에 중요한 역할을 하고 있다. 본래 장

그림 4 畫家 未詳

안 서쪽으로 가는 길은 수레와 말이 빈번하게 왕래하여 먼지가 끊일 날이 없으나 지금은 아침 비가 막 그쳐 먼지도 날리지 않으며 도로가 한층 깨끗하고 날씨 또한 청명하다. '가벼운 먼지를 촉촉이 적시니'라는 표현에서 '적시니'로 해석된 '읍浥'이라는 글자는 적절하게 사용된 것으로서, 서역 멀리까지 떠나는 사람을 위해 가벼운 먼지조차 날리지 않도록 해준 것 같다

그림 5 戴敦邦

는 의미를 나타낸다. 시인 왕유는 여행자의 단짝인 '객사'와 이별의 상징인 '버드나무'를 취하여 송별의 이미지와 복합시켜 어두운 분위기를 깔고 있다. 친구를 송별하는 날은 아침에 내린 비로 인해 정갈한 분위

기를 풍긴다. 맑은 하늘에서 깨끗한 도로까지, 푸른 객사에서 파란 버드나무까지는 한 폭의 산뜻한 풍경화를 이룬다. 이런 장면은 슬픈 이별 장면이 아니라 경쾌하고도 희망에 가득 찬 분위기로 이별하는 모습을 연상케 한다. '경진輕塵', '청청靑靑', '신新' 등의 단어는 성운聲韻이 부드럽고 경쾌하기 때문에 독자들의 이런 느낌을 더욱 강하게 하는데, 만약 이 시에서 청록색 이미지를 느끼게 하지 않고 석양을 배경으로 하여 주황색 이미지를 준다면 이별의 감정이 어떠할까?

절구라는 형식은 편폭의 제한이 엄격하기 때문에 이별하기 전에 있었던 사소한 일들을 모두 담기가 어려운데도, 작자는 친구와의 석별의 정을 '그대에게 술 한 잔 권하니, 서쪽 양관을 나서면 친한 벗 없으리'라고 하여 위성에서 친구를 보내기 전날 성대한 주연을 베풀어 홀로 먼 곳까지 가야만 되는 친구의 고통을 위로하며 두 사람의 우정을 더욱 다졌음을 짐작케 한다. 이 시는 평범한 장소를 배경으로 하여 보편적인 이별을 묘사하였기 때문에 이백이나 두보의 시에서 보이는 호방함이나 웅혼한 기백은 없으나, 고상한 범인의 진실한 목소리가 울려 퍼지고 있다. 따라서 이 작품은 많은 독자들에게 공명되어 친밀감을 느끼게 한다.[8]

2) 시의도를 활용한 한시 교육

'한시'를 어떻게 가르칠 것인가? 한문 교육에 있어서는 작품(시)을 교육 자료로 활용함으로써 학습자는 단순한 어휘 암기, 문형 훈련, 문법 습득의 어려움을 극복하고 문학적 감동을 통해 한문 학습효과를

---

8) 이상 작품 감상은 김원중, 『당시감상대관』(까치, 1993)의 내용을 전재했음.

증대시킬 수 있다. 그럼에도 불구하고 기존의 교사 중심의 한시 학습 방식은 수업 시간의 대부분을 자구 해석, 문형 설명에 골몰하여 정작 중요한 문학적 재미는 잊혀지기 일쑤였다. 암기를 통한 획일적인 감상을 강요하여 다양하고 개성적인 답의 창출을 방해하였다. 더욱이 학생들의 수용 수준과는 무관하게 설정된 교과 지도를 무리하게 진행해왔다. 실제로 필자가 수업시간에 수강 학생을 대상으로 학습상의 어려움을 설문한 결과 원문 한자에 대한 학습 부담, 내용 자체가 우리(학습자) 시대와 생활과 너무 동떨어져 있다는 점, 대상 텍스트에 대한 비현실적인 이미지를 받았다는 의견 등을 접할 수 있었다.

학습자 중심의 한시 학습은 교사와 학생이 상호 협동하여 학생의 창조적, 창의적 사고를 함양하고 심미적 전환을 통한 정의적 영역을 넓혀가며 남의 생각도 인정하는 상대주의적 사고를 가능하게 한다. 이와 같은 학습 방식을 위해 도입되어야 할 것이 통합된 교과 도구 방식이다. 교과서를 주된 교재로 선택하여 다양한 보완 교재를 사용하는 방법도 있고, 교과서 외의 여타 예술 텍스트를 활용한 학습도 가능하다. 다른 예술 장르를 통한 감정의 교차점을 찾고, 이를 다른 문학 장르로 표현하고, 다시 타 문학 장르로 이어가면서 결국에는 제시된 시 작품의 의미를 파악해 낼 수 있다. 이에 필자는 문학 텍스트를 사용한 수업에서 문학적 즐거움을 통해 학습의욕을 증진시키는 방법의 하나로, 즉 예술 텍스트, 시각 매체를 곁들인 수업을 제안하고자 한다. 앞에서 소개한 '시의도'를 통한 학습이다.

문학(시) 텍스트는 시각성이 특히 두드러지는 특성을 가진다. 시각을 통한 심미성과 상상력, 비판적 보기의 능력을 기초적으로 배양하고 흥미를 유발하기 위해서는 한자로 된 시 작품보다 시각적으로 처리된 산수화나 문인화가 더 적합하다. 그림 속에 제시된 시구는 비록 한두 줄이지만, 시 전체를 염두에 두고 그릴 경우 제시된 시구 이외의 구절 내용이 그림 속에 반영되는 경향을 찾아낼 수도 있을 것이다. 이러한 그림의 내용이 한시 원문과는 다소 거리가 느껴질지라도 충분히 그림을 통하여 시상을 머릿속에 상상할 수 있을 것이다. 논리적인 언어를 가지고 획일적인 정답을 강요하기보다 훨씬 효과적이다. 교사는 번역에 들어가기 전에 이 시를 대상으로 하여 그린 시의도를 동시에 제공하여 참여 학생들의 상상력을 끌어내어 본다. 그리고 한시 텍스트를 처음 대했을 때는 어렵게 느껴지겠지만, 번역과 해석에 정답이 없다는 전제를 준다. 이로써 학생들 스스로가 위와 같은 그림 학습을 통해 시 분위기를 감상한 후 번역해내었다는 성취감을 느끼게 하고, 해결되지 않은 부분에 대한 의문은 다른 조와의 토론으로 다양한 번역과 해석의 가능성을 이해하고 해결해가도록 동기를 만들어 준다. 시에서 가장 마음에 드는 표현은 무엇이었는지? 내가 풀어본 해석과 다르게 해석한 친구의 풀이는 어떠한지? 왜 그런 해석을 했는지 친구에게 들은 견해를 적어보고, 풀이가 서로 다른 경우 어떠한 해석이 더 타당한지 의견을 나누어 토론하고 보다 타당한 풀이라고 결정된 뜻을 수용하기, 조별 토론 중에 모두에게 이해가 안 가는 구절이나 단어는 무엇이었는지? 시가 표현하고자 하는 의미와 주제를 토론 내용을 참고하여 나름대로 비평 에세이식으로 정리해본다. 이상의 내용을 갖추어 수업을 진행을 하는 것이다.

지금까지 시 텍스트를 미술 영역과 통합하여 이해하는 방법을 살펴보았다. 전에 한 연구자에 의해 한시(근체시)의 형상화를 표현하기 위해, 조 편성을 한 학생들이 배운 한시를 기-승-전-결의 4단의 그림으로 표현해보는 수업 방법이 시도된 바 있다.[9] 모두 학습자의 시적 감동을 극대화하기 위한 같은 맥락에서 볼 수 있는 사례들이다. 한시 학습의 목적이 학생들의 정서를 함양하고 지적 능력을 신장하는데 있다면 그 수업 방법은 당연히 학생들로 하여금 스스로 느끼고 생각하도록 이끌어내는 것이어야 한다. 그것은 직접적인 화면 및 상황을 제시하여 학생들로 하여금 쉽게 내용에 접근할 수 있는 기회를 제공하는 것이다. 이 글에서 제안한 '당시시의도'를 활용한 학습은 교과통합교육의 한 가능성을 시도해 본 것이다. 다른 교과와의 관련 속에서 한문 과목의 고유한 성격을 정리해야 한다면, 그림을 시가 문학에 활용한 교과 통합교육방식을 수행함에 있어, 1시간의 교육을 위해서 교사는 10시간의 노력이 필요할지도 모른다. 그래서 정책적으로 통합교육을 위한 프로그램 전문교육자도 필요하다.

4. 맺음말

'한문 교과'에 대한 선행 연구 결과를 보면, 고등학교 『한문』 교과서에서 문학, 특히 한시의 비중은 그리 높지 않다. 그것도 '한국 한시'에 치우친 감이 농후하다. 한자문화권과의 다각적인 교류를 위해서는 다른 교과보다 한문 과목의 역할이 절실히 요구되는 시점임을 감안할 때 국제교류에 기여하는 방향으로 한시 교육이 이루어져야 할 것이다.

이에 용사用事를 매개로 한 중·한 한시 연계 교육의 필요성을 논했다. 나아가 향후 진행될 통합교과를 염두에 두고 문학(시) 교육에 적합한 다양한 매체 학습방법에 대해 논했다. 이 글에서 제안한 '시의도'는 한시의 의미를 화폭에 옮긴 것으로, 화면에 쓰여 진 시구를 통하여 시

---

9) 이태희, 「근체시의 4단 구성과 그림으로 하는 한시 수업」, 『한문교육연구』 11호.

화의 상관관계를 비교적 쉽게 객관적으로 살펴볼 수 있다. 따라서 이러한 수업 환경을 조성하기 위해서는 서책으로 된 교과서 뿐 아니라, '시의도' 등 작품 관련 그림이나 현장의 풍경을 찍은 영상 자료를 담은 전자교과서 등이 필요하다.

제3부

중국 문단과의 교류와 인식

제1장

조선 후기 『이십사시품二十四詩品』 관련 문헌을 통해 본 문예론

1. 머리말

한국 한문학은 발생 단계부터 세계적 성격을 가질 수밖에 없었다. 문학 창작의 도구가 한문인 것과 함께, 전통 시대 지배적 세계관이 중화 중심적 세계관에서 벗어나지 못했다는 사정을 두고 본다면, 한문학은 상당부분 중국 문학·동아시아 공통 문학의 특징을 가지고 있는 것이다. 여러 한적 문헌 중에서도 텍스트로서의 중국 시는, 한국 문인들이 중국에 관한 지식을 습득하는 중요 원천의 하나로 작용하고 있다.

박지원朴趾源(1737-1805)처럼 '조선풍朝鮮風'을 적극적으로 권장한 문인도 있었지만, 연행 이후 조선 후기 문인들의 문집에는 학시, 작시, 논시, 논화論畵를 막론하고 그 표본을 중국의 것에서 찾아 언급하는 경우가 많이 있는데, 그 중 『이십사시품二十四詩品』에 대한 관심이 집중적으로 드러나고 있다. 국내의 조선 후기 『이삽사시품』 관련 문헌은 거의 대부분이 문예 미학적 관심에서 필사·소장된 것들이다. 필사 문헌 대부분은 당대唐代 '사공도司空圖(837-908)의 『이십사시품』'[1]과 그

24개 평어의 일부분으로 구성되어 있다. 그 관심도가 오늘날까지 이어져 한국 한문학사상의 '시평詩評'을 논하는 연구자 거의 대부분이 『이십사시품』으로부터 그 연원적 논의를 시작하고 있다.[2] 이 글에서는 조

---

1) 이 글에서는 『이십사시품』에 대한 사공도 저자 眞僞문제가 최근 학계에 거론되기 이전의, 조선 후기 문인들이 읽고 기록한 문헌 속의 언급대로 '사공도 『이십사시품』'으로 명명한다. 1994년 가을 중국당대문학회에서 明代 懷悅의 『이십사시품』에 근거해 위조하고, 당대 사공도의 이름을 의탁한 것이라는 학설이 제기된 바 있다(陳尙君·汪涌豪, 「司空圖二十四詩品辨僞·節要」). 司空圖가 『이십사시품』을 지었다는 기존의 사실에 이들이 제기한 의문 가운데 하나는 사공도 사후 명나라 萬曆年間(1573-1620)에 『이십사시품』이 수록된 서책들이 간행되기까지 약700여 년간 아무도 『이십사시품』을 거론하거나 이 책의 내용을 거론한 적이 없었다는 것이다. 중국의 송·원대와 같은 시기인 고려 시대에 간행된 문헌 자료에서도 『이십사시품』에 대한 언급은 없었다고 한다. 한 예로, 『二十四詩品』 중 '疏野'란 풍격이 있다. 고려 시대 崔滋 (1188-1260)도 『補閑集·三十四詩品』에서 '野疏'란 이름의 풍격을 들어 시의 '病'으로 내세웠다. 그러나 이에 대한 최자의 자세한 설명이 없어서 그 구체적인 것을 알 수는 없다. 고려 최자의 이 용어가 사전적인 피상적 의미 외에 과연 중국에서 유행한 『二十四詩品』의 풍격용어와 얼마만큼 일치할 수 있을지는 의문이다. 최자는 사공도보다 350여년 뒤에 태어나 활동한 인물이다. 『二十四詩品』 저자를 사공도라고 가정할 경우, 최자가 자신의 시평 작업에서 사공도의 『이십사시품』을 참조했을 개연성이 없지는 않다. 그러나 최자는 '사공도'와 '『이십사시품』,' 각각에 대해 아무런 언급이 없었다. 실제 고려·조선 시평서와 사공도 『이십사시품』의 비교 작업을 통해 볼 때 용어간의 유사성은 더러 발견된다. 하지만 중·한 양국의 문학 전통 속에서 유행한 시평서의 성격도 각기 다르기에, 18세기 이전의 조선 유입 흔적을 발견할 수 없는 현재의 연구 정황에서 이들 간의 영향관계를 단정 지을 수는 없다. 더구나 이 문제는 지금까지도 중국 학계의 『이십사시품』의 저자 眞僞 논란과도 연결되는 부분이므로 이 글에서 저자에 대한 논의는 논외로 한다.(이에 대해서는 李鍾虎, 「韓國詩話비평과 사공도의 『詩品』」, 『大東漢文學』13집, 2000 참조).

2) 사공도를 비롯한 중국의 문인들은 풍격용어를 사용하여 문학작품에 대한 인상이나 느낌을 표현해왔다. 전통 시대 조선 한문학 전거를 통해 보면 한국적

선 후기에 국한하여, 조선에서의 『이십사시품二十四詩品』의 유행을 논할 만한 후기의 특징적 필사 자료 몇 가지를 정리·소개하고, 이를 수용했던 당시 조선의 활발한 문단文壇·예단藝壇 활동의 실체적 진실에 주목해보고자 한다. 이 과정에서 중국 고전 작가의 비평서가 한국 한문학사에서 평가되고 해석된 실상을 살피고 그것이 중국 고전의 초국가적超國家的 이해에 기여할 수 있는 정도를 가늠할 수 있다. 이 글에서 소개한 문헌 자료는 선행 연구자들의 성과에 힘입은 바 크며, 차후 『이십사시품』 관련 문헌의 지속적인 발굴을 기대한다.

2. 사공도 문헌의 조선 전래

삼국 시대 이래로 중국의 주요 전적이 대량으로 유입·간행되었음은 누구나 상식적으로 알고 있는 사실이다. 그러나 창작 활동과 관련하여 구체적으로 어떤 시기에 어떤 책을 입수하여 읽었는지, 그런 책들이 우리 처지에 맞게 어떻게 취사선택되고 재편집되었는지 하는 등의 문제는 여전히 불분명하다. 우리 한문학에서 중국 시인과 작품의 수용사를 연구하는 일례로, 처음 수용 시기와 문헌 출처에 대한 고증이 제대로 이루어지지 않고 있는 것이 연구자들이 처한 현실이다. 무엇보다 여기에는 당시 중국내 문학사의 제반 상황, 저자 고증의 문제까지 고려해야 하는 어려움이 따르기에 더욱 그렇다. 그럼 사공도의 경우는 어떠한가?

인 독자성은 무시한 채, 수용 과정의 체계적 논의 없이 중국 문예미학을 그대로 수용해 다소 산발적으로 전개해 온 전례가 적지 않게 드러난다.(이에 대해서는 鄭堯一 외, 『고전비평용어연구』, 태학사, 1988 참조).

1) 시의 경우

고려 말기 명신인 정추鄭樞(1333-1382)가 「집구송전라송안렴集句送全羅宋按廉」[3]에서 사공도의 7언 율시 「오십五十」의 미구尾句인 '부타황국만동리負他黃菊滿東籬'를 단 한 차례 인용했을 뿐이다. 하지만 이 사실은 14세기 중엽 이전에 사공도와 그의 시가 고려에 유입·소개되었으며, 당시 고려 문인들에게 저명한 중국 시인으로 인식되고 있었다는 중요한 단서를 제공해 준다. 그 후 여말선초 문인인 박흥생朴興生(1374-1446)의 문집에 실려 있는 「차김교관훈집구시운次金敎官薰集句詩韻」이란 시 아래 집구시 원운原韻을 부록해 놓았는데, 그 속에서 김훈金薰(?-?)은 사공도의 「정미세귀왕관곡丁未歲歸王官谷」제7구인 '장취일호한일월將取一壺閒日月'을 인용하고 있다.[4]

조선 초기의 문인 서거정徐居正(1420-1488)은 그의 「칠휴정기七休亭記」에서 "사공도는 당나라의 명현으로 당이 쇠약해져 감을 보고 끝내 벼슬하지 않고 자기의 정자에 이름하기를 '삼휴'라 했으니, 재주를 헤아리고 분수를 헤아리며 귀머거리로 늙어간다는 의미이니 이는 또한 그칠 줄을 알고 만족할 줄을 알아 밝게 몸을 보전한 예로써 여러 군자들의 짝이다.司空圖, 唐之名賢, 見唐衰, 終隱不仕, 名其亭, 曰三休, 曰量才, 曰揣分, 曰老聵, 是亦知止知足, 明哲保身, 數君子之儔也."[5]라고 하여 사공도의 정자 이름과 그의 은거에 관해 말하였다. 정사룡鄭士龍(1491-1570)도 그의 시에서 사공도를 언급하고 있다. "마치 백낙천이 이도로 돌아가는 듯 문득 사공도가 왕관에서 늙어가는 듯.恰似樂天歸履道, 還如表

---

3) 鄭樞, 『圓齋藁』卷中.
4) 朴興生, 『菊堂遺稿』권1.
5) 徐居正, 『四佳集』文集 권1.

聖老王官." 등 은거와 관련하여 백거이 등과 짝 지워 사공도를 용사用
事하고 있다. 이렇게 여말선초의 한문학사에서 사공도 수용은 시편의
일부를 용사하거나 집구한 단편적인 인용이거나 인격 방면의 짧은 소
개로 이루어 졌다.

　김정희金正喜(1786-1856)의 전사본轉寫本으로 알려져 있는 『일명칠
절一鳴七絶』(개인 소장)은 사공도의 시집에서 「우중雨中」을 비롯한 7언
절구만 뽑은 책이다.[6] 이로 보아 18세기 후반까지도 사공도 시의 유행
은 계속되었음을 알 수 있다.

2) 『이십사시품』의 경우

　『이십사시품二十四詩品』은 『사공표성문집司空表聖文集』과 『사공표
성시집司空表聖詩集』 속에 실려 있지 않다. 더욱이 사공도가 『이십사
시품』을 지었다는 사실에 회의하는 일부 중국 학자들이 제기하는 의
문 가운데 하나는 사공도 사후 명나라 만력 연간(1573-1620)에 『이십사

<hr>

6) 표제는 '一鳴七絶'이고, 內題도 동일하다. 내제 하단에는 '羉提閣鈔藏'이라
　는 문구가 있어 金正喜(1786-1856)가 필사하여 가지고 있던 책이라는 것을
　알 수 있다. 羉提는 김정희의 別號의 하나이다. 이 책은 김정희 친필본이 아
　니라 轉寫本이다. 하지만 필사가 정교하여 원본의 모습과 크게 다르지 않을
　것으로 보인다. 끝에는 김정희의 題辭가 필사되어 있어 이 책을 만든 이유를
　알 수 있다.七言絶句, 以秦時明月·葡萄美酒爲極則. 如少陵絶句, 雖如漁
　洋, 未之擧揚, 世眼皆於浮響滑調, 未免爲眩耀籠罩也. 李靑蓮絶句, 細心
　讀之, 與杜並調同格. 盖杜絶, 於其五七律古之中, 又是特出, 一代無兩.
　如白香山·李義山, 皆學杜者, 於絶句, 又致力. 今司空絶句, 亦白李之外,
　又其得髓者耳. 阮堂題. 이 책에 대한 해제와 題辭는 朴徹庠 선생의 논문
　(「秋史 金正喜의 著作 현황 및 시문집 編刊에 대하여」, 『大東漢文學』25집,
　2006) 18쪽의 것을 재인용한 것이다.

시품』이 수록된 서책들이 간행되기 까지 약700여 년간 아무도 『이십사시품』을 거론하거나 이 책의 내용을 거론한 적이 없었다는 것이다.[7]

　그렇다면 조선 문인들은 언제 『이십사시품』을 읽은 것일까? 이종호의 연구 내용을 정리하면, 현재까지 한국의 학계에 알려진 『이십사시품』 관련 문헌의 대부분은 조선 후기(18세기 중반 이후)의 것들인데, 1713년 청의 강희 황제가 조선 사신으로 갔던 김창집金昌集(1648-1722) 일행에게 『전당시全唐詩』[8]를 하사품으로 전달함으로써 처음 조선에 들어올 수 있었다고 한다.[9] 이 『전당시』 속의 사공도 시 끝부분에 『이십사시품』(제634권, 사공도 저)이 부록되어 있다. 『전당시』가 1713년에 수입되었다고는 하나, 국왕에게 전하는 예물이었기에 국가 장서로 소중하게 보관되었을 것이며, 일반 문인들이 손쉽게 열람할 수는 없었을 것이다. 개인적으로 『전당시』를 구입한 시기는 이보다 조금 늦었던 것

----

7) 주1) 참조.

8) 『전당시』는 강희44년(1705) 3월~45년(1706) 10월 사이에 彭定求 등 10인이 칙명에 따라 편집·교정한 당시총집이다. 총 900권으로 목록이 12권이며 모두 2200여명의 시 48,900여수가 수록되어 있다. 최초의 간본은 강희46년(1707, 120책)에 간행된 揚州書局本이고, 광서13년(1887) 상해 同文書局에서 石印本(32권)이 간행되기도 하였다. 현재 규장각에 위의 목판본과 석인본이 모두 소장되어 있다.

9) 알려진 바에 의하면 청대 강희연간 어명에 의해 편찬된 『전당시』와 건륭 연간 하문환에 의해 편찬된 『歷代詩話』가 출현하기 이전, 중국에서 비교적 널리 통행되었던 『이십사시품』은 『津逮秘書』나 『學津討原』, 『說郛』 등에 수록된 것들이다. 이 밖에도 19세기로 넘어오면서 여러 총서류에 『이십사시품』이 수록되었다. 『학진토원』은 조선 중기 문인들 중에 접한 이가 거의 없는 것 같고, 『진체비서』는 조선 후기 김정희의 장서 목록에서 볼 수 있다. 陶宗儀가 편찬한 『설부』도 1610년을 전후해서 유입되어 널리 읽힌 것으로 보인다. 허균(1569-1618)은 『한정록』에서 『설부』를 여러 차례 인용하고 있지만, 『이십사시품』을 인용하거나 언급한 적은 없다.

으로 보인다. 이의현李宜顯(1669-1745)의 『도곡집陶谷集』에 『전당시』의 국내 유입을 알려주는 자료가 보인다.

> 뒷날 『전당시』 한 질을 샀는데, 곧 청 강희 44년 한림시독 반종률·팽정구 등이 대조 교정하여 편집한 것이다. 호황胡皇이 서문을 짓고 판각하였는데, 시가 모두 48,900여수로 정리하여 900여권으로 만들었다. 당나라 초기로부터 오대에 이르기까지 작은 구절이나 사소한 운어韻語도 빠짐없이 채록하였으니 당시의 대전이다.[10]

여기서 말하는 '뒷날'은 경자년(1720)이다. 이때 이의현은 동지정사冬至正使로 연행하여 『전당시』를 구입해 왔다. 이의현이 구입해온 것은 1707년 양주서국 초간본(목판본)일 것으로 추측된다. 이렇게 1720년에 조선에 들어온 『이십사시품二十四詩品』은 최근 불거진 저자 진위설과는 별개로 『전당시』에 실린 기록대로 '사공도'의 것으로 필사되어 조선 후기 문단에 소개되어 왔다. 3장의 문예론에서 거론될 정선鄭敾(1676-1759)과 이광사李匡師(1705-1777)도 『사공도시품첩司空圖詩品帖』이라 명명하여 『전당시』 수록본을 보았을 개연성을 갖게 하고, 신위(1769-1845)의 글에서도 『전당시』속의 '사공시랑司空侍郎(도圖)저' 『이십사시품』을 보았다고 스스로 적고 있다. 김정희(1786-1856)도 '사공표성司空表聖 『이십사시품』'이라 적었고, 그의 장서 목록에 『전당시』가 들어있는 것으로 보아 이들이 본 『이십사시품』의 저본은 동일한 것으

---

10) 李宜顯, 『陶谷集』권28, 「雜著」, "後來購得全唐詩一帙, 卽淸康熙四十四年, 翰林侍讀潘從律, 彭定求等所對校纂輯者也. 胡皇作序, 刻之詩並四萬八千九百餘首, 釐爲九百卷, 自唐初至五代, 片句么韻, 無不採錄, 信唐詩之大全也."

로 추정된다. 이 보다 앞선 시기에 들여온 『이십사시품』의 문헌소재를 확인할 수 없는 현재로서는 그렇게 볼 수밖에 없다.

3. 조선 후기 『이십사시품』 관련 문헌을 통해 본 문예론

1) 『사공도시품첩』

『이십사시품』은 시의 풍격을 24개 條로 나누어, 각각 4언의 운어 12구를 가지고 상징적으로 해설한 것인데, 시는 당대 말기에 으뜸으로 꼽혔고, 특히 기품 있기로 알려져 있다. 『이십사시품』을 읽어 본 학자들은 그 속에 묘사되어 있는 아름다운 경관에 찬탄을 아끼지 않는다. 그 24종의 표제는 다음과 같다. '웅혼雄渾', '충담沖淡', '섬농纖穠', '침착沈着', '고고高古', '전아典雅', '세련洗鍊', '경건勁健', '기려綺麗', '자연自然', '함축含蓄', '호방豪放', '정신精神', '진밀縝密', '소야疏野', '청기淸奇', '위곡委曲', '실경實境', '비개悲慨', '형용形容', '초예超詣', '표일飄逸', '광달曠達', '유동流動'. 한 폭의 동양화를 연상할 만큼 형상화 수법이 뛰어난데, 거의 전편이 은연중에 인물의 형상이 나타난다. 중국의 순수예술 경향이 궁극적으로 인간(자아)과 자연(외물)의 합일을 추구한다는 점을 감안할 때, 이 인물들의 형상은 마치 산수화 속에서 점경인물의 역할을 한다고 봐도 좋을 것 같다. 전체적인 화면에서 주도적인 역할을 한다고는 말할 수 없어도, 궁극적으로는 자연의 일부로서의 역할을 충분히 담당하고 있는 것이다.[11] 인물산수화에 빠지지

---

11) 이에 대해서는 彭鐵浩의 「『이십사시품』각 品속에 나타나는 人物의 의미」 (『중국 문학』제13집, 1985, 116쪽)에서 재인용.

않는 작품 속의 '유인有人'의 경지. 그 '인人'이 자연 속에서 이원화되어 나타나는 정감처리상의 문제에 관중들은 관심을 가져볼 만하다.

이것이 실제 회화로 표현된 것이 조선 정선鄭敾 화畵, 이광사李匡師 필筆 『사공도시품첩司空圖詩品帖』(일명, 『사공도시화첩司空圖詩畵帖』, 국립중앙박물관 소장, 1749년작, 견본담채, 27.8×25.0cm.)이다. 이 작품은 이광사의 글씨와 정선의 그림을 한 자리에서 감상할 수 있는 귀한 예로서도 가치가 있다 하겠다. 정선이 1749년 봄(74세)에 그린 것으로, 1751년 이광사가 쓴 『이십사시품』의 글씨도 함께 수록되어 있다. 24개의 시품 중에서 7번째 '세련洗鍊'과 16번째 '청기淸奇'가 빠져있어 22장의 그림만 있으며, 이광사의 글씨는 3번째 '섬농纖穠', 7번째 '세련洗鍊', 9번째 '기려綺麗', 16번째 '청기淸奇', 18번째 '실경實境', 21번째 '초예超詣'등이 결락되어 있다.

2) 신위의 『당시화의』에 실린 『이십사시품』과 문집 속의 언급들

신위申緯(1769-1845)는 1812년에 서장관書狀官으로 연행했다가 청대 옹방강翁方綱(1733-1818)을 만난 이후 '유소입두'의 문학론을 강조하였으며, 김정희金正喜(1786-1856)와 더불어 당대의 문풍에 지대한 영향을 주었다. 또한 강세황姜世晃(1713-1791)의 화풍을 이어받아 조선풍의 남종 문인화를 그려낸 화가이기도 했으니, 시서화 삼절로 꼽히며, 한 시대의 극변極變을 다 보여준 작가라고 평가되고 있다. 그는 비록 독자적인 화론을 따로 언급하지는 않았지만, 문집에 실린 시 4,000여 수 중 그림, 시권詩卷, 화첩畵帖 등에 제한 시가 대략 250여 수나 된다는 점에서 예문적 취향을 시화한 실상을 어느 정도 가늠할 수 있을 것이다. 그의 당시선집인 『당시화의唐詩畵意』에도 『이십사시품』 전문이 실려

있어 조선인의 문예인식 속에 상당한 영향을 주었던 것으로 짐작된다.[12]

바로 '당시화의권제15唐詩畫意卷第十五'에 부록으로 백거이白居易의 「지상편池上篇」과 함께 사공도司空圖의 『이십사시품』이 실려 있다. 신위는 이 책 예언 제14에서, 이들 작품은 화의가 뛰어나서 전문을 수록하지 않을 수 없었고, 가장 뒤에 부록으로 실은 이유에 대해서는 백거이 자신이 이 작품을 시도 아니고 부도 아닌 애매한 문체로 평가했고, 『이십사시품』도 『전당시』 사공도 시의 맨 뒤에 부록해 놓은 점을 감안해 별도로 사詞 작품 뒤에 별편別編으로 넣었다고 밝혔다.[13]

신위는 『당시화의』와는 별도로, 사공도에 관한 단편적인 언급을 통해 그의 시학적 연원을 밝히고 있다. 이들 내용은 그의 문집에 수록되어 있다. 먼저 성정, 풍교의 추구와 함께 시인의 직관과 영감을 그 본질로 이해하고자 하는 묘오의 견해를 제시하여 다음과 같이 말하고 있다.

> 내 성정의 느낌에 따라,
> 한 그릇 속에서 녹여야 하네.
> 역량이 미치는 곳이면,

---

12) 무엇보다 이 당시선집에는 두보(712-770)의 작품이 가장 많이 실려 있다. 두보 58수 이외에도 왕유 48수, 이백 26수, 두목 21수, 맹호연 19수, 위응물 17수, 백거이 17수, 유종원 12수 등의 작품이 실려 있다. 권제5와 권제7의 '摘句圖'는 예언 제12에서 이르길, 전편을 모두 수록하지 못한 것은 그림이 될 만한 시구를 뽑아내 유형별로 부분 부분을 넣었다고 밝혔다.

13) 申緯, 『唐詩畫意』 例言 제14, "白文公池上篇, 司空表聖詩品廿四則, 皆堪畫, 看不容不收, 然池上篇, 文公自云, 非詩非賦, 廿四品全唐詩中, 已入於附, 見則拘於位置, 別作別編, 附諸塡詞之後 … ."

고래의 힘을 취하기도 비취 새의 아름다움을 취하기도 하네.
단련하여 극치에 이르면,
고금이 저절로 구별이 없어져.
"풍류를 다 얻은 뒷면,
한 자에도 얽매이지 말라[14)"는 말은.
사공도의 『시품』24조,
가장 정수라네.
隨吾性情感, 融化一鑪錘.
力量之所及, 鯨魚或翡翠.
鍛鍊到極致, 自珉古今二.
盡得風流後, 了不著一字.
王官卄四品, 此其尤精粹.[15)

　　시는 시인의 성정에서 출발하였지만 시를 쓰는 주체의 시인과 소재
대상의 자연이 분리된 상태가 아닌 물아일치인 상태 즉, "내 성정의
느낌에 따라, 한 그릇 속에서 녹여야 하네.隨吾性情感, 融化一鑪錘."라
고 하여, '묘오에 이를 수 있는 시법'을 설명하고 있다. 일단 묘오의
경지에 이르면 사물의 막힘이 없으니 고래도 되고 비취도 될 수 있다
는 것이다. 또 풍류를 다 얻은 후라는 것은 대상과 내가 분별이 없어
지고 하나된 상태이므로 글자에 얽매임이 없이 '한 글자에도 얽매이지
않고 풍류를 다 얻는다.不著一字, 盡得風流.'고 말한 당대 사공도의 『시
품』이야말로 시가 이론의 정수라고 밝히고 있다. 또 신위는 1841년 작
품인 「차운답하상·국인양사백 삼수次韻答荷裳菊人兩詞伯 三首」(2)에서

---

14)　司空圖, 『二十四詩品』 '含蓄'條.
15)　申緯, 『申緯全集』3, 1465쪽, 「論詩爲錦舲. 荷裳二子作」.

문성은 빛나도다. 가을 하늘에,
사공도의 『시품』은 숙세의 인연.
文星耀彩重陽天, 詩品王官夙世緣.16)

이라고 했다. 그리고 1832년 「차운조재여이재논시7언장구次韻葆齋與
蘀齋論詩七言長句」에서도 사공도와 선禪을 함께 언급했다.

도연명, 위응물, 소식, 두보는 다르지 않으니,
문장의 기세와 정밀에 어찌 차이가 있을까.
다시 사공도의 『이십사시품』들어,
앞서가는 선노禪老를 타파해 볼까.
陶韋蘇杜本不二, 酣放精微何去留,
重拈王官卄四品, 勘破屍提禪老不.17)

그는 왕사정의 신운설을 수용하여 조선적 변용을 실천했던 문인이
다.18) 왕사정은 사공도의 『이십사시품』 중 「충담沖淡」·「자연自然」·
「청기淸奇」조를 풍격의 최고로 인정하여 다음과 같이 말했다.

사공표성이 『시품』을 지었는데, 모두 24조이다. '충담沖淡'이라는
것은 "그것을 건들수록 옅어지고 그것에 다가서면 더욱 희미하게 보
이네."이다. '자연自然'이라는 것은 "몸을 굽혀 집으면 바로 잡히니 곁
에서 취하지 않는다."이다. '청기淸奇'라는 것은 "정신精神이 드러나

---

16) 申緯, 『申緯全集』4, 2044쪽. 그 自注에 "余有司空王官詩品印"이라 했으므
로 '司空王官詩品'이란 印章까지 소유했음을 보아 그에게 많은 관심을 갖고
있었다고 여겨진다.

17) 申緯, 『申緯全集』3, 1319쪽.

18) 이에 대해서는 금지아, 『神韻의 전통과 變容』(태학사, 2008)을 참조하기 바람.

예스럽고 기이하며 맑아서 거두어들일 수 없다."는 것이다. 이 세 가
지는 풍격의 최상이다.[19]

　　『사고전서』에서는 이를 지적하여 풍격 전체를 포괄하지 못하여 사
공도가 설정한 '불주일격不主一格'의 논리에 위배됨을 지적하기도 했
지만[20], 왕사정이 선호한 풍격은 대체로 자신의 창작 규율을 고려하여
선택한 것이라 볼 때 이것이 바로 신운적인 시의 전형인 것이다. 사공
도가 설명한 「충담」조를 보자.

> 　조용히 소박하게 지내니,
> 　오묘한 기틀이 은미하다.
> 　지극히 조화된 기운을 들이마시고,
> 　외로운 학과 함께 돌아 다닌다.
> 　마치 따뜻한 봄바람이,
> 　부드럽게 옷에 불어오는 듯하고.
> 　긴 대나무 밭에 스치는 소리에,
> 　아름다움에 싣고 돌아가려 하네.
> 　그것을 건들수록 옅어지고,
> 　그것에 다가서면 더욱 희미하게 보이네.
> 　혹 형상의 흡사함이 있어도,
> 　손으로 잡으면 이미 사라지네.

---

19) 王士禎, 『蠶尾文集』권1 ; 『帶經堂詩話』권3 「要旨類」 2條, "司空表聖作
『詩品』, 凡二十四, 有謂 '沖淡'者. 曰 : 遇之匪深, 卽之愈稀'. 有謂 '自然'
者, 曰 : '俯拾卽是, 不取諸隣'. 有謂 '淸奇'者 曰 : '神出古異, 淡不可收'
是三者品之最上."

20) 『四庫全書』, "王士禎但取其'采采流水, 蓬蓬遠春'二語, 又取其'不著一字,
盡得風流'二語, 以爲詩家之極則, 其實非圖意也."

素處以黙, 妙機其微.
飲之太和, 獨鶴與飛.
猶之惠風, 苒苒在衣.
閱音修篁, 美曰載歸.
遇之匪深, 卽之逾希.
脫有形似, 握手已違.

앞의 여덟 구는 두 개의 분위기가 서로 유사한 경계를 나타내어 사공
도가 느낀 충담의 시풍을 전하려 했다. 앞에 제시한 두 경계의 중첩은
독자로 하여금 충담이 갖는 자연스러움, 담박함, 공령함, 청원함 등의
신운을 느끼게 해준다. 마지막에 '그것을 건들수록 옅어지고遇之匪深'구
는 충담의 요소에 대해 이론적인 설명을 해주고 있다. 충담의 묘는 있는
듯하지만 희미하여 느낄 수는 없고 구할 수도 없는 자연의 경지다.

자연은 사물의 본래 면모를 유지하고 수식을 더하지 않는 것인데,
수식과 꾸밈을 더하지 않아 소박한 것, 이것인 '담'인 것이다. '담', 혹
은 '충담沖淡'·'담원淡遠'은 중국의 시와 그림 등 문예영역에서 항상
추구하는 최고의 예술적 경지이며 심미이상으로 인식되어 왔다. 그것
은 선의禪意와 밀접한 관련이 있다. 왕사정이 추구하는 이상적인 시도
선경禪境의 시의詩意를 갖춘 것으로 그것의 특징을 간단히 '담淡'이라
는 한 글자에 있다고 파악하여 사공도 『이십사시품』「충담」조를 "24품
중에서 최상이다."라고 한 것이다. 이 점은 조선의 신위에게도 예외가
아니었다.

3) 김정희金正喜 문집의 언급들

화의를 담은 시선집을 낸 신위의 문인화는 후기로 갈수록 정신적인

면을 중시하게 된다. 이와 같은 화풍은 김정희(1786-1856)에게 이어지는데, 그의 문인화는 선화禪畵에 많은 이해와 관심을 가졌기 때문에 그림에는 문자향과 서권기가 있어야 한다는 한국적인 문인화의 화품 기준을 주장하기도 했다. 그는 시서화가 서로 같다는 피상적인 관념을 단순히 거론하기 보다는 어떠한 측면이 이러한 '시서화 일치'를 형성하고 있는가에 관심을 두고, 『이십사시품』을 직접 송습하여 일정한 경지를 심득했을 것이다. 이에 자신의 견해를 밝혔다.

사공표성의 『이십사시품』은 그림의 경지가 아닌 것이 없다. 동파의 "빈산에 인적이 없고 물소리에 꽃이 피어난다. 산 높아 달 작고 물 줄어 돌부리 우뚝하다."라는 시구 또한 더할 수 없는 묘체이다. 지금 이 「낙목일안도落木一雁圖」는 두 분 이외에 하나의 다른 경지를 이끌어 내니 초후의 가슴 속에 천기가 가득하여 그로써 이 두 분에게까지 위로 미친 것일까. 일찍이 초후의 시를 보니, "아침에 꾀꼬리 깊은 생각이 있구나."라는 구절이 있어 사공도의 풍미와 심히 비슷하였다. 과연 「일안도一雁圖」의 경지 중에도 얻을 수 있을 것인가?[21]

『이십사시품』은 심미적 문예이론을 구축했던 지침서인데, 김정희는 이를 모두 그림과 같은 경지로 파악하고 있다. 그는 철저하게 형사를 부정하여 권돈인權敦仁(1783-1859)의 「세한도歲寒圖」에 제하기를, "화의가 이와 같은 이후에야 형사의 길을 벗어난 것이 된다.畵意如此而後,

---

21) 金正喜, 『國譯 阮堂全集』권6, 題跋; 「題落木一雁圖」, "司空表聖『二十四詩品』, 無非畵境. 坡公空山無人, 水流花開, 山高月小, 水落石出, 又是無上妙諦今. 此「落木一雁」, 於兩公之外, 拈出一異境, 苕侯胷中, 天機自足, 有以上摩兩公耶. 嘗見苕侯詩, 有曉來黃鳥有深思之句, 甚似司空風味, 果有得於「一雁」, 境中者歟."

爲形似之外."[22]라고 한데서 형사를 배제하고 사의寫意를 옹호하는 문 인화론을 잘 보여주고 있다. 김정희는 과연 어떠한 서책을 통해 사공 도(표성)의 『이십사시품』을 접했을까? 일찍이 김정희는 『이십사시품』 을 가지고 샘에 대한 찬贊을 지었는데, 찬에 이르기를 "가다 멈추다 하는데, 푸른 하늘은 아득하기만 하네, 정신이 드러나 예스럽고 기 이하며 맑아서 거두어들일 수 없다.載行載止, 空碧悠悠, 神出古異, 淡不 可收."[23]라고 하여, 『이십사시품』 「청기淸奇」 가운데 4구를 인용하고 있다. 학자들의 고증에 따르면 '가다 멈추다하는데載行載止'에서 '행 行' 자가 사용된 판본은 『진체비서』본으로 알려져 있고, 『설부』 등 다 른 본에서는 '첨瞻'으로 되어 있다고 한다.[24] 『전당시』본에도 '행行'으 로 나와 있다. 이로 볼 때 김정희가 본 『이십사시품』은 『진체비서』본 이거나 『전당시』본 중의 하나일 것이다. 김정희의 장서 목록에는 이 두 본이 모두 있다.[25]

4) 『예림품휘藝林品彙』에 실린 『이십사시품』

국립중앙도서관에 소장 중인 이 책은 시詩·사司·화畵·인印의 네 가지 예술 분야에서 나타나는 풍격에 대한 비평 저작 7편을 한데 모아 서 『예림품휘』(필사본. 1책, 四周雙邊 半郭 17.3×12.2cm. 有界, 10행20자. 上 下向黑魚尾 ; 25.3 ×16.0cm)라는 제목으로 엮어놓은 것이다. 각 저작의 제목, 저자 사항, 분량은 다음과 같다.

---

22) 崔完秀, 『秋史實記』(한국의 美 17, 1985), 206쪽.

23) 金正喜, 『國譯 阮堂全集』권6, 記; 「研山瀨記」.

24) 祖保泉, 『司空圖詩文硏究』「二十四品校正」.

25) 「金秋史藏書目錄」, 『한국학』25집, 1981.

『詩品』唐 司空圖, 24則

『詩品』淸 袁枚, 32則

『詞品』淸 郭麐, 12則

『詞品』淸 楊伯夔, 12則

『畵品』淸 黃鉞, 24則

『畵品』淸 許乃穀, 24則

『印品』淸 程庭鷺, 12則

여기에 포함되어 있는 저작들 중 『시품』(『이십사시품』)을 빼고는 모두 청대 인물의 것이다. 이 가운데 가장 중요한 저작은 단연 '사공도의 『시품』'이다. 나머지 여섯 개의 저작 역시 사공도 『시품』의 영향을 받아 지어진 것이며, 조선 후기 시·화 예술론에 끼친 영향도 상당했기 때문이다. 이 책을 조선에서 편집하고 필사한 사람이 누구인지는 확실히 알 수 없으나, 여러 가지 정황으로 볼 때 조선 말기 다양한 예술 분야에서 활동했던 오세창吳世昌(1864-1953)[26]인 것으로 짐작된다. 이 문헌의 필사자로 추정해 볼 때 조선에서의 '사공시랑/표성 『이십사시품』'의 인식과 영향은 근대 이후까지 지속되고 있음을 알 수 있다. 그 관심도가 오늘날까지 이어져 한국 한문학사에서 '시평'을 논하는 연구

---

26) 이 책은 絲欄空卷을 사용하여 필사하였는데, 판심에 해당하는 부분에는 '葦滄鈔書之箋'이라는 표식이 인쇄되어 있다. 또 맨 뒷장에는 '葦滄藏書'라는 藏書印이 찍혀 있다. 吳世昌의 자는 仲銘, 호는 葦滄이다. 개화운동에 앞장서고 일제 강점기에 민족 대표 33인의 한 사람으로 활동하다 옥고를 치루기도 하였다. 예술 분야에 있어서도 뛰어난 재능과 감식안을 가지고 있었다. 또한 그는 조선 후기 역관으로 활동하며 서화 수집에 열정을 보였던 吳慶錫(1831-1879)의 아들로서, 가학을 바탕으로 한 『槿域書畵徵』·『槿域印藪』·『槿域書彙』·『槿域畵彙』 등의 저작은 한국서화사 연구에서 귀중한 자료로 평가받고 있다.

자 거의 대부분이 『이십사시품』으로부터 그 연원적 논의를 시작하고 있는 것이다.

4. 맺음말

『이십사시품』과 24개 개별 평어들은 조선 후기 문단에 유입된 이후 '사공도 저, 『이십사시품』'으로 여러 차례 문헌을 통해 거론되었던 만큼 오늘날 한국 한문학 연구자들에게 이미 익숙하다. 이들 문헌 속에서 찾아낸 문예론이 조선 시단에 정착하게 된 특징을 짚어보면 다음과 같다.

첫째, 조선의 경우도 시평 용어가 하나의 단일 미학용어로서의 기준을 갖고 있었던 것은 아니었으며, 몇몇 단편적인 용어나 개념들 - 특히 왕사정 신운설의 이론적 연원이었던 사공도가 사용했던 용어나 개념 - 이 서로 얽혀 혼재되어 있다는 것이다. 이 점은 조선 후기 문단의 청 왕사정에 대한 관심과도 맞물려 있다. 예컨대 '신운'이라는 개념이 사용되기도 하고, 이 밖에 엄우의 '수중월水中月, 경중상鏡中相', '묘오妙悟'나 사공도의 '초이상외, 득기환중超以象外, 得其環中', '이형득사離形得似', '불착일자, 진득풍류不著一字, 盡得風流' 등과 같은 표현들이 비교적 많이 사용되었다. 따라서 작품을 비평하는 입장에서 간략히 사용된 이들 용어의 이론적 함의와 지향을 구체적으로 파악하기는 어렵지만, 대체로 언외의 함축적인 의미를 중시하고 담박을 추구하는 경향을 보이고 있다.

둘째, 단순히 『이십사시품』 관련 언급을 얼마나 많이 사용했느냐의 문제가 아니라, 창작 방향을 이끌어 주고, 당시의 시풍 형성에 일정한 작용을 하여, 시뿐만 아니라 회화, 서예 등의 영역에까지 확대되어 작품을 비평하는 중요 기준으로 사용된 것도 한 특징으로 지적된다.

지금까지 조선에서의 『이십사시품』의 유행을 논할 만한 후기의 특징적 필사자료 몇 가지를 정리·소개하고, 이를 수용했던 당시 조선의 활발한 문단·예단 활동의 실체적 진실에 주목해보았다. 그렇다면 조선에서는 후기에 왜 이와 같은 문예론이 출현하였는가? 이 문제는 이 시기 문학사를 포함하여 사상사, 예술사에 대한 이해가 없다면 피상적인 논의에 그칠 우려가 있다. 이 시기에 이르러 문학 본질론의 출현과 함께 창작에 있어서도 '담박淡泊'과 '한원閑遠'을 주요 풍격으로 하는 시 경향이 두드러지게 나타났다. 이는 청의 왕사정 신운설이 지향하는 것과도 유사한데, 실제로 당시 조선의 사대부들 사이에서 사공도, 엄우, 왕사정의 문예론이 폭넓게 공유되고 있었다. 관료로서의 성장과 실패, 봉건 지배계급의 일원으로서의 역사적 전망에 대한 불투명, 그리고 소극적 현실 안주, 이러한 사회 조건의 변화에 따라 그들은 겉으로는 현실 세계에 대해 초연한 듯하지만, 그들 내부의 심리 세계와 정서는 그렇게 단순하지만은 않았을 것이다. 심리적 갈등을 안으로 삭이면서 몽롱하고 함축적이며 청원하고 담박한 심미적 정취를 추구한 것이다. 이것이 당시 현실 앞에서 무력할 수밖에 없었던 사대부들의 정신적 지향처였을 것이다.

신위申緯의 연행燕行과 『주청행권奏請行卷』
: 옹방강翁方綱과의 문묵연文墨緣을 중심으로

1. 머리말

신위申緯(1769-1845)의 자는 한수漢叟, 본관은 평산平山이며, 호는 자하紫霞이다. 31세 때인 1799년(정조 23)에 비로소 문과에 급제하여 벼슬길에 올랐으나 성격상의 자만과 호탕으로 예법에 매이지 않고 홀로 자적하며 10여년의 한직閑職을 지내기도 했다. 그러다 1812년 44세에 서장관書狀官으로 중국에 다녀온 이후 그의 시명詩名은 국내외에 알려졌고, 연행燕行 이후에 정립된 그의 시학 입장은 변하지 않고 말년末年까지 근 30여 년 간 계속 이어져 초탈적 작품을 써낼 수 있었다.

그는 1812년 연행 후 옹방강翁方綱(1733-1818)을 만나 자신의 성정性情 시학을 정립하게 되었고, 1820년에 쓴 시에서는 "옹방강의 주가 맨 뒤에 나와 사신행 주의 미비한 것을 보완했다.翁注最後出, 補査所未備."[1]라고 하여 옹방강의 『소시보주蘇詩補注』[2]에 대한 관심을 엿보였

----

[1] 申緯, 『申緯全集』1, 485쪽, 권18 『碧蘆舫藁4』「余所藏東坡文字, 舊有全集,

고, 그에 대한 존경과 '학소學蘇'에 대한 결심을 강하게 보이고 있다. 또 말년인 1841년에 쓴 시에서도 "내 일생의 시맹은 '유소입두'에 있다.余一生詩盟, 在由蘇入杜."3)라고 선언한 바 있다.

이번 연행에서 그가 특히 관심을 갖고 교유한 인물은 청대 옹방강이었다.4) 이 글에서는 옹방강과의 초국적 묵연을 통한 '학소'의 양상을 그의 연행시(『경수당집警修堂集』 권2 『주청행권奏請行卷』)를 통해 살핌으로써, 그 '유소입두由蘇入杜'의 시작이 옹방강과의 만남에서 비롯된 것이었고, 그의 학소풍의 계승이었음을 확인하려고 한다.

2. 신위의 연행과 『주청행권』

신위의 문학은 1812년(순조 12) 진주겸주청사陳奏兼奏請使인 정사正使 이시수李時秀(1745-1821), 부사副使 김선金銑(1750-?) 일행으로 서장관書狀官의 책무를 띠고 연경燕京에 가게 된 때부터 시작되었다고 말할 수 있다. 그는 중국 문학을 접한 이후 문학에 대한 새로운 안목이 열리게 되자, 이전의 작품은 모두 불태워버리고 연행燕行 이후의 작품만 모아 『경수당집』(이 글에서는 『신위전집申緯全集』 4책을 텍스트로 함,

---

王注施注査注四種. 又得覃溪補注及海外集二種. 此集之聚, 殆無遺憾. 喜而有述, 凡四百四十字」(『申緯全集』 4冊, 孫八洲 編).

2) 翁方綱, 『蘇詩補注』8卷 乾隆 47년(1782). 蘇齋刊本.

3) 申緯, 『申緯全集』4. 1949쪽, 권81『覆瓿集7』「余一生詩盟, 在由蘇入杜, 而尹竹史旣望無月之什, 與余詩韻不謀而同, 可喜其詩盟之又與我敦也. 爲用原韻答之」.

4) 金澤榮, 『韶濩堂集』권10 「紫霞申公傳」, "純祖十一年陞通政大夫. 明年以書狀官赴淸京, 與翁方綱父子游極驩."

태학사, 손팔주 편) 85권을 엮었다. 신위가 세상을 떠난 후, 당시 중국에서 망명 중이던 제자 김택영金澤榮(1850-1927)은 중국에서 신위의 『경수당집警修堂集』 4,069수 중에서 시 924수만을 선록하여 광서 33년(1907) 3월 강소성江蘇省 통주通州에서 『자하시집紫霞詩集』 6권 2책을 간행했다. 이것은 그의 시가 국내에서 간행되지 못하고 필사본으로만 나돌다가 처음으로 중국에서 간행된 것이다.[5]

이 중에 『경수당집』 권2 『주청행권』은 신위가 입연 당시의 소감을 시로 남긴 일종의 연행시 성격을 갖는 작품이다. 그가 연행을 다녀오던 해(1812년 7월)부터 이듬해(1813년 2월)까지 쓴 고금체시古今體詩 89수를 모아 엮은 것으로, 『경수당집』 85권 중 이 책 권2에 가장 많은 시가 실려 있다. 그 내용은 요동에서 북경에 도착하기까지의 견문과 북경에서의 체험, 돌아오는 과정의 노정을 순서대로 적고 있다. 그러므로 중국 땅에 몸을 둔 채 중국을 무대로 쓴 『주청행권』에 실린 작품들은 신위의 입장에서 본 중국의 역사적 인물과 사건의 기록이며, 그가 연행 길에서 만난 문인과의 교류사, 지나치는 도중의 풍경과 명승을 제재로 한 '연행록燕行錄'의 성격을 갖고 있다. 여기에 몇 작품을 간단히 소개하기로 한다. 시의 본질적 문제를 다룬 「회령령會寧嶺」을 보자.

> 땅을 두른 군봉은 절로 바삐 물러나니,
> 전 요동의 험한 고개 이것이 으뜸이네.

---

5) 金澤榮, 『韶濩堂集』 권2 「申紫霞詩集序」 "余弱冠餘, 入漢京, 見紫霞申公詩藁十餘冊, 所謂警修堂集者. 知其鉅麗, 而惜其未刊, 從徐葆堂穉叟, 借一本, 授同鄉故人崔準卿, 使之膽藏, 及來中國, 從準卿, 得而携之, 三年之間, 再加繹玩姑選取四之一, 編爲六卷, 更名曰申紫霞詩集"

하늘은 희고 푸른 저 밖에 드리우고,
가을은 울긋불긋 칠한 가운데 들었네.
호랑이, 이리 싸우는 협곡에 짧은 해 어둑하고,
저문 성에 까마귀 춤추며 바람 따라 도네.
구름 속에 말 웃음소리. 때때로 놓쳐 버리고,
산 중턱 거친 황사에서 한번 같이 모였네.
匝地群峰忙自退, 全遼嶺阨此爲雄.
天垂繚白縈靑外, 秋入丹砂點漆中.
峽鬪虎狼霾短景, 城昏鴉鵲舞回風.
雲層笑語時相失, 山牛荒祠一會同.[6]

그 附記에 이르길,

　　고금인의 시구 가운데 꾀하지 않았는데도 같은 것이 있다. 내가 연
행 당시 회령령에서 지은 시 중에 "天垂繚白縈靑外, 秋入丹砂點漆
中"구가 있어 내 스스로도 훌륭하다고 여겼다. 뒤에 『육유집』을 보니
거기에 "天垂繚白縈靑外, 人在駁紅忿緣中"구가 있었다. 뒤에 사람
들이 표절한 것이라고 말할 것이나 실로 우연에서 나온 것이며 꾀하
지 않았는데도 같아진 것이다.[7]

라고 하여 조선 시가 중국의 영향을 받았지만, '불모이동不謀而同'이라
하여 당시 중국의 의고 풍조를 의식한 듯 그의 창조적 시 경향임을

---

6) 申緯, 『申緯全集』1, 11쪽, 권2 『奏請行卷』 「會寧嶺」.
7) 申緯, 『申緯全集』1, 11쪽, 권2 『奏請行卷』 「會寧嶺」 附記, "古今人詩, 有
不謀而同者, 余燕行時, 會寧嶺得一句曰, 天垂繚白縈靑外, 秋入丹砂點
漆中, 此以爲佳. 後閱陸放翁集有曰, 天垂繚白縈靑外, 人在駁紅忿緣中.
後人必曰剽竊, 而余實偶然不謀而同也."

강조하고 있다. 비록 이렇게 중국을 묘사·서정의 대상으로 삼기는 했지만, 시 속에 조선인으로서의 자신이 품었던 사상과 감정, 의지를 은근히 내보이고 있다. 중국의 시를 논평할 때 적용한 미학적 표준은 기본적으로 중국에 근원을 둔 것이지만, 여기에는 그의 미학관도 반영되어 있다. 이 밖에 중국 서적(『급취편急就篇』), 지명(연수衍水 : 요령성 경계, 심양瀋陽)을 인용한 시들이 있다.

> 고요한 바람이 비 갠 뒤 따뜻한 하늘에,
> 초가을이 어쩌면 이리도 맑고 고울까.
> 수레는 진흙길에 들어 반질한 바다 같고,
> 차 맛은 입에 돌아 아득한 졸음 선禪에 든 듯.
> 옛 수자리 황화 꽃 말채찍 밖에 있고,
> 술파는 집 붉은 깃발 기러기소리 가에 있네.
> 좋은 시구는 한 번 잊어버리면 이어나가기 어려우니,
> 진실로 입에서 솟는 대로 급취편을 만든다.
> 暖日恬風雨後天, 杪秋那得此淸姸.
> 車音入滑泥爲海, 茶味回怗睡是禪.
> 古戍黃花鞭影外, 酒家紅旆雁聲邊.
> 好詩一失難追補, 衡口眞成急就篇.8)

> 진나라를 피해 왔으나, 연수도 진나라이니 어찌할까?
> 이래서 진나라를 태자하라고 부르는구나.
> 내가 물가에 이르러 옛일을 고증하려하니,
> 찬바람 지는 해에 물만 흘러가는구나.
> 避秦衍水奈秦何, 衍水因稱太子河.

---

8) 申緯, 『申緯全集』1, 19쪽, 권2 『奏請行卷』「東關驛至凉水河作」.

我欲臨河徵舊事, 寒風落日自頰波.[9]

도화로 낯을 긋고, 남은 단장 지우고,
옛날 입던 비단치마 눈물도 다 적셨네.
박명이 어디 상부의 한보다 많을까만,
비파를 꺼안고 심양을 지나리라.
桃花搜面洗殘恨, 泣盡香羅舊着裳.
薄命較多商婦悵. 琵琶斜抱過瀋陽.[10]

　　그리고 신위가 이번 연행에 화원畵員 이수민李壽民(1783-1839)을 동행케 하여 「재석도載石圖」를 그리게 했음을 볼 때[11], 당시 조선 화원들과 중국 문인화가들과의 교류 상황도 이해할 수 있다. 특히 북경에서 신위의 관심사와 그가 만난 인사들과의 교류는 『주청행권』에 실린 시제만으로도 알 수 있을 정도로 구체적이다. 그 밖에 신위는 옹방강의 아들 옹수곤翁樹崑(1786-1813)과도 남다른 우의를 다졌다. 제자 섭동경葉東卿(지선志詵, 1779-1862), 문인화가 왕재청汪載靑(여한汝翰, -1810-)이 마침 연행을 온 신위를 청하여 석묵서루石墨書樓에 모이게 되자, 신위가 가지고 있던 풍고楓皐 김조순金祖淳(1765-1832)이 부채에 쓴 시[12]를 수곤이 보고 칭찬하자 곧 운을 따서 쓴 시도 남겼다.

---

9) 申緯, 『申緯全集』1, 14쪽, 권2 『奏請行卷』 「太子河」.

10) 申緯, 『申緯全集』1, 21쪽, 권2 『奏請行卷』 「榛子店弔季文蘭」.

11) 申緯, 『申緯全集』1, 26-27쪽, 권2 『奏請行卷』 「題載石圖」 " … 有李生(自注:壽民)工畵摹長, 囑請爲載石圖 …."

12) 申緯, 『申緯全集』1, 29쪽, 권2 『奏請行卷』 「送紫霞詞兄赴燕」 "九州之大盡金臺, 歷帝王年八百來. 吾昔望洋旋面歎. 君今登嶽盪胸回, 悲歌重諾仍遺俗. 博學宏詞幾茂材. 遊到酣時應自覺, 人生海外亦何哉."

이역에서 뜻있는 선비들이 만났는데,
기러기는 남쪽으로 날고, 나는 북쪽으로 왔네.
만리나 떨어진 다른 하늘에서 숙연이 모였고,
구문은 바다 같은데, 갖가지 우스갯소리하고 돌아가네.
문수의 대가 반드시 연나라에서 심은 것 아니고,
초나라의 귤이 이내 진나라의 나무로 되어버렸네.
부질없이 오래 서루에 머물지 마오.
황금대의 낙조가 슬프니.
逢迎秋士望卿臺, 鴻鴈南來我北來.
萬里各天宜契合, 九門如海劇談回.
汶篁未必非燕植, 楚橘仍湏化晉材.
莫漫樓頭憑眺久, 黃金落照氣悲哉.[13]

또, 연행의 일정을 마치고 귀국하는 길에서 옹수곤과의 이별을 아쉬워하는 서한을 보내고 있다.

정양문밖 웅성거리는 소리 속에,
먼 길 따라와 흐르는 눈물을 애써 참네.
이 날 다리에 남긴 한 끝 없으니,
사람들이 놀라 뉘 집 하인인가 의심하네.
正陽門外錐沙語, 千步廊前忍淚廻.
此日河梁無限恨, 市人驚怖僕人猜.[14]

이처럼 연행을 통해 신위가 받은 가장 커다란 문화적 충격은 옹방

---

13) 申緯,『申緯全集』1, 29쪽, 권2『奏請行卷』「翁星原, 葉東卿, 汪載靑, 招集
石墨書樓, 星原賞余所携楓皐公詩扇, 乃用原韻卽席共賦」.
14) 申緯,『申緯全集』1, 38쪽, 권2『奏請行卷』「回到通州寄星原」.

강 부자였다고 해도 과언이 아니다. 이렇게 이글에서 다루려는 옹방강
과의 문묵연, 그 아들 옹수곤과의 만남을 계기로 이들과 서화에 대한
많은 논의를 했는데, 실제로 그들이 교환한 제사題詞, 시문서발詩文集
跋, 옹방강의 시 제자들과의 가화佳話는 연행 이후 그의 시문관이 변
했음을 고려할 때, 이는 그의 문학에 대한 인식을 확인할 만한 중요한
자료라고 생각된다.

3. 옹방강과의 만남과 문묵연

1) 옹방강의 '학소學蘇'

옹방강은 당시 연경학계의 금석학, 비첩학, 경학 연구의 중심 인물
로 독자적인 문호를 이루고 문하에서 쟁쟁한 학자들을 배출하고 있었
다. 옹방강은 소식(1036-1101)을 흠모하고 사숙하였고, 1768년에 동파
東坡 진적眞跡 『천제오운첩天際烏雲帖』15)을 얻었다.16) 옹방강이 얻은
서첩 '『천제오운첩』'은, 곧 소식이 42세 전후에 항주에서, 송나라 때
글씨 잘 쓰기로 유명한 채양蔡襄(군모君謨)17)이 꿈 속에 읊은 '하늘 끝

---

15) 蘇軾,『蘇軾文集』「跋蔡君謨'天際烏雲詩'卷」"'天際烏雲含雨重, 樓前紅
日照山明. 嵩陽居士今何在, 靑眼看人萬里情' 此蔡君謨「夢中」詩也. 僕在
錢塘, 一日謁陳述古, 邀余飮堂前小閣中, 壁上小書一絶, 君謨眞迹也. '綽
約新嬌生眼底, 侵尋舊事上眉尖. 問君別後愁多少, 得似春潮夜夜添.' 又
有人和云 '長垂玉筯殘粧臉, 肯與金釵露指尖. 萬斛閑愁何日盡, 一分眞
態更難添.' 二詩, 皆可觀. 後詩不知誰作也."

16) 翁方綱,『天際烏雲帖考』권1, 跋「夢詩帖」.

17) 蔡襄, 字는 君謨이다. 宋 仙游(지금 福建省)사람이다. 蘇軾, 黃庭堅, 米芾
와 함께 이름을 날려 사람들이 : '蘇·黃·芾·蔡' 송 4대가라고 부른다.(肖嵐

검은 구름이 비를 잔뜩 머금었고, 누각 앞 붉은 해는 산에 비쳐 밝구
나. 숭양 거사는 지금 어디에 있는가, 청안으로 만리에 떨어진 사람을
다정스레 보는구나天際烏雲含雨重, 樓前紅日照山明. 嵩陽居士今何在, 青
眼看人萬里情'란 시의 행체진적行體眞跡을 보고는 분전지粉箋紙에 휘
호揮毫를 한 것인데, 이 후에 다시 원대와 명대 사람 8명이 각각 제題
를 하여 첩帖으로 만들었다.18) 『천제오운첩』은 옹방강이 광동성에 재
임할 당시인 1768년에 복건福建의 정윤鄭潤이란 사람에게 그 이야기
를 듣고 호남湖南의 오吳 씨에게 60금을 주고 구입한 것이다. 이를 얻
고는 기뻐서 서재의 이름을 '소재蘇齋'라고 했다.19) 이후 3년 뒤 「소문
충천제오운첩가蘇文忠天際烏雲帖歌」20)와 「재제천제오운첩구수再題天際
烏雲帖九首」21), 「삼제천제오운첩구수三題天際烏雲帖九首」22), 「발천제오
운첩삼수跋天際烏雲帖三首」23), 「우제숭양첩후又題嵩陽帖後」24)를 각각 지

『蔡襄書法選』海天出版社, 1993; 『蔡襄書法史料集』水賚祐編, 上海書畫出
版社, 1982 참조).

18) 元代 虞道園(至順 2년), 柯敬仲(至正 2년), 張伯雨(至正 3년), 明代 倪雲林
(洪武 元年), 馬孝常(洪武 14년), 陳汝同(宣德2년), 董思白, 項墨林(嘉靖
38년). 이상의 내용은 藤塚鄰 著, 『추사 김정희의 또다른 얼굴』, 108쪽 참조.

19) 翁方綱, 『翁氏家事略記』乾隆33년(1768)條 " … 福建人鄭潤字雨亭上官竹
莊, 弟子也來寓於廳事後之藥洲前之尚有西齋對面客堂, 每夕偶共論書畫
鄭云有湖南人吳君客游於此以所藏坡公書天際烏雲帖墨蹟欲出售予因託
鄭往取來以六十金購之又因在韶州道中經英德南山見山崖後壁坡公手題
予重摹勒石二片一嵌廣州使院壁一留以自隨因自號蘇齋自此始."(自撰稿
本, 上海圖書館).

20) 翁方綱, 『復初齋詩稿』권2.(清張孝鰭抄本).

21) 翁方綱, 『復初齋詩集』권6.(乾隆58년 刻本).

22) 翁方綱, 『復初齋詩集』권18.

23) 翁方綱, 『復初齋文集』권29.(光緒3년李以烜重校道光本).

24) 翁方綱, 『復初齋詩集』권58. "從玆始覷坡公面, 醉後攜節態宛然. 紅日烏

어 시·문집에 수록하고 있다.

또, 41세 때인 1773년 송참宋犖(1634-1713)본 『소시시고주蘇詩施顧注』25)를 구입해 애장하였다.26) 송참은 청대 왕사정王士禎과 동시대를 살았던 문인으로, 당에서 두보를, 송에서는 소식을 표방하여 옹방강의 '유소입두'에 영향을 미친 사람이다. 옹방강은 이어 49세때인 1782년에 『소시보주』8권을 판각했다. 옹방강은 소식의 진품을 소장한데 대한 기쁨을 감추지 못하여 매년 소식의 생일날인 12월 19일에는 '동파입극상東坡笠屐像'27) 앞에 봉공하고 제사를 지냈다.28)

　 　雲離夢幻, 粉箋縞墨合參禪. 顬間右誌元非相, 石上三生信昔緣, 莫認灘
　 　州題驛壁, 洛花如雪點茶煙."

25) 宋 吳興의 施元之와 吳郡의 顧禧가 注한 것. 명말 錫山의 安氏, 常熟의
　 　毛氏에게 차례로 전해져서 淸의 康熙 연간에는 商邱 宋犖의 藏書가 되었다.
　 　그 후 건륭 38년(1773)에 옹방강이 黃易의 알선으로 구입하게 되었는데, 이로
　 　인하여 그의 이름을 寶蘇라고 하고 蘇軾의 생일날에 『天際烏雲帖』과 함께
　 　이것을 동파像 앞에 봉공하였다.

26) 翁方綱, 『復初齋詩集』권11, 『寶蘇室小草』권1 「買得蘇詩施注宋犖殘本卽
　 　商邱宋氏藏者」.

27) '삿갓쓰고 나막신 신은 모습'으로, 곧 소식의 초상화를 일컫는 말이다. 翁方綱
　 　은 蘇軾의 「笠屐圖」를 3점 구해서 자신의 서재인 寶蘇齋에 봉안하고, 해마
　 　다 소식의 생일에 『천제오운첩』, 「송참소시시고주」를 진설하고 여러 제자들과
　 　제사를 지냈다. 옹방강이 소장하고 있는 「蘇文忠公笠屐圖」는 1518년 6월 15
　 　일 唐寅(1470-1523)이 그린 것이다.(翁方綱, 『復初齋詩集』권2 「東坡笠屐
　 　圖」) 한편, 김정희는 청나라 吳漁山(1632-1718)이 1684년에 그린 「東坡笠屐
　 　圖」를 얻어 가지고 별도로 모사하여 贊을 하였다. 이후 조선 학자들에게 '동파
　 　입극상'이 소개되어 許維(1809-1892)가 모사하고 權敦仁(1783-1859)이 찬한
　 　것이 나와 소식을 숭앙하는 풍조가 널리 유행하였다.(金正喜, 『阮堂集』권10
　 　「天賚借余笠屐圖, 去値風雨幾乎落水英靈, 所在, 至寶是保書來相慰, 笠
　 　屐圖, 是趙子固硯背本也」).

28) 翁方綱, 『復初齋詩集』권11 「寶蘇名室以是年冬得宋犖蘇詩施顧注本也. 天

2) 옹방강과의 만남과 문묵연

신위가 이렇게 '학소'를 표방했던 옹방강과 처음 만난 시기는 그의 나이 44세(1812년, 순조 12) 7월 18일 서장관의 신분으로 연경에 갔을 때이다. 이때 신위는 옹방강으로부터 극찬을 들은 후 옹방강이야말로 당대의 진재眞才라고 높이며 "진정한 재학이요, 실학인 그분을 찾으니, 다만 담옹이 있어 속세에 우뚝하네. 고금을 거울삼아 한漢·송宋을 비추고, 높은 벼슬하지 않아도 그 명성 새로우리.眞才實學訪其人, 只有覃翁迥絶塵. 鏡古鑑今平漢宋, 不將門戶立名新."라고 읊기도 했다. 29) 이들이 만나기 전에 옹방강은 이미 김정희金正喜(1789-1856)와 시문을 교환해 오고 있었다. 신위의 연행에 앞서 김정희는 이미 1810년 1월 29일 연경에서 옹방강과의 첫 만남을 가질 수 있었다. 당시 옹방강은 78세의 고령이었지만 25세의 젊은 김정희를 대하여30) "경술문장해동제일經術文章, 海東第一"이라 칭찬하며 자신이 아끼고 소장하던 동파 진적『천제오운첩』(숭양첩), 송참宋槧 주注『동파선생시잔본東坡先生詩殘本』32책(시원지施元之, 고희顧禧 주注), 송 이용면화李龍眠畵「동파금산상東坡金山像」, 송 조자고화趙子固畵「동파연배입극소상東坡硯背笠屐小像」, 명 당인화唐寅畵「소문충공입극도蘇文忠公笠屐圖」등 소식 관련 서화의 명첩名帖을 보여주었다. 비록 1개월의 짧은 만남이었지만, 김정희는 옹방강의 탁월한 학문과 풍격, 예술에 감화되었고, 그의 문인 제자들과도 광범한 친교를 쌓았다.

際烏雲帖來歸則已六年矣. 先生三像拓本奉焉後又得朱蘭嵎宋石門所畵笠屐圖皆奉於此」.
29) 申緯, 『申緯全集』1, 41쪽, 권2 『奏請行卷』「出柵次斗室扇頭韻」.
30) 등총린, 앞의 책, 103쪽 참조.

이렇게 옹방강에게서 소식의 진적과 상상(像)들을 보고, 직접 옹방강 소장의 오어산(吳漁山) 「동파입극도」를 모사하여 가지고 돌아온 김정희에게 있어서도 소식은 커다란 의미를 지니게 되었다.[31] 이는 비단 그의 학문 세계를 인도할 길잡이로서의 옹방강 개인에 대한 숭배를 넘어서 소식의 문학에까지 맥을 대려는 김정희의 의식적 노력에서 비롯된 것이다. 2년 후, 1812년 김정희는 옹방강의 80수를 맞이하여 불경을 정사(淨寫)하여 보내 하의(賀意)를 표하기도 했다.[32] 특히 그 해에 연경에 들어가는 신위에게 직접 옹방강 부자를 만나도록 권유하며, 「송자하입연(送紫霞入燕)」시를 지어 옹방강의 시서화를 소개하고, 그 서문에 다음과 같이 이르고 있다.

자하선배가 만 리를 지나 중국에 들어가는데, 훌륭한 경치와 구경거리가 천만 가지 억만 가지 중에 한 소재(蘇齋)노인을 보는 것만 같은 것이 없다고 한다. 옛날 게偈를 말하는 자가 이르기를, "세계에 있는 것을 내가 모두 보았으나 부처만한 것이 없었다."고 했으니, 나는 당신의 이 걸음에 역시 그렇게 얘기한다. 드디어 소재의 『천제오운첩』에 쓴 절구에 차운하여 노자를 대신하고, 그 밖에는 한 마디 말도 보탠 것이 없으니 이것은 모두 소재에 대한 일이다. 이 시 한 수가 그 일의 한 가지를 증명할 수 있어서 필담의 줄거리가 되었으니, 마주앉아 바람 불고 비 오는 때와 술잔 돌리고 시 볼 때에 이로써 길을 아는 늙은 말이라고 봐주는 것이 좋을 것이다.[33]

---

31) 다음 시는 옹방강을 향한 김정희의 심정이 단적으로 드러나 있다. 金正喜, 『阮堂集』, 「覃溪書, 藏之北舍, 扁其齋曰, 寶覃, 仍次覃溪寶蘇齋韻」 권9.

32) 翁方綱, 『翁氏家事略記』 1812년(嘉慶 17)條: "先生八十壽, 朝鮮進士金秋史, 寫佛經寄祝, 秋史名其室曰, 寶覃齋, 於是日作祝嘏詩課, 見王尙書祝壽詩注."

이어 김정희는 옹방강을 만나 이 소식 진적을 보고 온 후 연경에
가는 신위에게 다음과 같이 '오운첩'을 노래한 시를 남기기도 했다.

다락 앞 석양 빛 빨갛게 비쳤는데,
쾌설첩 분전에는 이러쿵저러쿵 말이 많다.
만리 밖으로 그대를 보내며 반갑게 맞으리라 보증하니,
일찍이 부채머리에서 봄바람을 찾을 수 있을 걸세.
樓前山日澹餘紅, 快雪粉箋說異同.
萬里許君靑眼在, 曾於扇底覓春風

내가 일찍이 『천제오운첩』(숭양첩)의 시의를 부채머리에 모사하는
데, 글자를 어떻게 놓아야 할지 어려워하자 자하가 점을 찍어 주어서
완성되었다.[34]

김정희는 신위보다 17년 연하이지만, 신위보다 연행을 2년 먼저 다
녀왔고, 신위의 시 창작에 직접적인 조언을 하는 등 크게 영향을 끼친
것으로 알려져 있다.[35] 신위는 김정희의 권고에 따라 필히 옹방강을

---

33) 金正喜, 『阮堂集』권10 「送紫霞入燕十首并序」, "紫霞前輩, 涉萬里入中國,
塊景偉觀, 吾不如, 其千萬億, 而不如見一蘇齋老人也. 古有說偈者曰, '世
界所有, 我盡見一切, 無有如佛者', 余於此行亦云. 遂次蘇齋, 題天際烏雲
帖絶句韻, 以奉贐, 了無一語相涉. 惟是蘇齋實事, 擧一詩可徵一事, 而成
筆話一段, 對榻風雨之辰, 飛觴劈箋之際, 以此作知道老馬觀, 可耳."

34) 金正喜, 『阮堂集』권10 「送紫霞入燕十首」.(自註 : 余嘗摹畵嵩陽帖, 詩意於
扇頭鋪置, 頗難爲紫霞所點定).

35) 신위 자신의 언급에 의하면, 신위가 옹방강을 처음 알게 된 것은 姜世晃
(1713-1791)의 연행(1786)에서 옹방강의 문묵을 얻어 본 것이라고 하나, 그를
더욱 깊이 알게 된 것은 김정희의 연행에서였다고 한다.(申緯, 『申緯全集』1,
256쪽, 권9 『戊寅錄』「覃溪以今年正月卄七日亡, 訃至以詩悼之」(3) " …

만나 시화詩畵를 전습할 결심이었던 관계로 석묵서루로 옹방강을 찾아갔다. 당시 80세의 고령이었던 옹방강이 신위에게 자신이 소장하고 있던 소식의 송참宋槧본『소시시고주蘇詩施顧注』와『천제오운첩』진적을 내어 보여주며 발문跋文을 청하자, 신위는 김정희에게 말로만 듣던 소식의 진적을 대하고 기뻐하며 그 감흥을 긴 시로 남기기도 했다.36)

이는 앞서 옹방강이 1772년 지은 「소문충천제오운첩가」(『복초재시고』권2)와 「재제천제오운첩구수」(『복초재시집』권6), 「우제숭양첩후」(『복초재시집』권58) 등이 있는데, 신위가 이미 옹방강의 시·문집에 실린 이 시들을 읽은 후 발문을 붙인 것으로 보여진다. 이 시를 보면, 앞부분에서 "숭양거사, 청안으로 만리 떨어진 사람, 천제오운첩, 붉은 해 내리 쬐고 … 송나라 때 분전지가 문득 눈앞에 놓여 지니, 꿈인 듯하다가 깨어보니 마치 의문이 풀리는 듯 … .崇陽靑眼萬里人, 天際烏雲紅日曬 … . 宋白粉箋忽當前, 似夢得醒如結解 … ."라고 하여 소식이 채양의 시를 본 후 분전지에 썼던 묵적을 대한 기쁨을 그대로 인용하고, 자신이 그 진적을 대하게 된 감흥을 적고 있다. 이 감흥이 1819년까지 계속되었는

翰墨緣深庚午後.(始豹翁丙午使行獲見覃溪文墨, 再於秋史庚午之行益知其所未知)").

36) 申緯,『申緯全集』1, 32-33. 권2『奏請行卷』「覃溪老人出示蘇集宋槧本, 天際烏雲帖眞跡, 余旣兩跋之喜而有述」"我生單鉤偃筆書, 人謂天遣蘇仙派. 端明眞墨見未曾, 夢想泯峨翠決眥. 稽首問津蘇米齋, 拈花大加葉一喝. 崇陽靑眼萬里人, 天際烏雲紅日曬. 法乳子敬到僧處, 偃筆提筆誰分界. 偏隅跼促東海東, 眼福秖憑快雪快. 宋白粉箋忽當前, 似夢得醒如結解. 公言是莫執一論, 定香橋店守居廨. 金籠雪衣確有指, 杭人放鴿自狡獪. 王十朋注濫觴來, 誤一尖字虛舟隘. 公集又與公帖偕, 石墨樓夜晴虹掛. 施氏殘本歐體書, 曠百世乎覃溪債. 傳會禽經快洗之. 蘇詩補注人爭賣, 是日跋帖又跋集. 廣收疏杲慚管蔽, 歸來自慶翰墨緣. 賤照又出蘇門畵, 經欲携去周長官. 淨慈禪寺聞梵唄."

데, 그의 문집 권14 『숭연록崧緣錄』서문에서 말한 "『천제오운첩』은 『숭양첩』이라고도 하는데, 내 글의 진수가 이를 기둥으로 삼고 있으니, 시맹은 보소寶蘇에 있다.天際烏雲帖, 亦曰崧陽帖. 余之書髓在倚株, 詩盟在寶蘇."[37])라는 언급을 통해 옹방강이 보여준 소식 진적『천제오운첩』에 대한 그의 관심을 파악할 수 있다. 후에 옹방강은 이 진적을 탁본했고, 그 각본이 조선에 전해지게 되었다.

또 시의 뒷부분에서 신위 자신이 수집해왔던 소시의 역대 주석본(왕십붕주王十朋注, 시고주施顧注)들을 나열하고 있는데, 신위가 이번 만남에서 옹방강에게 이미 『소시보주蘇詩補注』를 구해 봤거나, 아니면 이번 연행 길에 사온 것이 아닌 가 추측된다. 이는 신위가 연행 후인 1819년 작품인 「제동파일시후사절구題東坡逸詩後四絶句」에 『소시보주』권2의 "작년 버들 날리던 시절 … .去年柳恕飛時節 … .[38])"을 인용한 것[39])으로 짐작할 수 있다.

옥같은 얼굴 남은 화장 고울까 안쓰러운 정,
'금롱에서 날린 비둘기'는 숨은 뜻이 있다.
웃음 어린 문장도 모두 진리이니,
선뜻 시집 속에 채록했구나.
殘粧玉筋情嫌麗, 放鴿金籠語諱尖.
嬉笑文章皆是道, 好教采錄集中添.

복초재집에서 『천제오운첩』 시를 제하면서 주에 이르길, 소시蘇詩에서 "작년 버들 날리던 시절, 금롱비둘기·설의앵무를 기억하네."라

37) 申緯, 『申緯全集』1, 375쪽, 권14 『崧緣錄』 序文.
38) 蘇軾, 『蘇軾詩集』권11 「常潤道中, 有懷錢唐寄迷古五首」.
39) 申緯, 『申緯全集』1, 406쪽, 권15 『碧蘆舫藁1』.

고 했다."40)

또, 1820년 작품에서도 마찬가지로 '학소'에 대한 의지를 보여주고
있다. 여기서는 옹방강의 『소시보주』를 포함해, 여러 사람의 주석서를
참고, 대조하여 느낀 바를 적고 있다.41)

이렇게 연행 당시 신위는 옹방강의 서재에서 옹방강 자신의 서화와
기타 중국의 여러 서화들을 열람하면서 안목을 넓혔고, 시에 대한 이
론을 통해 '입두入杜' 시학의 기반인 '학소學蘇'를 쌓을 수 있었다. 그
가 1812년 연행에서 옹방강의 석묵서루를 찾아가 소식에 입문하게 된
경위는 다음과 같다.

> 소미재·보소실·소재는 모두가 담계 노인의 거처이다. 어찌 나도
> 소재라 하지 않으랴. 내가 전에 노인의 집에 갔을 때 『천제오운진적
> 첩』과 시원지의 『시주소시施注蘇詩』, 『송낙잔본宋犖殘本』을 볼 수 있
> 었다. 이 본은 곧 송낙이 강남 장서가의 집에서 얻었다는 빠진 12권의

---

40) 翁方綱, 『蘇詩補注』권2.(自註 : 復初齋集, 題天際烏雲帖墨跡詩, 注云 : 蘇
詩 "去年柳恕飛時節, 記得金籠放雪衣.").

41) 申緯, 『申緯全集』1, 485쪽, 권18『碧蘆舫藁4』「余所藏東坡文字, 舊有全集,
王注施注查注四種, 又得覃溪補注及海外集二種, 此集之聚, 殆無遺憾,
喜而有述, 凡四百四十字」 "我有蘇集癖, 大小種三四 … 翁注最後出, 查注
所未備. … 雪衣證墨蹟, 精覈無與比."(自註 : 覃溪補注 권2 附錄 : 東坡天
際烏雲合帖眞蹟按說云, 熙寧甲寅, 坡公往來常潤道中有懷錢唐寄述古
之作, 其次章云, "去年柳絮飛時節, 記得金籠放雪衣"公自注杭人放鴿爲
太守壽, 此不欲明言, 所指而託之放鴿文字之炎獪也. 鴿無雪衣之號, 故
王注必援天寶中白鸚鵡事以明其爲借用且鴿非僅白色, 亦非雪衣字所能
該得也. 注家但知其借用雪衣鸚鵡, 而不知其實指, 此雪衣女也. 陳述古
和韻云"緱笙一笛人何在, 遼鶴重來事已非, 猶憶去年題別處, 烏啼花落客
沾衣"語意更明).

첫 부분이다. 첩과 집에는 모두 내가 짓고 쓴 것이 있는데, 일찍이 내 눈을 거치지 않았을 뿐이다. 앞서, 나는 동파가 주빈周邠에게 답한 말을 취하여 나의 재齋를 '청풍오백간'이라 이름했는데, 담계는 이를 위하여 기꺼이 원하면서 쓰라고 하였었다. 왕여한이 나의 작은 초상을 그렸는데 담계는 또 를 이름한 뜻을 취하여 그것을 찬하였다. 어떤 사람이 내가 그린 묵적을 담계에게 부쳤는데 또 앞의 말을 들어 거기에 썼다. 이것이 내가 동파와 맺은 인연의 시작이다.[42]

전에 신위申緯가 소식蘇軾의 '청풍오백간淸風五百間'[43]이라는 시구詩句를 취한 적이 있는데, 이는 신위의 연행 당시 소식에 깊이 경도되어 있는 옹방강으로 하여금 신위에 대한 관심을 더욱 깊게 했고, 소식을 중심으로 한 신위와 옹방강의 유대는 급속히 진전되어 갔다.

옹방강이 석묵서루를 찾은 신위에게 그의 제자 왕여한이 그린 신위의 소조小照에 제화시[44]를 써 주자, 신위는 이에 차운하여 다음과 같이 답했다.

---

42) 申緯, 『申緯全集』1, 129쪽, 권6 『蘇齋拾草』序文, "蘇米齋・寶蘇室・蘇齋, 皆覃溪老人之居也. 曷余又曰蘇齋. 蓋余昔造老人之廬, 得見天際烏雲眞迹帖, 施注蘇詩宋槧殘本, 此本郞宋西陂(宋犖)所謂得於江南藏書家第闕十二卷首也, 帖集均有余題識, 不啻爲曾經我眠也, 前余取坡公答周邠語, 名齋曰淸風五百間, 覃溪爲之欣然命筆, 汪載靑寫余小照, 則覃溪又取名齋之義, 而贊之. 有人寄拙畵墨竹於覃溪, 則又擧前說, 而題之, 此余結緣於蘇之始也."

43) 蘇軾, 『蘇軾詩集』권10 「病中獨遊淨慈, 謁本長老周長官, 以詩見寄, 仍邀遊靈隱, 因次韻答之」, "臥聞禪老入南山, 淨掃淸風五百間. 我與世疎宜獨往, 君緣詩好不容攀."

44) 翁方綱, 『復初齋詩集』권65 「朝鮮申紫霞學士來蘇齋坐有汪生爲寫小照屬題其幀」, "淨慈禪傷答周邠, 未得周邠自寫眞. 神裏靑蒼雲海氣, 篆香特爲補斯人."(自註 : 君取坡公答周長官詩淸風五百間以顔其齋故云爾).

노파선게는 주빈에게 답하니,
재의 이름을 써주고 사진도 그려주었네.
오백 간 침대 얼마나 되나 묻자,
청풍으로 밝게 쓸어 이 사람에게 주네.
老坡禪偈答周邠, 取作齋名寫作眞.
問五百間第幾楊, 淸風淨掃置斯人.(1)

내가 응당 주빈이라면,
공과 자첨이 누가 환이고 진인지,
환인지, 진인지 모름지기 정해지지 않았어도,
청풍은 온데간데없고 아무도 남지 않았네.
我應是子瞻之邠, 公與子瞻孰幻眞.
是幻是眞方未定, 淸風無迹本無人.(2)45)

　청풍오백간의 이름이 소식이 주빈에 지어 준 고사에서 비롯되었음을 밝히고, 그대(옹방강)와 동파 중 누가 진眞이고, 환幻인지 묻고 있다.
　연행에서 옹방강의 '청풍오백간'과 '경수당'의 편액을 얻은 후로 그는 경수당의 당호를 썼고, 연행 이후의 작품은 하나도 남기지 않고 태워버렸다.46) 귀국 후에도 신위는 편지와 서화, 금석탁본의 교환을 통해 연행에서 맺은 옹방강 부자와 묵연을 지속하였다. 그리고 자신의 서재에 옹방강의 초상화를 걸어두고 우의를 다졌으며, 자신의 작품을

---

45) 申緯, 『申緯全集』1, 30쪽, 권2『奏請行卷』「次韻翁覃溪題余小照」(自註 : 汪載靑畵).

46) 申緯, 『申緯全集』1, 511쪽, 권19『碧蘆舫藁』「覃溪書淸風五百間, 警修堂二扁雙鉤摹成喜題一首」, "書到香光救弊難, 故須力幹一重關. 淸藍忠惠邑師際, 圭皐僧虔子敬間. 古法收歸珠黍妙. 今人揣作簋盤看. 雙鉤未可輕憑眼. 明月神來湧指端."

옹방강과 여러 청대 문인들에게 보냈는데, 신위의 묵죽을 받은 옹방강
은 다음과 같이 제시를 썼다.

> 푸른 숲 물굽이 따라 깊게 우거져있고,
> 안개 달 빛 해동 산위에 떠오르네.
> 담묵으로 푸른 난새꼬리를 그리니,
> 청풍오백간으로 깨끗이 돌아가네.
> 碧玉林深水一灣, 烟橫月出海東山.
> 却凭淡墨淸鸞尾, 淨歸淸風五百間.[47]

신위는 연행을 다녀온 후 1816년 자신의 문집 권6 『소재습초蘇齋拾
草』서문에서 이러한 인연이 소식과의 결연 계기였다고 밝히고 있다.
신위가 연행 이듬해인 1813년에 지은 시를 보면, 옹방강에 대한 존경
심이 소식 존숭의 열의로 이어져 옹방강을 소식의 화신으로까지 확신
하게 되었다.

> 동파가 세상을 옮겨 담계가 되었으니,
> "坡翁轉世得覃老."
>
> 해내에서는 담계를 동파의 후신이라고 한다.
> 自註 : 海內稱覃溪爲東坡後身.[48]

---

47) 翁方綱, 『復初齋詩集』권66. 위의 시는 1813년 10월에 지은 것인데, 1814년 정
    초에 谷山에서 받았다. 신위는 承旨로 돌아와 이에 시 「追和覃溪題紫霞學
    士墨竹四首」(申緯, 『申緯全集』1, 143쪽, 권6 『蘇齋拾草』)를 지어 화답했다.
48) 申緯, 『申緯全集』1, 67쪽, 권4 『淸水芙蓉閣集』「題翁星原小照」.

1814년 12월 19일에 조맹부趙孟頫(1254-1322)가 그린 소식의 상像을 보고 지은 시를 보자.

천제오운첩 더는 없어,
만리 묵연으로 옹방강과 소식을 보배로 삼네.
옹수곤, 김정희, 나, 그리고 유최관이 별처럼 흩어지니,
옹방강의 소식 '입극도'에 애를 태우네.
天際烏雲第二無, 墨緣萬里寶覃蘇.
星秋霞碧如星散, 腸斷蘇齋笠屐圖.(3)[49]

이 시는 소식과 옹방강과 자신의 문학적 인연을 말하고, 이제 옹수곤, 김정희, 그리고 추사의 친구인 유최관柳最寬(1788-?)은 모두 흩어지고 다만 옹방강이 소장하고 있는 소식의 입극도만이 김정희가 보관하고 있음을 안타까워한 것이다. 이렇게 신위는 옹방강에게서 본 대로 매년 12월 19일 소식의 생일날이면 소장하고 있는 4본의 소식 상像과 왕여한이 그려준 자신의 '소조小照'[50]를 걸어놓고, 냉금전冷金箋에 송설당松雪堂이 각刻한 '천제오운' 병풍을 뒤에 꾸미고, 배례를 올리고 시를 지어 기념하였다.[51]

....

49) 申緯, 『申緯全集』1, 88쪽, 권4 『鳴琴採藥之軒存藁』 「十二月十九日, 重摹 趙松雪畵東坡遺像, 仍以星原舊贈, 蜀石二十三枚, 新溪紗羅江石四十枚, 沈水銅盆, 作東坡生日, 有詩」.

50) 申緯, 『申緯全集』1, 30쪽, 권2 『奏請行卷』 「次韻翁覃溪方綱題余小照」.

51) 옹방강의 아들 옹수곤이 부쳐준 「坡像硯背本」과 舊藏하고 있던 「松雪本東坡像」, 元人의 본을 모사한 「笠屐本」, 上官周가 그린 「晚笑堂本」 등이다. (申緯, 『申緯全集』1, 131쪽, 권6 「蘇齋拾草序」) " … 紅豆主人曾寄來坡像硯背本, 余舊有松雪本, 又傳摹元人笠屐本, 上官周晚笑堂本, 凡爲公像者四, 幷揭于淸風五百間, 乃以汪載靑本小照傍掛, 卽用宋牧仲故事也.

이 밖에 연행을 다녀와 1816년부터 1817년 사이에 지은 『소재습초蘇齋拾草』(『신위전집』권6), 『소재속필蘇齋續筆』(『신위전집』권8), 『무인록戊寅錄』(『신위전집』권9) 등 여러 편에는 신위와 옹방강 부자와의 학연學緣이 선명하게 묘사되어 있다. 1818년 옹방강이 죽은 뒤 지은 시에서 그 동안의 돈독한 정의를 곡진히 표현하기도 했다.

> 뗏목은 저 멀리 피안에 이르렀으니,
> 소문의 제자라 일컬음 아득하게 되었네.
> 한림이 쓴 '일장춘몽'꿈 아니길 누가 알았을까,
> 소식이 신선 아니라고 말하기 어렵네.
> 고희顧禧와 시원지施元之의 책에 발跋을 썼고,
> 가태와 소흥연간에 향기를 문질렀네.
> 그윽히 읊으며 동풍에 눈물 뿌리니,
> 향기로운 『천제오운첩』에 번지네.
> 津筏遙遙到岸邊, 蘇門稱弟隔晨然.
> 誰知內翰元非夢, 難道毗陵不是仙.
> 系跋顧禧施宿本, 捫香嘉泰紹興年.
> 幽吟淚洒東風便, 天際烏雲潑粉箋.[52]

신위申緯가 옹방강翁方綱을 만난 지 6년만의 일이다. 1819년 지은 「재제송연록再題菘緣錄」9수는 소식의 시구와 그 일화를 제재로 하여 지은 것이다.

置一淨幾坡公集于上, 張冷金屛于後 … 宛一蘇室, 此余結緣於蘇之終也."
52) 申緯, 『申緯全集』1, 256쪽, 권9『戊寅錄』「覃溪以今年正月卄七日亡. 計至以詩悼之」(5).

일은 본래 우집과 장백우에서 비롯되었는데,

9수의 시가 중첩된 것이 밝혀졌다.

송연록崧緣錄은 숭연록嵩緣錄의 초고이니,

한결같이 누대 앞의 '천제오운'의 정 느끼네.

事本邵庵與句曲, 九詩重疊溯端明.

崧緣錄卽嵩緣草, 一例樓前天際情.(1)[53]

이를 보면 옹방강이 1772년에 지은 『복초재시집』권6에 「재제천제오운첩」이 9수로 되어 있는데, 앞의 5수는 소식의 원운을 따른 것이고, 뒤의 4수는 그 운을 취한 곳을 몰랐다가 원대의 장백우張伯雨(1279-1348)의 『구곡외사집句曲外史集』을 보고 그것이 곧 우집虞集(1272-1348)의 시에서 취한 것임을 알았다고 하였다. 다음은 신위가 읽은 소식 시의 제가의 주석에 대한 총평이라 할 수 있다.[54]

소장형邵長衡, 이필항李必恒, 풍응류馮應榴, 사신행査愼行과 마지막의 옹방강.

그침없는 강하로구나. 보소寶蘇의 풍조.

송낙이여, 시원지와 고희를 근본 삼았다 하지 말게.

왕십붕의 첫 주석이 근본이라네.

邵李憑査最後翁, 江河不發寶蘇風.

---

53) 申緯, 『申緯全集』1, 398쪽, 권14 『崧緣錄』.

54) 이 시에 언급된 주해자와 그 서명은 다음과 같다.

王十朋(1112-1171) 『增刊校正王狀元集註分類東坡先生詩』25권 (四部叢刊)
施元之 『施注蘇詩』42卷; 施元之. 顧禧(-1311-)가 合注한 『合注蘇軾詩』; 邵長衡과 李必恆이 『施注蘇詩』를 補正한 『蘇詩注本疏』 50권 附錄 5권; 查愼行(1651-1728)이 補注한 『東坡先生編年詩』50권; 馮應榴(1741-1801)의 『蘇文忠詩合注五十卷首不分卷』; 翁方綱(1733-1818) 『蘇詩補注』8권.

商邱且莫祖施顧, 藍本梅溪初注中.(7)[55]

　여기서 신위는 중국에서 간행된 소시의 모든 주석서를 소장 또는
열독했음을 알 수 있다. 이러한 신위의 소식에 대한 예술적 관심은 그
가 타계하던 해(1845)에 쓴 「제하상국인음시도후題荷裳菊人吟詩圖後」에
"동파를 거쳐 두보에 이르는 시가의 경지, 하상과 국인이 도달했구나.
내 절로 말을 잊으니 그윽한 흥취 흡족하네. 연꽃 피는 좋은 계절, 국화
때로구나.由蘇入杜詩家境, 得到荷裳與菊人. 我自忘言幽興足, 荷花佳節菊花
辰."[56]이라고 되어 있음을 볼 때, 1840년대까지 지속되었고 그의 생애
후반기 문학인생을 통해 여실히 드러나고 있음을 알 수 있다.

4. 맺음말

　김택영이 「신자하시집서」에서 말한 "그 시는 소식을 스승으로 삼고,
곁으로 서릉, 왕유, 육유의 시를 드나들었네.其詩以蘇子瞻爲師, 旁出入于
徐陵, 王摩詰, 陸務觀之間."[57]라고 한 것과, 이건창李建昌이 「신자하시초
발申紫霞詩鈔跋」에서 평한 "자하의 시는 처음 우리 집안 참봉군에게서
나왔으나, 그 후 중국에 가서 옹담계를 뵙고 난 후 '유소입두'를 배우기
시작했다. 그러나 두보에게서는 더욱 멀어졌다.紫霞之詩, 始蓋出於吾家
參奉君. 其後入中國, 服事翁覃溪, 始自命由蘇入杜, 然去杜益遠矣."[58]라고

---

55) 申緯, 『申緯全集』1, 400쪽, 권14『崧緣錄』.

56) 申緯, 『申緯全集』4, 2046쪽, 권85『覆瓿集』11.

57) 金澤榮, 『韶濩堂集』권10.

58) 李建昌, 『明美堂集』권12.

한 것은 신위가 연행 이후 중국에서 옹방강을 만나면서 소식으로 문학적 관심을 돌린 그의 문학역정을 그대로 보여주는 것이라 하겠다. 신위의 '성정' 시론의 언급 중에는 그것이 소식의 시를 통하여 깨달은 사항임을 드러내고 있는 것들이 적지 않아 그의 시 인식의 원류를 확인하기에 충분하다.

　연행 이후 소식을 통한 두보 숭상의 취지는 소식 시학의 전면적 수용으로 확대되어 '시詩·선禪·화畵' 일치의 경지로 끌어갔다. 두보는 신위가 성정이란 시의 본질적 요소를 강조하며 궁극적으로 추구한 시인이었지만, 다만 추앙이었고 항상 소식의 울타리에서 맴돈 신위였다. 그것은 지금까지의 고찰 결과로 볼 때 옹방강의 영향이 절대적이었을 것이라 생각된다.

제3장

신위申緯의 서화 수장과 감식안

1. 머리말

16세기말, 17세기 초 서울·경기지역 문인의 문예취향 속에 자리 잡기 시작한 회화 완상 취미는 18세기말, 19세기 초 회화 애호 풍조를 크게 성행시켜 조선 후기 남종 문인화의 성숙과 발전에 기여했다. 당시 문인들의 회화 완상물 중에는 중국과 한국의 옛 그림까지도 많이 포함되어 있었다.

이 글에서는 신위申緯(1769-1847)를 회화사적 측면에서 주목해 본다. 그 이유는 첫째, 신위가 당대의 인정받을 만한 그림 솜씨[1]와 회화에

---

1) 申緯,『申緯全集』2, 1020-21쪽,「近日僕詩, 大爲楓皐公激賞, 感作之極, 輒爲長歌, 記之」"楓皐公墨竹跋曰, 紫霞老友, 自十餘歲時, 已臻三絶, 古今鮮有其匹, …畵亦奇妙淸秀, 非雲林石田之儔, 都無與對. 惟書藝雖極其趣, 差不及詩畵. 然此就自家三絶而論, 若幷世而言, 固已絶於人矣.";『申緯全集』1, 549쪽,「次韻楓皐公顯尹彦國侍郎命烈扇頭詩, 因呈楓皐」"書品如今第一人."
金祖淳, "紫霞 … 畵亦.奇妙淸秀, 非雲林石田之儔, 無可與對"(吳世昌,『槿域書畵徵』, 212쪽).

대한 열정적 관심으로 회화에 대한 자신의 이해와 의견을 펼쳤다는 점에서이다. 신위의 문집 『경수당전고警修堂全藁』(서울대도서관 소장본; 태학사 『신위전집申緯全集』)에는 회화에 대한 제화시가 풍성하게 실려 있고, 현전하는 타인들의 회화 작품 속에서도 신위의 제발題跋을 찾을 수 있다.2) 장한종張漢宗의 그림 「새우와 조개」(그림 1)에 신위의 자필 제발題跋이 실려 있는데, "빗살 같은 갈대 뿌리는 가늘고 모래 벌 언덕은 평평한데, 새우의 모습은 대그릇 위에 올려 진 듯하고, 입 벌린 조개는 국그릇을 향기롭게 하는 듯하다.霧雨蘆根細, 泥沙岸脚平. 將髮登曲筍, 露頂道香羹."라고 적혀있다.

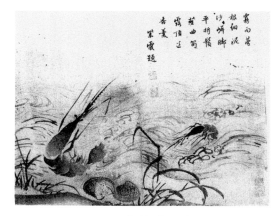

그림 1 「새우와 조개」
(紙本淡彩・個人所藏)

둘째, 신위가 활동했던 시기가 제시하는 중요성이다. 신위는 18세기 후반에 나타나는 19세기적 요소들을 적극적으로 발전시키고 19세기를

---

2) 『한국의 미』, 「시서화삼절 紫霞 申緯」, 중앙일보사.

이끄는 역할을 하였다고 평할 수 있기 때문이다. 신위가 강세황姜世晃 (1712-1791)에게 받은 영탑본影揚本을 김정희에게 준 일은3) 신위의 교 량적 역할을 상징적으로 보여준다. 신위는 18세기 후반의 이인문李寅 文과 김홍도金弘道를 묘수라 칭하였고, 강세황으로부터 그림을 배우고 『십죽재화보十竹齋畵譜』를 새롭게 임모하는 등 18세기 후반의 회화 양 상에 동참하였다. 특히 남종화南宗畵 창작의 창의적 태도는 강세황으 로부터 전수 받은 것이기도 하다.

신위는 박학다재의 면모를 갖추어 시서화 삼절의 성가를 드날렸으 며, 스스로 '유소입두'의 기치를 들면서 19세기 전반 한국 한시의 흐름 을 주도했던 시인이다. 또 그 자신이 강세황의 화풍을 이어받아 조선 풍의 남종 문인화를 이루어낸 화가이기도 했다. 이런 걸출한 재능에 걸맞게 『경수당집』에 전하는 4,000여 수의 시들은 그의 시 세계가 회 화시(제화시), 영물시, 풍속시, 한역시, 논시시, 현실비판시, 불가적인 시 등 일정한 성격을 뽑아내기 어려울 정도로 다양한 모습을 포괄하 였음을 보여준다. 아울러 이런 그의 문집에 250여수의 회화 관계 자료 를 남기고 있어 주목을 끈다.4) 신위의 문집에 종종 보이는 제화시나 회화예술에 대한 시문은 신위의 회화에 관한 관심을 엿보기에 족하다. 이에 이 글에서는 그의 시세계가 갖는 이런 다양성을 주시하는 입장 에서, 주로 문헌 속의 제화시 등을 통해 드러나는 그의 중국 서화 접 촉과 수집 과정, 어떤 화적이 수집·완상되었는지, 이들 중국화 양식의 수용과 반영 과정에 우선 주목해보고자 한다. 물론 당시 18세기 이후 로 경화세족 등 회화 수장가로 알려진 문인지식층은 여럿이 있다. 이

---

3) 申緯, 『申緯全集』1, 155쪽, 「題趙文敏眞迹影摹本贈金秋史進士」 "余舊藏 姜豹菴尙書影揚趙文敏墨迹 … 庚午下, 余贈金秋史進士."
4) 鄭垣杓, 『紫霞 申緯의 漢詩연구』, 서울대 박사학위논문, 1987, 32쪽.

글은 이들과의 차별성을 염두에 두고, 문인·화가·수장가로서의 신위가 가진 미적 심미안을 파악해내는데 중점을 둘 것이다. 이 과정에서 그가 접할 수 있었던 회화와 시각적 경험 등을 충분히 가늠해볼 수 있을 것이다. 또 지금까지 18, 19세기 조선 회화에 미친 중국화의 영향은 주로 화보류·판각본의 유입과 관련되어 설명되었지만, 적어도 이 중국의 화적 중 일부는 당시의 회화 완상가와 문인 사대부 사이에서 실제로 열람되었을 가능성이 있기에 청 문물 유입의 면모를 이해하는 의미 있는 작업이라고 생각된다.

2. 신위의 중국 서화 수장 배경

1) 경화세족의 문예취미와 서화의 수요

만명의 사대부의 수집·감상과 창작 활동이 조선에 전해지기 시작한 것은 선조 이래 부터였다. 특히 허균許筠(1569-1618)은 세 차례의 중국 사행과 두 차례의 중국 사신 원접사 종사관, 그리고 수많은 서적 구입을 통해 만명 문인들의 탈속·심미적 취향을 접하고 이를 『한정록閑情錄』으로 서술했었다. 허균은 이 집록을 통해 서화고기書畫古器를 소장·감평하고 자오自娛하는 것이 근심을 잊고 속진을 떨쳐버리게 하여 그 경지가 '정토淨土'와 '단구丹邱'에 있는 듯하고 '신유희황神遊羲皇' 즉 정신이 복희씨 세상에 노는 것 같다고 강조하였다.[5] 이와 같이 명대 말기의 폭발적인 서화고동 수집 붐과 시서화 겸비 및 삼절 사상의 팽배에 의해 조성되었던 심미적인 문예 취향이 선조 조에 또는 임

---

5) 許筠, 『惺所覆瓿藁』4, 『閑情錄』 참조.

란 직후부터 문장에 능했던 서인계 문사 관료를 중심으로 수용되고, 한양의 북리北里 일대에 세거世居하던 집권 세력인 노론의 종가 안동 김문金門을 중심으로 확산되면서 본격화되었다. 이후 조선 후기의 회화 애호풍조는 위항 문인으로까지 퍼지면서 그 절정을 이루었다. 이들은 축화蓄畵, 감식鑑識, 청화請畵, 독화讀畵, 제화題畵, 평화評畵, 작화作畵 등 그림에 관련한 제반 활동에 참여하기 시작하여 작품의 화의畵意나 화법, 가치 등을 논하거나 따지는 등의 논화論畵나 평화評畵 활동에 적극적이었다. 이러한 풍조는 심미적 문예 취향의 확대 및 확산 현상에서 기인된 것으로, 경화세족들의 서재 문화 또는 일상생활 문화로서 자리 잡았을 뿐만 아니라 시정市井 문화로의 저변화와 함께 문인주의와 문인 의식을 크게 고조시키면서 회화 창작과 수요에서 전대와 비교되지 않는 양적·질적인 발전을 이룩하게 되었다.

게다가 18세기 후반에 이르러 화폐 경제가 진전되고, 생산물의 상품화가 촉진되면서 인구가 급속히 증가하게 되었다. 이러한 변화는 곧 사람들의 생활 양식의 변화로 이어지게 되고. 그 결과 서울에서는 화폐로 물품을 구입하는 생활이 보편화 되었으며, 수공업 제품을 판매하는 전문 상가가 등장하게 되었다. 이와 같은 상황에서 각종 문방구와 책, 그리고 서화, 고동을 전문으로 판매하는 상점들이 등장하게 되었다. 한편 화폐 경제와 인구 증가를 배경으로 하는 도시화의 경향은 경화세족들의 생활 분위기를 바꾸었다. 그리하여 서울의 경화세족들을 중심으로 서화고동 감상 등의 취미생활이 활발해졌다. 다음 글은 18세기 경화세족들의 서화고동 수집과 감상의 한 단면을 느끼게 해준다.

뜻밖에 열흘 내지 닷새 정도의 여가를 얻어 깊은 방 그윽한 난간에 향을 피우고 홀로 앉아 소장하고 있는 거울, 벼루, 거문고, 칼, 금석,

서화 등을 꺼내 하나하나 뒤지며 완상하였다. 오래된 질그릇 술잔으로
단사가 수놓은 무늬처럼 침식되어 있는 것을 찾아내어 홍로주를 따라
마시니 얼큰하게 금방 취기가 올랐다. 이에 매화를 그려 크게 펼쳐놓
으니 마치 소동파의 「대강동거」를 철작동판에 맞추어 창하는 듯하였
다.6)

    홍대용이 유리창의 화방을 둘러본 느낌을 기록한 것이다. 겉으로 보
이는 유리창의 화려함과는 대조적으로 화방에 있는 그림들은 모두 모
방한 것이거나 외설물이거나 하는 변변치 않은 것들뿐이었다. 이렇듯
직접 둘러보고 실제로 느끼는 과정에서 회화에 대한 또 다른 식견을
기를 수 있었을 것이다. 따라서 다음 절에서 논의될 연행을 통한 회화
교섭은 조선 문사들에게 새로운 화풍과 분위기를 접할 수 있게 하였
고, 그림이나 회화 서적을 직접 구매하여 조선에 유입할 수 있는 기회
였던 것이다.

2) 신위의 연행과 서화가 교섭

    여기에서는 주로 신위가 1812년, 서장관書狀官의 신분으로 다녀왔
던 연행에서부터 논의를 시작한다. 논의 대상은 주로 중국 최대 예술
품 소장가로 알려진 고증학자 옹방강(1735-1818)과 기타 중국 문인학자
들이다. 이 안에 담긴 연행의 문화사적 의미를 찾아보려고 한다.

----

6) 趙熙龍, 『趙熙龍全集』3, 『漢瓦軒題畵雜存』, "忽得十日五日之暇, 邃室幽
   軒, 焚香孤坐, 出所藏鏡·硏·琴·劍·金石·書畵, 次第閱而翫之. 取古陶
   斗丹砂繡蝕者, 酌紅露飮之, 醺然徑醉. 乃作梅花, 大展拓, 如東坡「大江東
   去」之以鐵綽銅板唱之也."

사행을 통한 회화교류에는 화첩이나 회화 관련 서적을 통한 교류와는 다른 특징이 있다. 연경에서의 회화교섭이 활발하게 이루어진 과정에서 무엇보다 중요한 것은 사행에 참여했던 조선의 문사들이 중국의 문사 및 화가들과 긴밀한 회화교섭을 가졌다는 점이다. 당시 강희, 옹정, 건륭제를 비롯한 청의 제왕들은 모두 한인 회유책을 쓰거나, 특히 건륭제에 의해 많은 문화 사업이 실시되었던 관계로 중국의 사인 및 서화가들이 당시 문화적인 사업에 일익을 담당하거나 또는 관직을 얻기 위해 연경으로 이동하고 있던 상황이었다. 이에 조선에서 입연하는 문사들은 당연히 그들과 접촉할 기회가 주어져 긴밀한 회화 교섭이 이루어지고 있었다. 따라서 당시의 연경은 시서화를 교환하고 사상을 필담하며 서화를 감상·품평하던 장소로 제공되고 있었다.

무엇보다도 사행의 기회를 통해 신위가 받은 가장 커다란 문화적 충격은 옹방강이었다. 당시 신위는 연경에서 김정희(1786-1856)의 소개로 옹방강을 만날 수 있었다. 옹방강은 고증학자이면서도 당대 제일가는 서화감식자이자 수장가였다. 신위는 옹방강의 서재에서 중국의 여러 서화 진적을 열람하면서 안목을 넓히고, 옹방강의 서화·금석·시에 대한 이론을 통해 서권기와 문기를 중시한 화론, 첩학帖學을 중심으로 한 서론, 철저히 소식의 시도를 따르고자 하는 '유소입두'의 시론을 정립하게 되었다.

이 시기 신위가 남긴 기록과 현존 작품 등을 종합하여 보았을 때, 연경 석묵서루에서 실제 접한 서첩 중에는 단연 옹방강 소장 『천제오운첩天際烏雲帖』이 돋보인다. 이는 옹방강의 예술론을 상징하는 작품이기도 하다. 옹방강은 1768년에 동파 진적 『천제오운첩』[7]을 얻었다.[8]

---

7) 蘇軾, 『蘇軾文集』 「跋蔡君謨'天際烏雲詩'卷」 "'天際烏雲含雨重, 樓前紅

옹방강이 얻은 『천제오운첩』은, 곧 소식蘇軾이 42세 전후에 항주에서, 송나라 때 글씨 잘 쓰기로 유명한 채양蔡襄9)이 꿈 속에 읊은 '하늘 끝 검은 구름이 비를 잔뜩 머금었고, 누각 앞 붉은 해는 산에 비쳐 밝구나. 숭양 거사는 지금 어디에 있는가, 청안으로 만리에 떨어진 사람을 다정스레 보는구나.天際烏雲含雨重, 樓前紅日照山明. 嵩陽居士今何在, 靑眼看人萬里情.'란 시의 행체진적行體眞蹟을 보고 바로 분전지粉箋紙에 휘호揮毫한 것인데, 이 뒤 다시 원대와 명대 사람 8명이 여기에 각각 제를 하여 첩帖으로 만들었다.10) 『천제오운첩』은 옹방강이 광동성에 재임할 당시인 1768년에 복건의 정윤鄭潤이란 사람에게 그 이야기를 듣고 호남湖南의 오씨에게 60금을 주고 구입한 것이다. 이를 얻고는 기뻐서 서재의 이름을 '소재蘇齋'라고 했다.11) 옹방강은 소식의 진품을 소장

日照山明. 嵩陽居士今何在, 靑眼看人萬里情' 此蔡君謨「夢中」詩也. 僕在錢塘, 一日謁陳述古, 邀余飮堂前小閣中, 壁上小書一絶, 君謨眞迹也. '綽約新嬌生眼底, 侵尋舊事上眉尖. 問君別後愁多少, 得似春潮夜夜添.' 又有人和云 '長垂玉筋殘粧臉, 肯與金釵露指尖. 萬斛閑愁何日盡, 一分眞態更難添.' 二詩, 皆可觀. 後詩不知誰作也."

8) 翁方綱, 『天際烏雲帖考』권1, 跋 「夢詩帖」.

9) 蔡襄, 자는 君謨이다. 宋 仙游(지금 福建省) 사람이다. 蘇軾, 黃庭堅, 米芾와 함께 이름을 날려 사람들이 "蘇·黃·芾·蔡" 송 4대가라고 부른다.(肖嵐 『蔡襄書法選』, 海天出版社, 1993; 『蔡襄書法史料集』水賚祐編, 上海書畵出版社, 1982참조)

10) 元代 虞道園(至順 2년), 柯敬仲(至正 2년), 張伯雨(至正 3년), 明代 倪雲林(洪武 元年), 馬孝常(洪武 14년), 陳汝同(宣德2년), 董思白, 項墨林(嘉靖 38년). 이상의 내용은 藤塚鄰 著, 『추사 김정희의 또 다른 얼굴』, 108쪽 참조.

11) 翁方綱, 『翁氏家事略記』乾隆33년(1768)條 " … 福建人鄭潤字雨亭上官竹莊, 弟子也來寓於廳事後藥洲前之尙有西齋對面客堂, 每夕偶共論書畵鄭云有湖南人吳孚客游於此以所藏坡公書天際烏雲帖墨蹟欲出售予因託鄭往取來以六十金購之又因在韶州道中經英德南山見山崖後壁坡公手題

한데 대한 기쁨을 감추지 못하여 매년 소식의 생일날인 12월 19일에는 '동파입극상'[12] 앞에 봉공하고 제사를 지냈다.[13]

이러한 교류는 그가 조선에 돌아온 후에도 지속되어 석묵서루에서 함께 했던 시간을 잊지 못하고 그리워했다. 연경에서 본 대로 매년 12월 소식의 생일날에는 신위 자신이 소장하고 있는 4본의 「동파상東坡像」과 왕재청汪載靑(?-1810-?)이 그려준 자신의 「소조小照」(그림 2)를 그려놓고 동파에게 배례를 올리고 시를 지어 기념하였다.[14] 신위가 소장하고 있는 「동파상」은 옹수곤이 부쳐준 「파상연배본坡像硯背本」과 구장하고 있던 「송설본동파상松雪本東坡像」, 원元 나라 사람의 본을 모사한 「입극본笠屐本」 및 상관주上官周가 그린 「만소당본晚笑堂本」 등

予重摹勒石二片一嵌廣州使院壁一留以自隨因自號蘇齋自此始."(自撰稿本, 上海圖書館)

12) '삿갓쓰고 나막신 신은 모습'으로, 곧 소식의 초상화를 일컫는 말이다. 翁方綱은 蘇軾의 「笠屐圖」를 3점 구해서 자신의 서재인 寶蘇齋에 봉안하고, 해마다 蘇軾의 생일에 『天際烏雲帖』, 『宋槧蘇詩施顧注』를 진설하고 여러 제자들과 제사를 지냈다. 옹방강이 소장하고 있는 『蘇文忠公笠屐圖』는 1518년 6월 15일 唐寅(1470-1523)이 그린 것이다.(翁方綱, 『復初齋詩集』권2 「東坡笠屐圖」) 한편, 김정희는 청나라 吳漁山(1632-1718)이 1684년에 그린 「東坡笠屐圖」를 얻어 가지고 별도로 모사하여 贊을 하였다. 이후 조선 학자들에게 '東坡笠屐像'이 소개되어 許維(1809-1892)가 모사하고 權敦仁(1783-1859)이 찬한 것이 나와 蘇軾을 숭앙하는 풍조가 널리 유행하였다.(金正喜, 『阮堂集』권10 「天賚借余笠屐圖, 去値風雨幾乎落水英靈, 所在, 至寶是保書來相慰, 笠屐圖, 是趙子固硯背本也」).

13) 翁方綱, 『復初齋詩集』권11 「寶蘇名室以是年冬得宋槧蘇詩施顧注本也. 天際烏雲帖來歸則已六年矣. 先生三像拓本奉焉後又得朱蘭嵎宋石門所畵笠屐圖皆奉於此」.

14) 申緯, 『申緯全集』1, 129쪽, 「蘇齋拾草」, " … 紅豆主人曾寄坡像硯背本, 余舊有松雪本, 又傳摹元人笠屐本, 上官周晚笑堂本, 凡爲公像者四, 幷揭于淸風五百間, 乃以汪載靑本小照傍掛 … ."

이다. 소식 像을 비롯한 제현 화상의 유입은 19세기 조선에 소식 상 제작의 유행을 일으키게 하였으며 소식 열풍을 일으키는 계기 중 하 나가 되었다.

그림 2 「小照」
(간송미술관 소장)

이렇게 옹방강과의 만남과 교류는 신위가 시세계를 새롭게 형성하 는데 결정적인 계기가 되었다. 그가 연행 후에 자신의 시문을 모두 불 태운 사건은 이러한 의지를 잘 말해준다. 특히 소식의 시와 그림, 그리 고 글씨에 대한 새로운 인식은 그의 시 세계를 완전히 바꾸는 분기점 이 되었다. 다음 시는 왕재청이 손설거孫雪居의 그림을 모사하여 보낸 그림에 신위가 제한 것이다.

소재에서 또 하나의 인연을 만드니,
합경도를 만들어 만 리 까지 전해왔네.
푸른 들, 긴긴 봄, 사슴 장수할 줄 알겠고,
청산은 늙지 않음을 소나무 나이로 증험하네.
시냇가에 바람 쓸쓸하니 수선이 차갑고,
매화 비 축축한데 홍두는 불이 탄다.

내가 이소를 읽는 것이 그림을 읽는 듯하니,

미인과 향초에 생각이 끊이지 않네.

蘇齋又結一重緣, 合景圖成萬里傳.

綠野長春知鹿壽, 靑山不老驗松年.

溪風瑟瑟水仙冷, 梅雨簫簫紅豆然.

我讀離騷如讀畵, 美人香草思纏綿.[15)]

1구는 옹방강 문하의 문사와의 사귐을 밝히고, 3-6구는 합경도合景圖의 내용을 소개하고 있다. 마지막 구는 왕재청에 대한 그리운 정을 매개로하여 얽어내고 있다. 왕재청은 옹방강의 제자였다. 그는 그림을 잘 그려 옹방강을 대신하여 신위의 초상화를 그리기도 하였다. 신위는 왕재청을 옹방강의 서재인 석묵서루에서 만나 교유하였다. 이때 신위는 김조순이 연행을 떠날 때 부채 그림을 그려 보여주었는데, 석묵서루에 모인 청조 문인들은 이 그림과 시를 높이 평가하며 서로 화답하기도 하였다.[16)] 이러한 인연으로 왕재청은 산수화를 그려 합경도를 만들어 만 리나 떨어진 조선에 보내온 것이다.

신위의 청조 문인과의 교류에서 빼놓을 수 없는 인물로 오숭량吳崇梁(1766-1834)이 있다. 신위의 문집에는 시인으로 유명한 오숭량과 관련되어 서화를 주고받은 기록이 많이 보인다. 오숭량도 옹방강의 제자로 시·서·화에 뛰어난 재능을 가졌다. 강서江西사람으로 국자박사國子博士, 내각중서內閣中書를 지낸 당대의 시인이었다. 오숭량은 특히 매화를 좋아하였는데, 그의 매화 시와 매화 그림은 뛰어난 경지에 이

---

15) 申緯, 『申緯全集』1, 70쪽, 「題汪載靑寄惠倣孫雪居畵幀」.

16) 申緯, 『申緯全集』1, 29쪽, 「翁星原, 葉東卿, 汪載靑, 招集石墨書樓, 星原賞余所携楓皐公詩扇, 乃用原韻卽席共賦」.

르렀다. 신위는 김정희 부자가 오숭량의 육순을 기념하며 중국 풍습에 따라서 매감梅龕을 하나 만들고 거기에 매화에 관한 시를 담고 그 옆에 분매盆梅를 두고서 오숭량을 생각하는 자리에 참석했다. 비록 오숭량은 함께 할 수 없었지만 그들의 매화를 사랑하는 마음은 함께 하였다. 이처럼 오숭량의 매화 사랑은 신위의 매화 시와 매화 그림에 영향을 미쳤다. 오숭량은 시를 보낼 때 그의 아내 금향각琴香閣 장휘蔣徽의 그림을 함께 보내기도 하였다.(그림 3) 다음 시에 보면 그들이 사는 산장을 '구리매화촌사九里梅花村舍'라고 불렀다는 것을 알 수 있다.

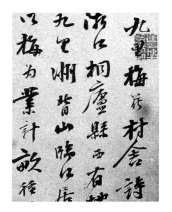

그림 3 吳崇梁 「九里梅花村舍詩」
(12면 중 1, 紙本, 간송미술관 소장)

나청 빛 한 머리에 먼 산이 열렸는데,
이것은 금향각 화실에서 온 그림이라.
신부의 베틀 머리에는 고기잡이 붙어있는 줄을 알겠고,
부인성 아래로는 뱃노래가 돈다.
좋은 벗에게는 절로 규방의 수재가 있어,
아름다운 시구는 참으로 후대 사람 놀라게 하는 재주일세.

그대들이 함께 숨어사는 곳 찾았노니,
구리 매화에 엄자릉의 낚시터로다.
螺靑一角遠山開, 知自琴香畫閣來.
新婦磯頭漁火認, 夫人城下棹歌回.
良朋自有閨房秀. 麗句眞驚異代才.
領取君家偕隱處, 梅花九里子陵臺.[17]

    당시 회화의 증여는 사행 때의 직접적인 교류 뿐만 아니라, 연행에서 돌아온 이후에도 연행에서 사귄 청의 문인들과 서신 왕래를 통해 주고받는 경우도 있었다. 신위는 연행에서 돌아와 동경東卿 섭지선葉志詵, 다농茶農 장심張深, 추음秋吟 장계蔣烓와도 서화書畫를 주고받았다.[18] 섭지선에 대한 그리움을 표현한 다음 시를 보자.

촌농과 어울려 엄화계에 지내며,
꿈꾸는 영혼 번화가에 이르지 못하네.
명아주와 기장을 삶는 왕마힐이요,
날씨나 헤아려 보고 있는 당자서로다.
이웃 절 종소리 울리는데 산달은 뜨고,
연지에 꽃 지니 물새 슬퍼우네.
내 마음의 친구 자오천 머리에 있으니,
단청을 잘 빌어 함께 그림이나 그렸으면.
混跡村農罨畫溪, 夢魂不倒軟紅堤.
蒸藜炊黍王摩詰, 較雨量晴唐子西.

---

17) 申緯,『申緯全集』3, 1039쪽,「吳蘭雪, 屬哲配琴香閣於扇面畫山水, 寄余以詩答謝」.
18) 申緯,『申緯全集』1, 211쪽,「子午泉詩遙寄葉東卿」; 2, 790쪽,「蔣秋吟詩畫硯歌」; 2, 794쪽,「秋吟見惠山水畫幀自題二詩, 卽用原韻, 續題幀側」 등.

隣寺鐘鳴山月卦, 碩池花落水禽啼.
神交子午泉頭在, 好借丹青手共携.19)

1구에서 4구까지는 왕유와 당자서唐子西의 탈속 세계로 그림 내면
의 정취를 읊고 있으며, 5구와 6구에서는 산중의 절과 연못이 곁들인
달밤의 풍경을 그린 산수도를 연상시켜 주는데 특히 '물새 슬피우네水
禽啼'는 화면의 정감을 한층 깊이 있는 곳으로 이끌어주는 시어이다.

신위는 또 장심에게 편지를 써서 조선에는 중국 그림들의 안작贋作
들 뿐이고 진적을 구하기는 어려워 화업을 성취할 수 없어 한이 된다
고 하면서 보장하고 있는 작품들을 많이 보내주기를 간절히 바란다고
글을 쓰기도 하였다.20) 이에 장심은 왕휘王翬와 사사표查士標, 달중광
笪重光이 합작한 「오주연우도五州烟雨圖」를 방倣하여 신위에게 보냈
다.21) 미불米芾을 바방倣하였다고 하는 것으로 보아 미점米點을 이용
한 정통파 양식의 산수화였을 것으로 보인다. 조선의 문인들은 중국
문인들과의 교류의 기회를 통해 가능한 한 많은 서화의 증여를 원하
였고, 이러한 기회를 통해 조선에 유입된 서화가 많은 비중을 차지하
였다.

---

19) 申緯,『申緯全集』3, 1214쪽,「自題扇頭山水寄葉東卿」.
20) 申緯,『申緯全集』2, 969쪽,「寄謝張茶農深」"曾見茶農六法明, 夙參禪理
透詩情, 畵家毛正光之反先正毛之反王石谷論畵語, 士氣求諸熟後生, 贋
售吾鄕自不乏, 購求名蹟苦難營, 小兒難道迷津筏, 尙願婆心寶藏傾海外
荒僻罕見古人名蹟藁本無以成就畵業可恨也."
21) 申緯,『申緯全集』4, 2011쪽,「題張茶農所寄五州烟雨圖」"茶農題畵後
云, 五州爲南西鎭山, 故米海岳父子多愛寫之, 本朝王石谷查梅壑笪江上
三賢, 曾合作一本, 題五州烟雨圖盖倣米也, 紫霞先生有道, 精研六法, 爲
海東宗匠, 竊取其意, 畵家山水米家點, 超脫毫端板俗容容一幅五州烟雨景,
前王查笪後茶農."

이와 같은 청 문인들과의 폭넓은 교유를 맺으면서 중국에 그의 시와 묵죽이 알려져 진문술陳文述이 편찬한 『화림신영畵林新詠』 가운데 정조의 부마 홍현주洪顯周와 함께 실려 중국에 그 이름을 날리게 되었다. [22]여기서 양국 사인들에 의해 이러한 회화 교섭을 갖는 동안에 또 하나 주목되어야할 사실이 발견된다. 당시 조선에서 파견되어지는 사행원들이 그곳에서 중국 그림을 견문하거나 또는 중국 그림을 조선에 유입시킨 것이 아니라, 인간적인 교유를 바탕으로 이루어진 문사들 간의 교류에서는 즉석에서 그림을 요구하거나 글씨를 요구하는 일들이 생겨나게 마련이었는데, 이것은 그들 간의 우정의 징표로서의 의미도 가지고 있었다. 이렇듯 연행을 통한 교섭은 개인 간에 서화를 주고받는 경우가 많이 있었으니 신위의 경우도 여기에 해당하였다. 또는 조선의 유명한 서화를 갖고 가 그 곳에서 친교가 있었던 사람에게 그림의 평을 의뢰하거나 또는 기증하거나 하여 조선의 회화가 적지 않게 유출되고 있었다는 사실을 간과해서는 안 될 것이다.

3. 신위의 회화 감식안과 회화 창작 활동

1) 제화시를 통해 본 회화 감식안

감식안이란 대개 작품의 미적, 예술사적 가치 등 비평의 객관적인 준거를 둘러싼 담론을 말한다. 신위의 경우, 회화의 제발題跋이나 제

---

22) 陳文述, 『畵林新詠』 奎章閣所藏本. "申紫霞, 名緯, 朝鮮國人 … 工於詩, 尤工畵竹, 蔣秋吟侍御云, 詩近蘇黃, 畵則今其無匹也, 楡西館集中屢見之也."(이에 대한 신위의 시는 『申緯全集』3, 1275-1278쪽 수록).

화시(제시題詩, 자제시自題詩)에 매우 풍부하게 전하고 있다. 회화 작품에 대해서는 나름대로 짧게 쓴 평이지만, 그의 사의론적 회화관을 알게 해주는 문헌의 근거가 현재로서는 매우 희박하다는 점에 비춰볼 때 나름대로 가치가 있다. 신위는 특히 대나무 그림을 잘 그렸고, 묵죽도의 제시를 많이 지었다.

> 도인이 장난삼아 뜰의 바위 그리던 중,
> 종이 위에 언뜻 비친 고죽의 그림자.
> 황급히 일어나 찾아봐도 간 곳 없어,
> 달 지고 바람 불어 잠깐 새에 사라졌네.
> 道人戲墨園中石, 紙上忽見孤竹影.
> 急起從之不如何, 月落風飜遷俄頃.[23]

이 시는 10대 후반에서 20대 초반 사이에 지어진 것으로 추정된다. 순간적으로 떠오르는 예술적인 감흥을 결코 놓치지 않으려는 의지가 뚜렷하게 보여서, 문동文同이 소식蘇軾에게 일러준 "대나무를 그리려면 반드시 먼저 마음 속에 대나무를 간직한 뒤에, 붓을 잡고 한참을 응시하다가 그리고 싶은 것이 보이면 급히 좇아가 붓을 휘둘러 바로 그려서, 그 본 것을 좇아가는 것을 토끼가 달리고 매가 덮치듯 해야 하며, 잠깐을 늦추더라도 사라져 버린다.畵竹必先得成竹於胸中, 執筆熟視, 乃見其所欲畵者, 急起從之, 振筆直遂以追其所見, 如兎起鶻落, 少縱則逝矣."[24]는 말과도 부합한다. 젊은 시절 신위의 탐미적인 경향과 예술가적 천품이 잘 드러나 있다. 훗날 신위는 묵죽에 대해서 "대나무를 그

---

23) 申緯, 『焚餘錄』1, 「月下寫竹影戲言」.
24) 蘇軾, 『蘇軾文集』2, 365쪽, 「文與可畵篔簹谷偃竹記」.

리는 것은 글씨를 쓰는 것과 같아서 필력이 미치는 곳에서 닮지 않은 듯 닮은 듯 순전히 신행神行으로 저절로 천기天機에 합하게 그려야 한 다.紫霞丈人, 善於墨竹, 嘗言寫竹如寫書, 筆力所及, 不似是似, 純以神行, 自 合天機."25)고 말한 바 있다. 신위의 제화시는 이러한 회화 기법을 수용 하여 창작한 경우가 많았다. 본질적으로 제화시는 그림의 내용을 읊은 것이기 때문에 그림의 구도를 염두에 두고 지을 수밖에 없는 것이다.

신위의 시에서 제화시에만 회화 기법을 도입한 것은 아니었다. 그림 의 내용을 전제하지 않은 많은 산수시에서도 자연스레 그림의 표현을 도입하여 시를 지었다.

> 어린 제비와 우는 비둘기에 마을 풍경 한가롭고,
> 곽희의 평원법26)을 사용하여 봄 산을 그려낸다.
> 시내에 드리운 버드나무 울타리 살구꽃을 누르고,
> 누른 초가 팔구 칸을 그려내었다.
> 乳燕鳴鳩村景閒, 郭熙平遠畫春山.
> 臥溪楊柳壓籬杏, 粧點黃茅八九間.27)

곽희郭熙(1060-1080?)는 중국 송나라의 대표적인 화가이다. 그는 중 국 남종 문인화의 맥을 잇는 화가로 다양한 그림을 남겼다. 신위는 한 가로운 마을을 지나며 저 멀리 꽃이 핀 봄 산을 바라보고 있다. 그의 시선이 처음에는 마을의 모습에 두었다가 천천히 멀리 자리한 봄 산 으로 향하고 있다. 그러니 전체적으로는 곽희의 평원법으로 한 폭의

---

25) 李裕元, 『林下筆記』권30, 「紫霞墨竹」.
26) 평원법은 곽희의 三遠法 중의 하나로, 가까운 산에서 먼 산을 바라보며 그리 는 방법이다.
27) 申緯, 『申緯全集』2, 1140쪽, 「尋花五絶句」.

그림을 그려내고 있는 것이다.

> 휘장 두른 정자에 자리 펴고 아침 꽃 대하니,
> 나의 눈 어지러이 선도화잎 옥동에 휘날린다.
> 난간에 기대어 산의 높이 헤아리고자 하니,
> 가운데 봉우리가 해를 향해 구름을 뚫었네.
> 幔亭開筵値花朝, 亂眼仙桃玉洞飄.
> 要識憑欄高幾許, 中峰指日出雲霄.[28]

이 시는 산수화를 감상하고 그 느낌을 적은 것이다. 이 시도 평원법을 사용하여 한 폭의 그림을 그리듯이 시를 쓰고 있다. 휘장을 두른 정자가 자리한 곳에 시인은 자리를 펴고 아침 꽃을 바라본다. 시인의 눈앞으로 선도화잎이 어지러이 날리며 마을 전체를 날아다닌다. 시인이 자리하고 있는 위치에서 벌어지는 현상이다. 시인의 시선은 자신이 자리한 옥동에 머물고 있었다. 이러한 시인의 시선이 난간에 기대면서 먼 곳을 향했다. 저 멀리 전개되는 산으로 향한 것이다. 산이 얼마나 높은지 가늠하고 있는데, 문득 솟아있는 여러 봉우리 중에 가운데 봉우리가 하늘을 향해서 우뚝 솟아 있다. 신위가 본 그림을 직접 볼 수 없지만, 이 시를 통해서 그림의 내용을 짐작할 수 있다. 산수화 구도가 독자의 머릿속에 고스란히 들어오기 때문이다.

신위는 자신이 살고 있던 벽로방碧蘆舫에 여향포余香圃(수강壽康)가 모사한 청나라 화가 남전南田 운수평惲壽平(1633-1690)의 「추수한당도 秋水寒塘圖」 그림을 얻어두었던 것으로 보인다. 신위는 이 여향포 모

---

28) 申緯, 『申緯全集』4, 1656-1657쪽, 「購得三山鄭從之(心矩)壽人山水圖立軸, 上有曺能始題詩古物入手, 自喜墨緣題此二首」.

사본을 살펴보면서 형상을 핍진하게 그려내지는 않았어도, 형상에 내재하는 정신을 잘 포착하여 그려낸 것을 높이 샀다. 갈필을 사용하여 윤기가 없고 말랐으나 골격이 살아있는 운수평의 그림은 그 기법이 형사를 지향하는 그림이 아니라 신사神似를 지향하는 그림이었다.[29] 여향포도 이 필의筆意를 사용하여 모사한 것으로 보인다. 이 소식을 들은 사람들이 먼 길을 마다않고 찾아와서 감상하니 그림이 상당한 경지에 이르렀다는 것을 알 수 있다. 신위가 남긴 다음의 시로 보아 그림의 내용이 어떠한지는 알 수 없으나 산수화로 보인다.

> 근래에 여향포가 모사한 그림을 얻어놓으니,
> 사람들이 먼 길을 마다않고 벽로방을 찾아온다.
> 그림이 형상을 떠났지만, 닮음을 잘 얻었는데
> 먹을 적게 사용하여 그린 것이 운남전의 그림이네.
> 名家近得余香圃, 萬里來參蘆舫禪.
> 能事離形而得似, 乾毫枯墨惲南田.[30]

신위는 이 그림을 감상하며 전개되는 경치의 아름다움에 마음을 두지 않고, 이보다는 그 경치에 내재하는 정신을 포착하려 하였다. 한편, 신위는 운수평의 그림을 모사하여 「방운수평산수倣惲壽平山水」라는 작품을 남기고 있다.(그림 4) 이 작품을 통해서 「추수한당도」의 그림 기법을 가히 유추할 수 있다. 신위는 이 작품에서 담담하면서도 고풍스러운 평원산수법을 전개하였다. 전체적 구도는 사선 구도로서 화면의 우측 상단 부분에 모든 경물을 배치시키고 있다. 이 그림을 운수평

---

29) 柳恩熙, 「자하 신위의 문인화 연구」, 정신문화연구원 석사학위논문, 1984, 42-43쪽.
30) 申緯, 『申緯全集』4, 2011쪽, 「題余香圃撫南田翁秋水寒塘圖筆意」.

의 산수화와 비교하면 약간의 차이를 보인다. 그 중에서 하나를 들면 예찬倪瓚이 잘 그린 인적 없는 정자를 배치하는 등 독창성이 돋보이는 문인화의 특징을 잘 보여준다.

다음 시를 보자.

사공도가 지은 『이십사시품』을,
크기를 줄여서 새겼는데, 원본보다 뛰어나다.
형상을 떠났지만, 절묘하게 써내니,
문삼교와 섭송암의 경지를 겸했도다.
王官二十四詩品, 縮本鐫章青出藍.
能得離形而似妙, 文三橋又聶松巖.[31]

그림 4 申緯, 「방운수평산수倣惲壽平山水」
(紙本淡彩, 個人所藏)

신위의 장남인 명준命準은 청나라 화가인 섭송암聶松巖이 적은 『이십사시품』 글씨를 가져다가 축소하여 모사했다. 그리고 그것을 가져다

---

31) 申緯, 『申緯全集』4, 1582쪽, 「準兒縮摹聶松巖詩品, 印刻得八枚喜而有作」.

印刻9하여 8매를 얻었다. 이 글씨를 본 신위는 기쁜 마음을 감추지 못하고 시로 지어 드러냈다. 아버지 신위가 기뻐한 것은 아들이 쓴 글씨가 비록 축소한 모사본이지만, 섭송암이 쓴 원본보다 뛰어났기 때문이다. 신명준의 글씨가 원본보다 뛰어날 수 있었던 것은, 형상에 매이지 않으면서 절묘하게 닮음을 얻었기 때문이다.

2) 화풍 형성 배경과 창작 활동

(1) 강세황 화풍의 영향과 남종 문인화에 대한 관심

조선 후기는 실학사상의 대두로 산수화에 있어서 실경實景을 위주로 하는 진경산수화가, 특히 정선鄭敾(1676-1759) 일파의 화원畵員들이 일어났고, 서민 의식의 발로와 함께 풍속화가 새로 대두되어 김홍도金弘道(1745-?), 신윤복申潤福(1758-?) 등의 활약으로 회화사적으로는 본격적인 한국화의 발전을 보게 되었다.

그러나 이와는 반대로 청 문인과의 교유를 통해 중국의 전통적인 남종화론에 입각한 문인화를 본격적으로 발전시키기도 하였다. 이런 문인화가로는 강세황姜世晃(1712-1791)을 기점으로 하여 이인상李麟祥(1710-1760), 신위 등을 꼽을 수 있으며, 이후로는 말기에 속하는 김정희 일파가 좀 더 새로운 문인화, 즉 진정한 서권기가 담긴 그림을 들고 나와 '완당 바람'을 일으키게 되었다. 신위의 작품에는 묵죽화가 가장 많으며, 산수화도 많이 있다. 그 밖에 「사녀도仕女圖」와 「사조寫照」도 몇 편이 전하고 있는데, 남종 문인화풍에만 전념하던 그에게 있어 오히려 감상의 폭이 넓어서 화원인 김홍도와도 사귀었고, 또한 속화俗畵도 즐겼던 듯, 현재 간송미술관에 있는 신위 구장의 화첩에는 화원인 이인문李寅文의 산수와 더불어 신윤복의 「여속女俗」, 「춘의春意」 2

장이 실려 있기도 하다. 그러나 신위는 화원 화가의 그림을 좋게 평가
하지는 않았다. 왜냐하면 그림이 기교로 흘러서 그 속에 정신이 존재
하지 않기 때문이다. 그리고 회화와 시는 모두 같은 뿌리를 가지고 있
는데 회화만을 공부하기 때문에 문제가 있다는 것이다.[32]

> 정조시대 활동했던 화원화가 중에서,
> 그림을 잘 그린 화가는 이인문과 김홍도이다.
> 단원의 그림은 눈앞에 사라져 보이지 않고,
> 도인의 뛰어난 그림은 아직도 세상에 전하도다.
> 先朝供奉丹靑班, 妙手推君與老檀.
> 過眼雲烟檀不見, 道人盤礴尙人間.[33]

　　김홍도의 그림에 대한 신위의 부정적인 시각에서 그의 화관畵觀이
드러난다. 그는 정조 시대 화원 화가 중에서 가장 두드러진 인물로 이
인문李寅文(1745-1821)과 김홍도를 꼽았다. 이 두 사람이 그림을 잘 그
린다는 점에서 뛰어난 화가로 꼽는데 주저하지 않았다. 그런데 그 다
음이 문제이다. 이 두 화가의 그림 중에서 김홍도의 그림은 눈앞을 지
나는 안개구름처럼 사라져 지금은 보이지 않는다고 하였다. 실제로 김
홍도의 그림이 사라진 것은 아니었다. 지금까지도 전해지는 김홍도의
많은 그림이 당시에 존재하지 않았을 수는 없었다. 그러나 신위는 이
그림이 사라지고 보이지 않는다고 하였다. 이것은 이 그림이 자신의
가치 기준에 맞지 않는다는 의미이다. 신위에게 달리 선호하는 그림이

---

32) 申緯, 『申緯全集』2, 671쪽, 「自題臨十竹齋譜卷後五首」跋, "文工繪事, 了
　　非二義, 我東畵學, 但求之於畵, 故去畵日遠, 且士大夫不知詩書畵髓同
　　一法乳, 繪素一事, 委之院人而恥言之."
33) 申緯, 『申緯全集』1, 167쪽, 「題李寅文畵」.

있었다. 그것은 풍속화가 아니라 문인화였다. 문인화는 그림의 대상을 사실적으로 그려내는데 중점을 두기 보다는, 그 대상의 정신을 포착하여 그려내는데 중점을 두었다. 사람·대나무·난초·국화·매화 등을 그리면서 형상의 닮음을 추구하는 것이 아니라, 그 형상에 내재하는 정신을 포착하여 그리는 데 중점을 두었다. 김홍도의 그림은 사실에 중점을 두었다. 신위에게 이러한 그림은 속화가 아닐 수 없었다. 왜냐하면 형사를 추구하는 그림은 누구나 그릴 수 있기 때문이다. 이에 반해 이인문의 그림은 지금도 전해지고 있다고 하였다. 이인문의 그림은 사의에 중점을 두었다. 그림을 통하여 대상의 정신이 전달되는 그림이었다.

강세황姜世晃(1712-1791)과의 만남은 신위의 예술적 성향을 결정하는 계기가 되었다. 당시는 그림에서 사실적인 기풍이 만연하였다. 문인화 외에도 사람들의 일상적인 모습을 그려내는 풍속화와 진경산수화가 많이 그려졌다. 그러나 신위는 강세황을 만나면서 이러한 흐름에는 부정적인 생각을 가졌다.

> 홍엽루에서 문필의 인연을 맺었는데,
> 지금까지 삼십육 년의 세월이 흘렀도다.
> 누가 알겠는가, 지팡이 짚고서 배회하는 나그네,
> 일찍이 난간에 기대어 아스라이 있는 사람이라는 것을.
> 紅葉樓中翰墨因, 于今三十六回春.
> 誰知倚杖徘徊客, 曾是憑欄縹緲人.[34]

그의 문집에서 신위는 그림의 스승을 강세황이라고 하였다.[35] 그

---

34) 申緯, 『申緯全集』2, 173쪽, 「七松亭賞春」.

의 나이 14세 때 70세의 강세황을 찾아가 스승의 인연을 맺었다. 홍엽루는 강세황의 옛 집인데, 이 시를 지을 당시는 화재로 소실되고 없었다.[36] 이곳에서 36년 전에 신위는 강세황과 문필의 인연을 맺게 되었다.

신위는 원래 산수화에서도 일가를 이루었지만, 산수보다 더 어려운 것으로 그 자신이 인식했던 묵죽에서 더욱 발군의 경지를 보여주었다. 그는 섬세한 농담의 변화와 부드러운 필치, 묵의 절묘한 구사, 제시題詩의 본격적인 도입 등으로 스승인 강세황이 이룩한 격조를 한 단계 더 높이고 이정李霆 (1541-1622), 유덕장柳德章(1694-1774)과 더불어 조선 시대 3대 묵죽화가의 한 사람으로 명성을 남겼다. 신위 그 자

그림 5 申緯,「墨竹」
(紙本水墨, 국립중앙박물관 소장)

신이 강세황의 묵죽 일파를 전수받았다고 밝혔듯이(그림 5), 그림에서는 보수적인 태도로 일관하였지만 그림 감상과 수장, 회화론과 품평 면에서는 청대의 새로운 사조와 문인화풍을 도입하는데 적극적이었다.

이때 신위가 제시한 사대부 문화로서의 회화 자격은 다름 아닌 시·서·화 일치의 구현이다. 그는 "글 쓰는 것과 그림 그리는 것은 분명 두 가지가 아니다. 조선인들은 그림을 공부하는데 단지 다름에서 구하므로 (진정한) 그림으로부터 날로 아득해진다. 또 사대부들은 시서화의

---

35) 申緯,『申緯全集』2, 672쪽,「自題臨十竹齋譜卷後五首」跋 "余童子時, 靑藍授受, 但在竹石一派, 至今懊恨."

36) 申緯,『申緯全集』1, 173쪽,「七松亭賞春」(2) 註.

정수가 같은 법임을 알지 못하고 단지 화원에게 맡기고 말하기조차 부끄러워 한다."[37]고 하여 시·서·화 일치를 통해서만 진정한 회화가 창출되며 동시에 화원화畵員畵를 벗어날 수 있다는 의견을 제시하였다. 그런데 신위는 형사와 전신傳神을 중시한 강세황의 화론을 전면적으로 계승한 것으로는 보이지 않는다. 그에 따르면 시·서·화 일치를 구현할 수 있는 길은 전통적인 방식인 '사의'와 '서화동필론書畵同筆論'의 구현에 있다고 강조한다.

우선 신위의 사의론을 살펴보기로 한다. 그는 대나무를 모사하는 것이 글씨를 쓰는 것과 같아, 닮지 않은 것이 닮는 것이니 오로지 신神으로써 그려 나가면 천기天氣에 절로 합치된다고 언급한 바 있다.[38]이미 시·서·화 일치를 통해 보장되기도 하지만, 이렇게 형사의 전통을 축소시키고 천기, 신운 등 언표가 불가능한 영역을 부각시키는데서 그의 회화론상의 사의는 시론상의 사의와 일치한다. 그는 감각적이고 시각적인 인상에 머무는 그림은 속화일 뿐이며 감각을 초월해야 선의 깨달음과 동일한 경지에 머물 수 있다고 목표를 제시했다.[39] 따라서 서화는 그의 예술론의 근간인 감각을 떠난 의意(혹은 천기, 신운)의 획득, 즉 사의寫意에서 완성되는 것이다.

그리고 문인화론에서 색과 형을 넘어서 사의를 구현할 주요 방법으로 거론되는 것이 서화동필론書畵同筆論이다. 주지하다시피 서화동필론에서는 시각적 감각을 벗어난 수묵화를 중시하는데, 신위는 수묵이

37) 申緯, 『申緯全集』2, 669쪽, 「自題臨竹齋譜卷五首」.
38) 李裕元, 『林下筆記』 권30, 「紫霞墨竹」 "紫霞丈人, 善於墨竹, 嘗言寫竹如寫書, 筆力所及, 不似是似, 純以神行, 自合天機."
39) 申緯, 『申緯全集』4, 2016쪽, 「詠十月菊」 "畵中菊甯不求似, 色寫居然已俗花, 落墨都無香色在, 畵家三昧悟禪家."

당대 출현하여 예찬을 위시한 원말에 이르러 문인화의 특징으로 부각되었다고 서화동필론의 역사를 요약하고, 수묵이 채색에 비해 간이簡易하다는 점에서 우월하며, 형을 떠나 대상의 운韻을 취하는 것을 목표로 한다고 사의와의 관계를 명시한다.[40]

형과 색을 떠난 사의와 서화동필론을 주장하는 이상 회화가 추구해야 하는 경치는 화면 밖의 실제 경치眞景와 다른 화면 안의 경치 즉, 화경畵景이 된다. 이렇게 사의론에서 형상의 공교함과 감각 대상과의 닮음을 축소시키는 경향은 이미 한 세대 앞의 강세황과는 상당한 차이를 보이고 있다.

신위의 중국 화가에 대한 관심은 당대 왕유, 송대 거연巨然과 관동關同, 소식과 미불, 원말 사대가, 명대 오파와 이후의 동기창董其昌, 청대 사왕四王과 운수평惲壽平(1633-1690) 등에 모아졌다. 그가 이들을 대표적인 문인화가로 간주했다는 점은 그의 전집에서 확인된다. 예컨대 문징명의 산수도山水圖에 대해 관동, 거연의 화법을 계승하여 신운이 넘친다고 언급하는가 하면,[41] 동기창을 문인화법을 종합한 자로서 분명히 인식하고 있었다. 그는 동기창의 산수화가 왕유 이래 자연미와 운을 가지고 있으며 이후 필법상으로 전서의 기미가 있는 팔분서체를 사용하여 이성의 필법을 계승하였으며 그 밖에 왕몽의 필법을 계승한 흔적이 있는데, 이 필법은 이후 왕원기王原祁(1642-1715)로 이어졌으며,

---

40) 申緯, 『申緯全集』3, 1271쪽, 「文衡山溪上橫琴圖立」 "淺絳畵水墨, 畵道趨簡易, 元四大家出, 倪迂饒別趣, 士氣與院氣, 從此判爲貳, 以形取其韻."
    ; 2, 671쪽, 「自題臨十竹齋譜卷後五首」 其五. "此事專專係用筆, 丹黃脂粉云乎哉, 用墨淺深備五色, 又從書卷氣中來."

41) 申緯, 『申緯全集』3, 1271-1272쪽, 「文衡山溪上橫琴圖立」. "衡山晚乃作, 畵發前代秘, 古絹青碧山 … 荊關董巨法, 典刑尙有哭, 繩準尺度中, 神韻自恣肆, 歎息衡山翁."

점법은 미불 이후 원대 고극공高克恭(1248-1320)의 점법을 계승했고, 그 외에 소쇄하고 담박한 황공망의 화풍을 계승했다는 점을 지적했다.42) 또한 그는 왕감王鑑(1598-1677)의 산수에 대해 필법이 서예의 중봉中鋒의 기법을 갖추었다고 높이 평가하고, 왕휘王翬(1632-1717)의 산수화(그림 6)에 대해 준법과 점법이 진대의 해서와 같다는 점을 지적했다.43)

그림 6 王翬「山水圖」
(紙本水墨,『중국미술전집』)

이상의 언급들은 신위가 남종화보의 계보와 그 전통의 정체성을 서화동필론과 사의, 초탈하고 담박하고 고아한 화면의 분위기 등에서 총괄적으로 이해하고 있음을 시사한다. 이렇게 그가 남종 문인화의 계보와 그 이론을 잘 알고 있었다는 사실에도 불구하고, 그는 작가의 학문과 인격의 전제, 전통과 창신의 문제, 학습으로부터 깨달음으로의 진행 등 동기창에 의해 종합된 남종화론

---

42) 申緯,『申緯全集』4, 1895쪽,「董玄宰山水幀金經臺進士尙鉉屬題八絶句」 제1에서 그는 동기창의 그림과 왕유의 그림이 唐詩韻과 天工造自然을 공유하고 있음을 밝혔으며, 그 自註에는 吳鎭의「夏山圖」의 필법과 같음을 밝혔다. 같은 글, 제2에서는 董源, 李成을 새롭게 계승하였다는 점을, 제3에서는 황정견의 필법이 동기창을 통해 왕원기에게 계승되었다는 점을, 제5에서는 전서로부터 팔분이 나오는 듯한 필법이 이성의 필법이라는 점을, 제6에서는 조대년의 필법도 있으며 제7에서는 미불과 고극공의 점법을 계승하였다는 점을, 제8에서는 담박한 수묵의 분위기가 황공망의「계산도」와 유사함을 밝혔다.

43) 申緯,『申緯全集』1, 166쪽,「題王鑑雪景」; 4, 1648-1650쪽,「古東尙書以王石谷翬眞跡帖, 屬題十二首」.

의 제 요소를 체계적으로 주목하지는 않은 것으로 보인다. 이는 그가 스스로의 창작에서뿐만 아니라, 조선 예단에서의 보급 상황에서 남종 문인화론의 실현 여부를 문제 삼고 인도하려 한 흔적이 명료하지 않다는 점에서 그렇다. 당시 조선 내 화단의 남종화풍의 경향에 대한 구체적인 분석, 비평, 인도의 문제는 최소한 그의 문집 내에서 명료하지 않다. 따라서 신위의 회화관은 통사적 관점에서 임진왜란 이래 18, 19세기 내내 회화에 대해 여기적餘技的 창작자와 감상자의 역할 외 이론가, 비평가의 역할은 여전히 부재하다는 점을 확인시켜 준다.

(2) 화보류를 통한 화법 습득과 『당시화의』

신위는 강세황의 남종 문인화풍을 통해 시서화 삼절의 경지를 수학했는데, 그의 이러한 예술세계는 1819년 춘천부사 퇴직 후와 1827년 강화유수로 부임했다가 사임하고 선영이 있던 시흥의 자하 별장에 은거하면서 심화되었다. 그가 '시화동도詩畵同道'의 문예미를 갖춘 당시의 예술적 경지를 배우고 익히기 위해 1820년에 선집했던 『당시화의』 15권도 시흥에서 이뤄진 것이다. 그가 어려서 그림 공부를 하면서 각종 중국에서 수입된 '화보류'를 두루 읽고 자신의 그림과 시에 응용했을 가능성도 배제할 수 없는데, 이런 관점에서 볼 때, 그의 『당시화의』44)는 17세기 초 들어온 『고씨역대명인화보顧氏歷代名人畵譜』45)이

---

44) '唐詩畵意卷第1'에서 '唐詩畵意卷第15'에 이르기까지 118인의 중국 詩 540수와 24인의 중국 詞 91수가 실려 있다. 唐詩 작품 가운데 畵意가 두드러지는 것을 선별하여 수록한 책으로 당대 문인사대부들의 예술동향과 의식을 살피는데도 유용할 것이고, 선집자인 申緯의 예술론의 윤곽을 추론해볼 수 있는 중요한 자료이다.

45) 1603년 顧炳이 간행한 화보. 『顧氏畵譜』로도 불린다. 전4권으로 晉에서부터

후 조선 후기에 유입되어 문인화가들의 화풍에 영향을 준 『십죽재화보十竹齋畵譜』[46)] · 『개자원화전芥子園畵傳』[47)] · 『당시화보唐詩畵譜』[48)]등과 일정한 관련이 있을 것으로 보인다.

신위가 관직에서 물러나 한거할 때는 밝은 창 앞의 책상에서 붓을 잡고 강세황이 임모했던 『십죽재화보』를 통해 '사생寫生'의 방법을 연구하곤 했다. 강세황과 신위를 맺어준 그림 교재가 바로 『십죽재화보』이다.

> 표암 어른에게 거상拒霜과 연매烟梅 두 그림을 구하여,
> 그린 스물 네 폭의 그림이 한결같은 기상이라.
> 이전엔 이러한 꽃잎의 형상을 대하지 못한지라,
> 언 땅에 피어난 매화가 속세의 티끌에 맡겨지네.

明에 이르기까지 역대명가 106인의 작품을 축소모사하여 판각한 것이다. 山水, 人物, 花鳥, 禽獸 등의 그림과 작가의 小傳을 상세히 싣고 있다.

46) 胡正言의 편저로 書畵譜·果譜·翎毛譜·墨花譜·蘭譜·竹譜·梅譜·石譜의 8책으로 되었고, 난보 외에는 그림 다음에 題詩가 붙었으며, 난보와 죽보에는 초보적인 描法에 대한 圖解가 붙어 있다. 習畵帳인 동시에 고금의 작품을 수록한 複製 서화집이다. 그림은 대부분 색채로 인쇄되어 있어, 색채의 조화나 濃淡의 수법에서 중국 色刷版畵의 형태를 나타낸다.

47) 1679년 李漁(1611-1680)가 중국 금릉지방의 개자원에서 간행한 화보이다. 山水譜, 蘭竹梅菊譜,, 草蟲花芥, 翎毛花芥譜등 모두 3집으로 구성되어 있다.

48) 『唐詩畵譜』의 편찬자인 黃鳳池에 대해서는 생졸년이나 경력을 전혀 알 수 없고, 『唐詩畵譜』 앞쪽에 있는 서문들을 통해서 新安의 선비임을 알 수 있을 정도다. 7언 화보 序를 쓴 錢塘의 林之盛은 '新安鳳池黃生凤抱集雅之志乃詩選唐律以爲吟哦之資 … .'라고 했다. 이 책이 조선에 들어온 시기는 1623년에서 1636년 사이로 추정하고 있다. 조선 중기의 화가들인 尹斗緖(1668-1715), 鄭歚(1676-1759), 沈師正(1707-1769), 姜世晃(1713-1791) 등 많은 작품에서 이 책의 영향을 찾을 수 있다. (허영환, 「당시화보연구」, 『미술사학』3, 1991)

乞靈豹老拒霜梅,　二十四圖一氣來,
未有從前花葉相, 凍地枯墨任塵埃.49)

　　강세황은 이 책에서 「거상」·「연매」 두 그림을 그렸다. 그 후에 신위
도 이 두 그림을 그렸다. 그리고 신위는 이에 그치지 않고 스물네 폭
의 그림을 더 그렸다. 신위는 임모 과정을 통하여 그림을 공부했는데,
이 과정에서 신위는 진세塵世의 매화를 넘어 강호의 매화를 그려냈다.
이전의 그림 속에서는 찾을 수 없는 꽃잎의 형상을 만들어낸 것이다.
　　『개자원화전芥子園畵傳』은 18세기 조선의 산수, 인물, 화조, 영모화
翎毛畵 등 거의 모든 분야에 걸쳐 그 영향이 크게 나타난다. 문헌상에
나타난 정확한 유입 시기는 알 수 없으나, 이 구도를 그대로 모방하거
나 또는 부분적으로 변형하여 응용한 예들은 이인상, 강세황, 심사정
등의 작품에서 보인다.
　　신위의 『당시화의』와 관련하여 『당시화보』를 특히 주목할 만하다.
오늘날 미술사학 분야에서 『당시화보』가 중요하게 받아들여지는 이유
는, 중국의 시·서·화·각, 이 네 가지의 아름다움을 한 화보에 모았다
고 판단되기 때문이다. 『당시화보』 역시 윤두서가 보고 모방했다는 기
록으로 보아 17세기 후반기에는 이미 우리나라에 들어온 것으로 생
각된다. 또한 신위의 그림에 영향을 준 강세황도 이 책을 소유하고
있었던 것으로 알려져 있으며, 그의 『첨재화첩忝齋畵帖』 제6폭 「산수
도山水圖」가 『당시화보』 중의 예찬 그림을 모방한 것임이 확실하다.
　　신위는 특히 "화가의 삼매는 선가의 깨달음과 같은 것"으로 봄으로
써 시화일치와 함께 화선일치畵禪一致의 회화론을 피력하고 이를 작

---

49) 申緯, 『申緯全集』2, 670쪽, 「自題臨十竹齋譜卷後五首」.

품을 통해 실천하고자 하였다. 그의 이러한 경지에 대해 서기수徐淇修 (?-?)는 『당시화의』서문에서, "이제 신위의 시를 구하려 한다면 시가 아니라 반드시 그림에서 구해야 할 것이다, 신위의 그림을 구하려 한 다면 반드시 시에서 구해야 할 것이다.今欲求紫霞之詩則不於詩而必求諸 畫. 今欲求紫霞之畫則不於畫而必求諸詩."50)라고 한 바 있다.

(3) 중국화 수용과 창작에 반영된 중국화 양식 : 방작倣作의 생성

신위의 남종 문인화에 대한 관심은 끊임없는 임모 작업에서 다시 한번 확인할 수 있다. 김석경金石經이 새로 표구한 그림을 가져 왔을 때, 신위는 그것이 자신의 그림 (그림 7)이라는 것을 알아보았다. 하지만, 언제 그렸는지는 기억을 못하는 것을 볼 때,51)

그림 7 「臨巨然橫山圖」
(紙本水墨, 個人所藏)

그가 수많은 임모 산수를 그렸다는 것을 알 수 있다.

신위는 강세황과 더불어 동기창의 서예를 특히 좋아하였고, 그의 산수화를 갖고 임모하였음이 문집 기록에 나온다.52) 또한 동기창 그림을

---

50) 徐淇修, 申緯 『唐詩畵意』序四.

51) 申緯, 『申緯全集』2, 783쪽, 「金石經袖示畵幀新裝標者, 乃余手臨巨然橫 山圖, 不知如何時作 … 」.

52) 申緯, 『申緯全集』1, 36쪽, 「題董文敏眞蹟帖」; 1, 218쪽, 「自題臨摹董文敏 山水」.

파는 이로부터 그림을 가져다가 아들들에게 베끼도록 하고 돌려줄 만큼 열의가 있었다.[53] 이 밖에 그의 문집에 나오는 중국 그림으로는 허곡虛谷의 지두화指頭畵, 예단倪端의 산수화, 주방周昉의 「미인도美人圖」, 조맹부趙孟頫의 「마도馬圖」, 맹영광孟永光의 「송근계적도松根憩寂圖」등이 있는데, 이 중에 양주화파인 허곡의 지두화를 언급한 것이 흥미롭다. 또 허도녕許道寧의 「하산풍우도夏山風雨圖」, 나빙羅聘의 「오청도五淸圖」, 구영仇英의 「선원회주도仙源廻舟圖」 등도 꼽을 수 있다. 신위는 이른바 방작화첩 또는 축본縮本도 보았던 것으로 여겨진다. 방작화가의 대상이 청초까지 등장하고 있다. 그의 문집 중 「방사제가산수자제절구倣寫諸家山水自題絶句」에 실려 있는 방작 대상 작가들의 면모를 들어보면 원대의 황공망黃公望과 오진吳鎭, 명대의 심주沈周와 동기창董其昌, 청대의 운수평惲壽平, 추지린鄒之麟, 왕시민王時敏 등이다. 이들을 모방한 화첩을 보고 찬시를 남겼는데, 그 중에서 몇 가지 예를 들어보면, 오진의 산수화에 대해 "거연을 보고 법을 묻지 말게.莫向巨然問法藏."라 하였고, 황공망에 대하여 읊은 시에서는 그의 천강산수淺絳山水 기법을 언급하였고, 운수평은 송대의 서숭사徐崇嗣의 법을 계승하고 있다고 하였다. 왕시민(1592-1689)에 대하여는 대상 작품이 수장가로 유명한 할아버지 왕석작王錫爵(1534-1611) 집안의 소장품이었음과 아울러 후에 화단의 영수가 되었음을 지적하였다.[54] 신위가 모방

---

53) 申緯, 『申緯全集』1, 218쪽, 「自題臨摹董文敏山水用坡老韻」; 3, 1255쪽, 「人有賣董太史書畵合壁帖子, 兒輩摹畵, 而還其原本. 仍題以一詩」.

54) 申緯, 『申緯全集』1, 65쪽, 「倣寫諸家山水自題絶句」, "黃子久法 / 大痴元季四家首靑綠何如淺絳難 … 惲顧田法 / 寫生正脈接崇嗣且爲王翬避竝鑪 … 王烟客法 / 文肅家稱富收藏 … 後來領袖豈無自 … 吳仲圭法 / 莫向巨然問法藏道人墨氣自沈蒼 … ."

한 추지린의 작품이 어떠한 것이었는지는 제시題詩에도 명확하게 드러나 있지 않으나, 추지린은 선묘에 의한 간결한 산수를 그린 화가로, 이런 점에서 안휘파와 친연성을 보이는 화가이다. 특히 추지린(1585-1654)은 황공망을 숭상하여 황공망 양식을 따랐고, 황공망의 「부춘산거도富春山居圖」를 임모하기도 하여 황공망에 입문하였다는 평을 듣기도 하였다. 이와 같은 언급은 중국 회화사에 대한 글을 많이 읽어야 가능한 일이라는 점에서 신위의 깊은 식견을 느낄 수 있다. 중국의 방작 화첩은 청대 초기에 유행하기 시작하여 청대 중기에 크게 성행하였는데, 이것이 조선에 소개되어 신위가 보고 임모하게 된 것이다. 1813년 신위는 여러 대가의 산수를 모방하면서 왕시민의 산수도 모방하고 자제自題하였다.(그림 8)

그림 8 申緯, 「撫王烟客筆意山水」
(紙本水墨, 個人所藏)

문숙(왕석작) 집안은 수장이 많다고 알려져 있네,
(그중에서) '산음범설도山陰泛雪圖'가 가장 훌륭해.
뒤에 오는 화단의 영수는 어찌 말미암을 곳이 없겠는가,
이십사도 남본으로부터 나왔지.

文肅家稱富收弆, 山陰泛雪最爲雄.
後來領袖豈無自, 二十四圖藍本中.55)

　　왕시민의 회화가 24도의 남본을 통해 나올 수 있었다고 밝히고 있
다. 남본은 회화의 밑그림 혹은 원본을 말하는데, 여기에서 24도 남본
이라 함은 축임본縮臨本으로 여겨진다. 신위의 제시題詩에 의하면, 이
'24도 남본'은 왕시민 집안(왕석작은 왕시민의 할아버지임) 소장의 작품
을 모방한 것이거나 왕시민 집안 소장, 혹은 두 경우 모두에 해당한다
고 볼 수 있다. 아무튼 19세기 초 조선에서도 축임본에 대한 인식이
이루어지고 있음을 알 수 있다.
　　다음은 허도녕許道寧의 작품 「하산풍우도夏山風雨圖」에 기탁하여
쓴 시이다.

　　　　　파란 내 푸른 산, 구름 기운 헤아려,
　　　　　하늘을 찌를 듯 높은 숲 심원한 골엔 바람이 돌아 춤추는데.
　　　　　염관분명에 내닫던 교만스러웠던 나날들,
　　　　　내의 영험하신 신령은 칩룡을 부르시네.
　　　　　번쩍이며 당기는 금빛 뱀은 천 길이요,
　　　　　우레가 진동하니 악어가 3백리로 통하고.
　　　　　곁달림 없이 타고가 끝간 곳 없이 운행하니,
　　　　　세차게 일어나고 성한 것이 허공을 무너뜨릴 듯하다.
　　　　　부두자루 굽혀 은황수에 물 붓고,
　　　　　지축은 빙이궁에 가라앉는다.
　　　　　천길 벼랑 동굴에 한 도사는,
　　　　　우러러 쌓인 푸르름 능지를 듯 내닫는 물길 보고있네.

55) 申緯, 『申緯全集』1, 66쪽, 「倣寫諸家山水自題絶句」 '王烟客法'.

인간에는 어찌타 시저 잃음에 한하는고,
이 속에 자리 베풀고 홀로이 한가하노라.
종전의 더럽혀진 때 말끔히 씻기우고,
가없이 불어 미친 물에 벼와 기장은 무성해졌네.
크고 억센 흐름은 해롭지 않으니,
신비로운 공은 만물을 이롭게 하고서도 공력을 말하지 않네.
한때의 하늘은 홀연히 개이고,
롱롱한 햇빛만이 몽실 핀 구름 동컨에 자리하누나.
碧溪靑嶂度雲氣, 穹林邃堅舞廻風.
炎官奔命走驕日, 川后效靈呼蟄龍.
電掣金蛇一千丈, 雷震圓鼉三百通.
乘之無傍運無際, 舊迅颯沓如崩空.
天杓屈注銀潢水, 地軸下侵馮夷宮.
千仞石室一道士, 仰凌積翠看奔洪.
人間何限失匙著, 此中宴坐獨從容.
淨洗從前塵垢汚, 潤及無邊禾黍芃.
巨浸流惡不爲害, 神工利物不言功.
一時天宇忽開霽, 朧朧日在五雲東.[56]

이 시의 전반 10구까지는 여름 심야 산중에 몰아치는 비바람을 청
각에 호소하면서 동감을 두어 급박한 절주미를 나타내고 있는데, 이
질풍노호하는 풍우산세경風雨山勢景으로써 제3구의 '염관분명에 내닫
던 교만스러웠던 나날들炎官奔命走驕日'이란 관리로서의 생활 중에
정신없이 명을 받들어 분주해하고 교만했던 날들에다 비유하고 있다.
이는 단순히 찌는 듯이 무더운 여름 기후 다음에 공식처럼 이어지는

---

56) 申緯, 『申緯全集』2, 579쪽, 「許道寧夏山風雨圖」.

소나기 세례를 뜻할 수도 있지만, 후반구 시를 보면 자신의 환로 행적과 연결시켰음을 느끼게 해준다. 즉 후반부는 비 개인 후의 산세를 정적靜的으로 묘사해내고 있는데, 특히 '천길 벼랑 동굴에 한 도사千仞石室一道士'처럼 유유자적하는 세계는 마지막 구의 '롱롱한 햇빛朧朧日'의 일광日光과도 같은 현묘경玄妙景으로 들고픈 심회를 나타내고 있다. 이 '한 도사一道士'는 바로 신위 자신의 모습을 투영시켰다고 볼 수 있다.

이와 같이 전반구의 무시무시한 폭풍우를 그려낸 과장법적 묘사는 독자로 하여금 흥분을 일으키게 해주며, 이는 화중경畵中景을 묘사한 것이다. 그리고 후반구는 11, 12구의 도사의 묘사를 제외하고는 앞의 화경畵景을 이어받아 작가의 심중에서 만들어진 심중경心中景이라 하겠다. 특히 18구의 '신비로운 공은 만물을 이롭게 하고서도 공력을 말하지 않네.神工利物不言功'는 자연의 신비로운 조화경造化景을 표현한 것으로 심중경心中景의 응집처라고도 할 수 있다. 이 시는 아마도 작자 신위가 1819년 가을에 춘천부사를 사임한 후 3년 뒤에 장흥방 자택에서 안거할 때 지어진 것으로 보이는데, 자신의 환로 행휴行休의 정을 「풍우산수도風雨山水圖」에 기탁하여 화경畵景과 심경心景을 읊은 것이라고 볼 수 있다.

신위는 산수화 임모를 할 때 그대로 베끼는 것을 추구하지 않았다. 이러한 그의 태도는 그가 황공망과 미불을 모방하여 그린 그림 「방대도訪戴圖」 위에 스스로 "황공망이지만, 황공망이 아니고, 미불이지만 미불이 아닌 법黃不黃米不米法."이라고 적어 넣은 데서 드러난다.(그림 9) '방대訪戴'란, 왕희지의 아들인 서예가 왕미지王微之(?-388)가 눈 오는 어느 날 밤에 거문고를 잘 타기로 이름 높은 대규戴逵를 방문하러 나섰다가 문득 마음이 흡족해져서 그냥 돌아왔다는 고사를 그린 것인데, 그런 의미에서인지 강안 이쪽과 저쪽에 초가집을 각각 그려놓고 그 사이를 이어줄 나룻배 한 척이 놓여 있다.

그림 9 신위가 「訪戴圖」에 題한 「初雪酒後自題黃不黃米不米幀側」
(국립중앙박물관 소장)

햇발은 얼어붙고 바람은 노호하는데,
누대 그늘 산 눈썹이 모두 흐릿하구나.
꿈에서 돌아오니 술기운 말끔히 사라진 자리에,
인적도 고요한데 향연만 아직도 화로에 피어난다.
한 점 눈발 날아들어 따뜻한 벼루에 녹아지는데,
마른 바람소리 모여와 차운 갈대로 변하게 하네.
우연히 수묵이 황공망과 미불에 섞여지니,
곧이어 신기는 방대도訪戴圖에 노니네.
日脚凝永風努呼, 樓陰山黛合模糊.
夢回酒氣全消席, 人靜香煙尙在爐.
一點斜飛融暖硯, 乾聲驟至變寒蘆.
偶然水墨參黃米, 驀地神遊訪戴圖.57)

1-2구는 흐릿한 담묵淡墨으로 처리된 산과 백색으로 남긴 지면의 효과에서 느껴지는 겨울의 매섭고 황량한 분위기를 읽을 수 있다. 3-6구까지는 작화하기 직전 실내의 온기가 작가의 정적 심경과 어울려 창작의 기교를 가다듬는다. 이윽고 황공망과 미불의 문인화법을 섞어서 그려낸 그림은 신기가 얽혔음을 밝혀 제목에서 볼 수 있듯이 미법米法도 황법黃法도 아닌 신위 자신의 독창적 화면임을 강조하고 있다.

조선 문인들 사이에 완상된 이 화적들은 진위 여부와 상관없이 당시 문인과 화가들의 중국 문인 화풍 이해에 막대한 영향을 미쳤다. 조선의 사대부 문인들이 동시대 화가들의 그림을 평가할 때 미불, 황공망, 예찬, 동기창을 언급했던 것은 실제 화적을 접하는 가운데 이루어진 근거있는 평가였던 것임을 알 수 있다. 당시 수장가들이 소장한 중국 화적에 그려진 화풍이 어떤 식으로든 동시대 조선 화가의 작업에 수렴되었을 것임은 분명하다. 기존의 이해가 내재적 발전론에 기반을 둔 시각의 과잉으로 동아시아 회화권의 일원으로서 상호 관련성을 지니며 약진했던 실상을 객관적으로 파악하지 못했다고 보여진다. 중국화 애호와 임모도 그 예 중의 하나가 될 것이다. 그러나 중국과는 다른 조선적인 것의 독창적인 화면을 만들어내려던 이들의 노력도 인정해야 할 것이다. 이 내용을 신위의 소략한 문헌을 통해 들여다 볼 수 있었다.

4. 맺음말

18, 19세기 사대부 문인들은 회화를 창작하고, 이를 완상하는 것을 시나 서와 마찬가지로 지식 계층이 갖추어야 할 교양의 일부로 생각

---

57) 申緯, 『申緯全集』4, 1751쪽, 「初雪酒後自題黃不黃米不米幀側」.

하고 있었다. 이들은 회화를 가까이 두고 향유하였으며, 그림에 대한 감식안이나 작화능력도 뛰어났다. 물론 당시 회화를 담당했던 계층으로서 화원畵員의 존재를 빼놓을 수는 없겠으나, 이들의 신분적 위치가 지배층인 사대부들의 수요와 기호를 따라야 했기 때문에 조선 시대 회화의 기반과 성격 역시 사대부들의 성향과 밀접한 관계가 있다고 볼 수 있다. 더욱이 연행은 청의 문사나 화가들과 직접 접촉할 수 있는 기회였고, 이를 통해 당시 유행하던 화풍을 배우거나 작품을 구입할 수 있었다.

이 글의 주제대로, 그림과 연관된 시들이니만큼 무엇보다 신위의 그림 작품에 대한 이해를 위해 그가 처했던 조선 후기의 회화사적 동향과 그의 그림이 창작될 수 있었던 회화적 배경, 신위 제화시의 자료를 『경수당전고』에 수록된 것 중에 발췌하여 각각 살펴보았다.

신위는 비록 독자적인 화론을 따로 언급하지는 않았지만, 그의 문집 속에 그림·시권·화첩 등에 제한 시가 대략 250여 수나 된다는 점에서 예문적 취향을 시화한 실상을 어느 정도 가늠할 수 있을 것이다.

제4장

한국 고전 문학에 형상화된 '중국'

1. 머리말

홀로 독특한 문화는 없다. 자생적 독자성으로 빛난 문학일지라도 외래의 수용과 융합을 배제할 수는 없다. 한국 한문학은 발생단계부터 세계적 성격을 가질 수밖에 없었다. 문학 창작의 도구가 한문인 것과 함께, 전통 시대 지배적 세계관이 중화 중심적 세계관에서 벗어나지 못했다는 사정을 두고 본다면, 한문학은 상당부분 중국 문학, 동아시아 공통 문학의 특징을 가지고 있는 것이다. 현재 전해오는 문학 작품들은 삼국 중에서 거의 신라의 작품들이 주종을 이루고 있는데, 특히 신라의 경우에는 정치적 이유로 인해, 중국에 대한 종속이 다른 나라들보다 컸을 것으로 짐작된다. 이들 신라인의 작품이 지금 우리에게는 전하지 않지만, 중국의 『전당시全唐詩』 『전당문全唐文』등의 문헌 속에 남아 전하는 것이 그 실례이다.[1] 또한 여러 한적 문헌 중에서도 텍스

---

1) 柳晟俊, 「『全唐詩』所載新羅人與唐文人之交遊詩考」(『韓中언어문화연구』 10 집, 2006); 金保京, 「羅末麗初 漢詩再考 -『全唐詩』所載 唐人贈新羅人詩를 연구대상으로-」(『동양고전연구』3집, 2004); 김성희, 「在唐 異民族留學生과 唐 朝文人들의 상호인식」(『梨花史學연구』 25-26, 1999) 등이 발표된 바 있다.

트로서의 중국 시와 소설은, 한국 문인들이 중국에 관한 지식을 습득하는 중요 원천의 하나로 작용하고 있다.

그러나 한자를 문학의 도구로 사용한다고 해서 내용과 세계관까지 완전히 중국화하는 것은 아니었다. 한국에서 창작된 한문학은 중국 문학과 달리 한국적 특성을 강하게 가진 문학으로, 당연히 한국 문학의 일부로 정리될 수 있는 것이었다. 우리 문학 속에 들어와 있는 '중국'이라는 세계와 그 세계성을 살펴보는 과정은 곧 교류사적 이해의 과정이다. 한국 문학 내부에 어떤 외부적 요소를 얼마나 받아들일 것인가 만을 논의할 것이 아니라, 한국 문학의 어떤 내용이 얼마나 외부문학과 교류하여 어떤 다양성을 창출해왔는지를 논의해야 한다.

따라서 이 글에서는 한국 고전 문학에 형상화된 중국의 모습을 다음의 세 가지 유형으로 나누어 살펴볼 것이다. 한국 역대 문인의 해외 체험과 '중국', 그림 속 상상 공간으로서의 '중국', 작품 속 배경으로서의 중국으로 나누어 작품의 개별 유형을 들어보고, 한국의 국경 너머에 존재하는 중국이라는 공간이 한국 고대 문헌에 어떻게 형상화되어 나타나고 있는지 짚어볼 것이다. 이들 각각에 대한 개별 연구 성과가 없는 것은 아니다. 이 글은 이들 선행 연구를 한데모아 '한국 역대 문인 지식인들과 중국'이라는 하나의 주제로 엮어 보려는 것이다. 이글에서 말하는 '고전 문학'은 한국 한문학과 국·한문 고소설을 포함하는 범주임을 밝혀둔다.

2. 한국 역대 문인의 해외 체험과 '중국'

이제현李齊賢(1288-1367)은 27세부터 36세까지 10년간 중국, 당시 원나라에 장기체류하며 많은 시를 지었다. 그는 비록 좁은 땅에 태어났지만 큰 세상을 보았다. 그는 여러 차례 대륙을 가로지르는 대장정에 나서 장엄한 산하와 유구한 역사를 체험하였고, 이 과정에서 당시 연경으로 진출하여 만권당에서 시를 쓰고, 중국의 대표적 문인 학사 조맹부趙孟頫(1254-1322), 우집虞集(1272-1348) 등과 교류하였을 뿐만 아니라, 이 일련의 여정을 시로 남겼다. 시 속에 현장의 견문을 사실적으로 묘사하였고, 나아가 사상과 정감까지 융합하여 그의 작품 속에는 이국 풍정이 농후하다.

1316년 이제현은 봉명사신이 되어 사천성 아미산에 강향降香하러 갔다. 원나라 황제는 매년 정기적으로 명산대천에 강향하도록 되어 있지만, 실제로는 봉명사신이 이를 대행했다. 이제현이 원의 사신으로 뽑힌 과정은 알려지지 아니하였지만, 아마도 충선왕과 만권당에 출입하였던 한림학사 승지들의 영향력이 강하게 작용했을 것이다. 이제현은 아미산에 갈 때와 돌아올 때 쓴 시 18수를 모아 첫 시집 『서정록西征錄』[2])에 실었다. 아래 시를 보자.

> 금강 강물 위에 하연 구름이 뜬 가을날,
> 이별가 '검정 말'들으며 술집을 나온다.
> 한 조각 빨간 깃발에 바람은 펄럭펄럭,
> 노 젓는 두어 소리에 강물도 넘실넘실.
> 빗발은 송아지를 어부의 가게로 몰고,
> 물결은 갈매기를 손님 배로 보내온다.
> 누가 말했나, 서생은 대개 불우하다고?
> 나랏일 하면서도 멋진 놀이가 많거늘.

---

2) 이제현은 처음 여행길에서 지은 시를 모아 『西征錄』이란 시집으로 엮었는데, 후에 자손들이 이들 시와 산문을 모두 수집하여 『益齋亂稿』을 간행하게 되었다. 1, 2권은 대개 중국 여행 때 지은 시들로 엮여있다.

錦江江上白雲秋,　唱徹驪駒下酒樓.
一片紅旌風閃閃,　數聲柔櫓水悠悠.
雨催寒犢歸漁店,　波送輕鷗近客舟.
誰謂書生多不遇,　每因王事飽淸遊.[3]

　　이제현은 1316년 9월 2일에는 사천성 성도成都에 있었다. 성도에서
이틀 가량 쉬고 9월 4일에 배를 타고 떠나 7일 만에 아미산에 닿았다.
2구의 '검정 말'은 상고 시대의 이별 노래로, 이별인데도 시인은 흥겹
다. 이어 3-4구의 묘사는 퍽 핍진하다. 5-6구는 배를 타고가면서 만나
는 연안의 한가한 풍경과 감정을 표현하였다. 7-8구는 힘든 공무 속에
서도 오히려 자부심을 갖는 여행가 이제현 다운 면모를 볼 수 있다.
아래 시를 보자.

　　　　푸른 구름은 지면에서 떠오르고,
　　　　하얀 해는 산허리를 에도는데.
　　　　삼라만상이 무극으로 가버리니,
　　　　넓은 하늘 그저 고요할 뿐이라.
　　　　蒼雲浮地面, 白日轉山腰.
　　　　萬像歸無極, 長空自寂寥.[4]

　　아미산은 중국 사천성에 있는 명산으로, 보현보살을 모시고 있는 중
국 불교의 성지이자, 이 여행의 목적지이다. 1-2구에 심상을 대비함으
로써 구름이 지면에서 떠오르고 해가 산허리를 돌아 생기는 '부처님
빛' 현상을 사실적으로 묘사하고 있다.[5] 3-4구는 절대적 경지로 무극

---

3) 李齊賢, 『益齋亂藁』권1, 「八月十七日方舟向峨眉山」.
4) 李齊賢, 『益齋亂藁』권1, 「登峨眉山」.

을 상정하였다. 독자들은 순간 초월의 경지를 공감할 수 있다. 이제현이 이때에 남긴 시들의 첫 번째 독자는 만권당에 출입하던 한림학사들로, 고려 말 문신 이색李穡(1328-1396)은 이 시가 "인구에 회자되었다."라고 전했다.

여말선초 사대부 문인인 김구용金九容(1338-1384)은 우리 역사에서 쉽게 찾아보기 힘든 체험을 했던 사람이다. 명 태조에 의해 운남성 대리大理로 유배를 가게 되었고, 유배지로 가는 도중에 죽음을 맞이하였다.6) 그의 유배지가 국내가 아니라 중국 황제의 명에 의해 중국에서도 험준한 서쪽 운남성 대리의 변방이었다는 특이점이 있다. 김구용의 유배는 여말의 복잡하고 불안했던 대명 외교의 산물이었기 때문에, 시와 시가 지어진 여러 가지 주변 정황을 통해 당시 외교상황의 행간을 읽어내는 문헌이 될 만하다. 그의 시 속에는 이국의 유배지에서 느끼는 향수와 고독감 또는 그 비극성이 여타의 다른 시들에 비해 훨씬 더 심화되어 있다. 부당한 또는 피할 수 없는 운명에 맞서 한 개인이 겪

---

5) 이제현이 오른 곳은 金頂일 것이다. 산 정상은 아니지만, 한나라 때부터 사찰이 있어 참배자나 등산객은 모두 여기에 오르곤 했다. 금정은 한쪽이 깎아지른 벼랑을 이루고 있어, 깊이를 알 수 없는 아래쪽에서 쉼 없이 구름이 떠오르는데, 정오가 지난 뒤 해가 비치면 '부처님 빛'이라는 현상이 나타난다. 금정 바로 아래 睹光臺에서 해를 등지고 북쪽을 보면 구름바다 건너 쪽에서 光背로 둘러싸인 것을 볼 수 있다. 이것이 일명 '부처님 빛'이다. 지면에서 떠오르는 구름은 시시각각으로 변해 어느 때는 푸른 하늘 위 흰 구름을 보지만, 어느 때는 짙은 안개 속에서 아무 것도 보지 못한다. 사람이 이 정도 높이에 오르면 잠시 속세와 멀어진다.(지영재, 『서정록을 찾아서』, 푸른역사, 115-116쪽)

6) 1384년(禑王10년, 명태조 17년)1월15일 왕명을 받아 고려 조정의 行禮使로 요동에 갔다가, 명 태조의 노여움을 사 수도인 남경으로 압송되었다. 다시 운남성 대리로 유배 가는 도중 사천성 남쪽 瀘州 永寧縣 江門站에서 47세의 나이로 병사했다.

게 되는 고통과 내적 갈등, 염원 등 다양하고 복잡한 정서가 잘 드러
나 있다. 아래에 총 5수의 연작시 중 두 수를 인용해본다.

> 대리성은 어디에 있는가,
> 삼한 땅이 점점 멀어지네.
> 강과 산에 사람의 얼굴 야위어 가고,
> 바람과 달에 나그네의 혼 움츠러드네.
> 술 얻어 수심과 번민 물리치고,
> 시 지어 적료함 없애보네.
> 성은으로 가는 유배 그 얼마일까?
> 머리 돌려 구름 낀 하늘 바라보네.
> 大理城何在, 三韓地漸遙.
> 江山人面瘦, 風月客魂銷.
> 得酒排愁悶, 裁詩遣寂寥.
> 聖恩流幾日, 回首望雲霄.[7]

> 신의 죄는 마땅히 죽어야 하는데도,
> 천왕은 성명을 더 하였네.
> 천둥의 위력은 이미 사라지고,
> 우로의 은택은 이름 붙이기 어렵네.
> 꿈은 서여의 나라를 감싸는데,
> 몸은 대리성에 유배되었네.
> 중화와 동이가 바야흐로 하나로 섞여 있으니,
> 어느 땅인들 편안히 살지 못하랴.
> 臣罪當誅戮, 天王益聖明.

---

7) 金九容, 『惕若齋學吟集』卷下, 「將赴雲南泝江而上寓懷錄呈給事中兩鎭撫
三位官人」(1).

雷霆威已霽, 雨露澤難名.
夢繞胥餘國, 身流大理城.
華夷方混一, 何地不安生.8)

　시제를 통해 알 수 있는 바와 같이, 장차 운남으로 떠나기 위해 급
사중給事中과 진무鎭撫 등 세 명의 중국 관인에게 적어준 시로, 첫 번
째 시는 운남 유배를 막 떠나는 김구용의 심정을 잘 읽을 수 있다. 김
구용의 유배지인 대리는 중국 서남부 운남성에 위치했던 대리국大理
國의 수도였다. 운남성은 중국에서도 험준한 고산준령이 즐비해 있는
오지중의 오지이다. 운남으로 가는 길은 험하고 멀었을 뿐만 아니라,
요동으로의 사행과 남경으로의 뜻하지 않은 압송에 이미 육체와 정신
이 극도로 쇠약해져있었을 것이다. 끊임없이 밀려오는 수심과 번민, 고
독감을 잊을 수 있는 것은 음주와 작시뿐이었다. 8구에 수심으로 인해
구름 낀 하늘 바라보며 한숨짓는 시인의 모습이 잘 그려져 있다. 두 번
째 시는 임금의 덕에 감사하는 마음이 모든 만물이 우로雨露의 은택을
입어 화육되듯이 황제의 은혜로 중화와 동이가 하나가 되었다고 찬양하
고 있다. 하지만, 5-6구에서는 "꿈은 서여胥餘의 나라(서여는 기자箕子의
이름, 곧 고려를 의미함)를 감싸는데, 몸은 대리성에 유배되었네."라고 함
으로써 고국에 대한 그리움과 유배에 대한 불안감을 드러내고 있다.
　최부崔溥(1454-1504)는 성종 18년 제주에서 부친상을 당해 돌아오다
풍랑을 만나 표류하다 중국의 강남지역에 표착한 뒤, 북경을 거쳐 귀
국하였다. 최부의 여행 여정은 처음 제주도에서 표류하다 중국 절강의
태주부台州府에 도착하여 강남의 주요 도시인 절강의 영파부寧波府,

---

8) 金九容, 『惕若齋學吟集』卷下, 「將赴雲南泝江而上寓懷錄呈給事中兩鎭
撫三位官人」(4).

소흥부紹興府, 항주杭州, 그리고 남직예南直隷의 가흥부嘉興府, 소주부蘇州府, 양주부揚州府, 고우주高郵州, 회안부淮安府, 비주邳州, 서주徐州를 거쳐 산동, 북경, 요동을 거쳐 조선의 의주로 들어온다. 최부의 2월 6일의 일기를 보면 항주에 도착하기 직전에 본 전당강에 대해 묘사하고 있다.

> 2월 6일, 항주에 도착하다. 날이 흐렸다. 서흥역 서북쪽은 광활한 평야였다. 전당강은 조수가 밀려오면 호수로 되고, 썰물 때에는 육지가 된다. 이곳은 항주 사람들이 매번 8월18일에 조수가 가장 크게 들 때 밀려오는 파도를 구경하는 곳이다 … 산에 부딪힌 물결이 일어나는 기세가 있어 이르기를 절강浙江이라고 한다. 절을 제浙라고도 한다. 강의 폭은 8-9리쯤이며, 서남으로는 복건까지 직접 닿아있고 동북으로는 바다로 통하였다.9)

천신만고 끝에 생환하자 왕은 왕명으로 그가 견문했던 사실을 적은 『표해록漂海錄』을 저술케 하여 간행하였는데, 이 책은 두고두고 사대부들 사이에 독서물로 애호되었다. 권필權韠(1569-1612)의 아버지 권벽權擘(1520-1593)이 일찍이 표해록을 읽고 쓴 제시에서 "강남 땅의 장관을 모두 보았으니, 사마천의 노님과 흡사하구려.江南窮壯觀, 正似子長遊."10)라고 선망하고 있어, 이 책이 애독된 배경에는 누구도 가보지 못

---

9) 崔溥, 『漂海錄』卷2, 2月, "初六日, 到杭州, 是日陰. 西興驛之西北, 平衍廣闊, 卽錢塘, 江水潮壯則爲湖, 湖退則爲陸, 杭州人每於八月十八日潮大至, 觸浪觀潮之處也 … 又有反濤之勢, 故謂之浙江, 浙一作淛. 江闊可八九里, 江長西南直抵福建路, 東北通海."

10) 權擘, 『習齋集』 「題崔溥漂海錄後」上, 민창문화사, 1996; 정민, 『목릉문단과 석주권필』, 태학사, 128쪽.

한 중국 강남땅의 풍물이 자세히 적혀있었던 점이 크게 작용한 것 같다. 당시 최부가 들렀던 강남은 조선 사람들이 다녀온 적이 없는 지역으로, 이 책 안에는 명대 홍치弘治(1488-1505) 초의 지방의 행정, 정치, 군사, 경제, 문화, 사회상 등을 다각도로 조명하고 있는데, 특히 권말에서 남북의 기후, 풍토, 물산 등을 개괄하고 있어 명대 사회상을 이해하는데 대단히 유용한 자료이다.

이정구李廷龜(1564-1635)는 동지사 서장관으로 사행에 참여한 1595년 이래 다섯 차례나 북경을 다녀왔다. 그중 두 번째 사행 길에「유천산기遊千山記」를, 다섯 번째 사행 길에「유의무려산기遊醫巫閭山記」를 남겼다. 이정구는 천산에 대하여 "천산은 요양의 서쪽에 있고 의무려산은 광녕의 북쪽에 있으며 각산사는 산해관 성곡의 가장 높은 곳에 있어 모두 기이하고 절묘하다고 일컬어지나 가는 길이 60리, 혹은 30리, 20리로 멀고도 험한지라 관정에 자유롭지 못하여 오직 멀리 바라보며 생각을 부칠 따름이었다.聞千山在遼陽西, 醫巫閭在廣寧北, 角山寺在山海關城曲之寂高頂, 俱稱奇絶, 而去路六十里, 或三十里二十里, 迂且險, 官程不獲自由, 唯望見寄想而已."[11]라고 했다. 다시 의무려산에 대해서는 "연도의 모든 아름다운 경치들은 지난 날 실컷 구경한 것들이었으나, 오직 의무려산은 북진의 명산으로서 항상 한번 볼 뜻이 있었으나 늙은데다가 행역 또한 고되고 시절 또한 지독하게 추운 때라서 이루지 못했다.沿途諸勝, 皆昔年所飫觀, 獨醫巫閭是北鎮名山, 常有意一見, 而余老矣. 倦於行役, 時又苦寒, 不果焉."[12]라고 했다.

역대 사행원의 신원이 제대로 밝혀지지 않은 실정이라, 수양산에 관

---

11) 李廷龜,『月沙集』권38.
12) 李廷龜,『月沙集』권38.

하여 그들이 남긴 시문은 분명히 알려져 있지 않다. 사신들은 왜 정규 노선도 아닌 수양산을 반드시 들렀고, 고사리를 준비하여 이제묘[13])에 제사를 올렸을까? 1608년 동지사행에 서장관으로 다녀온 최현崔晛 (1563-1640)은 『조천일록』을 남겼는데, 하루도 빠짐없이 기록한 일기형식의 이 사행록에는 노정에 관한 기록들이 모두 들어 있다. 그의 연행록에 반영된 수양산首陽山은 사행 노정이면서도 앞서 거론한 의무려산이나 천산과는 구별되는 충절의 상징적 도상이었다. 문집에는 수양산에 관한 시를 싣기도 했는데, 난하를 건너 수양산에 당도하기까지의 노정과 수양산의 내력이나 모습과 느낌을 시로 표현했다.

> 서쪽으로 난하의 언덕을 가리키니,
> 외로운 봉우리 수양이라 부르네.
> 산은 높은 의리로 무겁고,
> 물은 큰 이름과 함께 길도다.
> 만고에 천지를 부축하고,
> 천추에 기강을 떨쳤도다.
> 길가는 이 모두 우러르고,
> 권석 또한 명예를 후세까지 전하네.
> 西指灤河岸, 孤峰號首陽.
> 山因高義重, 水共大名長.
> 萬古扶天地, 千秋振紀綱.
> 行人皆仰止, 拳石亦流芳.[14])

---

13) 중국 永平府 孤竹郡에 있는 伯夷, 叔齊의 사당. 백이와 숙제는 주나라 무왕이 은나라의 紂를 치고 천자가 되자, 주나라의 곡식을 먹지 않겠다고 하고 首陽山에 들어가 고사리를 캐먹다가 굶어 죽었다고 한다.
14) 崔晛, 「訒齋集」권1, 「過首陽山有感」.

난하와 수양산을 소개하고 각각에 '의미義理'와 '대명大名'을 연관시킨 것이 이 시의 전반부이다. 의리와 대명은 객관적 대상으로서의 난하와 수양산이 내포한 상징적인 의미이다. 백이와 숙제가 목숨을 바쳐지켜낸 것이 의리이고, 그로 인해 그들은 역사에 '큰 이름'을 얻을 수있었다. 이렇게 볼 때 수양산은 더 이상 자연에 존재하는 공간이 아닌, 조선 사신 최현에 의해 이념화된 공간인 것이다. 한양에서 북경에 이르는 무수한 연행 노정 중에 수양산만큼 철저하게 '충절'의 덕목으로이념화된 공간은 없었다. 은나라에 대한 백이와 숙제의 충절을 바탕으로 형성된 수양산의 이미지는 조선의 지식층에게 '행위나 의식의 정당성'을 담보하는 기호로 내면화되었다. 특히 임·병 양란을 겪은 조선으로서 수양산의 상징적인 의미는 본래적 의미로서의 충절을 넘어 대명의리나 존주 의식으로 확대되는 개념이다. 더욱이 청나라 등장 이후소중화로서의 문화적 자긍심을 내세우던 조선으로서는 중국과의 관계에서 자존의식을 지탱해주던 최후의 보루이기도 했다. 마찬가지로 명나라의 멸망을 슬퍼하면서 조선의 운명을 한탄한 연작시 김석주金錫胄(1634-1684)의 「연경감회燕京感懷」도 중국을 배경으로 하고 있다.

> 여영 아황의 일도 가련하기 그지없는데,
> 숭정 황제의 일은 더욱 더 슬프구나.
> 사직이 그 손에서 망하였으니,
> 무신년이 그 언제더냐?
> 경산 전각은 무너져 잡초에 묻히고,
> 천수릉은 비어서 향불조차 끊었네.
> 원통할사 붉은 옷 이를 열사 없었거니,
> 언제면 넘어진 황백 다시 일어날 건가.
> 英皇往迹足傷燐, 欲說崇禎更愴然.

社稷于公眞一介, 乾坤申藏是何年.
煤山閣毀惟衰草, 天壽陵空只冷烟.
堪恨絳衣無繼烈, 幾時屺蘖起叢鎭.[15]

　　조선과 명나라는 16세기 말부터 17세기 초까지 임·병 양난을 겪으며 운명을 같이한 이웃나라였다. 명나라 숭정황제에 이르러 나라가 망한데서 조선도 굴욕적인 속박에 매인 처지에 놓이자 김석주는 명나라고도 연경에 머무는 동안 감개무량하여 이 시를 지었다.

　　고려의 이제현이나 조선의 이정구처럼 장기간의 중국 체류 혹은 여러 차례의 사행을 다녀오며 느낀 이국 여행지의 감회를 읊은 경우도 있고, 고려의 김구용이나, 조선의 최현, 김석주처럼 중국을 묘사와 서정의 대상으로 쓰면서도, 중국을 쓰기 위해 쓴 것이 아니라 쓰기는 중국을 썼으되 실은 한국 민족 자체의 사상과 감정, 의지, 운명을 은근히 내비치고 있는 작품도 있다. 이러한 입장을 더 구체적으로 밝힌 문인이 신위申緯(1769-1845)다. 그의 『경수당집警修堂集』권2 『주청행권奏請行卷』은 그가 연행을 다녀오던 해(1812년 7월)부터 이듬해(1813년 2월)까지 쓴 고금체시 89수를 모아 엮은 것인데, 그 내용은 요동에서 북경에 도착하기까지의 견문과 북경에서의 체험, 돌아오는 과정의 노정을 순서대로 적고 있다. 그러므로 중국 땅에 몸을 둔 채 중국을 무대로 쓴 『주청행권』에 실린 작품들은 지나치는 도중의 풍경과 명승을 제재로 한 '연행록燕行錄'의 성격을 갖고 있다. 아래에 한 수를 소개한다.

　　　　땅을 두른 군봉은 절로 바삐 물러나니,
　　　　전 요동의 험한 고개 이것이 으뜸이네.

---

15) 金錫胄, 『息庵遺稿』권7, 『擣椒錄』下, 「燕京感懷」(2).

하늘은 희고 푸른 저 밖에 드리우고,
가을은 울긋불긋 칠한 가운데 들었네.
호랑이, 이리 싸우는 협곡에 짧은 해 어둑하고,
저문 성에 까마귀 춤추며 바람 따라 도네.
구름 속에 말 웃음소리. 때때로 놓쳐 버리고,
산 중턱 거친 황사에서 한번 같이 모였네.
匝地群峰忙自退, 全遼嶺阰此爲雄.
天垂繚白縈靑外, 秋入丹砂點漆中.
峽鬪虎狼霾短景, 城昏鴉鵲舞回風.
雲層笑語時相失, 山半荒祠一會同.16)

　　신위는 그 부기附記에 이르길, "고금인의 시구 가운데 꾀하지 않았
는데도 같은 것이 있다."17)라고 하여 조선 시가 중국의 영향을 받았지
만, '불모이동'이라 하여 당시 중국의 의고 풍조를 의식한 듯 그의 창
조적 시 경향임을 강조하고 있다.

3. 그림 속 상상 공간으로서의 '중국'

　　대개 문인들이 직접 유람을 다녀온 것이 아니라면, 독서를 통한 간
접경험이나 그림이나 병풍을 통해 명승의 모습을 보는 경우이다. 17세
기 이후 조선 문인화가들의 남종 문인화의 구입과 수장 풍조는 임모

---

16) 申緯, 『申緯全集』1, 11쪽, 권2 『奏請行卷』, 「會寧嶺」.

17) 古今人詩, 有不謀而同者, 余燕行時, 會寧嶺得一句曰, 天垂繚白縈靑外,
　　秋入丹砂點漆中, 此以爲佳. 後閱陸放翁集有曰, 天垂繚白縈靑外, 人在
　　駁紅忿緣中. 後人必曰剽竊, 而余實偶然不謀而同也.

작업과 그로 인한 방작倣作의 생성까지 촉진하게 하였다. 이는 중국 회화를 많이 구경하고, 중국 회화사에 대한 글을 많이 읽어야 가능한 일이라는 점에서 문인화가들의 깊은 식견을 느낄 수 있다.

조선인의 그림과 문학 작품 속에 중국의 명승지가 등장할 경우가 있다. 중국의 '소상팔경瀟湘八景'은 소강瀟江과 상강湘江이 합류하는 곳에 있는 8가지 아름다운 경치를 일컫는데, 산시청람山市晴嵐·어촌 석조漁村夕照·소상야우瀟湘夜雨·원포귀범遠浦歸帆·연사만종烟寺晚鐘·동정추월洞庭秋月·평사낙안平沙落雁·강천모설江天暮雪이 8경에 든다. 중국 호남성에 실존하는 장소였지만, 고려와 조선의 우리 문인들에게는 꿈에서나 가볼 수 있는 상상의 공간이었기에 실경實景의 의미는 거의 없었다. 송대에 새로운 예술로 정착된 후, 문화중심지의 절경으로 중세기 한자문화권의 문화 범주 안에서 보편적이고 이상적인 경치로 간주되어 왔다. 그러한 상황에서, 이 산수 이미지는 그림과 시의 내용으로 전달될 수밖에 없었고, 향유층의 심상이 보태어져 수용되어 다양한 이미지의 소상팔경 시와 그림으로 거듭 제작되었다. 고려 시대 명종에게 입수된 소상팔경은 문신들에 의해 읊어졌고, 화가 이광필李光弼에게 그림으로 그리도록 했으나 지금 전하지는 않는다. 이 시문을 지은 명종 때 문신들 중 이인로李仁老(1152-1220)가 뛰어났다고 하는데, 그가 읊은 '동정추월洞庭秋月'을 보자.

> 구름 끝 넘실 찬 황금 병,
> 서리 뒤 출렁이는 벽옥 물결.
> 밤 깊어 바람 이슬 드리운 줄 알고자,
> 배에 기댄 어부 흥에 겨워 한쪽 어깨 올랐구나.
> 雲端灩灩黃金瓶, 霜後溶溶碧玉濤.
> 欲識夜深風露重, 倚船漁父一肩高[18]

1-2구에서는 구름에 걸린 달과 수면에 비친 달빛을 묘사하였다. 황금, 벽옥 등의 보석 이미지로 달빛과 물빛은 영롱한 인상을 남긴다. 3-4구의 달뜬 밤 어부의 흥겨운 자세는 달구경의 잔잔한 흥취와 자연 경치에 대한 깊은 감응을 표현하고 있다. 조선이 건국 된 후, 안평대군 安平大君(1418-1453)이 송나라 영종寧宗의 소상팔경 시를 펼쳐놓고 화가와 집현전 학사들을 불러 모았다. 여기서 소상팔경을 주제로 꾸민 시화첩 『비해당소상팔경시권匪懈堂瀟湘八景詩卷』이 만들어졌다. 이 시화첩의 첫머리에 앞서 본 고려 이인로의 소상팔경 시가 다시 옮겨져 있다.

다음 서거정徐居正(1420-1488)이 쓴 한시를 보면 여산廬山의 풍광을 그린 그림이 이미 조선 초기에 유통되었음을 짐작할 수 있다.

> 여산은 깊어 삼백 겹으로 둘러져,
> 파란 산 빛은 기운도 화창하도다.
> 새벽 무렵 비바람 소리 들리더니만,
> 시내 가득 구름을 흘려내는 구나.
> 廬山三百重, 蒼翠晴氣熅
> 曉來風雨聲, 流出滿溪雲[19]

교리校理 박건朴楗의 집에 수장된 그림을 보고 지은 제화시이다. 그 제목이 「여산풍우도廬山風雨圖」라고 되어 있는 것을 보면, 박건의 집에 가장된 그림은 여산에 비바람이 부는 모습을 그린 산수라고 여겨진다. 시제에 소화小畵라고 기록한 것처럼 그리 큰 그림은 아니었던

---

18) 李仁老, 『東文選』권20, 「宋迪八景圖」중 '洞庭秋月'.
19) 徐居正, 『四佳集』卷5, 「題朴校理楗家藏小畵」.

것 같다. 중국인이 그린 그림인지 조선의 화가가 그린 그림인지 알 수는 없으나, 여산의 아름다운 산수를 그림으로 그린 소품임에는 틀림없다. 이를 조선 초기 사대부인 박건이 이미 수장하고 있었으며, 서거정은 이 그림을 통해 새벽 무렵 비가 내린 뒤 계곡 사이로 쏟아져 나오는 산 구름에 둘러싸인 여산의 풍경을 한시로 표현하였다. 이 그림을 통해 지식인들을 통해 중국 여산의 존재와 아름다움이 입소문으로 퍼지게 된 것이다. 이 밖에 여산과 관련한 산 속의 고사를 그린 그림 역시 조선 초기부터 유행했던 것으로 보인다. 예컨대 '호계삼소虎溪三笑'와 같은 고사성어를 그린 그림이다.[20] 「호계삼소도虎溪三笑圖」는 중국의 그림이 조선에 전해진 것도 있고, 조선에서 자체적으로 그린 그림도 있었다. 박팽년朴彭年(1417-1456)이 쓴 「삼소도서三笑圖序」는 중국의 화가가 그린 그림에 대한 서문이다.[21] 서문에 의하면 송나라 화가 이공린李公麟(1049-1106)이 그린 「삼소도」를 조선 초기 권홍權弘(?-?)이 중국에서 구입해왔고, 이것이 비해당匪懈堂 안평대군의 손에 들어가 자신이 이를 보고 서문을 썼다고 했다. 강희맹姜熙孟의 「삼소도기三笑圖記」는 조선 사람이 그린 그림에 대한 기문記文이다. [22] 이 기문에

---

20) '虎溪三笑'는 여산과 관련된 고사 성어이다. 晉의 고승 慧遠 선사가 여산에 은거할 때 찾아온 손님을 전송하더라도 호계라는 개울을 건너간 일이 없었다고 한다. 호계를 건너면 범이 울었다고 해서 호계라고 했다고 전한다. 그런데 陶淵明과 陸修靜을 전송할 때는 이야기에 정신이 팔려 그만 虎溪를 건너게 되었고, 이를 깨달은 세 사람이 함께 호쾌하게 웃었다고 하는 이야기가 소위 호계삼소'이다. 그러나 후대의 학자들은 세 사람의 생몰년대로 봐서 함께 만날 가능성이 없기 때문에 누군가 만들어 낸 전설적인 이야기임에 불과하다고 고증하기도 했지만, 이 고사는 후대에 운치 있고 학식 있는 승려와 儒者의 만남을 상징하는 일반 고사로 사용되고 있다.

21) 朴彭年, 『朴先生遺稿』卷1.

22) 姜熙孟, 『私淑齋集』卷8.

의하면, 승려 친구인 일암一庵 전공專公이 화공畵工을 고용하여 삼소도를 그리게 하고 자신에게 記文을 요청했다고 한다. 중국의 삼소도를 구득 소장하기도 하고, 이를 모사하기도 했다는 사실에서 조선 초기 문인들은 여산과 여산 관련 고사에 익숙했음을 알 수 있다.[23]

　김득신金得臣(1604-1684)의 『종남총지終南叢志』에 이런 이야기가 있다.[24] 명종이 그림을 한 폭 얻었으나 무엇을 그린 것인지 알 수가 없어 여러 신하들에게 보여주었다. 아무도 대답하는 이가 없었는데, 이때 정사룡鄭士龍이 나서며 이 그림이 '항주서호도杭州西湖圖'임을 아뢰고, 영은사靈隱寺, 용금문湧金門, 소제蘇堤 등의 명승과 이 지역의 옛고사인 전류錢鏐의 집터, 조하趙嘏의 사당, 임포林逋의 거처 등을 일일이 가리키며 마치 눈으로 본 것처럼 설명하였다. 그리고는 「항주도시杭州圖詩」를 지어 올렸다.

> 영은사의 저녁 종이 울려 퍼지자,
> 湧金門 밖 석양은 떨어지누나.
> 지금껏 무덤은 그대로 남아있어,
> 오자서 사당 앞엔 성난 파도 일렁인다.
> 나그네 싣고 가는 배에 꽃핀 섬 어둑하고,
> 꾀꼬리 나는 소제에는 버들 그늘 짙어 있네.
> 전류 집터 조하 사당 물을 곳 없으니,
> 고산처사 임포의 자취나 물어보리라.
> 靈隱寺中鳴暮鍾, 湧金門外夕陽春.

---

23) 廬山에 대한 내용은 김혈조 교수의 논문, 『한국 한문학에 나타난 廬山의 形象』(『동아인문학』12, 2007. 58-61쪽)에서 재인용)

24) 金得臣, 『終南叢志』『類編』. ; 鄭士龍 『湖陰雜考』에는 「錢塘晚望」이란 제목으로 실려 있다.

至今蟻坒封猶合, 依舊靈胥怒尙洶.
湖舫客歸花嶼暝, 蘇堤鶯擲柳陰濃.
錢墟趙社俱無所, 欲問孤山處士蹤.

　　이것은 임란 훨씬 이전부터 문인 지식인층 사이에 강남지역, 그 가운데서도 절강성 항주 지역의 풍광과 역사인물에 대한 동경이 깊이 자리하고 있었음을 말해주는 것이다. 이 밖에도 일일이 언급할 수는 없으나 역대 제가의 문집 속에 '항주도'나 '서호도'를 벽에 걸어두는 것이 상당히 유행했었는데, 이 지역에 대한 선망을 불러일으킨 것은 무엇보다 이들 문인이 늘 곁에 두고 외웠던 역대 시문의 묘사가 낭만적 정서를 자극하는 이국 풍물에 대한 탐미적 관심을 부추겼고, 다분히 맹목적인 문화적 사대의식도 작용한 것이다.

　　정약용丁若鏞(1762-1836)은 중국의 시풍이 중국의 시운時運에 따라 바뀌듯이 조선의 시풍은 조선의 시운에 따라 바뀔 수밖에 없다고 보았다. 그는 만년인 1832년에 지은 「老人一快事六首效香山體」 제5수에서 중국문단의 변화를 추종하지 않고 '조선 시'를 짓겠노라고 선언하였다.25) 물론 여기서 그가 말하는 '조선풍'의 함의가 명확한 것은 아니었다. 다만, 새로운 시 경향은 조선적인 사고와 감각에 맞는 문학을 창작하려는 지향의식을 공통적으로 지니고 있다.

　　조선인, 그들이 얼마만큼 그들의 사고와 감각에 맞게 성정을 드러낸

---

25) 丁若鏞, 『與猶堂全書』1, 「老人一快事六首　效香山體」(5), "老人一快事, 縱筆寫狂詞. 競病不必拘, 推敲不必遲. 興到卽運意, 意到卽寫之. 我是朝鮮人, 甘作朝鮮詩. 卿當用卿法, 迂哉議者誰. 區區格與律, 遠人何得知. 凌凌李攀龍, 嘲我爲東夷. 袁尤槌雪樓, 海內無異辭. 背有挾彈子, 奚暇枯蟬窺. 我慕山石句, 恐受女郎嗤. 焉能飾悽惋, 辛苦斷腸爲, 梨橘各殊味, 嗜好唯其宜.

예술성의 시를 만들어낼 수 있었는가? 당시 조선 소장가들이 갖고 있던 중국 화적에 그려진 산수화풍이 어떤 식으로든 동시대 조선 화가의 작품에 수렴되었을 것임은 분명하다. 사실 기존의 이해가 조선의 내재적 발전론에 기반을 둔 시각의 과잉으로 동아시아 회화권의 일원으로서 상호 관련성을 지니며 약진했던 실상을 객관적으로 파악하지는 못했다고 보여 진다. 그래도 이들이 임모 과정을 통해 중국과는 다른 조선적인 것의 독창적 화면을 만들어내려 한 개개인의 노력은 인정해야할 것이다.

4. 작품 속 배경으로서의 '중국'

형산衡山과 동정호洞庭湖가 어떻게 소설 『구운몽九雲夢』의 배경이 되었을까? 중국 오악 중 남악南嶽에 해당하는 형산에는 우리나라 김만중金萬重(1637-1692)의 소설 『구운몽』의 배경이 되었던 곳인 만큼 많은 불교사찰이 있다. 『구운몽』의 서두는 천하의 명산을 열거하는 것으로 시작된다.

> 천하에 이름난 산이 다섯 있으니, 동쪽은 동악東岳 태산이요, 서쪽은 서악西岳 화산이요, 가운데는 중악中岳 숭산이요, 북쪽은 북악北岳 항산이요, 남쪽은 남악南岳 형산이다. 이것이 이른바 오악五岳이다.
> 오악 중에 형산이 중원中原에서 가장 먼데, 구의산이 그 남녘에 있고, 동정호가 그 북녘에 있으며, 상강 물이 산의 삼면을 둘렀다. 일흔 두 봉우리 가운데 가장 높은 다섯 봉우리는 축융봉祝融峰, 자개봉紫盖峰, 천주봉天柱峰, 석름봉石廩峰, 연화봉蓮花峰으로, 항상 구름 속에 들어 있어 청명한 날이 아니면 보지 못한다.[26]

실제로 형산은 다른 동, 서, 북의 세 산에 비해 상당히 치우쳐 있다. 어쩌면 중국의 도읍지들에서도 멀리 있다. 이 글 속에 언급한 형산과 동정호, 구의산, 소상강은 각각 실제로 먼 공간적 거리를 갖고 있다. 게다가 다섯 봉우리 중 연화봉은 실제로는 '부용봉'이라 부른다. 하지만 김만중은 거시적인 눈으로 형산의 주변을 서술함으로써 이들을 상당히 근접하고 유기적 관계에 놓인 공간으로 설정하고 있다. 또 김만중이 만들어낸 명칭 '연화'는 육관대사가 세운 사찰과의 친연성을 강조하고 불교적 분위기를 환기시키려는 이름이 아닌가 싶다. 중원에서 비교적 멀리 떨어져 있는 형산을 공간으로 삼아 다만 속세를 등지고 수도하는 모습을 부각시키려는 의도가 아닐까. 이 모두가 실제 중국의 공간을 빌렸으면서도 『구운몽』이 갖는 허구성의 단면을 제시하는 한 부분이다. 『구운몽』에서는 이어, 두보의 시 「악록산 도림이사행岳麓山道林二寺行」중의 일부를 인용하며 이곳의 신령한 분위기를 다음과 같이 읊어 연화봉(실제로는 오봉 중의 '부용봉'이라 부름) 도장이 남방의 으뜸이라고 칭찬했다.

> 절문은 높이 열려 동정 들판을 향하고,
> 법당 기둥은 적사호[27)]까지 뻗었네.
> 5월 찬바람에 부처의 유골은 차갑고,
> 온종일 하늘의 음악이 향로에 조회하네.
> 寺門高開洞庭野, 殿脚挿入赤沙湖.
> 五月寒風冷佛骨, 六時天樂朝香爐.[28)]

26) 『九雲夢』, 정길수 옮김, 돌베개, 2017, 15-16쪽.
27) 호남성 華容縣에 있는 호수.
28) 『九雲夢』, 정길수 옮김, 돌베개, 2017, 17쪽.

형산의 운치 있는 안개와 구름은 황산黃山과 충분히 어깨를 겨룰만
하다. 그러나 산세가 매우 험준하며 산맥이 수백 킬로미터나 길게 이
어져 있어 72봉우리라고도 불린다. 그 중 축융祝融, 자개紫蓋, 천주天
柱, 석름石凜, 부용芙蓉 이 5개의 봉우리가 가장 유명하다. 그리고 형
산을 휘감아 흐르는 상수湘水는 중국 신화와 문학의 모태라 할 수 있
을 만큼 문학적 소재가 풍부하다.

김만중(1637-1692)의 소설『사씨남정기謝氏南征記』역시 중국이란 시
·공간을 빌려 쓴 작품이다. 『사씨남정기』는 이미 널리 알려진 대로,
작자가 숙종 15년부터 18년 사이(1689-1692) 유배지에서 폐출되어 사
가私家로 쫓겨난 인현왕후의 복위를 위해, 숙종의 마음을 움직여 바로
잡고자 지어진 '목적소설目的小說'이다. 비록 그 내용은 한 가정의 처
첩妻妾에 얽힌 고사이지만 그것이 담고 있는 뜻은 국가의 대사이며,
인륜의 본질이란 점에서 새겨보아야 할 것이다.

이 소설 속 시대 배경은 명대 후기이며, 인물은 명대 전통 명문사족
가문의 후손으로 설정하였다. 하지만 그가 소설 속의 배경으로 설정한
중국 남방 지역에 대한 지리적 인식은 많이 부족하다. 실 거리상 괴리
가 너무 크고, 지리적 경유지 곳곳에 대한 중국 문학적 지식이 상당히
결여되어 있어 허구로서만 가능한 설정이다. 작품에 언급된 지명을 들
면, 남주인공 유연수의 거처는 금릉(지금의 남경) 순천부(그러나 大明 嘉
靖年間(1522-1566)은 북경이 중국의 수도였다. 지리적 배경으로 설정된 한글
본 '금릉 순천부'를 한문본에는 '북경 순천부'로 고쳐 옮겼음을 주목 : 필자 주)
임을 알 수 있고, 여주인공 사씨謝氏는 '신성현 사급사댁 소저新城謝給
事之處子'라 소개하여 그녀의 집이 신성현新城縣이었음을 알 수 있다.
사씨가 북경에서 성도成都의 유씨 댁 선영을 향해 출발하는 데, 지도
상으로는 무척 먼 거리이다. 성도成都(사천성)에서 장사長沙(지금의 호

남성)를 향해 남정 길에 오르면서, 성도를 떠난 배가 지나온 경유지의 지명들은 다양한 중국 문학적 명소를 만날 노정인데도, 작품 속에는 언급이 없다. 다만 풍랑이 일어 배를 뭍에 대고 한 집을 찾아가 잠시 쉬었다가 가는 것으로 되어 있다. 다음으로 동정洞庭 위수渭水를 좇아 악양루岳陽樓 아래에 도착한다. 여기서 다시 작품 속의 근거리 황릉묘黃陵廟(실제 악양루에서 100km가 넘는 거리임 : 필자 주)를 지나, 목적지 동정호의 군산君山에 이르기까지의 노정이다.

그렇다면 그는 왜 조선 문인으로서 중국을 무대로 소설을 써야만 했을까?[29] 김태준金台俊은 이렇게 말하고 있다. "조선에서 특히 무대를 중국에 빌린 것은 여러 가지 이유가 있으니, ① 중국 문화의 도취에 빠져 맹목적으로 그의 문명을 찬미하여 중토中土에 대한 이상향적 동경을 가져서 한학 수양이 풍부한 당시의 작가는 명청 이후에 발흥하는 남중국 문명의 영향을 직접으로 받았고, 더욱 민간에 유행되는 명청 단편소설집인 『금고기관』, 『전등신화』 등에는 '대명성화大明成化 연간에 … ', '지정至正 연간에 … '라고 화두話頭에 쓴 것이 많으니, 이와 같이 소설을 탐독한 작가들은 반드시 그를 모방하여 자기가 동경하여 이상화한 인물과 지명을 그대로 기록하지 않을 수 없었다. ② 독자들은 중국의 인명과 지리에 익숙하지 못한 때문에 배경과 인물의 배포에 있어서 조선에서 예를 취함에 비해 좀 소조疎粗한 곳이 있을 지라도 부자연스러워 착오를 하는 느낌이 적음으로 인함이다. ③ 독자들은 조선이야기라는 것보다 지나支那의 것이라면 이국 풍속인 만큼 흥미와 주의를 끌 것이므로 독자의 호기심을 이용함인 것이다. ④ 궁중 생활과 귀족 횡포의 진상 및 그에 대한 풍자를 위해서는 정면으로 쓸

---

29) 김태준, 『조선소설사』, 청진서관, 1933, 15-16쪽.

수가 없어서 중국의 것을 차용한 것이니 …『사씨남정기』는 정히 이것을 대표하는 작품이다."

『사씨남정기』의 내용으로 보아 당시 역사적 사건과 연결 지어진 일종의 풍자적 우회표현이라 볼 수 있을 것이다. 언문체 소설인 이 작품이 김춘택金春澤에 의해 한문으로 번역되어 중국에까지 전해지고 보니, 중국소설로 인식될 여지가 충분히 있어 보였다. 오늘날까지도 일부 중국학자들은 중국을 내용으로 다룬 한국의 일부 한문소설들(또는 원래 한국의 국문소설이던 것을 문인들이 한문으로 번역한 한문소설들)을 "오늘날까지 발견되지 않았던 중국 고대소설"이라고 오해하는 경우가 있어왔다. 실로 위에서 예로 든 『사씨남정기』가 그런 오해를 받은 적이 있다.

이렇게 조선 시대의 적지 않은 문학작품은 '중국'을 배경으로 하고 있다. 중국을 무대로 설정하였고 인물들의 본적지도 중국으로 되어 있다. 이런 작품이 한국한문학, 특히 소설에서 차지하는 비중은 외국을 제재로 한 세계 어느 나라의 작품도 이를 능가하지는 못할 것이다. 역대 여러 경로로 끊임없이 한국에 밀려든 중국 문학 작품은 중국을 내용으로 다룬 한국 작품이 대량 생산되는데 좋은 조건을 마련해주었다.

5. 맺음말

조선 시대의 적지 않은 문학작품은 '중국'을 소재로, 배경으로 사용하고 있다. 일부 서정시와 서경시는 중국의 역사적 인물과 사건, 사행길에 보고 온 풍경과 명승을 제재로 하였고 일부 전기와 소설은 중국을 무대로 설정하여 인물들의 본적지도 중국으로 되어있다. 금릉, 성도, 아미산, 태산, 여산, 동정호, 서호, 소상강, 악양루 등 중국의 많은 명승지가 단순하게나마 문인들의 머리에 박혀있었던 것이다. 이런 작품이 한국 한문학, 특히 소설에서 차지하는 비중은 이국을 제재로 한 세계 어느 나라의 작품도 이를 능가하지는 못할 것이다.

이러한 내용들은 다양한 경로를 통해 문인의 직품 속에 형상화될 수 있었다. 중국에서 조선에 들어왔던 중국 사신들과의 만남을 통해, 중국에 들어갔던 조선의 사신들의 현지 기록을 통해, 중국 서적의 독서와 사대부 소장 회화를 통해 중국 역사·문화공간으로 찾아갈 수 있었다. 이렇게 중국을 묘사대상, 서정의 대상으로 한 시 작품들은 일반적으로 중국을 쓰기 위해 쓴 것이 아니라 쓰기는 중국을 썼으되 실은 한국 민족 자체의 사상과 감정, 의지, 운명을 은근히 내비치고 있음을 찾아낼 수 있었다. 소설의 경우는 중국 공간에 대한 이해는 다소 떨어지나, 숙종 때 정치적·사회적 목적을 위해 지어진 '목적소설'이라는 점에서 볼 때, 앞서 김태준의 설명대로 "궁중 생활과 귀족 횡포의 진상 및 그에 대한 풍자를 위해서는 정면으로 쓸 수가 없어서 중국의 것을 차용한 것"이라는 점이 자못 설득력을 갖는다.

지금까지 전통 시대의 우리는 '중국'이라는 타자를 어떻게 인식하고, 형상화하고 있는지 그 묘사의 개별 유형을 들어 보고, 여기에 담긴 한국인의 사유와 형상화의 의미가 무엇인지를 살펴보았다. 결국 동아시아 문학의 다양한 줄기 속에서, 한국인이 쓴 한국 문학의 정체성과 위상을 파악해내기 위한 시도라고 할 수 있다.

자료

王維 撰, 趙殿成 注, 『王右丞集箋注』, 中華書局, 1975.

杜甫 撰, 仇兆鰲 注, 『杜詩詳注』, 中華書局, 1979.

周采泉, 『杜集書錄』上·下, 上海古籍出版社, 1987.

鄭文, 『杜詩繫詁』, 巴蜀書社, 1989.

張忠綱 編注, 『杜甫詩話六種校注』, 齊魯書社, 2000.

陳貽焮 主編, 『全唐詩』 文化藝術出版社, 2001.

司空圖, 『司空表聖文集』, 上海 商務印書館 縮印本.

_____, 『司空表聖詩集』, 上海 商務印書館 縮印本.

_____ 撰, 祖保泉·陶禮天箋校, 『司空表聖詩文集箋校』, 安徽大學出版社, 2001.

蘇軾 杜甫 撰, 『蘇軾詩集』 王文浩集注, 孔凡禮點校, 中華書局, 1999重印本.

方回 選評, 李慶甲 集評校點, 『瀛奎律髓』, 上海古籍出版社, 2005.

何文煥 編訂, 『歷代詩話』, 臺北: 藝文印書館, 1983.

王士禎 撰, 張宗柟 纂輯, 戴鴻森 校點, 『帶經堂詩話』 人民文學出版社, 2006.

_____, 『池北偶談』 文淵閣 四庫全書 商務印書館.

袁枚 撰, 王英志 校點, 『隨園詩話』, 鳳凰出版社, 2000.

翁方綱, 『復初齋文集』, 廣文書局, 1982.

_____,『蘇詩補注』8卷 乾隆 47年(1782), 蘇齋刊本.

_____,『翁氏家事略記』1권 淸道光英和刻本, 上海圖書館藏.

_____,『天際烏雲帖考』2권 淸光緖中翠琅玕館刻本, 鄧氏石印 美術叢
書本.

林惟正,『林祭酒百家衣詩集』연세대도서관 소장본 3권1책.

_____,『林祭酒百家衣詩集』誠庵博物館 所藏本 3권1책
(허흥식,『서지학보』영인본).

_____,『林祭酒百家衣詩集』경북대 남권희 교수 소장본 3권1책.
(『국역 東文選』민족문화추진회, 1969).

申　緯,『警修堂全藁』서울대도서관 소장본 85권 16책(鄭慶朝 필사본).
(孫八洲 編『申緯全集』4冊, 太學社, 1983)

_____,『警修堂全藁』藏書閣 소장본(『文集叢刊』291)

_____,『警修堂全藁』연세대도서관 소장본 85권29책

_____,『全唐近體選』서울대규장각 소장본 20권5책.

_____,『唐詩畵意』연세대도서관 소장본 15권5책

鄭敾 畵, 李匡師 筆,『司空圖詩品帖』, 국립중앙박물관 소장본.

柳允謙,『重刊杜詩諺解』景仁文化社, 1983.

崔瑆煥,『性靈集』국립중앙도서관 소장본 39권20책.

_____,『顧問備略』국립중앙도서관 소장본 4권2책

張混,『詩宗』국립중앙도서관 소장본 24권13책.

李祥奎,『唐律彙髓』연세대도서관 소장본 6권6책(권1결).

_____,『惠山集』한국역대문집총서, 景仁文化社, 1994.

金麟厚,『百聯抄解』연세대도서관 소장본.

『藝林品彙』국립중앙도서관 소장본.

金澤榮 編,『申紫霞詩集』, 景文社 影印, 1980.

林基中 編,『燕行錄全集』100冊, 동국대학출판부, 2001.

金正喜,『國譯 阮堂全集』, 民族文化推進會編.

논저

1) 中國

鄧新華, 『中國古代詩學解釋學研究』 中國社會科學出版社, 2008.

羅根澤, 『中國文學批評史』, 學海出版社, 1982.

賴力行, 『中國古代文學批評學』. 華中師範大學出版社, 1991.

孟　華 主編, 『比較文學形象學』, 北京大學出版社, 2000.

傅抱石, 『唐詩詩意圖』, 上海書店出版社, 2003.

孫琴安, 『唐詩選本提要』, 上海書店出版社, 2005.

水賚祐 編, 『蔡襄書法史料集』, 上海書畵出版社, 1982.

沈　津, 『翁方綱年譜』, 臺灣: 中央研究院, 中國文哲研究所, 2002.

楊昭全, 『中國, 朝鮮, 韓國 文化交流史』 4冊, 崑崙出版社, 2004

王曉平, 『亞洲漢文學』, 天津人民出版社, 2001.

袁行霈 主編, 『名家書畵新編千家詩』, 中華書局, 2005.

俞陛雲, 『詩境淺說』, 上海書店, 1984.

劉順利, 『半島唐風－朝韓作家與中國文化』, 寧夏人民出版社, 2002.

俞俊英 · 李鍾虎 「鄭敾的『司空圖詩品帖』研究」, 『文藝研究』 1期. 2001.

李　巖, 『中韓文學關係史論』, 社會科學文獻出版社. 2003.

張伯偉, 『淸代詩話東傳略論稿』, 中華書局, 2007.

張少康, 『司空圖及其詩論研究』, 學苑出版社, 2005.

張哲俊, 『東亞比較文學導論』, 北京大學出版社, 2002.

張忠綱 編, 『全唐詩大辭典』, 語文出版社, 2000.

周慶華, 『詩話摘句批評研究』, 文史哲出版社, 1993,

陳　銘, 『意與境』 浙江大學出版社, 2002.

陳昌寧, 「杜甫的自然視角」, 『復印報刊』1998, 2期.

肖　嵐, 『蔡襄書法選』, 海天出版社, 1993,

黃鳳池 編, 『唐詩畵譜』 河南大學出版社. 2004.

黃渭周,「關于韓國編纂的中國詩選集研究」,『中國詩歌研究』2, 中華書
　　　局, 2003.

2) 韓國

강관식,『조선 후기 궁중화원 연구』(상, 하), 돌베개, 2001.

강명관,『조선 시대 문학예술의 생성공간』, 소명출판, 2001.

琴知雅,「申緯의 書畵收藏과 鑑識眼」,『韓中人文學硏究』23집, 2008.

_____,『司空圖詩論硏究』, 연세대 석사학위논문, 1994.

_____,『王士禎・申緯 詩歌創作論 比較硏究』, 연세대 박사학위논문,
　　　1999.

_____,『神韻의 傳統과 變容 - 관계성과 비교론』, 太學社. 2008.

_____,「『성령집』의 편찬 체재와 특징」,『중국어문학논집』46, 2007.

교육부, '7차 고등학교 한문과 해설', 2000.

김갑기・김홍철「한시지도와 用事의 문제 - 7차 검인정 고교 한문교재 수
　　　록 한시를 중심으로」,『한문교육연구』20, 2003.

金卿東,『백낙천과 고려문인』『중국문학연구』10, 1992.

金相日,「『瀛奎律髓』와 조선 시대 수용의 의미」,『한국문학연구』23집,
　　　2000.

金相洪,『한국의 집구시 연구』,『한문학논집』5, 1987.

_____,「한시 감상 지도의 일반」,『한자한문교육』창간호, 1994.

_____,「제7차 교육과정에 의한 고등학교 한문 교과서의 문제점」,『한문
　　　교육연구』20, 2003.

김연수,「인지적 도제방식의 한시 교수, 학습모형의 실제적용 양상 연구」,
　　　『한문교육연구』27, 2006.

_____,「고등학교『한문』교과서 漢詩단원 구성 체제의 비판적 고찰」,
　　　『한자한문교육』19, 2007.

金榮鎭, 「Berkerey大學 Asami文庫 所藏 '五家詩摘句'」, 『古典과 解釋』 창간호, 2006.

김원중, 『唐詩鑑賞大觀』, 까치, 1993.

김재영, 「독자반응중심 한시 교수 – 학습 모형」, 『한자한문교육』19, 2007.

김태준, 『조선한문학사』, 조선어문학회, 1931.

김태준, 『조선소설사』, 청진서관, 1933.

김학주, 『조선 시대 간행 중국문학 관계서 연구』, 서울대학교출판부, 2000.

김혈조, 「한국 한문학에 나타난 盧山의 형상」, 『동아인문학』12, 2007.

金惠淑, 「秋史와 紫霞의 影響」, 『大東文化硏究』 26, 1991.

南潤秀, 「潛谷 金堉의 集杜詩攷」, 『중어중문학』 4, 1982.

_____, 「한문교과서(고교 8종)소재 한시의 押韻연구」, 『한자한문교육』창 간호, 1994.

藤塚鄰 著, 朴熙永 譯, 『秋史 金正喜의 또 다른 얼굴』, 아카데미하우스 1994.

閔吉泓, 「조선 후기 唐詩意圖 – 산수화를 중심으로」, 『미술사학연구』 233-234, 2002.

박미혜, 「한시교육의 필요성 및 지도방안」, 『한자한문교육』9, 2002.

朴恩和, 「명대 후기의 詩意圖에 나타난 詩畵의 상관관계」, 『미술사학연 구』201, 1994.

박노춘, 「『千載佳句』所載 신라 문인의 작품」, 『어문연구』 7-8합집, 1975.

박준호, 「고등학교 한문교과서 연구(Ⅰ) – 현행 11종 교과서에 수록된 한 시를 중심으로」, 『한문교육연구』16, 2001.

朴徹庠, 「秋史 金正喜의 著作 현황 및 시문집 編刊에 대하여」, 『大東漢 文學』 25, 2006.

_____, 「張混의 출판 활동과 張混字」, 『문헌과 해석』. 2006

박현규, 「貴陽 是春谷에 각석된 조선집구시」, 『열상고전연구』25, 2007.

_____, 「청 옹방강 소장 蘇軾『天際烏雲帖』과 조선 申緯의 結緣」, 『한

중인문학연구』12, 2004

변종현,『고려조 한시의 당송시 수용양상과 한국적 변용』, 태학사, 1994.

白賢淑,「최성환의 인물과 저작물」,『歷史學報』103, 1984.

백인산,『조선의 墨竹』, 대원사, 2007.

변영섭,『豹菴 姜世晃 회화연구』, 일지사, 1999.

孫八洲,『申緯硏究』, 太學社, 1992.

宋憙暻,「조선 후기 화보의 수용과 점경인물상의 변화- 정선의 작품을 중심으로」,『이화여대 한국문화연구원 학술대회 발표논문집』, 2005.

신재환,「조선 후기 청대 성령파 작가 小考」,『중국어문학』39, 2002.

안대회,『궁극의 시학 - 스물네 개의 시적 풍경』, 문학동네, 2013.

안휘준,『미술사의 정립과 확산』1- 한국 및 동양의 회화, 사회평론, 2006.

延世大 國學硏究院編,『연세대중앙도서관 고서해제』V, '당률휘수', 平民社, 2006.

延世大 國學硏究院編,『연세대중앙도서관 고서해제』V, '당시화의', 平民社, 2006.

延世大 國學硏究院編,『연세대중앙도서관 고서해제』V, '백련초해', 平民社, 2006.

延世大 國學硏究院編,『연세대중앙도서관 고서해제』VI, '임쾌주백가의시집', 平民社, 2006.

兪起哲,『惠山 李祥奎 시 연구』, 慶星大 석사학위논문, 2007.

유병례,「백거이 시의 고려문학에서의 수용양상」,『중국학보』53, 2006.

유영봉,「한시 학습단계 설정을 위한 문제의 제기」,『한문교육연구』24, 2005.

柳恩熙,『紫霞 申緯의 文人畵硏究』, 정신문화연구원 석사학위논문, 1983.

유홍준,『조선 시대 화론연구』학고재, 2002.

_____,『완당평전』, 학고재, 2002.

尹炳泰,『조선 후기의 活字와 책』, 凡友社, 1992.

李丙疇,『杜甫 - 시와 삶』民音社, 1993.

_____,『韓國文學上의 杜詩硏究』, 二又出版社, 1979.

李佑成,「金秋史 및 中人層의 性靈論」,『韓國漢文學硏究』5, 1980.

李鍾黙,『韓國 漢詩의 전통과 文藝美』, 태학사, 2002.

李鍾虎,「韓國詩話비평과 사공도의『詩品』」,『大東漢文學』13, 2000.

이태희,「근체시의 4단 구성과 그림으로 하는 한시 수업」,『한문교육연구』
           11, 1997.

이현일,『자하시 연구』, 성균관대 박사학위논문, 2007

임원빈,「唐末 詩格書 연구」,『중국문학이론』9, 2007.

全松烈,「朝鮮朝 唐詩選集의 編纂樣相」,『東方古典文學硏究』6, 2004.

全寅初 主編,『韓國所藏 中國漢籍總目』6책, 學古房, 2005.

정길수,『구운몽』, 돌베개, 2017.

정 민,『목릉문단과 석주권필』, 태학사, 1999.

정옥자,「조선 후기 문풍과 위항 문학」,『한국사론』4, 1978.

鄭雨峰,『19세기 詩論연구』, 고려대 박사학위논문, 1992.

조동일,『동아시아문학사비교론』, 서울대학교 출판부, 1993.

池榮在,『西征錄을 찾아서』, 푸른역사, 2003.

秦보라,『『唐詩畵譜』와 조선 후기 회화』, 이화여대 석사학위논문, 2005.

차주환,『중국시론』, 서울대학교출판부, 1989.

崔耕苑,『朝鮮後期 對淸繪畵交流와 淸繪畵樣式의 受容』, 홍익대 석사
           학위논문, 1996.

최완수,『추사실기』, 한국의 미 17, 1985.

彭鐵浩,「司空圖『二十四詩品』硏究」,『中國文學』13, 1985.

하정승,『고려조 한시의 풍격연구』, 다운샘, 2002.

허경진,『조선위항문학사』, 태학사, 1997.

허영환,「당시화보연구」,『미술사학』3, 1991.

허흥식,『고려의 문화전통과 사회사상』, 집문당, 2004.

_____,『백가의집』해제,『계간서지학보』12-13, 1994.

黃渭周, 「夢菴 柳希齡의 한시선본 편찬」, 『한국한문학연구』19, 1996.

기타

文淵閣四庫全書 電子版: 北京書同文數字化技術有限公司

朝鮮王朝實錄: sillok.history.go.kr

韓國民族文化大百科辭典: encykorea.aks.ac.kr

韓國歷史情報統合시스템: koreanhistory.or.kr

韓國古典籍綜合目錄시스템: www.nl.go.kr/korcis

韓國古典綜合DB : db.itkc.or.kr

서울大學校 奎章閣: kyu.snu.ac.kr

한국의 지식콘텐츠: www.krpia.co.kr

| 저자 소개 |

금지아 琴知雅, Keum Jia

1968년 출생. 연세대학교 중문과 대학원에서 석사, 박사학위를 취득했다. 현재 북경대학교 외국어대학 조선(한국)언어문화학부 테뉴어 부교수로 재직 중이다. 주요 연구 저서로 『神韻의 전통과 변용: 王士禎과 申緯 詩學의 관계성과 비교론』(태학사, 2008, 제1회 석헌학술상 수상), 『한중 역대 서적교류사 연구』(재단법인 한국연구원, 2010) 등이 있다. 공편서로 『韓國所藏中國漢籍總目(6책)』(학고방, 2005) 등이 있다. 공역서로 『楚辭考論』(학고방, 2016), 『실크로드 고고학 강의』(소명출판, 2020) 등이 있다. 주요 연구 논문으로 「崔瑆煥『性靈集』考」, 「한국 고전 문학 속의 '중국' 형상」, 「북경대학 소장 한국본 고문헌의 자료적 가치」, 「조선 후기 申緯의 袁枚 시학 수용 연구」, 「조선 시대 『三綱行實圖』 '孝子圖'의 형태와 서사적 기능」, 「문인화 「歲寒圖」의 기호학적 분석」, 「조선 시대 自撰 唐詩選集 연구」 등이 있다.

전파와 수용
韓國文學과 中國文學

초판 인쇄   2023년 10월 15일
초판 발행   2023년 10월 30일

지 은 이 | 금지아琴知雅
펴 낸 이 | 하운근
펴 낸 곳 | 學古房

주   소 | 경기도 고양시 덕양구 통일로 140 삼송테크노밸리 A동 B224
전   화 | (02)353-9908 편집부(02)356-9903
팩   스 | (02)6959-8234
홈페이지 | www.hakgobang.co.kr
전자우편 | hakgobang@naver.com, hakgobang@chol.com
등록번호 | 제311-1994-000001호

ISBN 979-11-6995-462-4 93810

값 : 30,000원